देश-विदेशों
की
राष्ट्रीय विचारधाराएँ

देश-विदेशों की राष्ट्रीय विचारधाराएँ

डॉ. अशोक मोडक • प्रो. प्रभाकर नानकर • प्रो. नारायण गुणे

प्रभात प्रकाशन

प्रकाशक • **प्रभात प्रकाशन प्रा. लि.**
4/19 आसफ अली रोड,
नई दिल्ली–110002

संस्करण • 2025
मूल्य • छह सौ रुपए
अनुवाद • पौर्णिमा खेडकर
मुद्रक • सीता फाईन आर्ट, प्रा॰ लि॰, दिल्ली

DESH-VIDESHON KI RASHTRIYA VICHARDHARAYEN
by Dr. Ashok Modak • Prof. Prabhakar Nanakar • Prof. Narayan Gune
Published by Prabhat Prakashan Pvt. Ltd., 4/19 Asaf Ali Road, New Delhi-2
e-mail: prabhatbooks@gmail.com ISBN 978-93-5322-155-3
₹ 600.00

भारतमाता के महान् सुपुत्र
राष्ट्रीय विचारधारा के दृढ समर्थक
विविध विचारधाराओं के प्रभावी समन्वयक
भारतरत्न
पूर्व प्रधानमंत्री
श्रीमान अटल बिहारी वाजपेयी
की पावन स्मृति को

पद्मभूषण डॉ. विजय भटकर

[डॉ. विजय भटकर विश्वप्रसिद्ध भारतीय शास्त्रज्ञ हैं। वे महासंगणक के निर्माता के रूप में जाने जाते हैं। उन्होंने प्रधानमंत्री की विज्ञान-मार्गदर्शन समिति के सदस्य के रूप में काम किया है। उन्होंने आज तक 20 से अधिक पुस्तकें तथा 80 शोध निबंध लिखे हैं। देश-विदेश की अनेक विद्यापीठ के दीक्षांत समारोह के प्रमुख अतिथि के रूप में उन्हें सम्मान मिला है। भारत सरकार ने उन्हें 'पद्मश्री' तथा 'पद्मभूषण' देकर सम्मानित किया है। महाराष्ट्र शासन ने उन्हें 'महाराष्ट्र भूषण' पुरस्कार प्रदान किया है। वर्तमान समय में भटकर आई.आई. टी. दिल्ली के बोर्ड ऑफ गवर्नर के चेयरमैन के पद पर कार्यरत हैं। 'विज्ञान भारती' के अखिल भारतीय अध्यक्ष हैं। इसके अतिरिक्त वे मल्टीवर्सिटी पुणे के संस्थापक कुलपति तथा प्रमुख मार्गदर्शक हैं।]

'देश-विदेश की राष्ट्रीय विचारधाराएँ' यह समयानुकूल अध्ययन को प्रवृत्त करनेवाली पुस्तक डॉ. अशोक मोडक, प्रो. प्रभाकर नानकर और प्रो. नारायण गुणे इन तीन लेखकों द्वारा लिखना और उसका कॉन्टिनेंटल प्रकाशन द्वारा प्रकाशित करना, इसकी मुझे बेहद खुशी हुई। प्रथमतः इन सभी को मैं बधाई देता हूँ।

इक्कीसवीं शताब्दी के प्रारंभ से ही पिछले पंद्रह वर्षों में पूरे विश्व का प्रत्येक राष्ट्र अपनी असली पहचान खोज रहा है। इसके पूर्व के तीन शतक भी अनेक क्रांतिकारी घटनाओं से भरे हुए हैं। वैज्ञानिक प्रगति के साथ ही अनेक विचार संकल्पनाओं का उदय भी इन तीन शतकों में हुआ है। इसी कालावधि में औद्योगिक क्रांति, फ्रेंच राज्यक्रांति, जुल्मी राजशाही तथा सरंजामशाही, धर्म मतों

का राज्यशासन पर अनावश्यक प्रभाव, यूरोपीय लोगों के एशिया, अफ्रीका, दक्षिण अमेरिका इन महाद्वीपों में बस्तियाँ बसाने के कारण अनेक जटिल प्रश्न निर्मित हुए।

जैसे ही प्रश्न निर्मित हुए, वैसे ही उस पर उपाय के रूप में कुछ संकल्पनाओं का जन्म हुआ, जैसे–स्वतंत्रता, समता, विश्वबंधुत्व, धर्मनिरपेक्षता, लोकशाही तथा सीमित राजशाही। औद्योगिकीकरण से निर्मित हुई समस्याओं पर उपाय इस वजह से मार्क्सवाद, लेनिनवाद, माओवाद का जन्म हुआ। अमेरिका के स्वतंत्र होने के पश्चात् उदारमतवाद भी प्रस्थापित हुआ। बीसवीं शताब्दी के दो महायुद्धों के पश्चात् एशिया, अफ्रीका तथा लैटिन अमेरिका की बस्तियाँ आजाद हुईं। आजाद राष्ट्रों को स्वाभाविक रूप से अपने देश के कारोबार को पुनः स्थिर करना था। विश्व की अनेक समस्याओं पर उपाय के रूप में निर्मित हुई लोकशाही, समाजवाद, साम्यवाद, इन संकल्पनाओं का प्रभाव आजाद राष्ट्र के प्रमुख व्यक्तियों तथा विचारशील लोगों पर था। 1950 में लागू हुए अपने देश के भारतीय संविधान में भी इन सभी विचारधाराओं का, शासन–प्रणाली का प्रतिबिंब दिखाई दिया।

भारतीय संविधानकर्ताओं ने विदेशी उपयुक्त संकल्पनाओं का आधार तो लिया ही, साथ ही भारत के कम–से–कम छह हजार वर्ष पूर्व के राष्ट्रजीवन का भी आधार लिया। रामायण काल से लेकर छत्रपति शाहू महाराज के राज्यकाल तक, सभी ने चार वेद, उपनिषद्, गीता में दिए गए स्थायी विचारों के आधार पर राज्य का कार्यभार सँभाला। इस राज्यशासन के उपयुक्त पहलुओं का भी समावेश संविधान में किया।

स्वतंत्रता–प्राप्ति के पश्चात् सत्तर सालों में संविधान के अनुसार प्रशासन शुरू हुआ तथा लोकशाही–समाजवाद विचारधारा स्वीकार की गई; लेकिन जिस प्रकार विश्व में पूँजीवाद और साम्यवाद इन दोनों में 1991 तक शीतयुद्ध चलता रहा, उसी प्रकार नवीन विचार संकल्पनाओं तथा प्राचीन समय से चली आ रही और समाज में गहराई से प्रविष्ट हुई, विचार संकल्पनाओं में शीतयुद्ध चलता रहा।

भारत ने स्वतंत्रता–प्राप्ति के पश्चात् विश्व में विकसित हुए तकनीकी ज्ञान को आत्मसात् किया है। आज भारत विश्व का परमाणुसज्ज राष्ट्र है। उसी प्रकार भारत अंतरिक्ष विज्ञान तथा संगणक के क्षेत्र में अन्य सभी विकसित देशों के साथ खड़ा हुआ है। विश्व में तीसरे क्रमांक की शक्ति के रूप में भारत की पहचान होने लगी है। विश्व की अनेक समस्याओं का समाधान भारतीय समाज की विचारधारा में मिल सकता है, ऐसा विश्वास बढ़ने लगा है। भारत 'विश्वगुरुपद' प्राप्त कर सकता है,

इतना सामर्थ्य भारत में विद्यमान है, ऐसा स्वामी विवेकानंदजी ने उन्नीसवीं शताब्दी के अंत में ही सूचित किया था।

विश्व के पटल पर शीतयुद्ध की समाप्ति के बाद रशिया सहित सभी पूर्व यूरोपीय देश और मध्य एशियाई देश अपनी मूल संस्कृति की तलाश में हैं। यूरोपीय राष्ट्र विविध राष्ट्र समूहों में रहकर विकसित हो रहे हैं, किंतु वे राष्ट्र भी पूँजीवाद व साम्यवाद के आधार पर अपने मूल विचारों से समन्वय रखने की कोशिश कर रहे हैं। 23 जून, 2016 को ब्रिटेन, यूरोपीय यूनियन में रहना अथवा नहीं, इसके लिए सभी लोगों की राय ले रहा है। ऐसे समय में भारत के लिए भौतिक क्षेत्र में अपनी उन्नति करते हुए अपने उत्पन्न, मूलभूत सुविधाओं को बढ़ाकर, विकसित देशों की शृंखला में सम्मिलित होने का अवसर है। इस अवसर को आगे बढ़ाने के लिए देश के विचारकों की, राज्यकर्ताओं की विचारधारा समान रहना आवश्यक है। राष्ट्र की समन्वयी विचारशक्ति का प्रभाव क्या होता है, यह जापान, जर्मनी, ग्रेट ब्रिटेन—इन देशों ने बीती शताब्दी में दिखा दिया है। समन्वयी राष्ट्रीय विचारधारा के आधार पर ही ग्रेट ब्रिटेन ने डेढ़ सौ वर्षों तक विश्व के अनेक राष्ट्रों पर अपना साम्राज्य जमाया।

भारत ने शस्त्र के बल पर किसी भी भूमि पर अपना अधिकार जताने की मंशा नहीं रखी; मात्र अपने विचारों के सामर्थ्य का प्रभाव विश्व को दिखाने का अवसर इस इक्कीसवीं शताब्दी ने भारत के सम्मुख रखा है। भारत ने स्वतंत्रता के पश्चात् साठ वर्षों में शांति का मार्ग अपनाकर प्रगति की है। अभ्युदय तथा नि:श्रेयस के समन्वय से समाज उत्तुंग पद पर पहुँच सकता है, यह भारत ने अपने इतिहास में दिखा दिया है। बीच के एक हजार वर्ष में उत्कर्ष पाने के लिए अनेक बाधाएँ थीं। वे बाधाएँ अब दूर हो चुकी हैं।

भारत में 18 से 35 आयुवर्ग में युवाओं की संख्या विश्व के किसी भी राष्ट्र के इस आयुवर्ग की संख्या से अधिक है। इस युवावर्ग को भारत की राष्ट्रीय विचारधारा की महानता समझना आवश्यक है। उस महानता के ज्ञात होने पर यह युवावर्ग अवसर आने पर समाज में संसद् से लेकर ग्राम पंचायत तक राजनीति से जुड़े लोगों के आचरण में जो असंबद्धता दिखाई देती है, उससे वह विचलित नहीं होगा और उस असंबद्धता को दूर करने के लिए प्रयत्नशील रहेगा।

आज की युवा पीढ़ी ने विज्ञान की महत्ता को न केवल स्वीकार किया है, बल्कि वह विज्ञान की प्रगति की वाहक भी बनी है। विज्ञान की सहायता से प्रगति

का एक पहलू साध्य होता है; परंतु व्यक्ति का, परिवार का, समाज का तथा वास्तव में राष्ट्र का सर्वांगीण विकास साध्य करने के लिए विज्ञान तथा आध्यात्मिक विचारों का मेल होना आवश्यक है। यह विचार आज के युवावर्ग को समझ में आने लगा है अर्थात् विज्ञान तथा अध्यात्म का संगम कैसे, कहाँ होता है, यह जानने के लिए सभी को अपने में समाविष्ट करनेवाली ऐसी भारतीय विचारधारा को समझना आवश्यक है। इस दृष्टि से 'देश-विदेश की राष्ट्रीय विचारधाराएँ' इस पुस्तक का प्रत्येक अध्याय उद्बोधक है।

सामान्य रूप से विज्ञान की प्रगति दृश्य स्वरूप में दिखाई देती है; परंतु विचारशक्ति का प्रभाव अदृश्य रूप में होता है। जापान, जर्मनी ने 1945 से 1975 इन तीस वर्षों में जो आर्थिक प्रगति की है, वह दृश्य रूप में दिखाई देती है; परंतु उस प्रगति का कार्यकारण भाव उस प्रगति के पीछे की राष्ट्रीय विचारधारा की अदृश्य शक्ति है, जो शायद ही ज्ञात होती है।

भारत की भौतिक प्रगति को सफल बनाने के लिए भारतीय विचारधारा की अदृश्य शक्ति को समझना अत्यंत आवश्यक है। इस विचारशक्ति का आकलन देश के सभी स्तर के नेताओं, कार्यकर्ताओं, विचारकों को, समाज के श्रेष्ठ व्यक्तियों को होना आवश्यक है। इस विचारधारा को ग्रहण करने से अनेक विवाद, झगड़े-फसाद दूर करने में सहायता प्राप्त होगी, ऐसा अन्य देशों के विचारकों का अनुभव है।

भारतीय संस्कृति शाश्वत है, अक्षय है और आज भी जीवित है। भारतीय संस्कृति मानव को ऐहिक उत्कर्ष अर्थात् अभ्युदय और आध्यात्मिक उत्कर्ष अर्थात् निःश्रेयस प्राप्त करने के लिए, मानव को मानव बनाने के लिए प्रयत्नशील है। इसी भारतीय संस्कृति से भारतीय राष्ट्रीय विचारधाराएँ निर्मित हुई हैं। यह सभी को अपने में समाविष्ट करनेवाली, सहिष्णु तथा संपूर्ण मानवजाति का कल्याण करनेवाली है। विश्व में सर्वत्र शांति रहे और सभी प्राणियों से प्रेम करना, यह शिक्षा देनेवाली भारतीय राष्ट्रीय विचारधारा है। इसी कारण समस्त विश्व भारत की ओर बड़ी आशा से देख रहा है।

देश के सभी स्तर पर 'देश-विदेश की राष्ट्रीय विचारधाराएँ' और 'भारतीय राष्ट्रीय विचारधारा' इनका अध्ययन होना आवश्यक है। इस अध्ययन को गति प्रदान करने के लिए इस पुस्तक का उपयोग हो सकता है। संपूर्ण पुस्तक में अनेक संदर्भ दिए गए हैं। विषय की रचना तर्कदृष्टि से संलग्न है। सभी सामान्य जानकार नागरिकों को 'राष्ट्रीय विचारधारा' यह संकल्पना क्या है और समन्वयी विचारशक्ति

का प्रभाव क्या होता है, इसकी जानकारी इस पुस्तक द्वारा प्राप्त होगी, ऐसा मुझे विश्वास है।

इसी प्रकार प्रत्येक राष्ट्र की विचारधारा स्पष्ट होनी चाहिए, इसलिए राष्ट्रीय विचारधारा के प्रतीक के रूप में उस राष्ट्र के राष्ट्रध्वज, राष्ट्रगीत और उनका हिंदी भावानुवाद इस पुस्तक में समाविष्ट किया गया है, यह इस पुस्तक की मुख्य विशेषता है।

समस्त लोग इस पुस्तक में दी गई विविध राष्ट्रीय विचारधाराओं का वस्तुनिष्ठ अध्ययन करें, अपनी राष्ट्रीय विचारधारा स्वीकार करें और राष्ट्रोन्नति के कार्य में अपना तन-मन-धन से सहयोग दें, यही मेरी अपेक्षा है।

'राष्ट्रीय विचारधारा' इस देश के महत्त्वपूर्ण विषय पर प्रभात प्रकाशन, नई दिल्ली यह पुस्तक प्रकाशित कर रहा है, इसके लिए उन्हें हार्दिक बधाई।

—डॉ. विजय भटकर

लेखकों का मनोगत

राष्ट्रीय विचारधारा किसी राष्ट्र की विशिष्ट रूप की विचार-प्रणाली होती है। राष्ट्रीय विचारधारा किसी राष्ट्र को कौन सा मार्ग अपनाना चाहिए, इसके लिए निश्चित किया हुआ, स्थायी रूप, विशिष्ट तत्त्वों तथा कल्पनाओं का समुच्चय है। राष्ट्रीय विचारधारा उस राष्ट्र के कौन से ध्येय तथा उद्देश्य हैं, यह स्पष्ट करने का विचार है। उसी प्रकार राष्ट्रीय विचारधारा उस राष्ट्र को कौन से तत्त्वों को, मूल्यों को ग्रहण करना चाहिए, यह स्पष्ट करनेवाली तत्त्वप्रणाली है।

राष्ट्रीय विचारधारा का आधार उस राष्ट्र की संस्कृति, इतिहास, परंपरा, भू-भाग, भाषा तथा राष्ट्रों द्वारा अनुभव किए हुए सुख-दुःख के प्रसंग आदि हो सकता है। इसी कारण प्रत्येक राष्ट्र की विचारधारा अलग-अलग हो सकती है।

प्रत्येक राष्ट्र का राष्ट्रस्वरूप असाधारण होता है। गुणात्मक दृष्टि से देखने पर राष्ट्र की भिन्नता दिखाई देती है। उसी के आधार पर उसकी अलग पहचान बनती है। राष्ट्रीय विचारधारा एक ऐतिहासिक प्रक्रिया है। राष्ट्रीय विचारधारा एक सिद्धांत है। राष्ट्रीय विचारधारा और संस्कृति इन दोनों का भी बहुत गहरा संबंध है।

प्रत्येक राष्ट्र का विशिष्ट ध्येय होता है। विशिष्ट उद्देश्य होता है। राष्ट्र की सभी क्षेत्रों में अतुलनीय प्रगति होनी चाहिए, ऐसी सर्वसामान्यत: उस राष्ट्र के सभी नागरिकों की इच्छा होती है। अन्न, वस्त्र, आश्रय, औषधोपचार, शिक्षा, मनोरंजन आदि मूलभूत आवश्यकताएँ अच्छी तरह से पूरी की जाएँ, ऐसी स्थिति राष्ट्र में होनी चाहिए, ऐसी ही आमतौर पर सभी की इच्छा होती है। इसके लिए समाज की सभी संस्थाएँ एवं शासन प्रयत्नशील रहते हैं। यह उद्देश्य प्राप्त करने के लिए समाज एवं शासन विशिष्ट विचार-प्रणाली का आधार लेते हैं। सभी राष्ट्रों के उद्देश्य समान होते हुए भी उसे प्राप्त करने के मार्ग अलग-अलग हो सकते हैं।

कोई लोकशाही का मार्ग अपनाता है, तो कोई एकाधिकारशाही पसंद करता

है, किसी का राजशाही पर विश्वास होता है और किसी को समाजवाद, साम्यवाद अच्छा लगता है। किसी को विशिष्ट धार्मिक विचारधारा ज्यादा आकर्षित करती है। कुछ राष्ट्र व्यक्तिगत स्वतंत्रता को अधिक महत्त्व देते हैं तो किसी के मतानुसार राष्ट्रहित व समाज-हित में व्यक्ति-हित का सहज रूप से समावेश होता है। किसी की दृष्टि में सामाजिक, आर्थिक, राजकीय परिवर्तन कानून की सहायता से होना चाहिए तो किसी को लगता है कि कानून के बंधनों में रहकर परिवर्तन करने से मर्यादाएँ आती हैं। उनके मतानुसार कानून के साथ ही सामंजस्य, संयम एवं संस्कारों से परिवर्तन होना चाहिए। उस दृष्टि से हमें लगता है कि प्रत्येक राष्ट्र की विचारधारा का अध्ययन करना, यह एक उपयुक्त प्रयत्न हो सकता है।

इस पुस्तक निर्मिति के प्रमुख रूप से दो उद्देश्य हैं। पहला उद्देश्य यह कि विदेश के कुछ चुनिंदा राष्ट्रों की राष्ट्रीय विचारधाराओं का अध्ययन करना। उन राष्ट्रों में उन विचारधाराओं का उद्गम किस प्रकार हुआ, इतिहास में उन विचारधाराओं का आविष्कार कैसे हुआ, विचारधाराओं पर कुछ आघात हुए या समयानुसार उनमें कुछ बदलाव हुए, इसका अध्ययन करना। दूसरा उद्देश्य यह था कि हमारा देश अर्थात् भारत की राष्ट्रीय विचारधारा कौन सी है, उसका उदय किस प्रकार और कब हुआ, उस विचारधारा के संदर्भ में स्वतंत्र भारत का ईसवी सन् 1947 से सफर कैसा हुआ है? उसी प्रकार राष्ट्रीय विचारधारा और समाज की अनेक संस्थाएँ, राजकीय पक्ष, इनका परस्पर संबंध क्या है, इसका अध्ययन करना था।

इस पुस्तक का विभाजन मुख्य रूप से छह भागों में किया गया है। पहले भाग में विचारधारा की संकल्पना, अर्थ तथा विशेषताएँ स्पष्ट की गई हैं। दूसरे भाग में विदेशों की राष्ट्रीय विचारधाराओं की चर्चा की गई है। उसमें मुख्य रूप से जापान, ग्रेट ब्रिटेन, पूर्व-मध्य यूरोपीय राष्ट्र, रशिया, मध्य एशियन राष्ट्र, जर्मनी तथा यूनाइटेड स्टेट्स ऑफ अमेरिका; इन देशों की राष्ट्रीय विचारधाराओं का विवेचन किया गया है। तीसरे भाग में भारत की राष्ट्रीय विचारधारा एवं भारतीय संविधान के बारे में जानकारी दी गई है। चौथे भाग में भारतीय राष्ट्रीय विचारधारा को किन-किन संस्थाओं का योगदान प्राप्त हुआ है, इसकी चर्चा की गई है। पाँचवें भाग में राजकीय पक्ष एवं उनकी राजकीय विचारधाराओं का अभ्यास किया गया है। छठे भाग में अस्मिता-शोध तथा विचारों का व्यापक परामर्श लिया है।

इस पुस्तक में उन राष्ट्रों का नक्शा, उस राष्ट्र का विश्व में स्थान, उस देश

का राष्ट्रीय ध्वज तथा राष्ट्रगीत (अंग्रेजी एवं हिंदी भावानुवाद) इनका समावेश किया गया है। राष्ट्र ध्वज प्रत्येक राष्ट्र के सम्मान का, अभिमान का तथा एकता का प्रतीक होता है। राष्ट्रगीत से राष्ट्र के प्रति प्रेम, राष्ट्र के प्रति अस्मिता व्यक्त होती है। इन सभी के द्वारा राष्ट्र की कुल मिलाकर विचारधारा क्या है, यह जानने में मदद होती है।

इस पुस्तक का उपयोग हमारे देश के सज्जन, सुशिक्षित, कर्तव्यतत्पर नागरिकों को, राज्यशास्त्र का विशेष अध्ययन करनेवाले प्राध्यापक-विद्यार्थियों को, अलग-अलग दल के नेताओं, कार्यकर्ताओं को तथा समाज के विविध संस्थाओं में कार्यरत लोगों द्वारा होगा, ऐसा हमारा विश्वास है। प्रभात प्रकाशन ने यह राष्ट्रीय विचारों पर आधारित भिन्न स्वरूप की पुस्तक प्रकाशित करने का विचार किया, इसके लिए प्रभात कुमार जी का आभार।

इस पुस्तक की प्रस्तावना राष्ट्रीय विचारों के अनुभवी, अध्ययनशील, संगणकतज्ज्ञ, महान् शास्त्रज्ञ, मल्टीवर्सिटी के संस्थापक कुलपति, महाराष्ट्र-भूषण और पद्मभूषण से सम्मानित डॉ. विजय भटकरजी द्वारा लिखी गई है तथा उन्होंने हमें प्रोत्साहित किया, इसके लिए हम उनके ऋणी हैं।

डॉ. सौ. अंजलि मोडक, सौ. पुष्पलता नानकर व सौ. सुनीता गुणे का भी हमें अनमोल सहयोग मिला, इसके लिए उनका आभार!

सुशिक्षित और सुसंस्कृत राष्ट्रहित को प्रधानता देनेवाले वाचनप्रेमी नागरिक इस पुस्तक का दिल से स्वागत करेंगे, ऐसा हमें विश्वास है।

—डॉ. अशोक मोडक

—प्राचार्य प्रभाकर नानकर

—प्रो. नारायण गुणे

अनुक्रम

विभाग-4
भारतीय राष्ट्रीय विचारधाराओं का योगदान

विभाग-5
राजकीय पक्ष : विचारधाराएँ, कार्य और चुनौतियाँ

विभाग-6
उपसंहार

विभाग-1

विचारधारा संकल्पना

प्रकरण-1 : विचारधारा—अर्थ एवं विशेषताएँ

प्रकरण-2 : राष्ट्रीय विचारधारा—अर्थ एवं उद्देश्य

प्रकरण-1

विचारधारा
(Ideology)

कुछ लोग स्वयं को राजकीय विचारक समझते हैं। उन्हें ज्ञात हो या न हो, वे राजकीय कल्पनाओं का तथा संकल्पनाओं का व्यवहार में और दैनंदिन जीवन में बेधड़क प्रयोग करते हैं। प्रतिदिन उनके संभाषण में स्वतंत्रता, ईमानदारी, सच्चाई, समानता, न्याय और हक, ये शब्द अनेक बार सुनने को मिलते हैं। उसी प्रकार पुराणमतवादी, उदारमतवादी, समाजवादी, साम्यवादी, हुकुमशाह—इन शब्दों का प्रयोग भी वे अपने विचारों को व्यक्त करने के लिए करते हैं। यद्यपि ये शब्द बड़े पैमाने पर लोकप्रिय हैं, फिर भी इन शब्दों का निश्चित अर्थ सभी को ज्ञात होगा ही, ऐसा नहीं है। उदाहरणार्थ, समानता शब्द को ही ले लें। समानता का क्या अर्थ है, सभी व्यक्ति समान हैं, क्या उसका अर्थ यह है, क्या जन्म से सभी मनुष्य समान हैं? क्या हमें उनके साथ समान व्यवहार करना चाहिए, सभी लोगों को समान हक और समान अवसर उपलब्ध कराना, क्या यह समानता का अर्थ है? क्या सभी को समान वेतन मिलना चाहिए? इस ग्रंथ के माध्यम से ऐसी कुछ संकल्पनाओं तथा राजकीय विचारधाराओं को स्पष्ट करने का प्रयास किया है।

राजकीय नेता तथा विचारकों को राजकीय विचार और विचार-प्रणाली से ज्यादा लेना-देना नहीं होता। उनका प्रयत्न हमेशा सत्ता हासिल करना होता है। वे राजकीय विचारों का उपयोग प्रचार के लिए, घोषणा आदि के लिए तथा मतदाताओं का समर्थन प्राप्त करने के लिए करते हैं। फिर भी राजकीय नेतागण तथा विचारकों की राजकीय विचारधाराओं के संबंध में कौन सी भूमिका होती है, यह समझ लेना आवश्यक है।

राजकीय विचारधारा तथा राजनीति

राजकीय कल्पना यह केवल कुछ व्यक्तियों के लाभ का तथा आकांक्षाओं का क्रियाहीन प्रतिबिंब नहीं, बल्कि राजकीय कल्पना में भौतिक जीवन की समृद्धि करने के लिए तथा उस दिशा में प्रशासन चलाने के लिए प्रेरणा तथा मार्गदर्शन करनेवाली शक्ति है। राजकीय कल्पना यह शून्य से निर्मित नहीं होती, वरन् सभी राजकीय कल्पना सामाजिक तथा ऐतिहासिक प्रसंगों द्वारा, अनुभव से विकसित होती रहती हैं, अर्थात् राजकीय विचार-प्रणाली और प्रत्यक्ष राजकीय व्यवहार, ये एक-दूसरे से पूर्ण रूप से जुड़े हुए हैं। उन्हें एक-दूसरे से अलग नहीं किया जा सकता। राजकीय विचार-प्रणाली का मूर्त रूप ही राजकीय व्यवहार है इसलिए राजकीय विचारधारा, ऐतिहासिक और सामाजिक घटक सदैव एक-दूसरे को प्रभावित करते रहते हैं।

राजकीय विचारधारा का परिणाम

राजकीय विचारधारा अथवा राजकीय तत्त्वज्ञान जनता के राजकीय जीवन को अनेक रूपों से, दृष्टि से प्रभावित करती है।

(1) राजकीय विचारधारा, राजकीय व्यवस्था की रचना किस प्रकार होनी चाहिए, यह समझने में मदद करती है। उस विचारधारा के अनुरूप हमारे उद्दिष्ट और ध्येय कौन से होने चाहिए, इस विषय में मार्गदर्शन करती है, साथ ही उस ध्येय को प्राप्त करने के लिए कौन-कौन से साधन उपलब्ध करने चाहिए, कौन-कौन से कार्य प्रारंभ करने चाहिए, इस दृष्टि से कार्य-योजना तैयार करने की प्रेरणा देती है।

(2) राजकीय विचारधारा राजकीय व्यवस्था के स्वरूप को एक निश्चित आकार प्रदान करती है।

(3) राजकीय विचारधारा हमारे तत्त्वज्ञान के नजदीक रहे गुटों को तथा संपूर्ण समाज को एक साथ मिलाने तथा जोड़ने का काम करती है।

विचारधारा का अर्थ

'विचारधारा', यह संकल्पना पूर्णरूप से स्पष्ट नहीं होती। इसके अनेक पहलू है। साधारणत: विचारधारा के निम्नलिखित अर्थ संभावित हैं—

(1) राजकीय श्रद्धाप्रणाली (A political belief system)

(2) राजकीय कल्पनाओं का कृतियुक्त संग्रह। (An action-oriented set of political ideas)

(3) शासनकर्ताओं की कल्पना (Ideas of the ruling class)

(4) किसी विशिष्ट सामाजिक वर्ग से संबंधित अथवा सामाजिक गुट से संबंधित जागतिक दृष्टिकोण (The world-view of a particular social class or social group)

(5) राजकीय विचारधारा किसी वर्ग का अथवा सामाजिक कल्याण का उच्चार, घोषणा, प्रतिपादन अथवा मूर्त स्वरूप (Political ideas that embody or articulate class or social interests)

(6) शोषित, पीड़ित जनता में फैली गलत धारणाओं के बारे में प्रचार करनेवाली कल्पना (Ideas that propagate false consciousness among the exploited or oppressed)

(7) सामाजिक संदर्भ में व्यक्ति का स्थान तथा सामूहिक जिम्मेदारी का एहसास निर्माण करनेवाली कल्पना (Ideas that situate the individual within a social context and generate a sense of collective belongings)

(8) प्रशासन योग्य पद्धति से चलाने के लिए कार्यालय द्वारा मान्यता-प्राप्त कल्पनाओं का संग्रह (An officially sanctioned set of ideas used to legitimate a political system or regime)

(9) सत्य का दावा करनेवाले सभी विषयों को स्पर्श करनेवाली राजकीय तत्त्वप्रणाली (An all—embracing political doctrine that claims a monopoly of truth)

(10) अमूर्त और बहुत ही सुव्यवस्थित राजकीय कल्पनाओं का संग्रह (An abstract and highly systematic set of political ideas)

संक्षेप में, विचारधारा अर्थात् संगठित राजकीय कार्य के लिए आधारयुक्त, एक-दूसरे से कम-अधिक मात्रा में समान रही कल्पनाओं का संचय होता है। इस विचारधारा की सहायता से वर्तमान शासन-व्यवस्था का रक्षण किया जाता है अथवा शासन-व्यवस्था में सुधार किया जाता है अथवा शासन-व्यवस्था उलट दी जाती है। सभी विचारधाराओं में आगे दी गई विशेषताएँ दिखाई देती हैं।

विचारधारा की विशेषताएँ

(1) विश्व के दृष्टिकोण से विद्यमान व्यवस्था को एक विशिष्ट आकार दिया जाता है।

(2) उत्तम, सुखी तथा अपेक्षित समाज-रचना का नमूना, आदर्श नव समाज का संकल्पचित्र जनता के सामने रखा जाता है।

(3) राजकीय परिवर्तन किस प्रकार लाया जा सकता है, किस पद्धति से लाना चाहिए, इसका स्पष्टीकरण विचारधारा से स्पष्ट होता है।

18वीं शताब्दी के उत्तरार्ध में, प्रमुख रूप से फ्रेंच राज्यक्रांति के पश्चात् अर्थात् 1789 के बाद, राजकीय विचारधारा राजनीति का अविभाज्य अंग बन गई। समयानुसार विचारधारा में अत्यधिक परिवर्तन हुआ है। कुछ पुरानी विचारधाराओं के स्थान पर नई विचारधाराओं का निर्माण हुआ है। सभी विचारधाराओं की नए सिरे से व्याख्या की जा रही है। उसमें आमूलाग्र परिवर्तन हुआ है। कुछ विचारधाराओं का पुनरुज्जीवन हुआ है। राजकीय विचारधारा का सरंजामशाही से औद्योगिक पूँजीवाद की तरफ स्थित्यंतर हुआ है। प्रमुख रूप से एकाधिकारशाही, राजशाही, उदारमतवाद, समाजवाद, साम्यवाद, लोकशाही ऐसी विचारधाराएँ दिखाई देती हैं।

विचारधारा में परिवर्तन—कारण

तीन कारणों की वजह से विचारधारा में परिवर्तन होता है।

(1) औद्योगिक क्रांति के बाद नवसमाज की तथा नए सामाजिक आंदोलन की निर्मिति।

(2) साम्यवाद का पराभव तथा बदलती विश्वव्यवस्था।

(3) जागतिकीकरण तथा विश्वबंधुत्व की भावना का एहसास।

इस प्रकार राजकीय विचारधारा का अध्ययन कर भारतीय विचारधारा में राष्ट्र के ध्येय-उद्दिष्टों को पूरा करने में मदद करने के लिए, राष्ट्र की अस्मिता तथा स्वत्व बनाए रखने के लिए, सभी राजकीय पक्षों के लिए एक संयुक्त विचारधारा विकसित करने के लिए सभी राजकीय पक्षों के नेताओं को एकजुट होकर विचार-विमर्श करने की जरूरत है।

□

प्रकरण-2

राष्ट्रीय विचारधारा अर्थ एवं उद्देश्य
(National Ideology—Meaning and Objectives)

राष्ट्रीय विचारधारा—अर्थ

राष्ट्रीय विचारधारा अर्थात् राष्ट्र का एक विशिष्ट विचार, एक विशिष्ट तत्त्वज्ञान, एक विशिष्ट दृष्टिकोण। राष्ट्र को कौन से तत्त्वज्ञान को स्वीकारकर अपनी प्रगति करनी चाहिए, किस मार्ग को अपनाना चाहिए, उसके लिए किन साधनों का प्रयोग करना चाहिए, अपने उद्दिष्ट तथा ध्येय किस प्रकार प्राप्त करने चाहिए, इस संबंध में मार्गदर्शन करनेवाला विचार ही राष्ट्रीय विचारधारा है। राष्ट्रीय विचारधारा उसके शिष्यों द्वारा स्वीकारी हुई तुलनात्मक दृष्टि से स्थिर रही विशिष्ट विचार, कल्पना और तत्त्वों की प्रणाली है।

प्रत्येक राष्ट्र की विचारधारा अलग-अलग हो सकती है। प्रत्येक व्यक्ति में विद्यमान गुण, स्वभाव वैशिष्ट्य, रुचि-अरुचि अलग-अलग हो सकती हैं। उसी प्रकार राष्ट्र की विचारधारा, तत्त्वज्ञान, विचार इनमें भी भिन्नता हो सकती है। कोई राष्ट्र आध्यात्मिक विचारों को अधिक प्रधानता देता है, धर्म उनका प्रमुख आधार होता है, तो कोई राष्ट्र भौतिकता को अधिक महत्त्व देता है, भौतिक सुख-समृद्धि प्राप्त करना उनका जीवन-हेतु, मुख्य लक्ष्य होता है। कोई राष्ट्र मानवी कर्तृत्व को अधिक प्रधानता देता है, तो कोई राष्ट्र अपनी संस्कृति का जतन, रक्षण और संवर्धन होना चाहिए, इस मत का होता है; तो कोई राष्ट्र साम्राज्यशाही प्रस्थापित करने के लिए प्रोत्साहित करता है। कोई राष्ट्र स्वतंत्रता, समता, बंधुता तथा न्याय इन तत्त्वों को स्वीकार करता है, व्यक्ति को तथा व्यक्ति द्वारा किए गए विकास को अनन्य साधारण महत्त्व देता है, तो कोई राष्ट्र व्यक्ति से समाज श्रेष्ठ है, ऐसा समझकर सामाजिकता को, समाज के हित को अधिक प्रधानता देता है। राष्ट्र ही सर्वस्व है,

इसलिए व्यक्ति के कल्याण का विचार न करते हुए राष्ट्र का ही विचार करना चाहिए, ऐसी आग्रही भूमिका किसी राष्ट्र की होती है।

राष्ट्र संकल्पना

'राष्ट्रीय विचारधारा', इस शब्द समूह में पहला शब्द 'राष्ट्रीय' है। राष्ट्रीय शब्द 'राष्ट्र' संज्ञा से बना है। 'राष्ट्र' संज्ञा का अर्थ स्पष्ट होने पर 'राष्ट्रीय विचारधारा', संकल्पना का अर्थ सुस्पष्ट होने में सहायता मिलेगी।

हम कई बार देश, राज्य और राष्ट्र, इन शब्दों का समानार्थी रूप में प्रयोग करते हैं परंतु इन शब्दों के अलग-अलग मूल्य हैं। 'देश' एक भौगोलिक संकल्पना है। 'राज्य' राजकीय व्यवस्था की संकल्पना है, तो 'राष्ट्र' मनुष्य और उसकी भावनाओं से संबद्ध संकल्पना है। मनुष्य किसी भू-भाग में अर्थात् देश में रहता है। स्वाभाविक रूप से उस भूमि से उसकी भावनाएँ जुड़ी हुई होती हैं। उसी प्रकार मनुष्य के लिए राजकीय व्यवस्था भी आवश्यक होती है। इसलिए राष्ट्र, राज्य और देश इन तीनों के संबंध सदैव एक-दूसरे में गूँथे हुए रहते हैं।

'राष्ट्र' शब्द के लिए अंग्रेजी में 'NATION' शब्द का प्रयोग किया जाता है। 'नेशन' शब्द लैटिन के 'नेटियो' शब्द से बना है। नेटियो शब्द का अर्थ है—'जन्म से ही एकात्म रहा समाज।'

प्रत्येक राष्ट्र का राष्ट्रस्वरूप वैशिष्ट्यपूर्ण होता है। गुणात्मक दृष्टि से प्रत्येक राष्ट्र अलग दिखाई देता है। उसी के आधार पर उस राष्ट्र की अलग पहचान बनती है।

राष्ट्र संकल्पना का मूल अर्थ 'समान भौगोलिक भू-भाग, इतिहास, भाषा, परंपरा और संस्कृति के आधार पर सुव्यवस्थित एकजुट होकर, मिल-जुलकर, सुख से रहनेवाला जनसमूह' है।

राष्ट्रीयता संकल्पना

'राष्ट्र' संकल्पना से 'राष्ट्रीयता' संकल्पना का जन्म हुआ है। 'राष्ट्रीयता' और 'नेशनेलिज्म' ये दोनों शब्द पर्यायवाची माने जाते हैं। 'राष्ट्रीयता' के संकुचित एवं व्यापक, ऐसे दो प्रकार के अर्थ बताए जाते हैं।

संकुचित अर्थ में राष्ट्रीयता का अर्थ राष्ट्र के लिए प्रेम, राष्ट्र के लिए योग्य, उचित अभिमान है।

व्यापक अर्थ में राष्ट्रीयता यह एक व्यक्तिसापेक्ष मानसिक अवस्था है, भावनाओं की एक कृतिशील अभिव्यक्ति है। सामूहिक भावनाओं का सर्वोपरि ऐसा रूप है। श्री ए.ई. झिमेरिन के अनुसार, "रिलिजन के समान नेशनेलिटी भी एक व्यक्तिसापेक्ष और मानसशास्त्रीय रूप है। वह एक मानसिक अवस्था, एक आध्यात्मिक भावना, विचार और जीवन, इनकी एक पद्धति है। नेशनेलिटी एक राजकीय संकल्पना न होकर एक शैक्षणिक संकल्पना है।"

राष्ट्रीयता में प्रमुख रूप से चार बातें दिखाई देती हैं-

(1) राष्ट्रीयता एक ऐतिहासिक प्रक्रिया है।
(2) राष्ट्रीयता एक सिद्धांत है।
(3) राष्ट्रीयता का संबंध राजकीय गतिविधियों से होता है।
(4) राष्ट्रीयता एक भावना है।

राष्ट्रीयता में राष्ट्रीय भावना महत्त्वपूर्ण है। राष्ट्रीय भावना का विकास होने के लिए समान इतिहास, समान दुःख, समान विजय, समान उपलब्धि, समान स्मृति तथा उसी के साथ समान आकांक्षा की जरूरत होती है। सांस्कृतिक एकता का एकमेव महत्त्वपूर्ण गुण राष्ट्रीयत्व की कल्पना में दिखाई देता है।

जनता की इच्छाशक्ति और संस्कृति

मॉझिनी के मतानुसार (ई.स. 1805-1872), "लोगों की इच्छाशक्ति ही राष्ट्रीयता का आधार है।" भौगोलिक एकता, हित-संबंधों की समानता, उपासना, संप्रदाय, भाषा अथवा वंश इन सभी की एकता से भी महत्त्वपूर्ण है लोगों की इच्छाशक्ति। अर्नेस्ट रेनन (ई.स. 1823-1892) इस संदर्भ में कहते हैं, "राष्ट्र एक आध्यात्मिक तत्त्व है। उसका आधार प्रमुख रूप से (अ) समान स्मृति की समृद्ध विरासत और (ब) एक साथ रहने की उत्कट इच्छा है। संस्कृति राष्ट्र का प्राण है। संस्कृति बिना राष्ट्र निर्माण संभव नहीं है। संस्कृति हमेशा एक संघ होती है। वह कभी भी सम्मिश्र नहीं होती। शुद्धता ही संस्कृति की प्रकृति है। भारत के व्यक्तित्व का मूल अधिष्ठान उसकी संस्कृति है। संस्कृति राष्ट्र की आत्मा है। 'एक संस्कृति, एक राष्ट्र' यह निसर्ग का नियम है। इसी कारण से ख्रिस्ती राष्ट्रों और इसलामी राष्ट्रों के एक-दूसरे के साथ संघर्ष होते हैं।

राष्ट्रीयता तथा राष्ट्रीय विचारधारा, ये इनका बहुत नजदीक का रिश्ता है। इतना ही नहीं राष्ट्रीयता से राष्ट्रीय विचारधारा प्रकट होती है।

एकाधिकार—हुकुमशाही

साधारणत: प्रशासन किसके हाथ में है, प्रशासन को कौन चला रहा है? इसके आधार पर अलग-अलग राजकीय तत्त्वप्रणालियों का उद्‌भव हुआ है। उसमें राजशाही, एकाधिकारशाही, हुकुमशाही, लश्करशाही आदि आते हैं। इसमें संपूर्ण सत्ता एक ही व्यक्ति के हाथ में एकत्रित होती है। वह जैसा बोलेगा, जैसा बताएगा, वही राष्ट्रीय विचारधारा। वह व्यक्ति 'राजा', 'हुकुमशाह' अथवा 'लश्करशाह' हो सकता है। अनियंत्रित सत्ता के कारण लोककल्याण का भान, एहसास संबंधित व्यक्ति को होगा ही, ऐसा नहीं है। रघुकुल के राजा 'राम' यहाँ पर अपवाद है। उसी प्रकार आधुनिक काल में उदाहरणस्वरूप छत्रपति शिवाजी महाराज का नाम लिया जा सकता है। वे भी 'प्रजादक्ष' प्रजा के हित के बारे में ही सोचनेवाले राजा थे। इंग्लैंड में 'रानी' अथवा 'राजा' ही सर्वोच्च स्थान पर होने के बावजूद संपूर्ण सत्ता प्रत्यक्ष प्रशासन को चलानेवाले लोकप्रतिनिधियों के तथा शासन के हाथ में होती है। 'रानी' अथवा 'राजा' केवल नामधारी होते हैं।

'हुकुमशाह' और 'लश्करशाह' प्रजा को पूरी तरह से अपने कब्जे में रखते हैं। एक बार सत्ता हाथ में आ गई तो अनुचित, अयोग्य मार्ग अपनाकर उसे अपने पास बनाए रखने के लिए उनके हमेशा प्रयत्न चलते रहते हैं और जो उनका विरोध करते हैं, उसे रास्ते से ही हटा देते हैं तथा संपूर्ण सत्ता को अपने हाथ में रखने का प्रयत्न करते हैं। उनके ऊपर किसी का भी नियंत्रण न होने से 'जो बोलेंगे, वह कायदा, जो बताएँगे वह सत्य' ऐसी स्थिति निर्मित होती है। सत्ता हाथ में आते ही उस सत्ता का घमंड, नशा हुकुमशाह के सिर पर सवार होता है तथा वह प्रजा के हित का विचार न कर, जो विरोधी है, उसको असीम कष्ट देने की ओर प्रवृत्त होते हैं, जिसके कारण अन्य लोग भी दशहत में रहते हैं। इसका सबसे उत्तम उदाहरण हुकुमशाह हिटलर (ई.स. 1889-1945) तथा लश्करशाह 'आयुबखान' (ई.स. 1967-1974) है। इसलिए कहा गया है, "The power corrupts and absolute power corrupts absolutely." हुकुमशाह अथवा लश्करशाह की विचारधारा राष्ट्रीय विचारधारा हो ही नहीं सकती, वह किसी एक व्यक्ति की या कुछ व्यक्तियों की विचारधारा होती है।

साम्यवाद

'साम्यवाद' एक राजकीय तत्त्वप्रणाली, विचारधारा है। इस विचारधारा के

प्रवर्तक कार्ल मार्क्स थे। कार्ल मार्क्स (ई.स. 1818–1883) ने विश्व की परिस्थिति का अध्ययन किया और उस परिस्थिति में परिवर्तन कर नई परिस्थिति को लाने का मार्ग भी बताया। मार्क्स भौतिकवादी है अर्थात् वह जड़ प्रकृति (Matter) को मूल प्रकृति समझते हैं। उसे ही प्रधान मानते हैं। मनुष्य भी जड़ प्रकृति की एक निर्मिति है। वह एक आर्थिक प्राणी है। इस विचार-प्रणाली में मनुष्य का मन, उसकी बुद्धि और उसकी आत्मा का विचार ही नहीं किया जाता। मार्क्स ने समग्र मानवी जीवन का विचार ही नहीं किया, उन्होंने मानव की शारीरिक जरूरतों का ही विचार किया।

साम्यवाद ने मानवजाति को दो भागों में विभक्त किया है। एक धनिक वर्ग (Haves) और दूसरा धनहीन वर्ग (Have-nots), परंतु संपूर्ण मानवजाति को इस प्रकार दो वर्गों में बाँटना सही नहीं है। ऐसा भी एक वर्ग हो सकता है, जिसको धनिक अथवा धनहीन भी नहीं कहा जा सकता। वैसे ही साम्यवाद यह मानता है कि धर्म अफीम की गोली है, उसका सर्वस्वी त्याग करना चाहिए। वास्तविक रूप में मानवजाति को प्रोत्साहित तथा प्रेरित करने में धर्म का एक महत्त्वपूर्ण स्थान है।

मार्क्सवाद क्रांति की तरफदारी करता है। इस क्रांति में हिंसा वर्ज्य नहीं, बल्कि अटल है, ऐसी ही उसकी मान्यता है। कामगार वर्ग की हुकुमशाही मार्क्सवाद का एक बहुत ही जटिल प्रश्न है। कामगारों की अविभक्त शक्ति ही हुकुमशाही, पूँजीवाद को समाप्त करके समाजवाद को स्थापित करने के लिए संपूर्ण कामगार वर्ग को समर्थ करेगी, ऐसा साम्यवाद का मानना है।

रशिया में लेनिन द्वारा कामगार वर्ग की हुकुमशाही प्रस्थापित हुई, परंतु वह संपूर्ण जनता की हुकुमशाही नहीं बन सकी। प्रथमत: वह पक्ष की हुकुमशाही बनी। उसके बाद केवल पॉलिटब्यूरो की। आगे चलकर पॉलिटब्यूरो के एक गुट की और बाद में एक व्यक्ति की। उस एक व्यक्ति में इतनी दहशत निर्मित हुई कि बड़े-से-बड़ा अपने सहकारी को पक्षद्रोही कहकर अपने रास्ते से हटा देता था। उसकी दशहत से उसके सहकारी इतने भयभीत हुए कि प्रत्यक्ष अत्याचार होते देखकर भी वे उसका विरोध नहीं कर सकते थे। साम्यवाद में शोषण के लिए गुंजाइश नहीं रहेगी और शोषण समाप्त होने के कारण शोषक और शोषित यह भेद ही समाप्त हो जाएगा, उनका यह प्रतिपादन केवल ख्वाब ही रह गया।

साम्यवाद संपत्ति के निजी स्वामित्व का कट्टर विरोधी है। साम्यवाद की विचारसरणी के अनुसार संपूर्ण शोषण की जड़ मूल संपत्ति पर व्यक्ति के स्वामित्व का होना है। इसलिए संपत्ति पर व्यक्ति के स्वामित्व का अधिकार समाप्त किया

जाना चाहिए। साम्यवाद को माननेवाले सभी देशों ने ऐसा किया है। संपत्ति का मालिक समाज, सरकार। इसलिए संपूर्ण संपत्ति-कारखाने, खेती, उद्योग इत्यादि का राष्ट्रीयकरण, सरकारीकरण किया गया। इस नीति के विपरीत परिणाम दिखाई देने लगे। रशिया में सत्तर वर्षों बाद 'ग्लोसनोत' और 'पेरिस्क्रोइका' की चर्चा प्रारंभ हुई। मनुष्य की स्वाभाविक वृत्ति-प्रवृत्ति का आदर करना प्रारंभ हुआ। निजी उद्योगों को अवसर देनेवाली अलग व्यवस्था शुरू हुई अर्थात् साम्यवाद विचारधारा यशस्वी विचारधारा नहीं बन पाई।

इंग्लैंड का समाजवाद

इंग्लैंड ने अपने समाजवाद को लोकशाहीयुक्त समाजवाद (Democratic Socialism) कहा है। शास्त्रीय दृष्टि से विचार करें तो लोकशाही और समाजवाद एक साथ नहीं चल सकते, परंतु इंग्लैंड में दोनों को साथ लेकर चलने का प्रयोग किया गया। इंग्लैंड ने अपने समाजवाद को धर्म और राष्ट्रीयता के साथ जोड़ने का प्रयत्न किया। समाजवाद को नैतिकता के आधार पर खड़ा किया। समाजवादी सिद्धांत के अनुसार उद्योगों का राष्ट्रीयकरण किया, जिसके कारण नौकरशाही को बढ़ावा मिला। सामाजिक व्यवस्था को धोखा हुआ। व्यक्ति को संरक्षण प्रदान करना आवश्यक लगने लगा। इसके लिए समाजवाद के सफल होने के उपायों पर ध्यान देना आवश्यक है।

समाजवाद सफल होने के उपाय

(1) सरकार फॉसिस्ट अथवा कम्युनिस्ट नहीं बने, इसके लिए सर्वशासकीय नियंत्रण में लोकशाही प्रक्रिया रहनी चाहिए, इसका समाजवाद ने आग्रह किया।

(2) समाजवाद में सहकार्य करने पर जोर देने के साथ ही प्रतियोगिता को भी योग्य अवसर देना चाहिए।

(3) शासकीय नियंत्रण का अर्थ शासकीय स्वामित्व नहीं समझना चाहिए। शासकीय स्वामित्व के अच्छे-बुरे परिणाम शासन किसके हाथ में है, इसके ऊपर निर्भर करता है।

(4) समाजवाद को राष्ट्रवाद को स्वीकार करना चाहिए।

बेल्जियम के समाजवादी नेता पॉल हेनरी स्पाक (ई.स.1899-1972) के

मतानुसार, "समाजवादियो, समाज का राष्ट्रीयकरण किस प्रकार करना चाहिए, यह सीखना चाहिए।" स्पष्ट है कि उनका भी 'समाजवाद' पर विश्वास नहीं रहा।

आपको कल्पना है कि कार्ल मार्क्स के अनेक विचार कालबाह्य हुए हैं। अब वे अस्तित्व में नहीं हैं। उनकी की हुई भविष्यवाणियाँ गलत साबित हुईं। जहाँ-जहाँ मार्क्सवाद को व्यवहार में लाने का प्रयत्न किया गया, वहाँ सभी जगहों पर लोकशाही की हत्या हुई। विचार स्वतंत्रता का लोप हो गया और सामान्यत: लोग असंतुष्ट रह गए। उनमें नैतिकता की वृद्धि नहीं हुई। लोगों को अपने व्यवहार सहजता से पूरे करने के लिए बल का प्रयोग करना पड़ा है। जहाँ कहीं लोगों का असंतोष प्रकट हुआ, वहाँ सैन्यबल से ही असंतोष का दमन करना पड़ा है।

इंग्लैंड जैसे गिने-चुने कुछ एक देशों में, जहाँ लोकशाही के साथ समाजवाद को स्वीकार किया गया है, वहाँ भी सरकारी स्वामित्व के अनिष्ट परिणाम दिखाई दिए हैं। हुकुमशाही प्रवृत्ति के शासकों को समाजवाद का बहुत ज्यादा आकर्षण है। इसका कारण है कि आर्थिक क्षेत्रों पर भी उनको स्वामित्व जताने का मौका मिलता है। इसके अतिरिक्त समाजवाद के सिद्धांत की भी मदद मिलती है। अब विश्व ने 21वीं शताब्दी में पदार्पण किया है। इस नए शतक में 'समाजवाद' शब्द निरर्थक बन गया है।

हिंदू विचारधारा

इस वस्तुस्थिति को ध्यान में रखते हुए हिंदुत्व विचारधारा संपूर्ण विश्व की मानवजाति को सुख, समाधान, स्थायित्व, शांति प्रदान कर सकेगी। इस विचारधारा में यह क्षमता निश्चित रूप से है। इस विचारधारा को ऐतिहासिक कारणों से 'हिंदू' नाम दिया गया है, परंतु गुणात्मक दृष्टि से विचार किया तो वह 'मानवीय' विचारधारा है।

सर्वेऽत्र सुखिनः सन्तु सर्वे सन्तु निरामयाः।
सर्वे, भद्राणि पश्यन्तु मा कश्चिद् दुःखमाप्नुयात्॥

'सर्व मानव सुखी हो' यह इस विचारधारा का उद्‌घोष है। इसलिए इस विचारधारा का सहारा सभी को लेना चाहिए।

हिंदू विचारधारा के सिद्धांत

- सभी मानव निर्मित व्यवस्था और रचना ध्येय मनुष्यमात्र का सुख होता है।
- मनुष्य अर्थात् जैसा जड़ शरीर है; वैसा ही मन, बुद्धि और चैतन्य भी हैं।

इसलिए मनुष्य का सुख अर्थात् शरीर, मन, बुद्धि तथा चैतन्य अथवा आत्मा इन चारों का सुखी होना है।

- शरीर और मन इनका सुख ऐहिक व्यवस्था पर निर्भर है और ऐहिक व्यवस्था में शासन का बहुत महत्त्व है। शासन राज्य के अधीन होता है इसलिए हिंदू विचारधारा राज्य को आवश्यक मानती है।
- हिंदू विचारधारा के अनुसार राज्य निधर्मी होता है।
- व्यक्ति का संपत्ति पर अधिकार इस विचारधारा को मान्य है, अर्थात् इसमें परिवर्तन करने अथवा संपत्ति नियंत्रित करने का अधिकार समाज को होता है।
- सहकार्य, सहिष्णुता और समन्वय यह इस विचारधारा की विशेषताएँ हैं।
- मनुष्य के विचारों में कालानुसार सदैव परिवर्तन होते रहते हैं। इसलिए आधुनिक ज्ञान, आधुनिक विज्ञान को यह विचारधारा स्वीकार करती है, अर्थात् इसमें भी मानव के कल्याण का, सुख का विचार अभिप्रेत है।
- स्पर्धा और सहकार्य को मानव जीवन में महत्त्वपूर्ण स्थान प्राप्त है। इसलिए विचारधारा में उनका स्वीकार, स्वयं उपक्रमशीलता को प्रोत्साहन, लेकिन एकाधिकारशाही को स्थान नहीं है।
- हिंदू विचारधारा का लोकशाही पर, लोकतंत्र पर तथा विचारस्वतंत्रता पर पूरा विश्वास है।
- हिंदू विचारधारा संयमित जीवन के पक्ष में है। वह भोगवाद का विरोध करती है। 'ईशावास्यमिदं सर्वम्' अर्थात् 'जो है, वह सब परमेश्वर का है।' ऐसी उसकी भूमिका है। त्याग हिंदू संस्कृति का आधार है। निर्मोही जीवन इस विचार-प्रणाली का आदर्श है।

'गूगल सर्च' पर राष्ट्रीय विचारधारा (National Ideology)

गूगल खोज (Google Search) पर राष्ट्रीय विचारधारा से संबंधित जानकारी उद्‌बोधक है।

व्याख्या

सभी देशवासियों को मान्य शाश्वत संकल्पना और मूल्यों का समुच्चय ही राष्ट्रीय विचारधारा है।

(National ideology is a comparatively steady system of ideas and principles accepted by its followers)

उद्‌देश्य

राष्ट्रीय विचारधारा के कारण समाज के सभी घटकों को स्वत्व का पूर्ण एहसास हो सकता है। इस विचारधारा के आधार पर राष्ट्रजीवन निश्चित किया जा सकता है।

(The aim of the National Ideology is to define how the nation must live, ideas it should follow to achieve complete self realisation.)

आवश्यकता

राष्ट्रीय विचारधारा का रुख राष्ट्र की परंपरा से, वहाँ रहनेवाले मनुष्य के व्यक्तित्व से, प्रकट होनेवाली मूल्य पद्धति पर आधारित राष्ट्र की एकात्मता निर्मित करने की ओर रहता है। ऐसी एकात्मता से ही राष्ट्र के घटकों को स्वत्व का पूर्ण आकलन हो सकता है।

(National Ideology should be directed towards harmonising the nation so that the system of values maintained by the society correspond to the national character of people concerned and their traditional outlook. Only in this case the complete self realization of a nation will be possible.)

प्रत्यक्ष कृति में लाने का मार्ग

स्वभावधर्म के आधार पर हमारे जीवन के नियम कैसे होने चाहिए, इसकी शिक्षा राष्ट्रीय विचारधारा देती है। वैसे ही समाज के हर क्षेत्र में एकसंघता, एकात्मता साधकर सजीव, सशक्त समाज का विकास कैसे करना चाहिए तथा विश्व के सभी राष्ट्रों को एक राष्ट्र बनकर कैसे रहना चाहिए, इसका मार्गदर्शन राष्ट्रीय विचारधारा करती है।

(National Ideology educates to act in accordance with the laws of real life operating in nature and laws of development of a nation as social (super biological) entity, as structurally functional integrity, as an element of world community of nations)

❖ ❖ ❖

स्वामी विवेकानंदजी का दृष्टिकोण

प्रत्येक मनुष्य के अंतर्मन में जिस प्रकार एक विशिष्ट संकल्पना निवास करती है, उसी प्रकार प्रत्येक राष्ट्र की एक विशिष्ट विचारधारा होती है। मनुष्य की बाह्य गतिविधियाँ उन अंतर्गत संकल्पनाओं का प्रकट आविष्कार होती है। वैसे ही उसी तरह प्रत्येक राष्ट्र को अपनी विचारधारा का संवर्धन करते हुए विश्व में काम करना चाहिए। अंतर्मन की आध्यात्मिकता तथा बाह्य जगत् में प्रकट होनेवाली संस्कृति इनका एकत्रित प्रकटीकरण उस राष्ट्र को करना चाहिए।

□

विभाग-2

विदेशों में राष्ट्रीय विचारधाराओं का प्रभाव

प्रकरण-3

जापान

जापान का राष्ट्रध्वज तथा राष्ट्रगीत

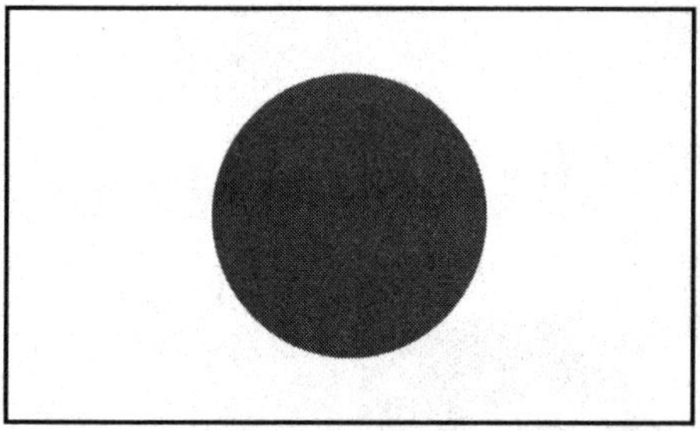

English Version

May the Emperor's rule last
Till a thousand years, then eight thousand years to come
Till sand, pebbles and rocks
To be united as a ledge
Till moss glows on it.

जापान

राष्ट्रगीत

(हिंदी भावानुवाद)

हमारे राजा का राज चिरकाल रहे।
हजार वर्षों तक, आठ हजार वर्षों तक रहे।
रेत, छोटे कंकड़ और पत्थर
सब जुड़कर चट्टान बन जाएँ
और सेवार से हरे हो जाएँ।
हमारे राजा का राज चिरकाल रहे।

भाग–2 प्रकरण 3

जापान

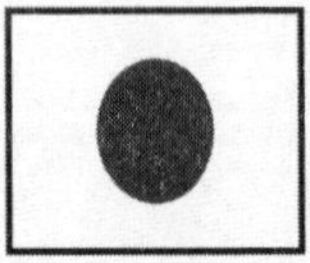

राष्ट्रध्वज

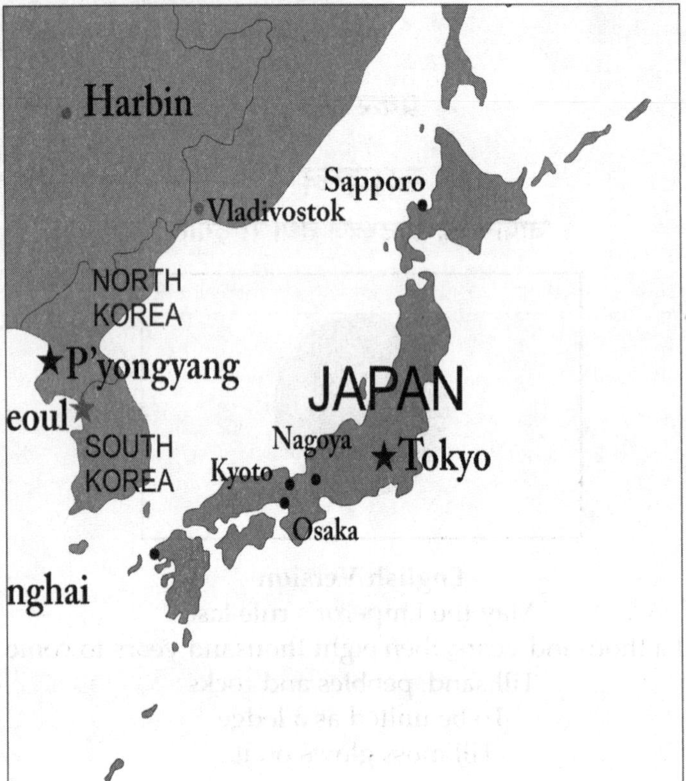

नक्शा

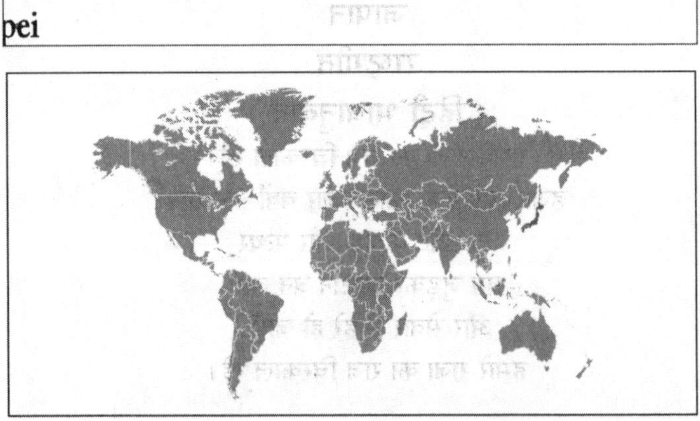

विश्व में स्थान

विश्व की बड़ी शक्ति

विश्व के नक्शे पर आग्नेय दिशा के कोने में, चीन देश के उस पार, चार बड़े द्वीपों को मिलाकर बना हुआ, 'जापान' नाम का देश है। जापान का क्षेत्रफल विश्व की तुलना में केवल 0.3 प्रतिशत है। जापान का भू-प्रदेश 3,77,664 चौ.कि.मी. है। भारत का क्षेत्रफल 31,66,414 चौ.कि.मी. है तो महाराष्ट्र राज्य का क्षेत्रफल 3,07,690 चौ.कि.मी. है। जापान की लोकसंख्या 12.73 करोड़, भारत की 125 करोड़ तथा महाराष्ट्र की 11.42 करोड़ है। जापान की लोकसंख्या घनता प्रत्येक चौ.कि.मी. पर 349, भारत की 436, तो महाराष्ट्र की लोकसंख्या घनता 382 है।

इन स्पष्ट आँकड़ों से पता चलता है कि जापान भारत से क्षेत्रफल की तुलना में 10 प्रतिशत ही है, परंतु जापान का सकल उत्पाद भारत से 20 गुना अधिक है। महाराष्ट्र और जापान की लोकसंख्या, क्षेत्रफल तथा लोकसंख्या घनता यह लगभग समान है, परंतु जापान का सकल उत्पादन महाराष्ट्र से 150 गुना से भी अधिक है। भारत देश तथा महाराष्ट्र संपूर्ण एक ही भू-प्रदेश है। जापान अनेक द्वीपों से बना हुआ देश है। भारत के मुकाबले उपजाऊ जमीन कम तथा खनिज संपत्ति लगभग न के बराबरवाला जापान देश यह विश्व के पहले पाँच अमीर देशों में तीसरे क्रमांक पर है।

विश्व में कुछ ही घर या काम करने की जगह ऐसी मिलेंगी कि जहाँ जापानी कोई भी वस्तु नहीं है। जापान की गाड़ियाँ आज सारे विश्व की सड़कों पर दौड़ रही हैं। पश्चिमी और एशियन देशों में 'जापान प्रणाली का व्यवस्थापन' अध्ययन तथा प्रत्यक्ष काम करने का विषय है। जापान की आर्थिक सहायता का ओघ अनेक विकसित देशों में हो रहा है। नई परियोजना के लिए जापान से पूँजी निवेश तथा उनके सहयोग की उम्मीद की जाती है। पर्यटन-विकास करनेवाली कंपनियाँ भी जापानी अमीर लोग ज्यादा मात्रा में विदेश यात्रा करें, ऐसा प्रयत्न करती हैं। पश्चिमी जगत् में 'मुझे एक बार जापान जाना है' ऐसा सर्वसाधारण की इच्छा का विषय होता है। जापान विश्व की एक बड़ी बाजारपेठ है। एक महान् शक्ति है।

विश्व में किसी भी देश को जापान की तरह लगभग पूर्ण शरणागत होने की स्थिति का सामना नहीं करना पड़ा होगा। महाअण्वास्त्रों द्वारा जापान की ही अपरिमित हानि हुई। जापान जैसा भूकंपग्रस्त देश विश्व में कोई नहीं। फिर भी 1945 में पूर्ण रूप से बेचिराख हुआ जापान केवल 30 वर्षों में विश्व का प्रथम क्रमांक का देश बना।

जापान की प्रगति का वर्णन हम 'केवल चमत्कार' के रूप में करते हैं; परंतु सही अर्थों में 'चमत्कार' केवल चमत्कार ही होता है। उसका तार्किक दृष्टि से कोई आधार नहीं रहता; लेकिन जापान की प्रगति का तार्किक आधार है। इसके सबल सबूत हैं। मिस्टर केनेथ हेंशाल द्वारा लिखित 'हिस्टरी ऑफ जापान' इस पुस्तक में जापान किन सामूहिक विचारों के आधार पर महासत्ता बना, इसका विस्तृत वर्णन किया गया है। वे कहते हैं, "परिस्थिति को दिया हुआ योग्य प्रत्युत्तर ही जापान के यशस्वी होने का रहस्य हैं, तथा प्रत्युत्तर का मूल उनके इतिहास में जतन किए हुए जीवनमूल्यों तथा जीवनक्रम में है।"

"Japan's achievements have come about through its response to circumstances. In general its pattern of response to circumstances has been based on values and practices rooted in history."

('History of Japan' by Mr. Kenneth Henshall)

राष्ट्रीय विचारधारा का गठन

तीन राजचिह्न

जापान समाज समूह का जन्म हुआ, तब से सूर्यवंश का राजा समाज का अधिपति बनकर जापान में ढाई हजार वर्षों से राज्य करने लगा। राजा ने खड्ग, रत्न और दर्पण ये तीन राजचिह्न धारण किए हैं। 'खड्ग' जापान के क्षत्रियत्व के लिए, 'रत्न' चारित्र्यवर्धन के लिए तथा 'दर्पण' आत्मपरीक्षण के लिए ऐसे तीन गुणों के सूचक राजचिह्न माने जाते हैं। तभी से जापानी राष्ट्रीय विचारधारा के गठन की शुरुआत हुई।

पितृपूजा (शिंतो)

समस्त जापानी लोगों को एकनिष्ठा से बाँधनेवाली दूसरी परंपरा है 'पितृपूजा'। आद्यपूर्वजों से आज तक जो पितर हुए, वे सब भगवान् स्वरूप हैं। उनमें से प्रमुख वीरों की, विभूतियों की और राजाओं की समाधियाँ देश भर में जगह-जगह पर बिखरी हुई हैं। राष्ट्रीय त्योहार, महोत्सवों के समय बहुसंख्य जापानी, आबालवृद्ध, इन समाधियों के दर्शन करने के लिए जाते हैं। सभी के पूर्वज एक ही है, यह भावना अंत:करण में होने से राष्ट्र एक परिवार ही है, ऐसा माना जाता है।

आचारधर्म

जापान में 'समुराय' क्षत्रिय वर्ग था। स्वाभिमानी स्वभाव, जाज्वल्य स्वामीनिष्ठा, बलिदान की तैयारी, सादा रहन-सहन तथा मनोनिग्रह उस वर्ग के आचारधर्म के सूत्र थे। वर्तमान में 'समुराय' वर्ग नहीं है, लेकिन इस आचारधर्म के सूत्र संपूर्ण राष्ट्र के समान आचारसूत्र हो गए।

समूहधर्म की उपासना

जापान में विश्व के मान्यताप्राप्त ऐसे अलौकिक व्यक्ति कम ही देखने को मिलते हैं। एक अकेले व्यक्ति का विचार किया तो उसकी बुद्धिमत्ता और कार्यनिपुणता कम दर्जे की होती है, लेकिन संपूर्ण समाज का विचार किया जाए तो उनका बौद्धिक सामर्थ्य तथा कर्तृत्व श्रेष्ठ दर्जे का होता है। उसी आधार पर जापान ने अपने सभी क्षेत्रों में प्रगति सिद्ध की है।

तंत्रों में रुचि

जापान ने औद्योगिक क्षेत्र में बहुत थोड़े ही समय में प्रगति कर, कई पश्चिमी देशों को पीछे छोड़ दिया है। इसका मुख्य कारण है कि जापानी लोगों की स्वाभाविक

रुचि हस्त व्यवसाय और यांत्रिक उद्योगों की तरफ है। आज के औद्योगिक युग के अनुकूल स्वभावगुण जापानी लोगों में होने के कारण समय और अंगभूत गुण से इनका अच्छा मेल दिखाई देता है।

प्रतिकूल परिस्थिति से संघर्ष

किसी भी परिस्थिति में हिम्मत से काम लेना वहाँ के निसर्ग ने ही जापानी लोगों को सिखाया है। जापान भूकंपग्रस्त देश है। लाखों की संख्या में घर नष्ट हो जाते हैं, परंतु जापान डगमगाता नहीं। उसने कभी भी विश्व के सामने हाथ नहीं फैलाए।

शिक्षा को प्रधानता

जापानी लोग शिक्षा को अनन्य साधारण महत्त्व देते हैं। इसलिए जापानी शासकों ने टोकुगावा (ई.स. 1600 से 1868) इस प्रदीर्घ कालावधि में, मेजी कार्यकाल (ई.स. 1868 से 1912) तत्पश्चात् पहले और दूसरे महायुद्ध के काल में (ई.स. 1914 से 1945) और उसके बाद भी जापानी राष्ट्रीय विचारधारा की ही शिक्षा नागरिकों को प्रयत्नपूर्वक दी। उसके कारण देश में विचारों की सामयिक शक्ति निर्मित हुई।

दूसरों से सीखने की वृत्ति

हजार वर्षों से जापान ने चीन से यह सीखा कि अपने राष्ट्र को हमेशा दूसरों से श्रेष्ठ समझना चाहिए। टोकुगावा कार्यकाल (ई.स. 1600 से 1868) में यही प्रथा चल रही थी। अग्निबाणों (firearms) का उपयोग कैसे करना चाहिए, यह जापान ने पश्चिमी राष्ट्रों से सीखा। मेजी कार्यकाल में (ई.स. 1868 से 1912) लोगों पर अधिराज्य कैसे चलाना, यह बड़ी होशियारी से पश्चिमी राष्ट्रों से सीखा। इतना ही नहीं, जापान स्वयं एक साम्राज्यवादी राष्ट्र बना। दूसरे महायुद्ध के पश्चात् अमेरिका ने उस पर कब्जा किया; परंतु इस मौके का फायदा उठाकर जापनियों ने अमेरिका से कुछ ऐसे पाठ आत्मसात् किए कि कुछ ही वर्षों में जापान औद्योगिक व्यवस्थापन और गुणवत्तावर्धन के पाठ अमेरिका को सिखाने लगा। कल का शिष्य आज गुरु बन गया।

प्रखर देशभक्ति

प्रत्येक जापानी व्यक्ति वैयक्तिक हित की अपेक्षा राष्ट्रहित को अधिक महत्त्वपूर्ण मानता है। 'हमारा राष्ट्र सर्वश्रेष्ठ बलवान राष्ट्र है' यह उनके मन पर अंकित किया गया है। टोकुगावा कार्यकाल (ई.स. 1600-1868) में अपने देश के लोगों का परकीय लोगों से संरक्षण करना, यह एहसास होने लगा। उन्नीसवीं शताब्दी में यूरोपीय लोगों के जबरदस्ती के पुनरागमन से (ई.स. 1854) जापानी लोगों की राष्ट्रीय वृत्ति बहुत बढ़ने लगी। "अब तो हमें अपना राष्ट्र निश्चित रूप से अधिक बलवान करना चाहिए," ऐसा जापानी जनता ने दृढसंकल्प किया। इसका प्रमाण ई.स. 1945 से 1975, इन तीस वर्षों में द्वितीय महायुद्ध के पराभव के बाद की आश्चर्यकारक प्रगति में देखने को मिलता है।

स्वतंत्र व्यक्तिमत्व को मान्यता

'अपनी-अपनी डफली अपना-अपना राग,' इस न्याय से जापानी लोगों की दृष्टि में श्रेष्ठ-कनिष्ठ भावना, उच्च-नीच स्तर, अमीर-गरीब वर्ग, सरंजामदार-सेवकवर्ग, अधिकारी-नौकर ऐसी भिन्नता समाज में होना स्वाभाविक है। उनको ऐसा लगता है कि उस भिन्नता में प्रयत्नपूर्वक कृत्रिम समानता लाना यह असमाधान तथा विफलता को जन्म देने जैसा है।

संघ भावना

संघ भावना जापान की एक बड़ी शक्ति है। सभी संघटित घटकों को एक कुशल नेता तथा समन्वयक चाहिए, इसका एहसास जापानी लोगों को है।

टोकुगावा कार्यकाल में जनता और नेताओं में आज्ञापालन और सामूहिक जिम्मेदारी, इन दो संकल्पनाओं ने जड़ पकड़ ली। मेजी कालावधि में स्वयं का हित और राष्ट्र का हित एक ही है, यह भावना दृढ हुई। एकाधिकारशाही और लोकशाही का सुंदर मिलाप इस काल में हुआ।

इस प्रकार कर्मवाद का स्वीकार, एक-दूसरे के लिए आदर, स्वाभिमानी स्वभाव, जाज्वल्य स्वामीनिष्ठा, हमेशा त्याग के लिए तैयार, आज्ञापालन, सेवा-तत्परता, सदैव कष्ट सहने की तैयारी, प्राप्त परिस्थिति को स्वीकार करने की क्षमता, दूसरों से सीख लेने की जाज्वल्य इच्छा, प्रखर देशभक्ति और श्रेष्ठत्व की भावना, संघशक्ति के प्रति विश्वास, इत्यादि गुण जापानी लोगों के स्वाभाविक गुण बन गए।

इन सभी के परिणामस्वरूप जापान पर पश्चिमी जगत् से आई लोकशाही, स्वतंत्रता, समता, विश्वबंधुत्व, साम्यवाद, इन विचारों के प्रभाव ने राष्ट्रीय विचारधारा में खलबली नहीं मचाई। इन संकल्पनाओं का उन्होंने 'जापानीकरण' किया तथा जापानी जनता को जो अच्छा लगेगा, जो आत्मसात् होगा, इस पद्धति से उन संकल्पनाओं को स्वीकार किया।

उसी प्रकार पश्चिम की ओर से आनेवाले क्रिश्चियन धर्ममतों तथा मध्यपूर्व से आनेवाले मुसलिम धर्ममतों का भी उन पर असर नहीं हुआ। पूर्व से चले आ रहे कन्फ्यूशियस तथा बौद्ध मत से निर्मित हुई शिंतो धर्म संकल्पना पर भी उनका दुष्प्रभाव नहीं हुआ। इसलिए 'धर्मनिरपेक्षता' आदि संकल्पनाओं का आडंबर फैलाने का जापान में प्रश्न ही नहीं उठा।

जापानी विचारधारा की विशेषताएँ

- कार्यमग्नता, कार्यशीलता, विशेष लचीलापन, समझौता तथा समाविष्ट करने की क्षमता।
- सीखने की प्रवृत्ति का सम्मान, विशेषतः दूसरों की ताकत का अध्ययन ज्यादा महत्त्वपूर्ण।
- महत्त्वाकांक्षा, निपुणता तथा कठोर परिश्रम का सम्मान।
- प्रखर राष्ट्रीयत्व की भावना।
- संघशक्ति का महत्त्व।
- व्यक्तिगत हक तथा व्यक्तिस्वतंत्रता की मर्यादा का एहसास।
- वरिष्ठ अधिकारी को मान्यता तथा मान।
- अधिकारी परंपरा का स्वीकार, स्वतंत्र व्यक्तिमत्व को मान्यता।

Japan's main strengths—

- Pragmatism-especially flexibility and an ability to compromise and adopt.
- Strong resilience.
- Respect for the power of learning, particularly learning the strength of others.
- Respect for ambition and achievement, including hardwork.

- Strong sense of nationhood.
- Appreciation of the strength of the group.
- Acceptance of Authority.
- Acceptance of hierarchy and inequality among individuals.

उपरोक्त मूल्य अर्थात् जापान की सँभालकर रखी हुई राष्ट्रीय विचारधारा है। जापान महायुद्ध के बाद ई.स. 1945 से लेकर 1975 इन तीस वर्षों में विश्व का सबसे अमीर देश बना, केवल सौ सालों में विश्व को दाँतों तले उँगली दबा लेनेवाली बहादुरी जापान ने दो बार दिखाई। इसकी नींव इंडो अथवा टोकुगावा ई.स. 1600 से 1868 की कालावधि में घटी घटनाओं में समाई हुई है।

प्रो. लेहमन्नजी का अभिप्राय

स्कॉटलैंड के स्टर्लिंग विद्यापीठ में स्थित जापान के अध्ययन केंद्र के संचालक मि. जीन पीअर लेहमन्नजी ने 'आधुनिक जापान की नींव; (The Roots of Modern Japan) नामक पुस्तक लिखी है। उस पुस्तक के पाँचवें अध्याय 'विचारधारा, राजनीति तथा क्रांति' (Ideology, Politics and Revolution) में मि. लेहमन्न लिखते हैं; "जापान के इतिहास में इडो कालावधि (ई.स. 1600 से 1868) आर्थिक, सामाजिक और बौद्धिक संपन्नता की थी। इन क्षेत्रों में घटनेवाली सभी घटनाएँ 'राष्ट्रीय एकात्मता' इसी एक केंद्र के आस-पास घट रही थीं। इस गठन में सभी शक्तियों को एकत्रित करने में 'राष्ट्रीय विचारधारा' तथा 'बाह्यसंकटों' का सहभाग था। इडो कालावधि के आखिरी वर्ष में इन दोनों विषयों का तेजी से आविष्कार हुआ।"

(The Edo era, witnessed significant economic, social and intellectual development. The forces at work, in all these fields, were mainly of centripetal character. In objective terms it is clear that national unification was in the process of formation. In order to weld these forces together, however two further conditions were necessary, a national ideology and external pressure. Both of these emerged in the latter part. (A.D. 1850-1868) of the Edo era.)

मि. लेहमन्न आगे लिखते हैं, "जापान की सामयिक राष्ट्रीय विचारधारा की शक्ति के आधार पर जापान ने पश्चिमी राष्ट्रों की चुनौतियों का मुँह-तोड़ जवाब

दिया। जो विचारधारा विकसित हो ही गई थी, उसका परिणामकारक आविष्कार निर्माण करने के लिए जापान को वह एक मौका ही मिला।"

(Japan's remarkably rapid response to the West was greatly facilitated by the fact that the National Ideology had been evolved. It was there. It was simply question of effectively projecting it.)

प्रो. वॉलेसजी का अभिप्राय

ऑकलैंड विद्यापीठ के प्रो. कोरेथ जे, वॉलेस ने अपनी पुस्तक 'Back to the Land of Setting Sun' के अंतर्गत जापान की राष्ट्रीय विचारधारा के संबंध में अपने विचार प्रकट किए हैं। वे लिखते हैं, "विद्वज्जनों को ध्यान रखना चाहिए कि जापान ने हमेशा राजकीय, आर्थिक तथा सांस्कृतिक क्षेत्रों में परिस्थिति के अनुसार परिवर्तनीय, अनुकूल तथा लचीली राष्ट्रीय विचारधारा को आत्मसात् किया है। जापान की राष्ट्रीय विचारधारा और उसकी पहचान अंतर्गत, परस्पर स्नेह-संबंधों पर तथा परकीय संबंधित मतभेदों पर आधारित है। जापान अपने देश में बाह्य जगत् से जो उपयुक्त और लाभदायक है, उसका स्वीकार करता है, परंतु जो बाह्य संकल्पना देश के लिए अनुपयुक्त तथा अव्यवहार्य है, उन संकल्पनाओं को वह अपने से दूर रखता है।"

(Scholors should remember that Japan has always had an adoptable and flexible approach to the process of political, economical and cultural absorption. Its national identity is based on a strong sense of internal connectedness and external differences. Not only will Japan forge connection, where it is advantageous, it will also readily adopt social, economic and political models where they are shown to be successful. While abondoning those that it sees as practically or morally bankrupt.)

राजकीय पक्ष—सद्यःस्थिति (2015)

ई.स. 1890 से प्रस्थापित हुए संविधान के अनुसार जापान में एक प्रतिनिधि सभा (House of Representatives) तथा वरिष्ठ सभा (House of Peers) अस्तित्व में आई। दूसरे महायुद्ध के बाद ई.स. 1947 से संविधान

पुनर्स्थापित हुआ। प्रतिनिधि सभा में 475 प्रतिनिधि होते हैं। इनमें से 180 पक्षसूची पद्धति से तथा 295 मतदार संघ से चुने जाते हैं। बहुमत के लिए आवश्यक संख्या 238 निश्चित की गई है। जापान में मतदान के लिए 18 वर्ष की आयु निर्धारित की गई है। कोई भी जापानी नागरिक 25 वर्ष की उम्र के पश्चात् प्रतिनिधि सभा के लिए खड़ा हो सकता है।

प्रतिनिधि सभा की राजकीय स्थिति इस प्रकार है—

(1 जून, 2015)

लिबरल डेमाक्रेटिक पार्टी	291
डेमोक्रॉटिक पार्टी ऑफ जापान	73
जापान इनोवेशन पार्टी	40
कोमिटो	35
जापानीज कम्युनिस्ट पार्टी	21
पार्टी फॉर फ्यूचर जनरेशन	2
सोशल डेमोक्रेटिक पार्टी	2
पीपल्स लाइफ पार्टी	2
स्वतंत्र	8
अन्य जगह	1
कुल	475

वर्तमान में लिबरल डेमोक्रॉटिक पार्टी के शिंजो इबे प्रधानमंत्री हैं।

□

भाग–2 प्रकरण 4

युनायटेड किंगडम

राष्ट्रध्वज

नक्शा

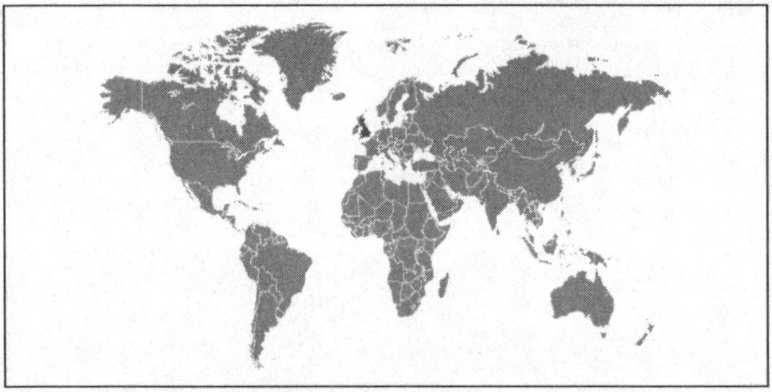

विश्व में स्थान

प्रकरण-4

यूनाइटेड किंगडम

यूनाइटेड किंगडम—राष्ट्रध्वज तथा राष्ट्रगीत

God save the Queen, God save our gracious Queen,
Long live our noble Queen,
God save the Queen!
Send her victorious,
Happy and glorious,
Long to reign over us, God save the Queen!

O Lord God arise,
Scatter our Enemies,
And make them fall!
Confound their knavish tricks,
Confuse their politics,
On you our hopes we fix,
God save the Queen!

Not in this land alone,
But be God's mercies known,
From shore to shore!
Lord make the nations see,
That men should brothers be,
And form one family,
The wide world ov'er
From every latent foe,
From the assasins blow,
God save the Queen!
O'er her thine arm extend,
For Britain's sake defend,
Our mother, prince, and friend,
God save the Queen!
Thy choicest gifts in store,
On her be pleased to pour,
Long may she reign!
May she defend our laws,
And even give us cause,
To sing with heart and voice,
God save the Queen!

यूनाइटेड किंगडम राष्ट्रगीत

(हिंदी भावानुवाद)

हे भगवान्,
हमारी रानी की रक्षा करो।
हे भगवान्, हमारी दयालु रानी की रक्षा करो।
हमारी परोपकारी रानी चिरायु हो
भगवान्, हमारी रानी की रक्षा करो।

सुख-समृद्धि और अत्युत्तम प्राप्ति के लिए
हम लोगों पर चिरकाल राज्य करने के लिए

भगवान्, हमारी रानी की रक्षा करो।
हे भगवान्, उठो
हमारे शत्रुओं को वहाँ विशृंखलित कर,
और उनका विनाश कर
उनकी कपटी युक्तियों को निष्प्रभ कर!
उनके राज्य में अव्यवस्था पैदा हो।
तुम पर हमारी नितांत श्रद्धा है, विश्वास है,
हे भगवान्, हमारी रानी की रक्षा करो।
केवल इस भूमि पर नहीं
तो सर्वत्र भगवान् की दयालुता ज्ञात हो
एक किनारे से दूसरे किनारे तक!
हे भगवान्, सर्व राष्ट्र में बंधुता प्रस्थापित करो,
और सर्व विश्व की रचना एक परिवार जैसी हो।

हमारे सुप्त शत्रुओं से और घातक हमलों से
भगवान्, हमारी रानी की रक्षा करो।
ब्रिटेन का समर्थन करने के लिए,
उसकी भुजाओं का विस्तार करने के लिए।
वह हमारी माता है, राजपुत्र है और मित्र है
भगवान्! हमारी रानी की रक्षा करो।

अपने कोष के अत्युत्तम उपहारों की
कृपया उनपर बौछार करो।
चिरकाल वे राज्य करें।
वे हमारे कानून का समर्थन करें।
हे ईश्वर! हमारी रानी की रक्षा करो।
यह गीत हृदय से और उच्च स्वर में गाने के लिए
हमें सदैव प्रेरणा दे!

अद्वितीय कार्य

यूरोप महाद्वीप की उत्तर-पश्चिम दिशा में इंग्लैंड, स्कॉटलैंड, वेल्स तथा उत्तर आयरलैंड—ये चार राज्य मिलाकर जो भूप्रदेश है, उसे यूनाइटेड किंगडम या ग्रेट ब्रिटेन के नाम से जाना जाता है। इसका क्षेत्रफल 1,42,971 चौ.कि.मी. है और लोकसंख्या 6 करोड़ 31 लाख है। भारत के पश्चिम महाराष्ट्र तथा कोंकण की लोकसंख्या कुल मिलाकर 5 करोड़ 50 लाख तथा क्षेत्रफल 1,45,679 चौ.कि. मी. है अर्थात् लोकसंख्या तथा क्षेत्रफल में भी आधे रहे लोगों ने भारत, पाकिस्तान, श्रीलंका, ब्रह्मप्रदेश इस विस्तीर्ण भूप्रदेश पर संख्या में 20 गुना अधिक रहे लोगों पर 10-20 वर्ष नहीं तो पूरे 150 वर्ष राज किया, यह एक बड़ा चमत्कार ही समझना चाहिए। यदि यह अद्वितीय कार्य समझा जाए तो ऐसा पहले कभी नहीं हुआ। इसके आगे भी कोई ऐसा कार्य होने की संभावना न के बराबर है।

इन चार राज्यों की 5 करोड़ जनता ने सातत्य से 200 वर्षों तक जिन विचारों पर जाज्वल्य निष्ठा रखी, जिन विचारों के आधार पर निडर होकर एकत्रित काम किया, पराक्रम दिखाया, यह चमत्कार उस सामूहिक विचारधारा का है, यूनाइटेड किंगडम की सामयिक राष्ट्रीय विचारधारा का है। क्या है उसकी विचारधारा, वह कैसे विकसित हुई?

यूनाइटेड किंगडम की निर्मिति

ढाई हजार वर्ष पूर्व दक्षिण रशिया तथा यूरोप से उपजाऊ जमीन का शोध लगाने अंग्लल्यू, सॉकसन्, ज्यूलस, रोममंस और नॉर्वे, स्वीडन, डेनमार्क से आए स्कॉन्डेनेवियंस लोगों ने इंग्लैंड, स्कॉटलैंड, वेल्स भाग में बस्ती बसाई। एक साथ रहने के लिए टोलियाँ बनाई गईं। उनमें से राजा तैयार किया गया। व्यापार करने के लिए चलन का निर्माण किया गया। ई.स. 1694 में 'बैंक ऑफ इंग्लैंड' की स्थापना हुई। ई.स. 1696 में 'बोर्ड ऑफ ट्रेड' नामक संस्था की निर्मिति हुई।

उपजाऊ जमीन की खोज में आए हुए लोगों को भी यह जमीन पर्याप्त नहीं थी। ठंडे मौसम के कारण लोगों की वृत्ति निडर हो गई। अनेक साहसी लोगों ने समुद्र मार्ग से नई जमीन का शोध प्रारंभ किया। ई.स. 1492 में कोलंबस ने अमेरिका महाद्वीप का शोध लगाया। ई.स. 1498 में वास्को-डी-गामा समुद्रमार्ग से होता हुआ भारत की किनारपट्टी पर पहुँचा। इंग्लैंड के भी कई लोगों ने उसी समुद्र मार्ग से यात्रा की। उसी बीच भारत की समृद्धि की निशानी अर्थात् अनेक प्रकार के मसाले

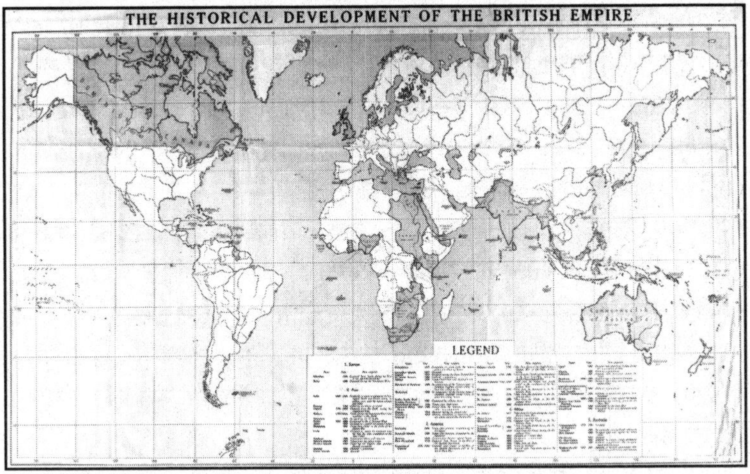

के पदार्थ, रेशम आदि वस्तुएँ, यूरोप पहुँच चुकी थीं। इस समृद्ध देश में जाना चाहिए, इसका आकर्षण इंग्लैंड तथा उसी के साथ यूरोप के अनेक देशों के लोगों को लग रहा था। पूर्व में जाकर व्यापार करना चाहिए, इसी ईर्ष्या के साथ ई.स. 1600 में 'ईस्ट इंडिया कंपनी' की स्थापना हुई। यह इंग्लैंड के इतिहास का एक बड़ा क्रांतिकारी निर्णय साबित हुआ।

ई.स. 1603 से इंग्लैंड तथा स्कॉटलैंड, ये दो राज्य एक ही राजा के आधिपत्य में काम करने लगे थे। ई.स. 1707 के करारनामानुसार स्कॉटलैंड तथा इंग्लैंड का एक-दूसरे में विलीनीकरण हो गया तथा ग्रेट ब्रिटेन नामक राज्य अस्तित्व में आया। उससे भी पूर्व वेल्स नामक छोटा राज्य इंग्लैंड में ई.स. 1540 के आस-पास सम्मिलित हो ही चुका था। ई.स. 1801 के करारनामानुसार आयरलैंड राज्य भी ग्रेट ब्रिटेन में समाविष्ट हो गया। इंग्लैंड, स्कॉटलैंड, वेल्स और आयरलैंड—इन चार राज्यों को मिलाकर तैयार हुआ यूनाइटेड किंगडम तथा ग्रेट ब्रिटेन ई.स. 1921 तक अस्तित्व में था। ई.स. 1921 में आयरलैंड का दक्षिण भाग स्वतंत्र राष्ट्र के रूप में अस्तित्व में आया। तत्पश्चात् ग्रेट ब्रिटेन अथवा यूनाइटेड किंगडम के अंतर्गत इंग्लैंड, स्कॉटलैंड, वेल्स और उत्तर आयरलैंड इन चार राज्यों का समावेश रहा।

प्रभावी विचारधारा

इस एकत्रीकरण से आनेवाले 200 वर्षों में अर्थात् 19वीं शताब्दी के अंत में ग्रेट ब्रिटेन ने एशिया, अफ्रीका, इन महाद्वीपों में अपना राजकीय आधिपत्य निर्माण

किया। ई.स. 1940 के लगभग यूनाइटेड किंगडम ने विश्व की 25 प्रतिशत धरती पर तथा 150 करोड़ जनता पर अपना आधिपत्य स्थापित किया था तथा जॉर्ज (छठा) (ई.स. 1895-1952) विश्व में फैले इस साम्राज्य का राजा माना जाता था। यह चमत्कार केवल ई.स. 1540 से 1940 इन 400 वर्षों में घटित हुआ। एशिया, अफ्रीका, ऑस्ट्रेलिया, न्यूजीलैंड, ये प्रदेश यूनाइटेड किंगडम से हजारों मील दूर, समुद्र यात्रा ही एकमात्र यातायात, परिवहन का, संदेशवाहन का साधन! फिर भी युनाइटेड किंगडम ने 400 वर्षों में जो प्राप्त किया, जो यश हासिल किया, उसकी नजदीक के इतिहास में कोई बराबरी नहीं, ऐसा ही कहना पड़ेगा।

श्रीमती लिंडा कॉली द्वारा लिखित पुस्तक 'फोर्जिंग द नेशन' (ई.स. 1707-1837), जो ई.स. 1992 में येल विद्यापीठ प्रेस ने प्रकाशित की, उस पुस्तक में वह लिखती हैं—

"अपने देश पर बेहद प्रेम करनेवाली ब्रिटेन की संस्था सामान्य परिवार से आए सैनिकों तथा नाविकों को उनकी नई वरदी देते हुए बताती थी कि 'तुम स्वतंत्र देश के पुत्र हो। तुम गरीब होते हुए भी ब्रिटेन की संतान हो। तुम्हारा जन्म स्वतंत्र रूप से जीने के लिए हुआ है, लेकिन स्वतंत्र का अर्थ है—उत्तम काम करना, एक-दूसरे की रक्षा करना, अपने से वरिष्ठ लोगों की आज्ञा का पालन करना और खून की आखिरी बूँद तक अपने देश के लिए व अपने राजा के लिए लड़ते रहना।"

("The more blatantly chauvinist societies tried to encourage good conduct among ordinary soldiers and sailors. Each boy recruited by marine societies was supplied with a new set of clothes and with a new set of ideas."

"You are the sons of Briton. Though poor, you are the sons of Britons, who are born to liberty, but remember that true liberty consists in doing well, in defending each other, in obeying your superiors and in fighting for your country and your King to the last drop of your blood.")

मैकमिलन कंपनी ने ई.स. 2002 में रिचर्ड वेट द्वारा लिखित पुस्तक 'पेट्रिअट : आइडेंटिटी ऑफ ब्रिटेन 1940-2000' का प्रकाशन किया। पुस्तक के परिचय में वे लिखते हैं कि—

"ई.स. 1707 से ई.स. 1940 की कालावधि में ब्रिटिशों ने जागतिक सुधार की गतिविधियों में बहुत बड़ा हिस्सा लिया है। उनका राष्ट्राभिमान जाज्वल्य तो था ही; परंतु जिस पद्धति से उन्होंने अनेक देशों पर राज किया, उसमें हुकुमशाही पद्धति की

किनार थी। फिर भी पूँजीवाद, साम्राज्य तथा प्रोटेस्टेंट विचारों के विस्तार के लिए यूनाइटेड किंगडम की जो योजना थी, वह उन्होंने सफलतापूर्वक पूरी की। लालसा, धार्मिक और वांशिक दुरभिमान तथा तिरस्कार, ये उनके आधारभूत तत्त्व थे। हम परमेश्वर के दूत हैं', सहनशील हैं, शूर हैं, साहसी है, इन गृहीत तत्त्वों पर चार राज्यों की एकता थी।

सोलहवीं से उन्नीसवीं शताब्दी तक चार चरण में इंग्लैंड, वेल्स, स्कॉटलैंड और आयरलैंड को एकत्रित कर ग्रेट ब्रिटेन का निर्माण हुआ, यह ग्रेट ब्रिटेन की बीसवीं शताब्दी की पहचान से स्पष्ट होता है।"

"The British contributed much to the World Civilization between 1707 to 1940. Their patriotism was often expressed as much in opposition to the undemocratic regimes under which they lived for most of that period as it was in support of them. But on the whole, the United Kingdom was designed to advance the cause of capitalism, empire and the Protestant faith. It was founded on greed, religious and racial bigotry, fear and contempt."

"The national identity constructed to unite four nations claimed that the British were in fact enterprising, godly, tolerant, brave and adventures.

The Union of England, Scotland, Wales and Ireland was created in four stages between the sixteenth and the nineteenth centuries had a direct bearing on British identity in the twentieth century."

मि. रिचर्ड वेट आगे लिखते हैं, "खेती पर गुजर-बसर करनेवाला यूनाइटेड किंगडम का समाज विश्व का पहला औद्योगिक समाज बना। ई.स. 1900 तक ब्रिटेन की 80 प्रतिशत लोकसंख्या नागरी बस्ती में फैली हुई थी।

"ई.स. 1940 से लेकर ई.स. 2000 तक ब्रिटेन की विश्व में फैली सत्ता समाप्त हुई और अब ब्रिटेन सही अर्थों में राष्ट्रवादी बनने लगा। नियति ने ब्रिटेन को जो दायित्व सौंपे थे, वे पूरे हो चुके हैं और अब ये चार राज्य परस्पर संबंधों पर पुनर्विचार करने लगे हैं।"

"From 1940 to the millenium, as Union Jacks were lowered around the world and the country turned itself, the people of Briton became more nationalistic in the conventional sense. That is, with their World Mission at the end and their post-imperial economy failing to live up to expectations, once more defining themselves against rather than with each other."

स्वामी विवेकानंदजी ने अपने अनेक भाषणों में बताया है कि प्रत्येक देश के लिए नियति ने कुछ दायित्व सौंपे हैं। जब तक देश उन दायित्वों को पूरा करने की कोशिश में रहता है, तब तक वह देश जीवित रहता है। उन दायित्वों के पूरा होते ही वह देश मृत हो जाता है। इस वक्तव्य का मि. रिचर्ड वेट के विवेचन के कारण स्मरण होता है।

ग्रेट ब्रिटेन का आगे क्या होगा? यह हमारे अध्ययन का विषय नहीं है। अपने दायित्वों को पूर्ण करते समय ब्रिटेन के राज्यकर्ता, समाज, संस्था यह एक मत से संगठित होकर पेश आए।

सामयिक दायित्व

देश के समक्ष जो दायित्व है, यह उस देश के सभी राजकीय पक्षों का सामयिक विषय है। ब्रिटेन के हुजूर तथा मजदूर पक्षों के राष्ट्र निर्माण से संबंधित राष्ट्र विकास के प्राधान्य विषय अलग हो सकते हैं, परंतु उनके देश, संबंधित सेदेश

सर विन्स्टन चर्चिल और अर्ल क्लेमंट अॅटली सामाजिक राष्ट्रीय विचारधारा के समर्थक

की विचारधारा के संबंध में एक ही मत रहता है। ई.स. 1940 में हुजूर पक्ष के नेता सर विंस्टन चर्चिल तथा मजदूर पक्ष के क्लेमेंट एटली द्वारा दिए गए भाषणों में यह स्पष्ट होता है। द्वितीय महायुद्ध के प्रारंभ में ही फ्रांस का पराभव होने के चौबीस घंटे में मि. विंस्टन चर्चिल ने आकाशवाणी पर दिए गए भाषण में कहा, "ब्रिटेन की लड़ाई शुरू हो रही है। इस लड़ाई पर क्रिश्चियन संस्कृति का अस्तित्व निर्भर है। इस लड़ाई पर अपना साम्राज्य, ब्रिटेन का जीवन और ब्रिटेन की अनेक संस्थाओं का भवितव्य निर्भर है।"

उसी समय विरोधी पक्ष के नेता क्लेमेंट एटली ने देशवासियों से कहा, "राष्ट्रीय जीवन-सरिता के मुख्य प्रवाह के साथ ही हमारी लेबर पार्टी रहेगी। इसलिए कोई भी संकीर्ण या विशेष विभाग का विचार न करे। देश के अति कठिन समय में हमें गर्व है कि हम एकजुट ही रहनेवाले हैं। लोकशाही तथा स्वतंत्रता के संरक्षण के लिए एक लोकशाही राष्ट्र कैसे मजबूती से संगठित होकर एकत्रित रहता है, इसका उदाहरण ही हम प्रस्तुत करनेवाले हैं। हम अपनी प्रगति के लिए पहले भी एकत्रित थे तथा आगे भी रहेंगे।"

(The labour party is one party, which most clearly reflects all the main streams which flow into the great river of national life. Our appeal to you, therfore, is not to be narrow or sectional. We are proud of the fact that our country in the hours of its greatest danger stood firm and united, setting an example to the world of how a great democratic people rose to the height of the occassion and saved democracy and liberty—...We call you to another adventure which will demand the same high qualities as those shown in the war and the adventure of civilization.)

"Looking critically and comprehensively at patriotism in this period is also vital if we are to understand the evolution of what must be called British Nationalism."

ई.स. 1707 से 1837 इन 130 वर्षों में ब्रिटेन के राष्ट्र गठन के इतिहास का विवेचन करते हुए लिंडा कॉली कहती है, "यदि हमें ब्रिटिश राष्ट्रीयता समझ लेनी है तो ई.स. 1707 से 1837 इन 130 वर्षों में देशभक्ति के स्वरूप का समग्र व सम्यक् अध्ययन करना महत्त्वपूर्ण है।"

आगे केवल एक वाक्य में लिंडा कॉली वर्णन करती है, "वह केवल एकात्म समाज था।"

"They came to define themselves as a single people."

—Linda Colley

विचारधारा के प्रमुख सूत्र

लगभग चार शतकों में ग्रेट ब्रिटेन अथवा यूनाइटेड किंगडम—इन चार राज्यों के संगठन ने मजबूत तथा अतिविस्तीर्ण साम्राज्य खड़ा किया। इन चार शतकों में ब्रिटेन ने पोर्तुगीज, डच, स्पेनिश साम्राज्य को विस्तार की दृष्टि से तो पीछे छोड़ा ही, लेकिन बीसवीं शताब्दी में फ्रेंच, रशियन तथा जर्मन के विस्तारवाद का भी पराभव किया। संक्षिप्त में इसका उत्तर ब्रिटेन की 6 करोड़ जनता की अपनी विचारधारा के प्रति एकत्रित जाज्वल्य निष्ठा ही है, इसमें कोई शंका नहीं।

क्रिश्चियनिटी, व्यापार तथा प्रगति की आधुनिक कल्पना (Christianity, Commerce and Civilisation), इन तीन सूत्रों के इर्द-गिर्द ब्रिटेन के महापराक्रम का चक्र घूम रहा था। समुद्रमार्ग द्वारा साहसी यात्रा, दूरदर्शी व्यापार तकनीक, औद्योगिकता का प्रारंभ, विज्ञान में संशोधन, सख्त अनुशासन का पाठ, विवेकपूर्ण नेतृत्व, आधुनिकता का समर्थन, आधुनिक अस्त्र-शस्त्र, विरोधकों को नेस्तनाबूद करने का करारापन, लोकशाही और राजशाही के अनोखे संगम का उदाहरण, लोकशाही की रक्षा के लिए जान देने को तैयार तथा स्वयं को जँचनेवाले धर्ममतों का प्रचार, इन सभी बातों को विश्व में प्रसारित करने का महत्त्वपूर्ण दायित्व ग्रेट ब्रिटेन के इन चारों राज्यों के समूह ने अपने 400 वर्षों के इतिहास में प्राप्त किया। द्वितीय महायुद्ध के बाद ई.स. 1947 में भारत को स्वतंत्रता प्राप्त हुई। 1956 में सुवेझ कॉनॉल का अधिकार इजिप्त को तथा ई.स. 1997 में हाँगकाँग का कब्जा चीन को देना, यह ग्रेट ब्रिटेन के साम्राज्य के ह्रस का आखिरी चरण था।

दायित्व की पूर्ति

नियति ने सौंपे हुए काम बड़ी होशियारी से चार राज्यों से मिलकर बने यूनाइटेड किंगडम ने सफलतापूर्वक पूरे किए, इसमें कोई शंका नहीं। उन्नीसवीं और बीसवीं शताब्दी को मिलाकर 200 वर्षों में इस देश ने विश्व से भौतिक संपत्ति के रूप में बहुत कुछ हासिल किया। इन्हीं 200 वर्षों में यूनाइटेड किंगडम ने अनगिनत विषयों के पाठ विश्व को दिए।

यूनाइटेड किंगडम के चार राज्यों ने एकत्रित होकर जो निश्चय किया, वह एकत्रित होकर सफलतापूर्वक कर दिखाया। उस यशस्वी काम का विस्तार इतना फैला हुआ था कि वैसा इससे पहले किसी ने नहीं किया था और आगे भी कोई वैसा करेगा, ऐसा नहीं लगता।

सामाजिक विचारधारा के आविष्कार का यशस्वी उदाहरण यूनाइटेड किंगडम ने विश्व के सामने रखा, यह एक निर्विवाद सत्य है।

राजकीय पक्ष—सद्यःस्थिति (2015)

यूनाइटेड किंगडम में उन्नीसवीं शताब्दी के प्रारंभ में व्हिग्ज तथा टोरीज दो पक्ष थे। व्हिग्ज में प्रोटेस्टेंट पंथ के प्राचीन सरंजामी घराने, अमीर उद्योगपति तथा मर्चेंट्स लोगों का समावेश था। दूसरी तरफ टोरी पक्ष पर किसान और चर्च ऑफ इंग्लैंड तथा चर्च ऑफ स्कॉटलैंड का प्रभाव था। उन्नीसवीं शताब्दी में ही व्हिग्ज पक्ष का रूपांतर, लिबरल पार्टी में हुआ तथा टोरी पक्ष का रूपांतर कंजर्वेटिव पक्ष में हुआ। इन दोनों पक्षों का ही प्रभुत्व 1920 तक ग्रेट ब्रिटेन के राजकरण पर था। उसके पश्चात् लिबरल पार्टी का अस्तित्व खत्म हो गया तथा कंजर्वेटिव पक्ष विरोधी, ट्रेड यूनियन तथा समाजवादी, घटकों के आधार पर लेबर पार्टी का जन्म हुआ। तत्पश्चात् कंजर्वेटिव तथा लेबर पक्षों को अलट-पलटकर बहुमत मिलता गया। इन दो पक्षों के अलावा लिबरल डेमोक्रेट्स और यूके इंडिपेंडेंट न्यू पार्टी ऐसे राजकीय पक्ष है।

1997 के बाद स्कॉटिश पार्लियामेंट, नेशनल असेंबली ऑफ वेल्स, नॉर्दर्न आयरलैंड, असेंबली, लंदन असेंबली ऐसी राज्यनिहाय संस्था का निर्माण हुआ।

7 मई, 2015 को हुए चुनाव के नतीजों के आधार पर कंजर्वेटिव पार्टी को 330 और लेबर पार्टी को 232 जगह मिलीं है।

यूनाइटेड किंगडम संविधान मान्य राजशाही के अंतर्गत लोकशाही है। इसलिए राजगद्दी पर बैठा व्यक्ति देश का प्रमुख तथा प्रधानमंत्री इस शासन संस्था का प्रमुख होता है। वर्तमान में रानी एलिजाबेथ द्वितीय इस देश की प्रमुख हैं। □

भाग-2 प्रकरण 5

(अ) पूर्व युरोपीय राष्ट्रे

नक्शा

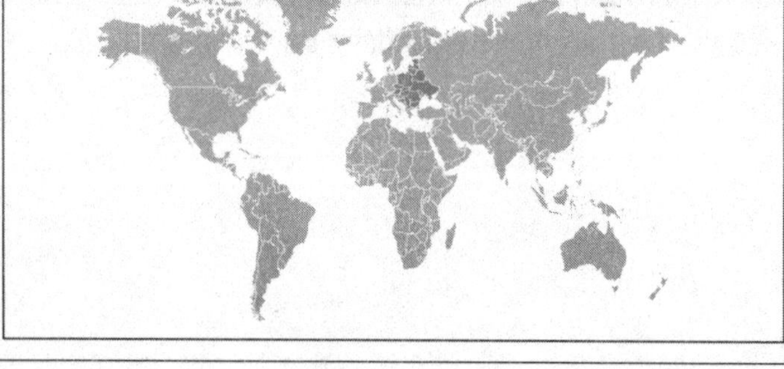

विश्व में स्थान

प्रकरण-5

(अ) पूर्व मध्य यूरोपीय राष्ट्र

Hungary

National Anthem—English Translation

God Bless the Hungarians
With Good Cheer and Prosperity
Extend a protective arm
If they fight the enemy.
Torn by misfortune for long,
Give them happy years.
These people have expiated
The past and the future.

हंगेरी राष्ट्रगीत (हिंदी भावानुवाद)

हे ईश्वर! हम हंगेरियनों को शुभाशीर्वाद दो
हमें सदैव सुख-समृद्धि, आनंद मिलता रहे
यदि हम शत्रु से संघर्ष कर रहे हों
तब हमारी भुजाओं को संरक्षक सामर्थ्य दे
प्रदीर्घ काल से दुर्भागी आघातों से उद्ध्वस्त हुए
जीव-मात्र को सुख के वर्ष प्राप्त हों।
उन लोगों ने भूत तथा भविष्य काल के लिए
पर्याप्त प्रायश्चित्त किए हैं।
हे ईश्वर! हम हंगेरियनों को शुभाशीर्वाद दो
हमें सदैव सुख-समृद्धि, आनंद मिलता रहे।

National Anthem of Poland

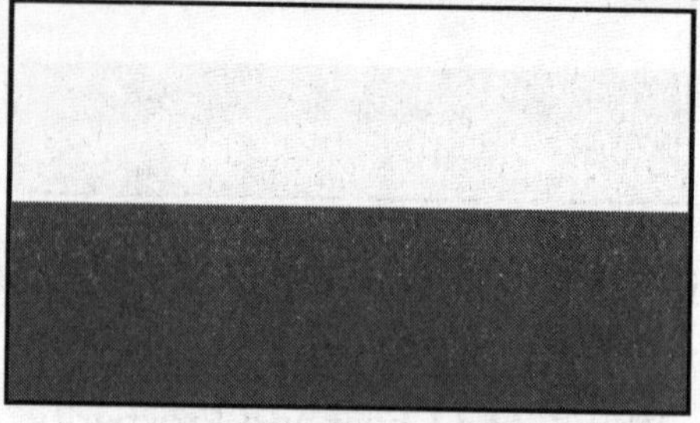

English Translation

Poland has not yet perished,
so long as we still live.
What the alien force has taken from us,
We shall retrieve with a sabre.
March, March, Dabrowski,
From the Italian land to Poland.
Under your command
We shall rejoin the nation.
We'll cross the Vistula and the Warta,
We shall be Polish.

Bonaparte has given us the example
Of how we should prevail.
March, March···
Like Czarniecki to Poznan
After the Swedish occupation,
To save our homeland,
We shall return across the sea.
March··· March···.
A father, in tears,
Says to his Basia :
"Listen, our boys are said
To be beating the tarabans."
March··· March···.

पोलैंड—राष्ट्रगीत

(हिंदी भावानुवाद)

जब तक हम जीवित हैं,
तब तक पोलैंड नष्ट नहीं होगा।
जो कुछ विदेशियों ने हमसे लूटा है, छीना है,
वह हम शस्त्रबल के द्वारा दुबारा हासिल करेंगे
'डाब्रॉवस्की' तुम आगे-आगे चलते रहो
इटालियन भूमि से पोलैंड तक
तेरे नेतृत्व में
हम सब इकट्ठा होंगे।
हम 'विस्तुला' और 'वर्ता' को लाँघकर जाएँगे,
हम 'पोलिश' के रूप में जाने जाएँगे।
हम कैसे विजयी होंगे,
इसका उत्तम उदाहरण है बोनापार्टे।
तुम सिर्फ चलते रहो, चलते रहो···
स्वीडन द्वारा कब्जा करने के बाद
झार्नेस्की से पोझनान जैसे
अपनी मातृभूमि की रक्षा के लिए

हम भी समुद्र लाँघकर वापस आएँगे।
तुम सिर्फ चलते रहो, चलते रहो…
अश्रुपूर्ण नेत्रों से पिता
उसकी 'बासिया' से कहते हैं
"सुनो, हमारे शूर पुत्र
शत्रु का पराभव हो रहा है।"
तुम सिर्फ चलते रहो, चलते रहो…

Romanian National Anthem

English Translation

Awaken thee, Romanian, Shake off the deadly slumber
The scourge of inauspicious barbarian tyrannies.
And now or never to a bright horizon clamber
That shall to shame put all your nocuous enemies.

Its now or never to the world we readily proclaim
In our veins throbs and ancestry of Roman
And in our hearts for ever we glorify a name
Resounding of battle, the name of gallant Trajan.

Do look imperial shadows, Michael, Stephen, Corvinus
At the Romanian nation, your mighty progeny
With arms like steel and hearts of fire impetuous
Its either free or dead, thats what they all decree

Priests, rise the cross, this Christain armys liberating
The word is freedom, no less sacred is the end
Wed rather die in battle, in elevated glory
Than live again enslaved on our ancestral land.

रोमानिया—राष्ट्रगीत
(हिंदी भावानुवाद)

रोमानियन बंधुओ, अत्यंत गहरी निद्रा से, जागो।
जुल्मी, अपवित्र रानटी आपत्ति से मुक्त हो!
और अभी तेजस्वी क्षितिज की तरफ बढ़े चलो,
यदि अभी नहीं हुआ तो भविष्य में कभी नहीं होगा।
और फिर वह तुम्हारे सभी शत्रुओं के सामने कलंकित होगा।
हम इसी क्षण जग को जाहिर करना चाहते हैं
'हमारी नस-नस में 'रोमन' वंशजों का खून बह रहा है।
हृदय में रोमन-परंपरा की रक्षा कर रहे हैं।'
हम उस परंपरा का सदैव पालन करेंगे।
उस शूर 'ट्राजन' का नाम
युद्ध की प्रतिध्वनि के रूप में
सदैव याद रखेंगे।
माइकल, स्टेफन, कॉर्व्हिनस, रोमन राष्ट्र पर
साम्राज्यवाद की छाया देखो
तुम्हारी सामर्थ्यसंपन्न संतति,
फौलादी बाँहें और आवेशपूर्ण
प्रज्वलित अंत:करण से,
अटल निर्णय कर रही हैं,
'या तो स्वतंत्र रहेंगे या मृत्यु स्वीकार करेंगे'
धर्मगुरुओ, उठो, जागो, विद्रोह करो।
हमारी यह, क्रिश्चियन सेना मुक्त हो रही है।
'स्वतंत्रता' यही एकमेव शब्द,
'स्वतंत्रताप्राप्ति' यही एक पवित्र ध्येय.
अपनी पैतृक भूमि पर गुलाम बने रहने की अपेक्षा
युद्ध में सम्मान के साथ वीरगति प्राप्त करो!

National Anthem—Ukraine

English Translation

Ukraine is not yet dead, nor its glory and freedom,
Luck will still smile on us brother-Ukrainians.
Our enemies will die, as the dew does in the sunshine, and we, too
Brothers, we'll live happily in our land
We'll not spare either our souls or bodies to get freedom and We'll prove that we brothers are of Kozak kin.

We'll rise up, brothers, all of us, from the Sain to the Don,
We won't let anyone govern in our motherland.
The Black Sea will smile yet, grandfather Dnipro will rejoice,
Yet in our Ukraine luck will be high.

Our persistence, our sincere toil will prove its rightness, still our Freedom's loud song will spread throughout Ukraine.
It'll reflect upon the Carpathians, will sound through the steppes,

And Ukraine's glory will arise among the people.

यूक्रेन—राष्ट्रगीत

(हिंदी भावानुवाद)

यूक्रेन अभी तक मरा नहीं है,
न ही उसकी स्वतंत्रता और कीर्ति नष्ट हुई है।
मेरे यूक्रेनियन बंधुओ, हमारा भाग्य
अभी भी, हमारी तरफ देखकर स्मितहास्य कर रहा है।
सूर्योदय होते ही जिस प्रकार ओस की बूँदें नष्ट हो जाती है
उसी प्रकार हमारे शत्रु भी मरेंगे।
बंधुओ, हम भी हमारी मातृभूमि में सुख से निवास करेंगे।
स्वतंत्रता-प्राप्ति के लिए हम हमारे शरीर तथा
आत्मा पर थोड़ी भी दयामाया नहीं दिखाएँगे।
हम यह सिद्ध करके ही दिखाएँगे कि
हम 'कोझॉक' के बंधु हैं।
बंधुओ, चलो हम हमारा ही उत्कर्ष करें,
हम सत्शील, सद्गृहस्थ बनें!
हम हमारी भूमि पर विदेशियों को कामकाज
नहीं करने देंगे।
हम हमारी मातृभूमि का कामकाज देखेंगे,
उस समय काला सागर हमारी ओर देखकर स्मितहास्य करेगा;
और हमारे पूर्वज आनंद व्यक्त करेंगे,
हमारे यूक्रेनियन लोगों का भाग्य प्रकाशमान होगा।
हमारी दृढता, हमारे निष्कपट किए हुए परिश्रम
हमारी योग्यता स्पष्ट करेंगे।
हमारे स्वतंत्रता-गीत के मधुर स्वर
संपूर्ण यूक्रेन में गुंजारव करेंगे,
वे स्वर सभी के अंत:करण में प्रतिबिंबित होंगे,
सभी मैदानों और जंगलों से गुंजारव करेंगे
और यूक्रेन की श्रेष्ठता, यूक्रेन के प्रति जाज्वल्य राष्ट्रप्रेम,
प्रत्येक नागरिक के अंत:करण में प्रकट होगा!

(अ) पूर्व मध्य यूरोपीय राष्ट्र

पूर्व मध्य यूरोपीय राष्ट्र और रशिया इन दोनों के राष्ट्रगठन का अन्योन्य संबंध है। बीसवीं शताब्दी में इन राष्ट्रों के गठन तथा विघटन में विचारों के प्रत्युत्तर में एकता है। ई.स. 1917 में घटित बोल्शेविक क्रांति तथा तदुपरांत कम्युनिस्ट विचारों के आधिपत्य में निर्मित हुए सोवियत संघ राज्य 1991 में विसर्जित हुए। रशियन हुकूमत के अधीन यह राज्य एक ही समय 1922 में निर्मित हुए। वैसे ही वे 1989 के बाद हुए उठाव से स्वतंत्र हुए, वे एक समान विचारों के प्रत्युत्तर के जोर पर ही! स्वाभाविकत: पूर्व यूरोपीय राष्ट्र और रशिया इनकी राष्ट्रीय विचारधारा का अध्ययन एकत्रित करना ही संयुक्तिक रहेगा।

निम्नलिखित राष्ट्र सामान्यत: पूर्व-मध्य यूरोपीय राष्ट्र के नाम से संबोधित किए जाते हैं—

क्रम	देश	लोकसंख्या	क्षेत्र (कि.मी^{2})
1.	बेलारूस	97,00,000	2,07,000
2.	बल्गेरिया	77,00,000	1,10,000
3.	झेक रिपब्लिक	1,03,00,000	79,000
4.	हंगेरी	1,01,00,000	93,000
5.	मोलडोना	40,00,000	33,000
6.	पोलंड	3,81,00,000	3,12,000
7.	रोमानिया	2,61,00,000	2,38,000
8.	स्लोव्हाकिया	54,00,000	49,000
9.	युक्रेन	4,68,00,000	60,3,000
10.	सर्बिया	95,00,000	88,000
11.	क्रोशिया	44,00,000	56,000
12.	लिथुआनिया	34,00,000	6,53,000
13.	बोस्निया	39,00,000	57,000
14.	अल्बानिया	32,00,000	28,000

15.	लाटाव्हिया	23,00,000	64,000
16.	नसिडोनिया	20,00,000	25,000

1848 यूरोपीय जनता का उठाव

पूर्व यूरोपीय राष्ट्रों में ई.स. 1850 से पूर्व सामान्यत: सरंजामशाही ही अस्तित्व में थी। संपूर्ण यूरोप में वैसी ही स्थिति थी। राजशाही और सरंजामशाही के विरोध में ई.स. 1848 में सार्वजनिक उठाव हुआ। सर्वसामान्य जनता में राजपद्धति का विरोध निर्माण हुआ। इस उठाव को 'राष्ट्रीयत्व का उदय' (Springtime of Nation) ऐसा नाम मि. हॉब्सबॉम (Hobsbawm) इतिहासकार ने उनके द्वारा लिखित पुस्तक 'दि एज ऑफ कैपिटल' (The Age of Capital) में दिया। ई.स. 1848 का उठाव विफल हुआ, तभी भी उससे सामुदायिक राजनीति का प्रारंभ हुआ। अपनी रोजमर्रा की जिंदगी तथा राजकारण का संबंध है, इसका एहसास बहुसंख्य जनता को हुआ। तदुपरांत हुए आंदोलन में चुनाव, अर्ज, प्रार्थनाएँ, सार्वजनिक सभा, अखबार, निदर्शनों का उपयोग किया गया। ई.स. 1848 के उठाव से आधुनिक यूरोप के इतिहास का नया पर्व शुरू हुआ। इस समय से राष्ट्र स्तर पर अनेक लोगों का सहभाग होने लगा।

ई.स. 1848 के यूरोप के सर्वव्यापी उठाव से ही सही अर्थों में समाज में रहनेवाले लोगों को उनके अपने क्षेत्र के इतिहास की, समाज में एकत्रित कैसे रहना; इसकी प्रेरणा मिली। इस प्रेरणा का केंद्र-बिंदु भौतिक जीवन ही था। क्रिश्चियनिटी धर्म का प्रचार- प्रसार हो चुका था, फिर भी वह धर्म एक राष्ट्र बनकर जीने की प्रेरणा देनेवाला नहीं था। वैयक्तिक अथवा पारिवारिक जीवन आनंद से, धार्मिक वृत्ति से व्यतीत करने के लिए चर्च, गिरजाघर में जाकर प्रार्थना कर, समाधानी होने का मार्ग था।

सोवियत यूनियन की निर्मिति

उन्नीसवीं शताब्दी में औद्योगिक सुधार के कारण उत्पादन केंद्रों का निर्माण हुआ। स्वाभाविक रूप से काम करवाने वाले उद्योजक तथा काम करनेवाले कर्मचारी मजदूर, ऐसे दो वर्ग बन गए थे। सरंजामशाहों और राजाओं द्वारा जनता से काम करवाकर, कर वसूल करने के बाद भी उन पर अत्याचार किए जाते थे। ठीक उसी प्रकार उद्योगपति और मजदूर के साथ होने लगा था। उन्नीसवीं

शताब्दी में मालिक-मजदूर में संघर्ष हो रहे थे। उसी समय फ्रेंच राज्यक्रांति द्वारा दिए संदेश समता, स्वंतत्रता, विश्वबंधुत्व का अगला कदम साम्यवादी तत्त्वज्ञान का उदय हुआ। कार्ल मार्क्स ने अपना 'दास कैपिटल' नामक सिद्धांत ग्रंथ ई.स. 1848 के आस-पास जर्मनी में रहकर पूरा किया था। इस सिद्धांत का आधार लेकर ई.स. 1917-18 में रशिया की झार राजसत्ता को खत्म किया गया। रशिया तथा उसके आस-पास अर्थात् रशिया के पश्चिम में स्थित छोटे राज्यों में भी साम्यवादी संकल्पनाओं को समर्थन मिला और ई.स. 1848 के उठाव के मूर्त स्वरूप, यू.एस.एस.आर. (USSR) अनेक राष्ट्र के समूहों का एकत्रित राष्ट्र निर्माण किया गया। मानवी जीवन की एक समस्या पर उपाय बतानेवाले साम्यवाद का तत्त्वज्ञान राष्ट्र जीवन की विचारधारा बनी और उसी तरह यू.एस.एस.आर. (USSR) का उदय हुआ।

साम्यवाद का उद्देश्य

14 दिसंबर, 2006 को इतिहास के जानकर सर रिचर्ड इवहांस (कैंब्रिज, इंग्लैंड) ने 'एकाधिकारशाही का यूरोप 1918 से 1989, स्टॉलिन और उनकी नकल करनेवाले सत्ताधीश' (The Age of Dictatorship, Europe 1918-1989, Stalin and his imitators) विषय पर व्याख्यान दिया था। उसमें उन्होंने कहा था—"पूँजीवाद और उद्योग-धंधों के आधार पर मध्यमवर्गीय लोग ही आगे आते हैं, शोषण करते हैं और धनवान होते हैं। समाज में वर्गीकरण के कारण हो रहे अत्याचारों से फ्रांस में हुए आंदोलनों जैसे ही आंदोलन पीढ़ी-दर-पीढ़ी चलते रहते हैं।"

(Classical Marxism argued that history had seen a sequence of human social structures in which each founded on its own internal contradiction and gave way to the next revolution rather than on the model of 1789 in France, which Marx and Engels believed and brought the bourgeoisies to power and opened up the way to the triumph of capitalism and industry.)

मार्क्ससिज्म का अंतिम उद्देश्य स्पष्ट करते हुए प्रो. इवहांस कहते हैं, "निरंतर शोषण किया गया कर्मचारी वर्ग ही शोषण करनेवाले धनवानों के विरुद्ध खड़ा रहेगा और एक समाजवादी समाज-रचना का निर्माण करेगा। सर्वसाधन संपत्ति का

स्वामित्व सभी का रहेगा। उसमें राज्य शासन की जरूरत ही नहीं रहेगी। इस तरह एक आदर्श मानवी समाज खड़ा रहेगा। यही कम्युनिज्म का अंतिम ध्येय है।"

("This in turn gave rise to an ever-growing, ever-more exploited and impowerished working class, which would eventually rise up against its bourgeois oppressors and establish a socialist society in which everything would be owned in common. In this situation the state would gradually wither away, opening up the road to the ultimate form of human society communism.")

सर्वत्र एकाधिकारशाही

प्रो. रिचर्ड इवहांस के मतानुसार मार्कसिज्म के एकाधिकारशाही को जन्म देने का कोई कारण नहीं था, परंतु हुआ इसके विपरीत रशिया में लेनिन 1915–24 में, उसके बाद स्टॉलिन 1924–1953 में एकाधिकारशाह बने। इतना ही नहीं तो यह परंपरा संपूर्ण पूर्व यूरोपीय देशों में भी फैली तथा हंगरी में जानोस कादर, रोमानिया में निकोलस सिसेक्यू, बल्गेरिया में टोडर झिव्हकोव्ह, युगोस्लाविया में मार्शल टिटो, पोलैंड में गोमुल्का, अल्बानिया में अहमद बेज झोगू, लिथुनिया में अंतानास स्मेयेना, इस्टोनिया में कांस्टंटीन पॉट्स, लाटाविया में कार्लीस उल्मानिस, स्लोवाकिया में जोसेफ टिसो, क्रोशिया में ऑन्टेपावहेलिक ऐसे एकाधिकारशाह तैयार हुए तथा उन्होंने उनके राज्य में कुछ दशकों तक सत्ता का जौहर दिखाया तथा व्यक्तित्व को बहुत अधिक बढ़ावा दिया। उसका वर्णन मि. इवहांस करते हैं—

"परिणामतः इन एकाधिकारशाहों के छायाचित्र सभी जगह उपलब्ध थे, उनके भाषणों के संकलन की हुई पुस्तकों से दुकानें और ग्रंथालय भरे रहते थे। उनके संपूर्ण भाषण सभी अखबारों में छपकर आते थे। सिसेक्यू ने उनकी पत्नी राजघराने सोसाइटी में चुनकर आए, इसलिए शास्त्रीय पद्धति से उनकी कीर्ति बढ़ाई। स्टॉलिन ने तो 1942–43 के युद्ध में अपना नाम हमेशा के लिए अमर करने के उद्देश्य से संपूर्ण शहर का नाम ही स्टॉलिनग्राड रख दिया।

("Their portraits were everywhere, their collected works occupied pride place in bookshops and Libraries. Their speeches were printed in full in all newspapers, their official visits filmed and broadcast in all media. Ceauescu even fabricated a scientific reputation for his wife sufficient to get her elected a corresspoinding member of the Royal Society, while Stalin actually had a whole city named after him Stalingrad, to become famous in the battle of that name in the winter of 1942–43).

एकाधिकारशाही का उच्चाटन

पूर्व यूरोप से एकाधिकारशाही को पूर्णरूप से उखाड़ने में दूसरे महायुद्ध के बाद पैंतालीस वर्ष लग गए। इसकी शुरुआत ई.स. 1989 में पोलैंड से हुई। उसके बाद उसका असर हंगेरी, पूर्व जर्मनी, बल्गेरिया, चेकॉस्लोवाकिया और रोमानिया—इन देशों में हुआ। 1990 में दोनों जर्मन राष्ट्रों का एकीकरण हुआ। 1991 में सोवियत यूनियन का विघटीकरण हुआ तथा उसमें से 15 देश निर्मित हुए। अल्बानिया और युगोस्लाविया में 1990 से 1992 में कम्युनिज्म संकल्पना को रद्द किया गया। परिणामत: कंबोडिया, इथियोपिया, मंगोलिया तथा दक्षिण यमन में से भी कम्युनिज्म को नामंजूर कर दिया गया। किसी विचार-संकल्पना का उदय तथा विस्तार जिस गति से होना चाहिए और उसी गति से उस संकल्पना का समाप्त होना, इसका कम्युनिज्म यह एक उदाहरण था। साम्यवाद को राष्ट्रीय विचारधारा के रूप में स्वीकार किया गया और 70-80 सालों में वह ठुकरा भी दी गई। 1848 का वर्ष कम्युनिज्म का उदयकाल था, वैसे ही 1989 का वर्ष कम्युनिज्म का अस्तकाल रहा।

स्वसंस्कृति आवश्यक

कोई विचारधारा स्वीकार की जाती है तथा कुछ ही समय में ठुकराई जाती है। ऐसा क्यों होता है? इसका गहराई से अध्ययन होना चाहिए। इस उद्देश्य से 19-23 अप्रैल, 1993 में इंदिरा गांधी नेशनल सेंटर फॉर दि आर्टस् (IGNCA), नई दिल्ली तथा यूनेस्को के संयुक्त तत्त्वावधान से एक परिसंवाद का आयोजन किया गया। परिसंवाद का विषय था 'विकास और संस्कृति की पहचान, इनका अन्योन्य संबंध (Interface a Cultural Identity and Development), इस परिसंवाद में राष्ट्र व संस्कृति का घनिष्ठ संबंध है, यह स्पष्ट किया गया।

इंदिरा गांधी नेशनल सेंटर फॉर दि आर्टस् की संस्थापक विश्वस्त डॉ. श्रीमती कपिला वात्स्यायन ने इस परिसंवाद के संयोजन का हेतु स्पष्ट करते हुए कहा, "संस्कृति की पहचान यह एक जटिल विषय है। 'हम स्वयं' और 'दूसरे' इस संबंध

की स्पष्ट कल्पना, विकास संकल्पना के प्रारंभ में ही स्पष्ट होनी चाहिए। इस संबंध की व्याख्या और विविधता इन सब बातों पर विचार करना चाहिए। 'हम स्वयं' अर्थात् 'व्यक्ति और एकत्रित' और संस्कृति की दृष्टि से आर्थिक, सामाजिक और सांस्कृतिक दृष्टि से 'दूसरे' कोने से इसका उत्तर खोजना आवश्यक है।"

"The broad area of cultural identity is indeed, complex, since it requires one to ask initially questions about 'self' and the 'other'. It means covering a whole range of variables and definitions, the notion about the self one individual and collective and the cultural 'other' in terms of whether one is referring to economic, social or cultural dimension."

उसी परिसंवाद में पढ़े गए लेखों के एकत्रित ग्रंथ में यूनेस्को के वरिष्ठ अधिकारी मि. फ्रांसिस चिल्ड, यूनेस्को के डायरेक्टर जनरल फेडेरिको मेयर के जनवरी 1988 में दिए गए भाषण का भाग उद्धृत करते हुए कहते हैं, "पिछले कई वर्षों का अनुभव ऐसा है कि किसी भी समाज में उसकी संकल्पना तथा विकास को पृथक् नहीं किया जा सकता।"

(The experience of the last two decades has shown that culture cannot be dissociated from development in any society.)

प्रस्तावना के अंत में मि. चिल्ड कहते हैं, "प्रमुख मुद्दा ऐसा है कि देश कोई भी हो, स्वतंत्रता, समता और न्याय के आधार पर शांति तभी संभव है, जब उस समाज की विशिष्ट संकल्पना उनकी आशा, आकांक्षा, अस्मिता सभी भविष्य संबंधी सामयिक संकल्पनाओं से संलग्न होगी। एक बात निश्चित है कि हम आज जिस विश्व में रह रहे हैं, वह परिस्थिति पहले की अपेक्षा अलग है।

("The question is as crucial right here in Asia as it is in South Africa, in the former Soviet Union as in Latin America. How can we create a genuine culture of peace? But the culture of peace will not thrive without equity, freedom and justice. It will not grow if people are unable to express their distinctive creative faculties, if their hopes and the force of their spirit are not pooled in the quest of common future.")

पिछले 500 वर्षों में पश्चिम जगत् में जो-जो निर्माण हुआ है, वही सार्वत्रिक सत्य है तथा वही आधुनिक है और विश्व में अन्य जगह जो है, वह सब निरर्थक है,

ऐसी कल्पना अप्रस्तुत है। कई विकासशील देश स्वयं सांस्कृतिक दृष्टि और परंपरा से समृद्ध होते हुए भी पाश्चात्य संस्कृति का समर्थन करते हुए दिखाई देते हैं। हमारी ही संस्कृति की दिखाई हुई दूरदृष्टि प्रत्यक्ष रूप में लानी है, तो स्वयं की पहचान कर लेनी चाहिए। सभी राष्ट्रों को इसका भान रखना चाहिए कि सांस्कृतिक क्षेत्र में 'सार्वत्रिक' ऐसा कुछ नहीं है।

"Whatever the West has produced in the last five hundred y e ars is universal and modern, the things to emulate t h e fact other world views are traditional as opposed to the modern and thus obsolete.

Regretfully most developing countries rich in cultural heritage, aspire for the type of universality which western culture c l aim. If the traditional vision were to work every cul ture would develop a sense of self identity and collectiv e ly all cultures would realise that any chosen universality is neither a right nor a justification but simply a way of understanding one's own identity."

राष्ट्रीय विचारधारा के बारे में चिंतन

अपने समाज की अस्मिता को समझकर उसके आधार पर ही राष्ट्र की प्रगति करनी चाहिए, ऐसा निर्धार अब पूर्व यूरोपीय राष्ट्रों में व्यक्त होने लगा है।

मानवशास्त्र के अध्यायी कॉमिरिन वडरी की पुस्तक 'सिरेस्क्यू की रोमानिया से पहचान और सांस्कृतिक राजनीति' (Identity and cultural politics in Ceauseesus's Romania) सितंबर, 1995 में प्रकाशित हुई। पुस्तक के एक परीक्षण में कहा गया है कि—

"पूर्व यूरोपियन समाज में जो विचारों की उथल-पुथल चल रही है, उसे समझने में उस समाज की राष्ट्रीय संकल्पना को समझ लेने का प्रयास, जो वहाँ के विद्वज्जनों में जारी है, उसे ध्यान में रखना चाहिए। रोमानिया में घट रही घटनाएँ प्रातिनिधिक हैं। वर्तमान में पूर्व यूरोपियन राष्ट्रों में वांशिक तनाव राष्ट्रीय विचारधाराओं को सक्षम कैसे बनाया जाए, इसका विचारमंथन है। यह प्रक्रिया अभी भी इन राष्ट्रों में जारी है।"

"The current transformation of many Eastern European Societies is impossible to understand without comprehending the intellectual struggles surrounding nationalism in the region. Anthropologist Katherine Verdery shows how the example of Romania suggests that current ethnic tensions come not from a resurrection of pre-Communist Nationalism but from the strengthening of National Ideologies under Communist Party rule."

इस बारे में वॉरविक विद्यापीठ के प्राध्यापक इस्तावन पोगनी 'पूर्व-मध्य यूरोप के स्वराष्ट्र स्वरूप की पहचान की प्रकिया' (Accomodating an Emergent National Identity : The Roma of Central and Eastern Europe) लेख में कहते हैं कि—

"कम्युनिज्म के पराभव के बाद ऐसा लगता है कि पूर्व-मध्य यूरोप पश्चिम विचारों की ओर झुक रहा है। शीतयुद्ध काल की संकल्पनाओं को त्यागकर पूर्व-मध्य यूरोप, जिन मूलभूत संकल्पनाओं का उद्घोष पश्चिमी लोग करते आ रहे हैं, उसके आस-पास इकट्ठा हो रहा है। यह पत्रकार, राजनीतिज्ञ तथा समाजविदों का कहना है। करीब-करीब अब सभी पूर्व यूरोपीय राष्ट्रों ने लोकशाही संविधान पद्धति, बहुपक्षीय चुनाव रचना और बाजार से संबंधित अर्थनीति का अवलंबन करने की शुरुआत कर दी है।

(Perceptibly, since the collapse of communisum, Eastern Europe has been moving West, Journalists, politicians and scholars now talk about East-Central Europe, old terms redolent of the cold war, are being discarded as Europe unites around the core values which the west has consistently championed. After all, all the East European states have adopted democratic constitution, instituted periodic multi-party elections and embraced the market.)

भाग-2 प्रकरण 5

(अ) पूर्व मध्य यूरोपीय राष्ट्रे

राष्ट्रध्वज

इस्टोनिया
ESTONIA

लाटविया
LATVIA

लिथुआनिया
LITHUANIA

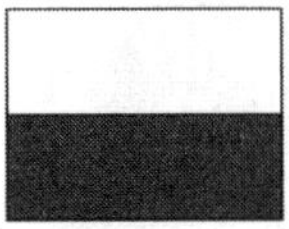

पोलंड
POLAND

बेलारस
BELARUS

युक्रेन
UKRAINE

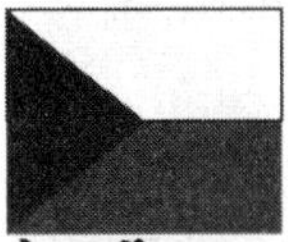

चेक गींराज्य
CZECH REPUBLIC

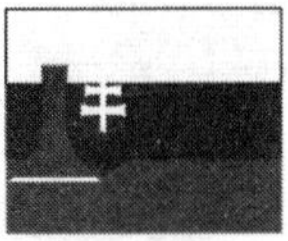

स्लोवाकिया
SLOVAKIA

हंगेरी
HUNGARY

स्लोव्हेनिया
SLOVENIA

रोमेनिया
ROMANIA

मॉल्दोवा
MOLDOVA

क्रोएशिया
CROATIA

बोस्निया
BOSNIA

युगोस्लव्हियाचे संघीय गींराज्य
FEDERAL REPUBLIC OF YUGOSLAVIA

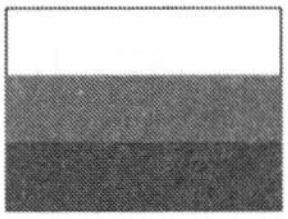

बल्गेरिया
BULGARIA

अल्बेनिया
ALBANIA

मेसिडोनिया
MACEDONIA

भाग-2 प्रकरण 5

(ब) टर्की

राष्ट्रध्वज

नक्शा

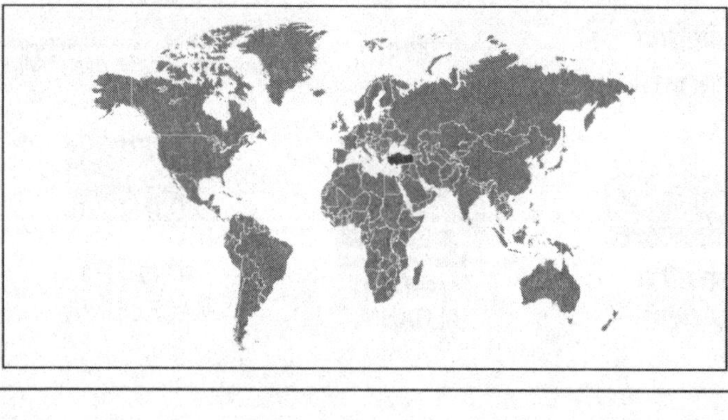

विश्व में स्थान

(ब) टर्की

(Turkey)

Independence March

Fear not! For the crimson flag that proudly ripples in this glorious twilight, shall not fade,

Before the last fiery hearth that is ablaze within my nation is extinguished.

For That is the star of my nation, and it will forever shine;

It is mine; and solely belongs to my valiant nation.

Frown not, I beseech you, oh thou coy crescent,

But smile upon my heroic race! Why the anger, Why the rage?

This blood of ours which we shed for you shall not be blessed otherwise;

For Freedom is the absolute right of my God-worshipping nation.

I have been free since the beginning and forever shall be so.

What mad-man shall put me in chains ! I defy the very idea !

I'm like the roaring flood; powerful and independent,

I'll tear apart mountains, exceed the heavens and still gush out !

The lands of the West may be armored with walls of steel,

But I have borders guarded by the mighty chest of a believer.

Recognize your innate strength, my friend ! And think : how can this fiery faith ever be killed,

By that battered; single-fanged monster you call 'civilization' ?

My friend ! Leave not my homeland to the hands of villainous men !

Render your chest as armor and your body as trench ! Stop this disgraceful rush !

For soon shall come the joyous days of divine promise…

Who knows ? Perhaps tomorrow ? Perhaps even sooner !

View not the soil you tread on as mere earth-recognize it !

And think about the shrouldless thousands who lie so nobly beneath you.

You're the noble son of a martyr, take shame, hurt not your ancestor !

Unhand not, even when you're promised worlds, this paradise of a homeland.

What man would not die for this heavenly piece of land ?

Martyrs would gush out should one simply squeeze the soil! Martyrs!

May God take my life, all my loved ones and possessions from me if He will,

But may He not deprive me of my one true homeland for the world.

Oh glorious God, the sole wish of my pain-stricken heart is that,

Not heathen's hand should ever touch the bosom of my sacred Temples.

These adhans, whose shahadahs are the foundations of my religion,

May their noble sound last loud and wide over my eternal homeland.

For only then, shall my fatigued tombstone, if there is one, prostrate a thousand times in ecstasy,

And tears of fiery blood shall flow out of my every wound,

And my lifeless body shall gush out from the earth like an eternal spirit,

Perhaps only then, shall I peacefully ascend and at long last reach the heavens.

So ripple and wave like the bright dawning sky, oh thou glorious crescent,

So that our every last drop of blood may finally be blessed and worthy!

Neither you nor my race shall ever be extinguished!

For freedom is the absolute right of my ever-free flag;

For independence is the absolute right of my God-worshipping nation!

टर्की-राष्ट्रगीत

(हिंदी भावानुवाद)

स्वाधीनता गीत

हे किरमिजी रंग के ध्वज! तुम भयभीत मत हो!
तुम सदैव अभिमान के साथ प्रभातकालीन सुंदर संधिप्रकाश
में बड़ी शान के साथ लहराते हो!
उसी प्रकार हमारे अंत:करण में राष्ट्रप्रेम के साथ
प्रज्वलित रहनेवाली ज्वाला जब तक बुझेगी नहीं, तब तक
तुम बिल्कुल निस्तेज नहीं होगे।
क्योंकि तुम हमारे राष्ट्र का तेजस्वी तारा हो।
तुम हमारे हो और हमारे इस पराक्रमी तथा शूर राष्ट्र के
मालिक हो ॥ 1 ॥

तुम पर जो यह चंद्ररेखा है, वह किसी अल्हड़ बालिका
के समान सुंदर है।
तुम नाराज न हो, मैं तुमसे प्रार्थना करता हूँ
हमारे पराक्रमी वंशजों का अभिमान रखकर
उनका गौरव कर।
उनसे क्यों नाराज होना? उन पर क्यों क्रोधित होना?
हम अपना खून तुम्हारे लिए ही बहाने वाले हैं,
तुम हमें शुभाशीर्वाद दो।
क्योंकि स्वतंत्रता हमारे ईश्वर-पूजा करनेवाले राष्ट्र
का निरंकुश अधिकार है ॥ 2 ॥
मैं प्रारंभ से ही मुक्त हूँ, और सदैव मुक्त ही रहूँगा,
क्या मूढ़ लोग मुझे बेड़ियों में बाँध सकेंगे?
यह कल्पना ही मैं अयोग्य समझता हूँ।
मैं सिंह गर्जना करनेवाले नदी के प्रवाह समान शक्तिमान तथा स्वतंत्र हूँ।
मैं पर्वत के टुकड़े-टुकड़े करूँगा।
स्वर्ग पर आक्रमण करूँगा और वहाँ से तुरंत ही
बाहर आऊँगा ॥ 3 ॥

पश्चिम की राष्ट्र सीमाएँ फौलादी दीवार का कवच
पहने होंगी।
लेकिन हम अपनी राष्ट्र की सीमाओं को बल, साहस और
निडरता के साथ संरक्षित करेंगे!
भाइयो, तुम अपनी निसर्ग द्वारा दी हुई शक्ति को पहचानो!
और विचार करो, हमारी ज्वलंत श्रद्धा को, हम पर,
टीका करनेवाला, एक ही तीक्ष्ण दाँतवाला, 'सुधार'
नामक राक्षस खत्म कर सकेगा? ॥ 4 ॥

भाइयो, अपनी मातृभूमि को दुष्ट लोगों के हाथ में मत सौंपो।
अपने साहस का फौलादी अभेद्य कवच धारण करो,
और अपने शरीर के खंदक तैयार करो,
हम पर होनेवाले अवमानकारक हमलों को रोको!
क्योंकि जल्द ही ईश्वरी अभिवचन के सुखमय दिन
आनेवाले हैं, किसको पता है? शायद कल!
शायद उससे भी जल्द॥ 5 ॥

तुम जिस जमीन पर चल रहे हो, वह केवल पृथ्वी नहीं है,
उसे पहचानो, वह तुम्हारी माता-मातृभूमि है;
और बिना कफन हजारों लोग बड़ी उदारता से जमीन के
नीचे गहरी निद्रा में सो रहे हैं, उनका विचार करो!
तुम उन शहीदों के महाकुलीन वारिस हो,
पुत्र हो, इसका खयाल रखो और अपने पूर्वजों को
दुःखी मत करो!
विश्व चाहे जितने भी प्रलोभन दे, फिर भी अपनी
इस स्वर्गीय मातृभूमि को दूसरों के हाथ में मत
सौंपो॥ 6 ॥

क्या, मनुष्य अपनी इस स्वर्गीय मातृभूमि के लिए
जान देने के लिए तैयार नहीं होगा?

जब भी कोई इस माता को कुचलेगा, उसी क्षण
अनेक शहीद अतिशय वेग के साथ इस पृथ्वी पर प्रकट
होंगे! हाँ शहीद!
परमेश्वर की इच्छा हुई तो वह मेरा संपूर्ण जीवन ले ले,
मेरे प्रिय व्यक्ति, मेरी सर्व ऐहिक धन-संपत्ति, सारा
माल-मत्ता ले ले, परंतु दयालु परमेश्वर मुझे मेरी
प्रिय पवित्र मातृभूमि से अलग न करे!
हे सत्-चित्-आनंद स्वरूप, सर्वश्रेष्ठ परमेश्वर,
मेरे इस कमजोर दुःखी अंतःकरण की एक ही
मनोकामना है, मेरे इस प्रिय पवित्र मातृभूमि मंदिर
को कोई भी अधर्मी दुष्ट व्यक्ति स्पर्श न करे।
जिन पुण्यपुरुषों ने मेरे इस धर्म की
स्थापना की है, उनका पवित्र, सुमधुर तथा स्वर्गीय
स्वर मेरी इस चिरंतन मातृभूमि पर सब तरफ सतत
गूँजता रहे॥ 8॥

उसी समय मेरे शिथिल स्मृतिस्तंभ की स्मारकशिला,
बहुत प्रसन्नता के साथ, भक्तिभाव से मेरी
मातृभूमि को हजारों प्रणाम करेंगे और
मेरे प्रत्येक जख्म से प्रेरणादायक रक्ताश्रु बाहर
प्रवाहित होंगे।
और चिरंतन आत्मा के समान मेरा अचेतन शरीर
पृथ्वी से शीघ्रता से बाहर निकलेगा,
और शायद उसी समय मैं शांति से
स्वर्ग की ओर प्रस्थान करूँगा और अंत में स्वर्ग
पहुँच जाऊँगा ॥ 9॥

इसलिए, सुंदर चंद्ररेखा धारण किए हुए हे ध्वज,
तुम प्रभातकालीन विहंगम गगन में लहराते रहो,
जिससे कि हमारे शरीर के खून की आखिरी बूँद को भी

तुम्हारा मंगलमय आशीर्वाद प्राप्त होगा तथा वह
आशीर्वाद सदैव मातृभूमि की रक्षा करने के लिए हमेशा
तैयार रहेगा।
तुम अथवा मेरे वंशज इस परमपवित्र भूमि से कभी भी नष्ट
न हों।
अर्थात् स्वतंत्रता के गगन में सदैव लहरानेवाले मेरे ध्वज
का निरंकुश अधिकार है।
उसी प्रकार स्वाधीनता यह भी परमेश्वर की पूजा करने
वाले मेरे देश का निरंकुश अधिकार है। ॥10॥

टर्की (Turkey)

पहचान

तुर्की देश पूर्व यूरोपीय राष्ट्रों के दक्षिण में है। तुर्की की जनसंख्या 8 करोड़ है। देश का क्षेत्रफल 8 लाख चौ.कि. है। जनसंख्या घनता 102 चौ.कि. है। देश की सीमा से लगे सीरिया, ग्रीस, ईरान, इराक, अर्मेनिया, बल्गेरिया, जॉर्जिया, अजरबैजान देश हैं। इस्तांबूल देश का सबसे बड़ा शहर है। ई.स. 1299 में स्थापित हुए, तदनंतर छह दशकों तक अस्तित्व में रहे ऑटोमन साम्राज्य की इस्तांबूल राजधानी थी। वैसे तो इसलाम शासन के अधीन रहे इस देश को मुस्तफा कमाल पाशा (ई.स. 1881–1938) ने नवीन, आधुनिक विचारों का चेहरा दिया। ई.स. 1918 से 1927 इन नौ सालों में तुर्की में क्रांतिकारक परिवर्तन हुए।

नए तुर्किस्तान ने पारंपरिक इसलाम धर्म के बुनियादी तत्त्व माने; परंतु साथ ही निम्नलिखित विचारों का भी सहारा लिया—

(1) सर्वसाधारण सर्वसमावेशक विचारों का सहारा

(2) विज्ञाननिष्ठ प्रगतिशील विचारों को प्राधान्य

(3) समग्र विचारों को महत्त्व

(4) केवल सुधारवादी नहीं तो क्रांतिकारी राजनीतीकरण

(5) मूलत: पश्चिमी विचार पद्धतियों का आश्रय

(6) धर्मनिरपेक्ष संकल्पनाओं का स्वीकार

"इसलाम तथा तुर्की राष्ट्र की पहचान"

इस लेख में मि. डोव वॉक्समन कहते हैं कि—

"For the last 250 years the Turkish nation has undergone an identity crisis of tremendous proportions." लेकिन सद्य:स्थिति का वर्णन करते हुए लेख के आखिर में मि. डोव कहते हैं कि—

"Turkey and the Turks are very conscious of their identity and heritage. Ordinary people in Turkey do not see themselves as living in a land torn between East & West. They relish variety and they see their country as a land enriched by a multiple heritage."

"पिछले 250 वर्षों में तुर्की ने बड़े पैमाने पर अपनी स्वयं की पहचान बनाने के लिए कई चुनौतियों का सामना किया है।"

तुर्की और तुर्क लोग अब स्वयं की पहचान, परंपरा और अस्मिता को लेकर

बहुत सतर्क हैं, जाग्रत् हैं। किसी भी सामान्य तुर्क व्यक्ति को अब पूर्व या पश्चिम संस्कृति के प्रभाव में फँसे रहना पसंद नहीं। अब उन्हें उनकी श्रेष्ठ संस्कृति के विषय में, बहुआयामी सांस्कृतिक परंपरा के विषय में तथा विविधता का अभिमान है।" इसका अनुभव उनके राष्ट्रगीत में स्पष्ट जान पड़ता है।

"मेरे बंधु लोकशाही के तत्त्वों के सत्य की अंत:प्रेरणा और विज्ञान की सार शिक्षा के अध्ययन कर रहे हैं। अंधश्रद्धा नष्ट करनी चाहिए। हर एक को उनकी इच्छा अनुसार उपासना करने का अधिकार है। हर व्यक्ति की सद्विवेकबुद्धि योग्य निर्णय ले सकती है। उनका निर्णय सर्वोत्तम निर्णय के विरोध में और अपने बंधुओं के स्वतंत्रता के मार्ग में अड़चन नहीं होना चाहिए।

—मुस्तफा कमाल पाशा

□

भाग–2 प्रकरण 5

(क) रशिया

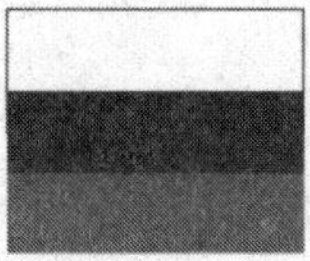

राष्ट्रध्वज

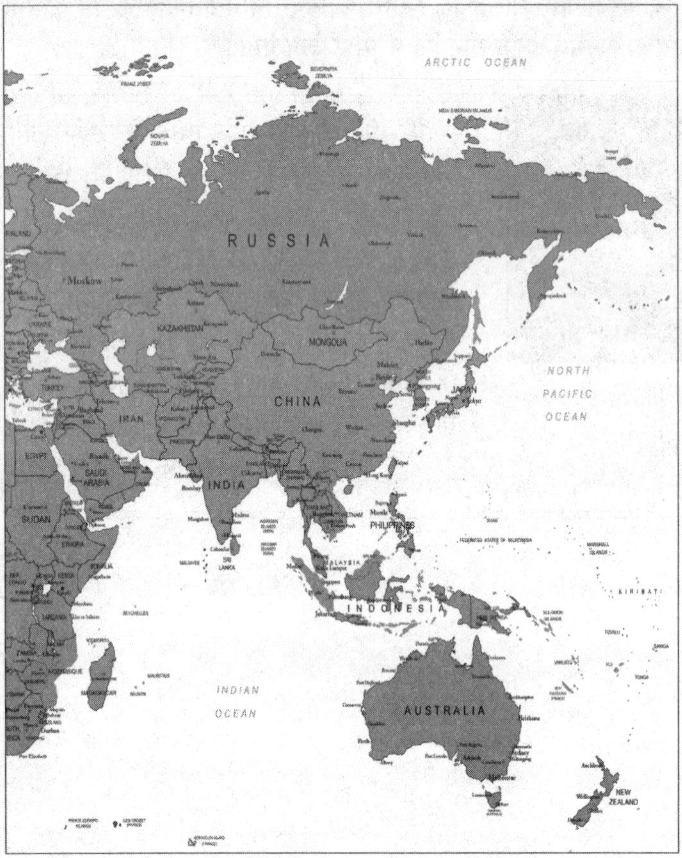

नक्शा

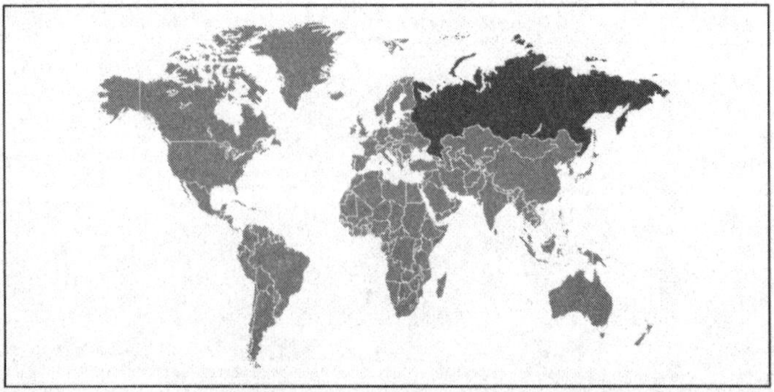

विश्व में स्थान

(क) रशिया

रशिया—राष्ट्रध्वज तथा राष्ट्रगीत

National Anthem—Russian Federation
English Translation

O Russia, for ever you're strong sacred country!
O Russia, for ever the land that we love!
The glory that's great and the will that is mighty -
So be they thy virtue for ages to come.

CHORUS

(1) Prasied be the Fatherland, cherishing home of ours-
Cent'ries-old union of peoples in free,
Popular wisdom given us by forefathers.
Praised be our country! And we're proud of thee!

(2) From seas in the South and up to polar border
Our woods and our meadows have stretched far away.
Along in the whole world, you stand one and only!
By God saved as ever our dear native land.

CHORUS

(3) For generous dreaming, for living and longing
The years approaching give us ample scope.
With faith in our Homeland we are getting stronger.
It was so, it is so and it will be so!

रशियन संघ राज्य का राष्ट्रगीत
(हिंदी भावानुवाद)

हे रशिया, तुम सदैव शक्तिशाली और पवित्र देश हो!
हे रशिया, इस भूमि से हम सदैव प्रेम करेंगे!
हमारे देश की कीर्ति महान् है
और हमारी इच्छाशक्ति प्रबल है,
इसलिए हे रशिया, तुम्हारे सद्गुण सदियों तक हमें प्राप्त हो।

सांघिक

(1) हमारी पितृभूमि प्रशंसनीय है,
हमारे स्वतंत्र लोगों के संघराष्ट्र,
हम सभी को प्रेमपूर्वक सँभाल लेते हैं।
हमारे पूर्वजों ने हमें व्यावहारिक होशियारी दी है।
हमें इस देश पर गर्व है,
हमारे देश की कीर्ति विश्व में सभी जगह फैले!

(2) दक्षिण की ओर सागर तक और ध्रुव प्रदेश की सीमा तक हमारे घने जंगल और घास के हरे मैदान दूर तक फैले हुए हैं। इस संपूर्ण विश्व में यही एक देश स्वतंत्र और अकेला खड़ा है। ऐसी हमारी प्रियभूमि की परमेश्वर ने आज तक रक्षा की है।

सांघिक

(3) (हे परमेश्वर!) भव्य सपने देखने के लिए,
सुख से रहने के लिए, हमारी इच्छा-आकांक्षाओं की पूर्ति के लिए
आनेवाले समय में हमें अच्छे अवसर दे
हमारी मातृभूमि पर हमारी अटूट श्रद्धा बनी रहे,
और हमें दिन-प्रतिदिन बलाढ्य, शक्तिशाली बनने दो,
यह ऐसा ही था, यह ऐसा ही है और यह ऐसा ही होगा!

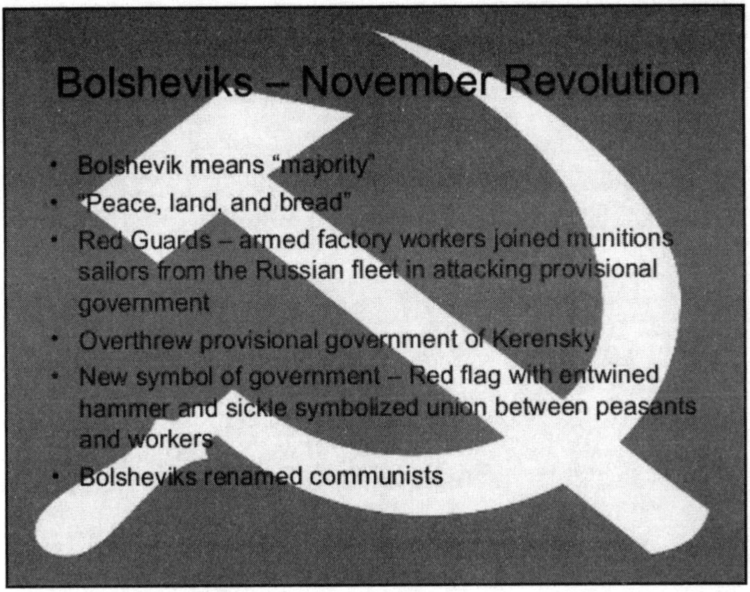

साम्यवाद की प्रयोगभूमि

सन् 1918 में झार राजसत्ता का पराभव करने के पश्चात् रशिया ने साम्यवादी विचारधारा को अपनाया। इसी विचार से प्रभावित होकर रशिया के पश्चिमी ओर स्थित पूर्व यूरोपीय राष्ट्रों को रशिया अपने आधिपत्य में लाया तथा उन राष्ट्रों में साम्यवादी विचारधारा लागू की गई। कम्युनिज्म विचार सिद्धांत के जनक कार्ल मार्क्स और एंजल्स को कम्युनिस्ट विचार अर्थात् शासन की एकाधिकारशाही अपेक्षित नहीं थी, लेकिन लेनिन और उसके बाद स्टालिन ने कम्युनिस्ट विचार अर्थात् परंपरागत विचारों के विरुद्ध, धर्ममत को न माननेवाला विचार, कर्मचारियों के हितों की रक्षा करनेवाला, देश की सर्व संपत्ति संयुक्त रूप से जनता की ही है, ऐसा माननेवाली ऐसी प्रतिमा खड़ी की, परंतु इन सभी के हम विश्वस्त हैं, यह संकल्पना गृहीत न मानकर एकाधिकारशाही पद्धति से शासन चलाया। परिणामत: 1917-18 के उठाव के पश्चात् जनता को स्वतंत्रता तो मिली ही नहीं, बल्कि व्यक्ति परिवार की स्वायत्तता भी नष्ट हो गई।

वास्तव में ई.स. 1918 के बाद रशिया और उससे लगे हुए 15 राज्यों को एकत्रित किया गया। सभी ने उससे पहले जो राजशाही के सत्ताधीश थे, उन्हें पदच्युत किया था। इस प्रदेश पर कोई भी बड़ा बाहरी आक्रमण भी नहीं हुआ था।

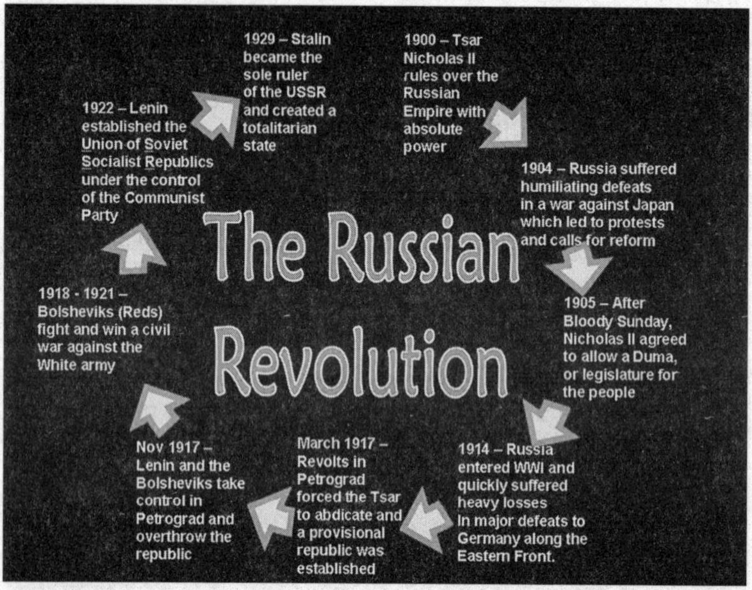

ऐसे समय में समान गत इतिहास तथा समान विचारधारा के आधार पर रशिया तथा अन्य 15 राज्य मिलकर एक संघ राज्य हो सकता था। उसी समय ग्रेट ब्रिटेन ने विश्व में अपना साम्राज्य एशिया, अफ्रीका महाद्वीप में स्थिर कर लिया था।

अंग्रेजी शासकों का लोकशाही तत्त्वों पर विश्वास था। उस देश के प्रत्येक व्यक्ति को इंग्लैंड के लिए खून बहाना चाहिए तथा मातृभूमि की रक्षा करनी चाहिए, ऐसा लगता था, लेकिन वही तत्त्व उनके आधिपत्य में रहे देशों में गंभीर गुनाह के रूप में माने जाते थे; फिर भी उन्होंने उनके शासित देश में व्यक्ति, परिवार उनके जीवन में धर्मसंकल्पना को ठेस नहीं पहुँचाई। उन्हें धर्मसंकल्पना मान्य थी तथा उनके क्रिश्चियन धर्म का प्रसार करने के लिए ही उन्होंने अपनी शासन-यंत्रणा चलाई।

रशिया तथा संलग्न 15 राज्यों के समूह की राजसत्ता में धर्म संकल्पना मान्य नहीं थी। व्यक्ति तथा परिवार दोनों का ही अस्तित्व मान्य नहीं था। सबकुछ सभी का अर्थात् राष्ट्र का अर्थात् शासन के कब्जे में। कम्युनिज्म के तत्त्वों के अनुसार उनको स्वयं के इतिहास से कुछ भी नहीं सीखना था। वैसे ही उनको अन्य राष्ट्रों से भी कुछ सीखना नहीं था। परिणामत: एक जुल्मी राजा के बाद दूसरा उससे अधिक जुल्म करनेवाला राजा आया। फलस्वरूप रशिया के साथ-साथ अन्य राज्यों में भी

स्थिरता नहीं आई। समय आते ही 1989 के बाद 2-4 वर्षों में ताश का बँगला, जिस प्रकार ढह जाता है, उसी तरह सभी राज्य स्वतंत्र हो गए।

जमीन, व्यक्ति, इतिहास, संस्कृति तथा ध्येय को मिलाकर बने राष्ट्र की विचारधारा शाश्वत रहती है। इसमें से यदि इतिहास, संस्कृति तथा ध्येय इन बातों को हटा दिया जाए, तो सिर्फ जमीन तथा मनुष्य ही रह जाते हैं। कालांतर से वे भी नष्ट हो जाते हैं, यह इतिहाससिद्ध सत्य रशियन राजसत्ता ने बीसवीं शताब्दी के 1918 से लेकर 1988 इन 70 सालों की कालावधि में दिखा दिया।

रशिया की नूतन विचारधारा

स्वाभाविक रूप से रशिया तथा अन्य पूर्व यूरोपीय राष्ट्रों में राष्ट्रीय विचारधारा की संकल्पना का विचार शुरू हो गया है। रशियन दार्शनिक वाडीमिर सोलोवियेव (1853-1900) ने ई.स. 1888 में 'रशियन विचारधारा' (Russian Idea) नाम की संकल्पना को प्रस्तुत किया था। उस संकल्पना में इतिहास का आधार था, शाश्वत विचारों का अंतर्भाव था। दिसंबर, 2005 में मि. वाडीमर व्होलकोव, मेरीक्यूरी फेलो और यूरोपीय कमीशन, बर्लिन ने रशिया की नई विचारधारा की संकल्पना को स्पष्ट करते हुए कहा—

"रशियन विचारधारा अर्थात् कुछ मूलभूत मूल्यों का संग्रह है। इस आधार पर रशिया के समाज के अलग-अलग स्तरों के लोगों की स्वयं की पहचान स्पष्ट होती है। राष्ट्रीय इतिहास के आधार पर राष्ट्र के गठन को स्पष्ट करनेवाली यह विचारधारा है। स्पष्ट भाषा में कहा जाए तो भौतिकता से आध्यात्मिकता ज्यादा महत्त्वपूर्ण तथा अर्थपूर्ण होती है। वैयक्तिक आशा-आकांक्षा की अपेक्षा सामूहिक मूल्य तथा ध्येय ज्यादा महत्त्वपूर्ण होते हैं। संकुचित वांशिकता पर आधारित राष्ट्रीय संकल्पना की अपेक्षा अंतरराष्ट्रीय क्षेत्र में पहचान ज्यादा महत्त्व रखती है। इसलिए सोवियत शासकों की धर्मनिरपेक्ष संकल्पना की बजाय रशिया के अनेक विद्वान लोग इस रशियन विचारधारा को मान्यता देने लगे हैं।"

("The Russian Idea comprises a set of basic values that constitute the self identity of Russian across social divisions and coalesce into a national project or historical mission. More correctly it means that spiritual concern are higher and more meaningful than material ones; collective values and goals are superior to individual ones; and international or multinational identities take precedence over narrow ethnonational ones. So despite the secular character of the soviet regime part of the Russian intelligentsia, influenced by on the views.")

ई.स. 1990 के पश्चात् रशिया ने अपनी राष्ट्रीय विचारधारा को स्पष्ट करने के लिए किस संकल्पना का आधार लिया है, इसकी चर्चा करते हुए मि. वाडीम व्होलकोव कहते हैं कि "कम्युनिस्टों ने ही राष्ट्रीय देशभक्ति की आवेशपूर्ण घोषणाएँ कीं तथा तत्त्वज्ञ मि. निकोलास वरडियेव की 'राष्ट्रीय विचारधारा' के संरक्षक तथा संवर्धक हम ही हैं," ऐसा कहा। ई.स. 1990 के दशक से इस विचारधारा पर उलटा-सीधा विचारचक्र जारी है। फिर भी यह संकल्पना अपनी जड़ जमाएगी, ऐसा विश्वास मि. वाडीम व्होलकोव ने प्रकट किया है।

("It can be expected that attempt to articulate a new National Idea from above will intensify in the near future and that its content will shift towards universalistic and moral elements found in National Ideas of the past.")

"राष्ट्रीय विचारधारा को स्पष्ट करने का प्रयत्न उच्च स्तर से होता रहेगा, ऐसी अपेक्षा कर सकते हैं और आनेवाले समय में उसे गति प्राप्त होगी और राष्ट्रीय विचारधारा का प्रवास सर्वव्यापकता और नीतिकल्पना की ओर होगा, क्योंकि पहले की राष्ट्रीय संकल्पनाओं में इन्हीं बातों का समावेश है।"

राष्ट्रीय विचारधारा को निश्चित करते समय पहले ही स्थापित की गई 'रशियन आइडिया' नामक पुस्तक का अध्ययन रशिया में होने लगा है। मि. अंड्राय त्सायगानकोव तथा पावेल त्सायगानकोव ने "National Ideology and IR Theory : Three incarnations of the 'Russian Idea'" इस विषय पर एक विस्तृत लेख लिखा है। वे जागतिकीकरण के विषय में लिखते हैं कि—

"विश्व में शीतयुद्ध की समाप्ति हो चुकी है, परंतु विश्व में आर्थिक और राजकीय संकल्पना एकत्रित हो रही है, जिसके कारण नवनवीन अपेक्षाएँ बढ़ रही हैं। जागतिकीकरण तथा लोकशाही पद्धति के द्वारा शांतता की संकल्पना जड़ पकड़ रही है। परिणामस्वरूप बदलती परिस्थिति में पश्चिमी लोगों ने जो खुलापन निर्मित किया है, उसे देखकर प्रत्येक देश को अपनी-अपनी संकल्पना को नवीन आकार देना चाहिए।"

"The end of the cold war produced new theoretical expectation of an increasing economic and political convergence across nation. The concept of globalization and democratic peace anticipated that nation would redefine their interest to fit the standards of the newly emerging and west-defined openness in the world."

कुल मिलाकर जागतिकीकरण की प्रक्रिया में पश्चिमी राष्ट्रों का प्रभुत्व है। उन्हें ऐसा लगता है कि पश्चिम के अलावा अन्य किसी राष्ट्र में सामाजिक तथा तात्त्विक मूल्य ही नहीं हैं। इसलिए वे राष्ट्र विश्व में हो रहे विकास में योगदान नहीं दे सकते। इसलिए ऐसे सभी राष्ट्रों ने बिना कुछ कहे पश्चिमी राष्ट्र जो कहेंगे, उसके अनुसार स्वयं को बदलना चाहिए अर्थात् रशिया के कई नेताओं और विद्वज्जनों को 'यह पश्चिमी अहंकार मान्य नहीं है।' इस संदर्भ में त्सायगानकोव का कहना है, "रशियन समाजशास्त्रज्ञ अब सांस्कृतिक भिन्नता के आधार पर खुद के तथा दूसरों के साथ अपने संबंधों की चर्चा करने लगे हैं। रशियन परंपरा और मूल्य मुख्यतः पश्चिम की अपेक्षा अलग हैं। रशिया की स्वतंत्र संस्कृति है। उसका विश्व के लिए एक दायित्व है और उसके लिए रशियन संकल्पनाओं की जानकारी विश्व को देनी चाहिए।

"Finally civilization is to conceptualise the self and other relationship in terms of cultural opposition. This ideological tradition and positions of Russia and its values as principally different from those of West. Viewing Russia as a civilization in its own right, many civilitionists insisted on its 'Mission' in the world and on spreading Russian Values abroad. (Duncan 2000)"

आखिरकार सोवियत यूनियन के विघटन के पश्चात् रशिया में जो विचारमंथन जारी है, उसमें पिछले कुछ शतकों के पूर्व से ही विचारों का प्रतिबिंब है। उस लेख के अंत में मि. त्सायगानकोव कहते हैं, "रशिया की पाश्चिमात्यीकरण, राज्यव्यवस्था तथा संस्कृति के संबंध में अलग तथा स्वतंत्र कल्पना है। वैसे ही वह संकल्पना जागतिक व्यवस्था देशांतर्गत प्रश्न तथा परराष्ट्रीय नीति विषय में पूर्वतया नए रूप में है। केवल अमेरिका में नहीं तो रशिया में भी आधुनिकता की जागतिक परिस्थिति में सामाजिक शास्त्र के अध्ययन से राष्ट्रीय विचारधारा विषय दूर नहीं किया है। कुछ विषयों में तो रशिया के विद्वज्जन विचार संकल्पनाओं के ज्यादा नजदीक हैं, इतना ही नहीं, वे ज्यादा स्पष्ट भी हैं।"

"As our analysis indicates Russia's distinct ideologies of westernism, statism and civilizationism have obtained new life by informing and inspiring international relationship concept of the international system, regional order and foreign policy. Not only in the United States but also in Russia, rational ideology has not been evicted from the social sciences by the national spirit of modernity. In same respects, theorists in Russia are closer to and less ashamed of ideology and it is more common among them to be explicit about their ideological assumption."

ई.स. 1918 से लेकर 198 तक, इन 70 सालों की कालावधि में साम्यवाद के अधिकारशाही में रहा रशिया तथा पूर्व यूरोपीय राष्ट्रों में भी 1990 के बाद पूर्वेतिहास पर आधारित और पूर्वजों के द्वारा बताए गए शाश्वत विचारों की सहायता से राष्ट्र की स्वतंत्र विचारधारा निश्चित करने की प्रक्रिया जारी है।

जागतिकीकरण के वातावरण में भी राष्ट्रीय विचारधारा की निश्चिति, कुछ शाश्वत विचारों का पुनरुज्जीवन, राष्ट्रीय विचारधारा के आधार पर हर एक राष्ट्र के कार्य तथा अंतरराष्ट्रीय संबंध स्थापित हो सकते हैं, यह इस अध्ययन द्वारा सिद्ध हो रहा है। स्वामी विवेकानंदजी ने 1894 में सभी राष्ट्रों को संदेश दिया था, "नियत ने प्रत्येक राष्ट्र को एक दायित्व सौंपा है। प्रत्येक राष्ट्र को वह दायित्व कौन सा है, उसे खोजना चाहिए तथा उसके अनुसार ही देशांतर्गत तथा अंतरराष्ट्रीय क्षेत्र में कार्यरत होना चाहिए।" राष्ट्रीय विचारधारा उस दायित्व को पूरा करने में पोषक होनी चाहिए, इस बात पर अब रशिया के विचारवंत ध्यान देने लगे हैं।

रशियन लोकशाही रशियन लोगों की शक्ति है। यह सरकार लोगों की परंपरा और आशा-आकांक्षाओं से निर्मित हुई है।

—वाल्दमिर पुतिन

राजकीय पक्ष सद्य:स्थिति (सन् 2015)

रशिया में करीब-करीब 75 पक्षों के नाम राजकीय पक्ष के रूप में दर्ज हैं, लेकिन उसमें से यूनाइटेड रशिया, कम्युनिस्ट पार्टी, लिबरल डेमोक्रॉटिक पार्टी ऑफ रशिया, ए जस्ट रशिया प्रमुख पक्ष हैं। उन पक्षों की देश की संसद् में संख्या तथा उनकी विचारधारा निम्नलिखित है—

पक्ष का नाम	विचारधारा	नेता	प्रतिनिधि संख्या
युनाइटेड रशिया	रशियन	मित्री मेहव्हेव	238
	कॉन्झर्वटिज्म		
कम्युनिस्ट पार्टी	कम्युनिज्म	जेनेडी झुकानोव्ह	92
	मार्क्ससिज्म		
	लेनिनिज्म		
	पॅट्नीऑटिज्म		
	नॅशनॅलिज्म		
ए जस्ट रशिया	सामाजिक	सरगे मिरोनोव्ह	64
	लोकशाही		
डेमॉक्रटिक पार्टी ऑफ रशिया	रशियन राष्ट्रवाद	व्हाल्डमीर	56
(LDPR)	मिश्र	झिरोनोव्हस्की	
	अर्थव्यवस्था	कुल	

वर्तमान में यूनाइटेड पक्ष के वाल्डमीर पुतिन प्रधानमंत्री है।

□

भाग-2 प्रकरण 5

(ड) मध्य एशियन राष्ट्रे

नकशा

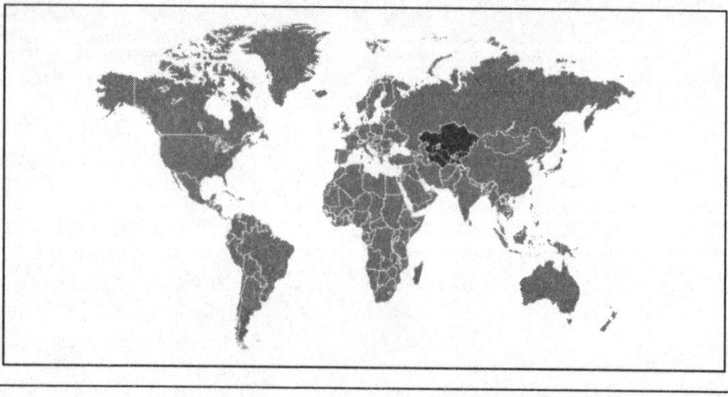

विश्व में स्थान

भाग–2 प्रकरण 5

(ड) मध्य एशियन राष्ट्रे

कझाकिस्तान
KAZAKSTAN

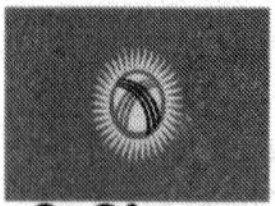

किर्गिस्तान
KYRGYSTAN

ताजिकिस्तान
TAJIKISTAN

तुर्केमिस्तान
TURKEMISTAN

उझबेकिस्तान
UZBEKISTAN

प्रकरण-5

(ड) मध्य एशियन राष्ट्र

ताजकिस्तान—राष्ट्रध्वज तथा राष्ट्रगीत

National Anthem—Tajikistan

English Translation

We are happy to see your pride.
Let your happiness and prosperity be forever,
We have reached this day since ancient times,
We stand under your flag.
CHORUS
Long live my Homeland, my free Tajikistan!
You are a symbol of our ancestor's hope
Our honour and dignity,
You are an enternal world for your sons,
Your spring will never end, We remain loyal to you.
CHORUS
You are a Mother for all of us,
Your future is our future,
Your meaning is the meaning of our souls and bodies,
You give us happiness forever, Because of you,
We love the world!

ताजकिस्तान—राष्ट्रगीत

(हिंदी भावानुवाद)

तेरा स्वाभिमान देखकर हम आनंदित हुए हैं।
तेरी खुशियाँ, तेरी संपन्नता हमेशा बनी रहे।
प्राचीनकाल से सफर करते हुए, आज हम यहाँ पहुँचे हैं।
हम तेरी कृपा से खड़े हैं, हम नतमस्तक हैं।

सांघिक
मेरे आजाद ताजकिस्तान देश, मेरी मातृभूमि चिरायु हो!
तुम हमारे पूर्वजों की उम्मीदों की निशानी हो,
तुम हमारा सम्मान तथा गरिमा हो।
तुम अपने पुत्रों के लिए शाश्वत जहाँ हो,
तुम्हारा चैतन्य अविनाशी है।
हम हमेशा तुमसे वफादार रहेंगे।

सांघिक
तुम, हम सभी की माँ हो,
तुम्हारा भविष्य ही, हमारा भविष्य होगा
तुम्हारा तात्पर्य वह हमारे शरीर तथा आत्मा का तात्पर्य है।
तुम हमें चिरकाल तक सुख-शांति प्रदान करो,
तुम हो, इसलिए इस संसार से हम प्यार करते हैं।

उजबेकिस्तान—राष्ट्रध्वज तथा राष्ट्रगीत

National Anthem—Uzbekistan

English Translation

My sunny free land, happiness and salvation to the people,
You are a loving companion to your friends!
Flourish forever with learning and creativity,
May your glory shine as long as the world exists!
Caps
These golden valleys--dear Uzbekistan,
The courageous spirit of your ancestors is with you!
When the great power of the people raged,
(You were) the country that charmed the world!

The faith of an open-hearted Uzbek does not die out,
The young free generation is a strong wing for you!
Beacon of independence, guardian of peace,
Lover of truth, motherland, flourish forever!
Caps
These golden valleys--dear Uzbekistan,
The courageous spirit of your ancestors is with you!
When the great power of the people raged,
(You were) the country that charmed the world!

उजबेकिस्तान—राष्ट्रगीत

(हिंदी भावानुवाद)

ऐ मेरे मुक्त और प्रकाशमान देश,
हम सभी नागरिकों को सुख-शांति तथा मोक्ष प्राप्त हो!
तुम अपने अन्य मित्रों के (देशों के) स्नेहमय सहकारी हो!
तुम हमेशा ज्ञान और सृजनात्मकता से समृद्ध रहो!
तुम्हारी महिमा तब तक रहे, जब तक यह संसार है!

सांघिक

ऐ मेरे प्रिय उजबेकिस्तान,
तुम्हारी ये स्वर्णिम घाटियाँ, तुम्हारे शूर और
साहसी पूर्वजों का साक्ष्य है और तुम्हारे पास भी
वही शौर्य और साहस है।
जब विश्व में अतिशय गंभीर, भयानक स्थिति निर्मित हुई
उस वक्त तुमने ही पूरे विश्व को आनंदित किया।
खुले दिलवाले उजबेकों का विश्वास मरता नहीं
हमारी युवा पीढ़ी तुम्हारे शक्तिशाली तथा मजबूत पंख हैं।
स्वतंत्रता की दीपस्तंभ हो, शांति का रक्षक हो।
हमारी सत्यप्रेमी मातृभूमि का सदैव उत्कर्ष हो!

मध्य एशियन राष्ट्र

पहचान

मध्य एशिया समझे जानेवाले प्रदेश में कजाकिस्तान, किर्गिस्तान, ताजिकिस्तान, तुर्कमेनिस्तान तथा उजबेकिस्तान—इन पाँच राष्ट्रों का समावेश किया जाता है। इन पाँचों प्रदेशों की कुल जनसंख्या 7 करोड़ है। कुल मिलाकर भू-प्रदेश का विस्तार 40 लाख चौरस कि.मी. है। लोकसंख्या-घनता हर चौरस कि.मी. पर 35 है। उजबेकिस्तान की लोकसंख्या 3 करोड़ तथा लोकसंख्या-घनता हर चौरस किलोमीटर पर 70 है। पाँचों राष्ट्रों में कजाकिस्तान आकार में बड़ा प्रदेश है तथा सबसे धनवान भी अर्थात् उसका प्रति व्यक्ति सकल वार्षिक उत्पादन 13,000 अमेरिकन डॉलर है। ताजिकिस्तान आकार में सबसे छोटा प्रदेश है तथा उनका प्रति व्यक्ति सकल उत्पादन भी कम अर्थात् 900 अमेरिकन डॉलर है। मध्य एशिया से लगे हुए चीन, रशिया, ईरान, अफगानिस्तान तथा पाकिस्तान देश है। भौगोलिक दृष्टि से यह उनको बहुत फायदेमंद है वैसे ही नुकसानदायक भी है। आस-पास के राष्ट्रों को जोड़नेवाला यह प्रदेश है। वैसे ही ऐसे शक्तिशाली पड़ोसी देशों के आक्रमणों से मध्य एशियन लोगों को तकलीफ भी बरदाश्त करनी पड़ती है। परिणामतः इस प्रदेश में कभी राजकीय अस्थिरता रहती है तो कभी राजकीय अनिश्चितता भी निर्मित होती है।

पड़ोसी देश—परिणाम

उत्तरी दिशा से रशिया को गरम पानी के बंदरगाह से यातायात सुलभ हो सके, इसलिए दबाव रहता है। इस प्रदेश के मार्ग से ही उन्हें अफगानिस्तान पर ध्यान केंद्रित करना पड़ता है। पूर्व से रशिया की गतिविधियों का प्रत्युत्तर देने के लिए चीन इसी प्रदेश का उपयोग करता है। भारत की तरफ से तिब्बत तथा हिंदूकुश पर्वतों से होते हुए ब्रिटिश साम्राज्य को रशिया से सामना कर अपना वर्चस्व निर्मित करना था। वर्तमान में पाकिस्तान इस मुसलिमबहुल प्रदेश के साथ मित्रता करने की कोशिश कर रहा है। ईरान भी अपनी शक्ति बढ़ाने के लिए इन राष्ट्रों से मैत्री करने को इच्छुक है। इसके अतिरिक्त दूर रहकर भी अमेरिका इस प्रदेश पर अपना वर्चस्व जताना चाहता है।

ऑटोमन साम्राज्य के अधीन रहा यह भाग पिछड़ा हुआ ही रहा है। बोल्शेविक क्रांति के पश्चात् इस पर सोवियत यूनियन का वर्चस्व रहा, जिसके कारण वर्ष

1989 में सोवियत यूनियन से अलग होने तक यह प्रदेश स्वयं की स्वतंत्र पहचान नहीं बना सका। परंपरागत मुसलिम शासन होने के कारण यहाँ पर इसलाम का बहुत अधिक प्रभाव है।

राष्ट्रीय विचारधारा—चिंतन

माया किम ने उनकी स्नातकोत्तर परीक्षा के लिए 'Redefining National Identity in Post Soviet-Central Asia' नामक प्रबंध लिखा। ई.स. 2011 में लिखे इस प्रबंध के प्रारंभ में ही वह लिखती है—

"स्वतंत्रता प्राप्ति के 20 वर्षों के बाद मध्य एशियन राष्ट्र कहाँ से आए हैं तथा अब कहाँ जाना है, इसका विचार करने लगे हैं।"

"Two decades after independence there is much to consider about where Central Asian States have come from and where they are going."

माया किम का निरीक्षण ऐसा है कि सोवियत यूनियन के सत्तर वर्षों में मध्य एशियन राष्ट्रों को ऐसा महसूस हुआ कि उनको उनकी पहचान मिल जाएगी; परंतु ऐसा हुआ नहीं। इसलिए आगे वे लिखती हैं कि—

"सोवियत यूनियन के पराभव के पश्चात् उनको स्वतंत्रता मिली; परंतु उन्होंने उस स्वतंत्रता को पूर्ण रूप से नहीं अपनाया, क्योंकि उन्हें सार्वभौमत्व के कारण निर्मित हुई चुनौतियों का डर था।

वर्तमान समय में मध्य एशिया के ये पाँचों राष्ट्र निर्भीक होकर स्वयं की नई पहचान निर्मित करने का प्रयत्न कर रहे हैं। अभी भी इन पाँचों राष्ट्रों में एकाधिकारशाही ही है, फिर भी सामान्य जनता में भी नए युग की आहट सुनाई देने लगी है। कई शतकों तक उन पर रहे इसलाम के प्रभाव का भी वे नए सिरे से अध्ययन करने लगे हैं। इसलाम के पाँच मूलभूत क्रियाकर्म शहादा, नमाज, जकात, रोजा तथा हज की नई परिस्थिति का अर्थ खोजने का प्रयत्न मध्य एशिया में होने लगा है।

मध्य एशियन राष्ट्रों को अपनी नई पहचान निर्मित करने के लिए अपनी राष्ट्रीय विचारधारा निश्चित करनी है। इसलिए इसलाम-पूर्व उनके समाज की स्थिति क्या थी, इतिहास के प्रेरणास्रोत कौन से हैं? इसका भी अध्ययन होने लगा है।

सोवियत यूनियन के आखिर में राष्ट्र के पुनर्निर्माण (पेरीस्ट्राइका) तथा विचारों में खुलापन (ग्लासनोस्त) प्राप्त हुए इन दो शब्दों का अर्थ अपनी दृष्टि से

क्या है। इसकी भी खोज मध्य एशियन राष्ट्र करने लगे हैं तथा उसके लिए उन्होंने उन देशों के मूल पुरुषों का, उनके द्वारा दी गई शिक्षा का अध्ययन प्रारंभ कर दिया है। इन सभी प्रयत्नों द्वारा उनको उनके राष्ट्रीय जीवन की जड़ खोजनी है तथा अपनी राष्ट्रीय विचारधारा निश्चित करनी है, ताकि कोई दूसरा उनके ऊपर कभी भी वर्चस्व नहीं जमाए।

सेंट्रल एशिया कॉक्सस इंस्टीट्यूट तथा सिल्करोड स्टडीज प्रोग्रॉम ने वर्ष 2008 में एरिका मारट का एक शोधप्रबंध प्रकाशित किया था। उस विस्तृत लेख का शीर्षक है—राष्ट्रीय विचारधारा और किर्गिस्तान तथा ताजिकिस्तान राष्ट्रों का गठन (National Ideology and State Building in Kirgistan and Tajikistan) इस लेख में 1991 से इन दोनों राष्ट्रों में राष्ट्रीय विचारधारा का विकास किस प्रकार होने लगा है, इसकी विस्तृत चर्चा है। लेख के 'सारांश तथा सिफारिश' इस भाग में हुआ उल्लेख यहाँ उद्धृत करना उपयुक्त होगा।

"राष्ट्रीय ऐतिहासिक प्रसंग का उत्सव मनाकर संपूर्ण समाज को देशभक्ति के आवरण के नीचे लाने का प्रयत्न जारी है। राष्ट्रीय विचारधारा की निर्मिति के लिए किर्गिस्तान तथा ताजिकिस्तान की शैक्षणिक संस्थाओं में विविध उपक्रमों का आयोजन किया जा रहा है तथा उसके लिए नागरिकों से सुसंवाद साधने का काम शुरू है।

("The celebration of national historical events, allowed the incumbent resilience to mobilise the entire public sector under the banner of patriotism and the important goal of the report is to highlight the main aspects in the current interaction of political elites with academic circles in the formation of ideological projects and implication on National Ideology.")

राजकीय पक्ष सद्य:स्थिति

कजाकिस्तान

यहाँ नूर-ओतान का पक्ष हमेशा सत्ता में रहता है। अन्य राजकीय पक्ष औपचारिक दृष्टि से वैध हैं, लेकिन सद्य:स्थिति में कोई भी पक्ष सत्ता में नहीं आ पाएगा।

तुर्कमेनिस्तान

कम्युनिस्ट पार्टी, डेमोक्रॉटिक पार्टी, रिपब्लिकन पार्टी राजकीय पक्ष हैं, परंतु यहाँ पर एक पक्ष की सत्ता 1991 से है। कॉ. सपरमुरत नियाजोव 2006 तक राष्ट्राध्यक्ष के पद पर रहे। वर्तमान में गुरबांगुली बेरडीमोहमेडो तुर्कमेनिस्तान के राष्ट्राध्यक्ष हैं।

उजबेकिस्तान

उजबेकिस्तान में तीन पक्ष हैं—लिबरल डेमोक्रॉटिक पार्टी, उजबेकिस्तान पीपल्स डेमोक्रॉटिक पार्टी और सेल्फ सेक्रिफाइस डेमोक्रॉटिक पार्टी, परंतु तीनों ही पक्षों की राष्ट्राध्यक्ष इसलाम कॉरीमोव को ही समर्थन देने की पद्धति है।

ताजिकिस्तान

ताजिकिस्तान में भी मुख्य रूप से तीन पक्ष हैं। वे हैं—कम्युनिस्ट पार्टी ऑफ ताजिकिस्तान, इसलामिक रिनासंस ऑफ ताजिकिस्तान और पीपल्स डेमोक्रॉटिक पार्टी ऑफ ताजिकिस्तान, लेकिन पीपल्स डेमोक्रॉटिक पार्टी ऑफ ताजिकिस्तान ही मुख्य प्रभावी पक्ष है। अन्य पक्ष विरोधी पक्ष के रूप में नाममात्र के लिए है। उन्हें सत्ता में आने का अवसर मिलेगा, ऐसा अभी प्रतीत नहीं होता। अन्य पक्षों के नाम इस प्रकार हैं—अग्रेरिअन पार्टी, डेमोक्रॉटिक पार्टी, जस्टिस पार्टी, सोशल डेमोक्रेटिक पार्टी, सोशियोलिस्ट पार्टी, लाली बंडकशन और हिज्ब-उल-ताहिर इत्यादि।

किर्गिस्तान

तुलीप क्रांति से किर्गिस्तान में बहु-राजकीय पक्ष पद्धति अस्तित्व में आई है। वैसे तो वहाँ 25-26 राजकीय पक्ष है, लेकिन उनमें से किसी को भी प्रत्यक्ष सत्ता मिलने की संभावना नहीं है।

□

भाग-2 प्रकरण 6
जर्मनी

राष्ट्रध्वज

नक्शा

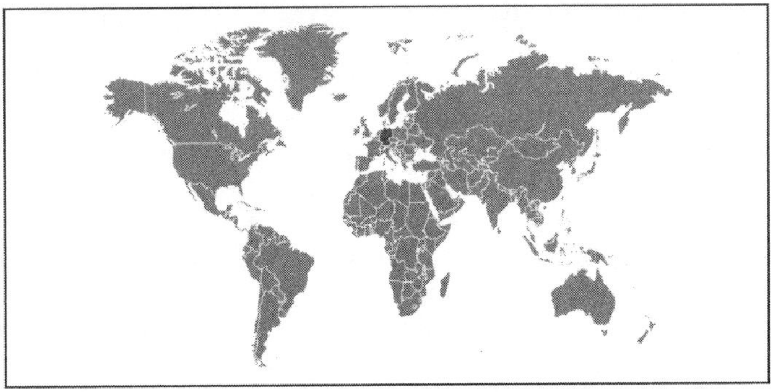

विश्व में स्थान

प्रकरण-6

जर्मनी

National Flag and Anthem

English Translation

Unity and law and freedom
For the German Fatherland
Let us all strive for that
In brotherhood with heart and hand!
Unity and law and freedom
Are the foundation for happiness
Bloom in the glow of happiness
Bloom, German Fatherland.

जर्मन—राष्ट्रगीत (भावानुवाद)

एकता, कानून और स्वतंत्रता
हमारी जर्मन पितृभूमि को
प्राप्त हो, आओ सभी उसके लिए प्रयास करें

हाथों में हाथ लेकर, दिल से दिल जोड़कर
भाइचारे, बंधुभाव से प्रयत्न करें!
एकता, कानून और स्वतंत्रता
ये सुख प्राप्ति के आधारस्तंभ हैं।
सुख के जगमग प्रकाश में
हमारी जर्मन पितृभूमि हमेशा फूले!
हमेशा फूलती रहे!

जर्मनी की पहचान

कहा जाए तो विश्व के नक्शे पर जर्मनी आकार में एक छोटा-सा देश है। यूरोप महाद्वीप के मध्य भाग में स्थित इस देश से नौ अन्य देशों की सीमाएँ लगी हुई हैं। इसके अतिरिक्त उत्तर दिशा में साधारणत: 2500 कि.मी. लंबा समुद्र किनारा है। जर्मनी का क्षेत्रफल 3,57,021, चौ. कि.मी. है अर्थात् भारत के मध्य प्रदेश के बराबर है। जर्मनी की लोकसंख्या 8 करोड़ है तथा मध्य प्रदेश की लोकसंख्या 7 करोड़ है। जर्मनी तथा मध्य प्रदेश दोनों की लोकसंख्या घनता साधारणत: प्रति कि.मी. 240 है। दोनों का क्षेत्रफल तथा लोकसंख्या घनता साधारणत: समान होने पर भी दोनों के उत्पाद में 35 गुना का फर्क है।

जर्मनी देश उद्योगप्रवण देश समझा जाता है, वैसे ही उसकी ख्याति युद्धपिपासु देश के रूप में भी है। जर्मनी को एकत्र करनेवाला नेता बिस्मार्क (ई.स. 1815-1898) का नाम इतिहासकारों तथा यूरोप के अभ्यासकर्ताओं को ज्ञात है, लेकिन हिटलर (ई.स. 1889-1945) यह नाम एकाधिकारशाही के द्योतक के रूप में सभी को ज्ञात है। बीसवीं शताब्दी के पूर्वार्ध में हुए दोनों महायुद्ध का प्रारंभ जर्मनी में हुआ तथा दोनों महायुद्धों में पराभव की बदनामी भी जर्मनी ने ही बरदाश्त की है।

पराभव तथा विभाजन

वर्साय के 1919 के समझौते से जर्मनी की बहुत बेइज्जती हुई थी। इसलिए इस पराभव का प्रतिशोध लेने के लिए पुन: संभावित युद्ध की तैयारी ही इस समझौते ने की थी। दूसरे महायुद्ध में हार के पश्चात् जर्मनी के दो टुकड़े ही हो गए। पश्चिम भाग स्वतंत्र रहा तथा उस भाग की दूसरे महायुद्ध में हुई हानि से उबरने के लिए, जो मार्शल प्लॉन बनाया गया, उसके तहत पश्चिम जर्मनी को अमेरिका की तरफ से

आर्थिक सहायता मिलती गई। पूर्व जर्मनी सोवियत यूनियन के पास अर्थात् रशिया के आधिपत्य के नीचे साम्यवादी राजसत्ता के पास था। पूर्व जर्मनी की भी दूसरे महायुद्ध में बहुत हानि हुई थी; परंतु उस नुकसान की भरपाई से रशियन राजसत्ता का कोई फायदा नहीं हुआ।

जर्मनी में शासकीय एकसंघता प्रथमतः ई.स. 1871 में आई। उसके पश्चात् 1919 तक एक संघ देश की प्रगति तथा पहला महायुद्ध जर्मनी के इतिहास का पहला चरण समझा जा सकता है। ई.स. 1919 से 1933 इस कालावधि में जर्मनी यह विमर संघ राज्य (Weimar Republic) के रूप में कार्यरत था। वह एक संघ राज्य था। प्रत्येक राज्य का शासक गवर्नर था। 1933 में एडोल्फ हिटलर के चांसलर बनने के पश्चात् उन्होंने सभी राज्यों में 'नाजी' पक्ष के गवर्नरों की नियुक्ति की। ई.स. 1933 से 1945 की कालावधि में जर्मनी ने हिटलर की 'एकाधिकारशाही' का अनुभव लिया तथा दूसरे महायुद्ध में दूसरी बदनामी झेली। दूसरे महायुद्ध के पश्चात् 23 मई, 1949 को फेडरल रिपब्लिक ऑफ जर्मनी अर्थात् पश्चिम जर्मनी तथा जर्मन डेमॉक्रेटिक रिपब्लिक अर्थात् पूर्व जर्मनी ऐसे जर्मनी के दो भाग हो गए। बर्लिन शहर, जो जर्मन की राजधानी था, वह भी अमेरिका, ब्रिटेन, फ्रांस, रशिया इन देशों में बँट गया।

एकत्रीकरण

इसी अवस्था में जर्मनी के 40 वर्ष बीत गए। एक ही देश के ऐसे दो भाग

हो गए, जो नेताओं द्वारा किए गए, परंतु यह विभाजन उनको मान्य नहीं था। जर्मन जनता परिवार का भी विभाजन हो गया। स्वाभाविक रूप से पूर्व जर्मनी से पश्चिम की ओर जाना तथा पश्चिम से पूर्व की ओर आना, यह रिश्तेदारों की आवश्यकता थी, परंतु इस आवागमन पर न केवल रोक ही लगाई गई, बल्कि सरहद पर बिजली के बहते तारों सहित दीवार भी बनाई गई।

मानवी हकों के पूर्ण रूप से विरुद्ध रही इस अस्वाभाविक क्रिया तथा दीवार का कायम रहना असंभव था। दोनों तरफ की जर्मन जनता को यह दीवार मंजूर नहीं थी। मूल रूप से देश का विभाजन होना ही नहीं चाहते थे, परंतु परिस्थिति की अपरिहार्यता के कारण इस विभाजन को स्वीकार किया गया था। वह दीवार वर्ष 1989 में टूट गई और 3 अक्तूबर, 1990 को दोनों जर्मनी एक हो गए।

विभाजन के चालीस वर्ष के काल में पश्चिम जर्मनी की आर्थिक क्षेत्र में चामत्कारिक रूप से सुधारणा हुई। 1950 से 1960 इस पहले ही दशक में महायुद्ध के कारण जहाँ-जहाँ नुकसान हुआ था, इमारतें नष्ट हुई थीं, वहाँ नई इमारतों का निर्माण हुआ। जो कारखाने नष्ट हो गए थे, वहाँ पुनः उत्पादन प्रारंभ हुआ। 1955 में पश्चिम जर्मनी नाटो देश समूह का, 1957 में वह यूरोप इकोनॉमिक कम्युनिटी (वर्तमान समय की यूरोपियन यूनियन) का संस्थापक सदस्य बना। पश्चिम जर्मनी

को 1970 तक औद्योगिक दृष्टि से प्रगत देश कहा जाने लगा। व्होक्सवॉगन, मर्सिडीज, ओडी, बी.एम.डब्ल्यू.—इन गाड़ियों के कारखाने तेजी से प्रारंभ हुए। छोटे मध्यम आकार के कारखाने से लक्षणीय उत्पादन होने लगा। बेरोजगारी कम हुई। पूर्व जर्मनी की इन 40 सालों में कोई विशेष प्रगति नहीं हुई। रशियन राजसत्ता के कारण औद्योगिक उत्पादनों की वृद्धि करने में निर्यात के लिए प्रयत्न करने में, विदेशी चलन का प्रयोग करने में बहुत अधिक मर्यादा थी। इसके अतिरिक्त व्यक्तिस्वतंत्रता के अधिकार पर आक्रमण, नागरिकों के शासन के सहभाग में नकार आदि एकाधिकारशाही की स्वाभाविक परिस्थिति के कारण पूर्व जर्मनी का विकास नहीं हो सका।

जर्मनी का उत्कर्ष

आर्थिक परिस्थिति की दृष्टि से जर्मनी के दो भाग दो परस्पर विरुद्ध दिशाओं में थे। 1989 में बर्लिन की दीवार की बाधा दूर हुई तथा 1990 में दोनों भाग एक हो गए। धनवान पश्चिम जर्मनी, इस जुड़वाँ भाई ने दूसरे गरीब भाई पूर्व जर्मनी की तरफ सहायता का हाथ बढ़ाया। दोनों भाई एक ही परिवार की तरह रह रहे थे। यह आनंद बड़ा समाधानकारक था। अब 25 वर्षों के पश्चात् विश्व में जर्मनी की पहचान एक ही जर्मनी देश के रूप में है। 2012 के आँकड़ों के अनुसार जर्मनी का सकल घरेलू उत्पादन 3425 बिलियन डॉलर है। अमेरिका, चीन तथा जापान के बाद जर्मनी की विश्व की चौथी सबसे बड़ी आर्थिक सत्ता के रूप में पहचान है। स्वाभाविक रूप से यूरोपियन यूनियन में क्रमांक एक की आर्थिक स्थिति जर्मनी की है। जर्मनी में हर साल साधारणतः 94,000 पुस्तकें छपती हैं। कारें, कमर्शियल व्हीकल्स, ट्रैक्टर आदि वाहन उद्योग में जर्मनी अव्वल नंबर पर है। वहाँ की शिक्षा-व्यवस्था, संशोधन के लिए सहायक योजना उच्च दर्जे की है। अभी तक जर्मनी को 90 नोबेल पुरस्कार प्राप्त हुए हैं। रोजगारी का प्रमाण तुलना में अधिक है। 25 वर्ष पहले पूर्व जर्मनी के विकास की जिम्मेदारी लेकर भी जर्मनी आज विश्व का एक समृद्ध देश जाना जाता है।

जनता की एक संघ शक्ति

वर्ष 1871 में पूर्वी जर्मनी अनेक छोटे राज्यों में टोलियों में बिखरा हुआ था। ऑटो वोन बिस्मार्क के प्रयत्नों के बाद जर्मनी एक संघ देश बना। जर्मनी अपने

पूर्व इतिहास के आधार पर एक ही संस्कृति का भाग था। इन 50 सालों में (1871 से 1920) जर्मनी एक संघ हुआ और इसी काल में जर्मनी की राष्ट्रीय विचारधारा विकसित हुई।

जर्मन राष्ट्र की एक संघ शक्ति बढ़ी। इसी प्रकार जापान की शक्ति ई.स. 1868 से 1900 कालावधि में बढ़ी। जापान 1905 में रशिया जैसे शक्तिशाली देश का पराभव कर सका। जापान की महत्त्वाकांक्षा ने अतिरेकी रूप धारण करके 1945 में अपनी हार स्वीकार की। जर्मनी का भी वही हुआ, ऐसा कह सकते हैं। पहले महायुद्ध के पराभव का प्रतिशोध इसलिए दूसरा महायुद्ध और वहाँ भी पराभव स्वीकार करना पड़ा।

लेकिन ऐसी चामत्कारिक स्थिति होने के बावजूद जर्मन जनता ने जो अपनी सामयिक विचारशक्ति का प्रदर्शन विश्व के सामने किया है, उसका इतिहास में कोई जवाब नहीं। शस्त्र-अस्त्र, भौतिक संपत्ति, मानवी ताकत की अपरिमित हानि होने के बावजूद जर्मन अस्मिता के कारण जर्मन लोगों का एक संगठित रहना कायम था। उम्मीद कायम थी।

जर्मनी के राजकीय पक्षों ने भी अपना-अपना कार्यभार स्वतंत्र रूप से चलाने का रवैया नहीं रखा। सभी राजकीय पक्षों ने देशहित पक्षहित की अपेक्षा श्रेष्ठ है, ऐसा माना।

राजकीय पक्षों का सफर

1870 में स्थापित हुई कैथोलिक सेंटर पार्टी का रूपांतर दूसरे महायुद्ध के पश्चात् 'ख्रिश्चियन डेमोक्रेटिक यूनियन ऑफ जर्मनी' (CDU) पक्ष में हुआ। 1945 में स्थापित हुई 'ख्रिश्चियन सोशल यूनियन ऑफ बव्हेरिया पार्टी' CDU के सहायक पक्ष के रूप में काम कर रही है। 1875 में सोशल डेमोक्रेटिक पार्टी ऑफ जर्मनी (SDP) इस पक्ष का जन्म मालिक-मजदूर आंदोलन से हुआ।

'फ्री डेमोक्रेटिक पार्टी' (FDP) सन् 1948 में स्थापित हुई। इस पक्ष की बहुत अधिक वृद्धि नहीं हुई; परंतु वह शासक पक्ष में हमेशा सहायक पक्ष के रूप में रही है।

'अलायंस नाइंटी ग्रीन-पार्टी' की स्थापना 1993 में हुई। पूर्व जर्मनी की अलायंस नाइंटी ग्रीन और ग्रीन-पार्टी, इन दोनों का सम्मिलन होने पर इस पार्टी का उदय हुआ।

पूर्व जर्मनी की कम्युनिस्ट पार्टी का रूपांतर 2007 में 'लेबर पार्टी' के रूप में हुआ।

मतैक्य से सरकार तथा सद्यःस्थिति

जर्मनी में राजकीय पक्ष तथा उनकी राजकीय विचारधारा अलग-अलग होने के बावजूद उनमें हमेशा मतैक्य रहा है। 1949 से 2015 तक कई बार अनेक पक्षों की मिली-जुली सरकारें बनी हैं। राष्ट्रीय विचारधारा के संबंध में मतैक्य हुआ तो राजकीय पक्ष संगठित रूप से देश के सभी प्रश्नों को हल करके विश्व में कैसे उसे सम्मान का स्थान दिला सकते हैं, इसका जर्मनी एक अनुकरणीय उदाहरण है।

जर्मनी में CDU तथा SDP ये दो पक्ष महत्त्वपूर्ण हैं। दोनों में से किसी को भी पूर्ण बहुमत नहीं मिलता, परंतु वे दोनों पक्ष मिली-जुली सरकार बनाते हैं। 2005 से इन दोनों पक्षों की मिली-जुली सत्ता जर्मनी में है तथा CDU पक्ष की नेता मिसेज अंजेला मार्केल सरकार की प्रमुख चांसलर के रूप में कामकाज देख रही हैं। 2012 में 'फोर्ब्स' पत्रिका ने मिसेज अंजेला मार्केल को विश्व की दूसरी अति प्रभावी महिला के रूप में गौरवान्वित किया है।

□

भाग-2 प्रकरण 7
युनायटेड स्टेट्स ऑफ अमेरिका

राष्ट्रध्वज

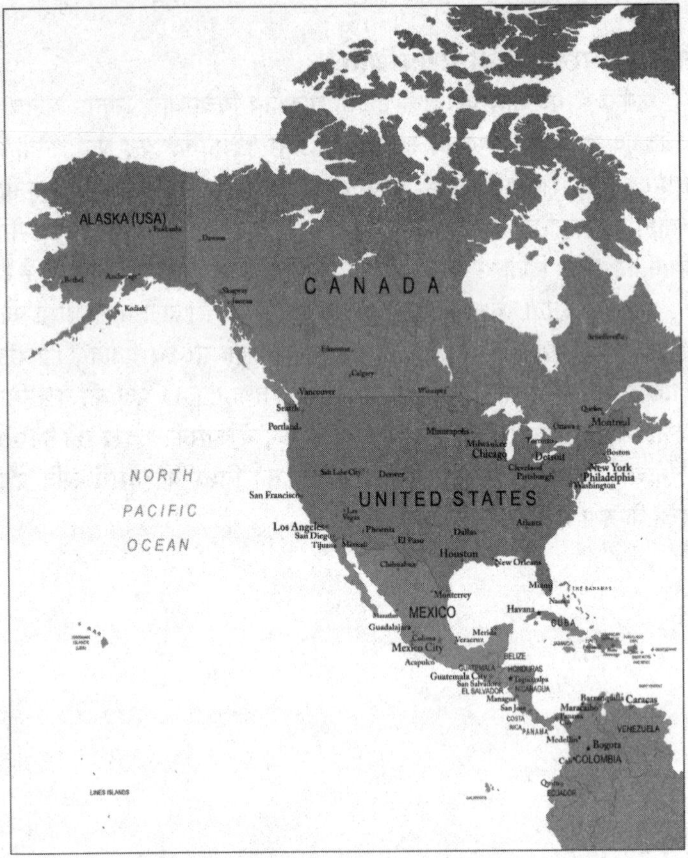

नक्शा

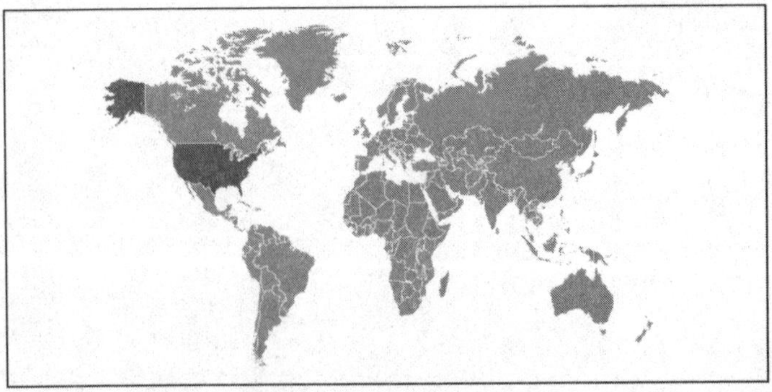

विश्व में स्थान

प्रकरण-7

यूनाइटेड स्टेट्स ऑफ अमेरिका

अमेरिका—राष्ट्रध्वज तथा राष्ट्रगीत

National Anthem—United States of America

Oh, say! can you see by the dawn's early light
What so proudly we hailed at the twilight's last gleaming;
Whose broad stripes and bright stars, through the perilous fight,
O'er the ramparts we watched were so gallantly streaming?
And the rocket's red glare, the bombs bursting in air,
Gave proof through the night that our flag was still there:
Oh, say! does that star-spangled banner yet wave
O'er the land of the free and the home of the brave ॥ 1 ॥

On the shore, dimly seen through the mists of the deep,
Where the foe's haughty host in dread silence reposes,
What is that which the breeze, o'er the towering steep,

As it fitfully blows, half conceals, half discloses ?
Now it catches the gleam of the morning's first beam,
In fully glory reflected now shines in the stream :
Tis the star-spangled banner ! Oh, long may it wave
O'er the land of the free and the home of the brave ॥ 2 ॥

And where is that band who so vuntingly swore
That the havoc of war and the battle's confusion
A home and a country should leave us no more ?
Their blood has washed out their foul footstep's pollution !
No refuge could save the hireling and slave
From the terror of flight or the gloom of the grave :
And the star-spangled banner in triumph doth wave
O'er the land of the free and the home of the brave ॥ 3 ॥

Oh, thus be it ever, when freemen shall stand
Between their loved home and the war's desolatin !
Bless with victory and peace, may the heav'rescued land
Praise the Power that hath made and preserved us a nation !
Then conquer we must, when our cause it is just,
And this be our motto : "In God is our trust".
And the star-spangled banner in triumph shall wave
O'er the land of the free and the home of the brave ॥ 4 ॥

अमेरिका—राष्ट्रगीत

(भावानुवाद)

ओह, बताओ ! तुमने प्रभातकालीन पहली तेजपुंज
प्रकाशकिरण देखी है क्या ?
कितने गर्व से संधिप्रकाश के समय चमकनेवाले उन
किरणों का हम स्वागत करते हैं !
आकाश के विशाल पट्टे तथा तेजस्वी सितारे
खतरनाक लड़ाई और संरक्षक प्राची के ऊपर से बड़े धैर्य
के साथ प्रवाहित होते हुए देखे हैं ?

और रॉकेट्स के चमकदार प्रकाश ने और हवा में फूटने
वाले बमों ने, प्रमाण दिया कि पूरी रात हमारा
ध्वज वहाँ था।
ओह, बताओ! वह चमकदार सितारोंवाला राष्ट्रीय ध्वज
अपने स्वतंत्र और वीर लोगों की भूमि पर हमेशा
लहरानेवाला है क्या? ॥ 1 ॥

हमने वह ध्वज तट पर देखा, समुद्र के ऊपर कोहरे में से अस्पष्ट सा
देखा, जहाँ दुश्मनों के अहंकारी यजमान विश्राम कर रहे हैं, उस भयानक शांतता
में वह देखा। अति ऊँचे चढ़ाव पर हवा की चंचल लहर के साथ आधा छुपा हुआ,
आधा प्रकट, वह देखा
प्रभात के शीतल झोंके के साथ उसे लहराते हुए देखा
प्रात:कालीन उगते हुए सूर्य की पहली किरण उसमें थामी है,
उन प्रकाशकिरणों के साथ उसके चमकनेवाले प्रतिबिंब
प्रवाहित होते हुए दिखाई दिए।
हाँ, यह चमकते हुए तारों का ध्वज!
ओह, स्वतंत्र और शूरवीरों का निवासस्थान रही हमारी
भूमि पर चिरकाल लहराता रहे॥ 2 ॥

कहाँ है वह टोली, जिन्होंने शपथ ली थी,
युद्ध के कारण होनेवाले विनाश और कलह के कारण
होनेवाली अराजकता
हमारे घर से, देश से निर्वासित होगी?
उनके गंदे पैरों से प्रदूषित हुई हमारी भूमि,
उनके रक्त से ही स्वच्छ होगी।
गुलामों और किराए के नौकरों को ऊँचे गगन में अथवा
भूमि पर, स्मृतिस्तंभ के अँधेरों में, कोई भी आश्रय नहीं देगा।
और तारकों से सुसज्जित हमारा विजयी ध्वज,
स्वतंत्र और शूरवीरों का निवासस्थान रही हमारी भूमि पर
चिरकाल लहराता रहे ॥ 3 ॥

ओह स्वतंत्र और स्वाभिमानी मानव, उनकी मातृभूमि
युद्ध से उध्वस्त हुई, फिर भी उस मातृभूमि पर
दृढता से खड़े रहेंगे।
ऐसी हमारी इस स्वतंत्र भूमि की विजय हो,
हमें शांति तथा सद्भाव का वरदान प्राप्त हो,
जिस महाशक्ति ने, विधाता ने हमारे राष्ट्र की रक्षा की,
हम उनका गुणगान करते हैं, हम उनके कृतज्ञ हैं।
जब हमारी भूमिका, हमारे विचार, हमारी नीति,
न्यायसंगत होगी, उस समय हमें अवश्य जीतना ही चाहिए।
और यही हमारा घोषवाक्य है।
'उस परमदयालु परमेश्वर पर हमारी दृढ श्रद्धा है'
और तारकों से सुसज्जित हमारा विजयी ध्वज
स्वतंत्र और शूरवीरों का निवासस्थान रही हमारी
प्रिय मातृभूमि पर,
चिरकाल लहराता रहे! चिरकाल लहराता रहे ॥ 4 ॥

अमेरिका की पहचान

विश्व का सबसे धनी तथा शस्त्र-अस्त्र से सज्ज पहले क्रमांक का देश, ऐसी अमेरिका की पहचान है। इसका क्षेत्रफल 96,31,418 चौ. कि.मी. अर्थात् भारत के क्षेत्रफल से तीन गुना है। अमेरिका की लोकसंख्या 30 करोड़ है, तो भारत की 125 करोड़ है। उ. अमेरिका की लोकसंख्या घनता 35 है, तो भारत की उससे 12 गुना अधिक अर्थात् 420 है। 2012 की जानकारी के अनुसार अमेरिका का सकल घरेलू उत्पादन (GDP) 16,000 बिलियन डॉलर है तो भारत का 2,000 बिलियन डॉलर।

अमेरिका का सागर किनारा बहुत लंबा है। खनिज संपत्ति प्रचुर मात्रा में उपलब्ध है। भौगोलिक दृष्टि से अटलांटिक तथा पैसिफिक महासागरों में अमेरिका स्थित है; जिसके कारण अमेरिका एशिया तथा यूरोप से काफी दूरी पर है, इसलिए अमेरिका भौगोलिक दृष्टि से सुरक्षित है।

यूरोपीय लोगों का आगमन

स्पेन से निकलकर क्रिस्तोफर कोलंबस ने ई.स. 1492 में अमेरिका में पैर

रखा। तदनंतर जॉन कॉबट ने ई.स. 1497 में नॉर्थ अमेरिका पर ब्रिटिश अधिकार जताया। उसके पश्चात् स्पेन से साहसी, निर्भीक लोग मैक्सिको, फ्लोरिडा पहुँचे। ई.स. 1600 तक ब्रिटेन से लोग अमेरिका पहुँचे तथा उसे अपनी ही बस्ती कहकर वहाँ निवास करने लगे। उसी प्रकार नीदरलैंड, स्वीडन, जर्मनी, फ्रांस, स्कॉटलैंड से भी लोग वहाँ पहुँचे! ऐसे लोगों की संख्या ई.स. 1790 तक 25 लाख थी। प्रारंभ में ब्रिटेन के पास वहाँ की 13 कॉलोनियाँ थीं। ई.स. 1700 तक वहाँ के लोगों के काम-धंधों में स्थिरता आ गई थी। सांपत्तिक स्थिति में भी वृद्धि हो रही थी। उसी के साथ अठारहवीं शताब्दी में वहाँ 'स्वतंत्रता चाहिए' ऐसा महसूस होने लगा। उसके लिए वहाँ पहुँचे तथा बस्ती बनाकर रह रहे लोगों का और ब्रिटिश सैन्यदल का संघर्ष हुआ और अमेरिका ने ई.स. 1776 में ब्रिटिशों से स्वतंत्रता प्राप्त की, अर्थात् ब्रिटेन तथा यूरोप से आए लोगों ने वहाँ के मूल निवासियों को या तो मार दिया था अथवा उनको उनके समाज जीवन से वंचित रखा था।

ई.स. 1783 में 13 कॉलोनी का यूनाइटेड स्टेट्स बना। ई.स. 1789 में जॉर्ज वाशिंगटन अमेरिका के पहले राष्ट्रपति बने। सरकार संस्था प्रारंभ करने की जिम्मेदारी उन पर आ गई। ई.स. 1850 तक अमेरिका आर्थिक उत्पादन का प्रभावी केंद्र बनना प्रारंभ हुआ। उसी समय 1861 में दक्षिण भाग के राज्य तथा उत्तर भाग के राज्य इन दोनों में संघर्ष प्रारंभ हुआ। दक्षिण भाग के राज्य स्वतंत्रता से रहना चाहते थे। उनमें गृह युद्ध हुआ। दक्षिण भाग के राज्यों का पराभव हुआ। दक्षिण राज्य तथा उत्तर की तरफ के राज्यों को मिलाकर एक ही देश तैयार हुआ। वर्तमान में अमेरिका में कुल 50 राज्य हैं। ई.स. 1900 तक अमेरिका का सभी क्षेत्रों में उत्कर्ष हुआ। आर्थिक तथा अस्त्र-शस्त्र के बल पर उन्होंने पहले तथा दूसरे महायुद्ध में ब्रिटेन तथा फ्रांस का साथ दिया। इन दोनों युद्धों के पश्चात् अमेरिका ने अपना सामर्थ्य प्रथम क्रमांक है, यह दिखाने में कोई कसर नहीं छोड़ी।

लोकशाही पद्धति का स्वीकार

ई.स. 1776 से अमेरिका ने लोकशाही राज्यपद्धति को स्वीकारा है। वैसे ही निजी संपत्ति, स्वतंत्रता, उदारमतवाद का भी समर्थन किया। बीसवीं शताब्दी में यूरोप में विकसित हुए साम्यवाद का अमेरिका ने प्रारंभ से ही विरोध किया। 1918 से साम्यवादी के रूप में निर्मित हुई सोवियत यूनियन से अमेरिका का विरोध होता रहा। 1989 में सोवियत यूनियन का विलय होने तक का काल 'शीत युद्ध' के नाम से संबोधित किया गया।

दूसरे महायुद्ध में यूरोपियन देश तथा जापान की अपरिमित हानि हुई। उस हानि के बाद पुनर्निर्माण करने के लिए अमेरिका ने मार्शल प्लॉन तैयार किया। जापान पर कब्जा किया। जर्मनी तथा जापान, ये दोनों राष्ट्र 1949 से 1955 काल में अमेरिकी सहायता द्वारा सँभाले गए। ई.स. 1790 के आस-पास 13 कॉलोनी में रहनेवाले 25 लाख की जनसंख्या अब 30 करोड़ तक पहुँच चुकी है।

करीब दो सौ, सवा दो सौ वर्षों में विश्व के लगभग सभी देशों से विशेषत: यूरोपीय देशों से लोग अमेरिका पहुँचे हैं। अब वे सब अमेरिकन जनता में समाविष्ट हो गए हैं। उन सभी ने अमेरिका के आर्थिक, औद्योगिक, उत्पादन, संस्कृति ऐसे अनेक क्षेत्रों में अपना योगदान दिया है।

राष्ट्रीय विचारधारा

स्वतंत्रता प्राप्ति के पश्चात् अमेरिका ने अमेरिकी जनता के लिए कुछ जीवनमूल्य निश्चित किए हैं। स्वतंत्रता (अपने-अपने कार्य करने की स्वतंत्रता), मित्रत्व, स्वाभिमान, मेहनत करके कमाई करना, इत्यादि ऐसे कुछ जीवनमूल्य निर्धारित किए हैं। वैसे ही व्यक्ति स्वतंत्रता, व्यक्ति को अपने व्यक्तित्व को बढ़ाने का अवसर, अपने वैयक्तिक, पारिवारिक उत्पादन को बढ़ाने का अवसर, ऐसी भी कई कल्पनाएँ निश्चित की हैं। 'लोकशाही जीवन और स्वायत्तता' उनका ध्येय ही है। इन जीवनमूल्यों का संचय अमेरिका की राष्ट्रीय विचारधारा है। इस कल्पना तथा

पद्धति में कहीं भी, किसी का भी, राजकीय पक्षों की भी दो राय नहीं होती। चुनाव भी काम के प्राधान्यक्रम पर तथा प्रत्यक्ष कार्यशैली की पद्धति पर निश्चित किए जाते हैं। वहाँ राष्ट्रीय विचारधारा का विरोध नहीं होता।

अमेरिकन राष्ट्रीय विचारधारा पिछले ढाई सौ वर्षों में विकसित हुई राष्ट्रीय विचारधारा है। अमेरिका 1776 में स्वतंत्र हुआ। उसके पश्चात् वहाँ के विविध क्षेत्रों के नेताओं ने अपनी राष्ट्रीय विचारधारा को विकसित किया है।

अमेरिकन राष्ट्रीय विचारधारा के संबंध में स्वर्थमोर कॉलेज के राज्यशास्त्र के सहप्राध्यापक मि. डोमिनिक टिर्नी ने 23 अगस्त, 2011 को एक लेख लिखा (मि. टिर्नी 'अटलांटिक' पत्रिका के संपादक हैं)। लेख में वे कहते हैं, "अमेरिकन लोगों की एक राष्ट्रीय विचारधारा है, जिसे 'उदारमतवाद' कहा जा सकता है। हम लोकशाही, आवश्यकतानुसार शासन समानत्व, व्यक्ति स्वतंत्रता, कानून राज्य, प्रत्येक को प्रगति के लिए समान अवसर तथा विचारों में स्वतंत्रता—इन तत्त्वों पर विश्वास रखते हैं। अमेरिकन कोई एक वंश के उत्तराधिकारी नहीं, वे उदारमतवादी जाति के हैं। स्वतंत्रता के घोषणा-पत्र ने मानवी हक तथा समानत्व बहाल किया है। सभी अमेरिकनवासियों की सार्वत्रिक इच्छा यही है कि व्यक्ति की क्षमता प्रकट होनी चाहिए तथा वह कार्यान्वित भी होनी चाहिए।"

(Americans have a national ideology and it is called

liberalism. We believe in democracy, limited government, republicanism, self determination, the rule of law, equal opportunity and free expression. To be American is not to claim a particular ethnicity, but to profess the liberal creed. The declaration of Independence set out a promise of human rights and equality that many Americans assume in universally desired and serve to unleash the potential of the human spirit.)

मि. टिर्नी आगे लिखते हैं कि—

"अमेरिका में कुछ बाएँ तथा कुछ दाएँ विचारों के लोग हैं, परंतु फिर भी इतिहास को यह मालूम है अमेरिका विचारों की दृष्टि से एकात्म तथा संगठित राष्ट्र है।"

(We live in a highly polorised age, where Americans have sorted themselves into two partisan tribes of left & right. It is strange, then that the United States is probably the most ideologically united country in history.)

अमेरिका में आपस में भरपूर वाद-विवाद होते हैं, यह बताते हुए मि. टिर्नी कहते हैं, "उदारमतवादी तत्त्वों का प्रसार एवं पालन करने के लिए अमेरिकन वाद-विवाद करते हैं, परंतु मूलभूत विचार संकल्पनाओं पर मात्र थोड़ी सी ही चर्चा करते हैं। मूलभूत तत्त्व अमेरिकन नागरिकों में इतने गहरे समाए हुए हैं कि उदारमत विचार अमेरिकन नागरिकों का स्थायी भाव बन गया है।"

(For sure we argue sometimes violently over the meaning of liberal principles and how to promote them. But remarkably few Americans question the basic assumptions. We are indoctrinated so profoundly that we do not even realise we are ideologically liberal that seems like the natural order of things.)

सोवियत तथा चायनीज विचारधारा के साथ तुलना करते हुए मि. टिर्नी कहते हैं कि "सोवियत रशिया तथा चीन के कम्युनिस्ट लोगों द्वारा पूर्व में अस्तित्व में रही राष्ट्रवाद की संकल्पना पर ही साम्यवाद की संकल्पना को लादा गया। 1980 तथा 1990 इन दो दशकों में रशिया तथा चीन ने इस बाह्य आवरण को दूर किया तथा पुनः मुक्त राष्ट्रवाद की संकल्पना को स्वीकार किया।"

(The Soviet & Chinese Communist imposed a communist ideology on top of pre-existing nationalistic identities. During the 1980 and 1990 it proved fairly easy for Russian & Chinese to abandon Communism and embrace the free market.)

मि. टिर्नी आगे लिखते हैं, "'अमेरिका की विचारधारा' ही अमेरिका की पहचान है। इस पहचान को दूर करना लगभग असंभव है।"

(America's ideology is its identity and would be incredibly difficult to cast off. Russian without communism are still Russians. Americans without Liberalism have no idea who they are.)

विचारों की विविधता में विरोध हुआ, फिर भी एकात्मता ही अमेरिका की शक्ति है। वे कहते हैं, "अमेरिका की राष्ट्रीय विचारों की एकात्मता ही उसके मतमतांतर सहित महत्त्वपूर्ण शक्ति है। 1950 में लुइस हट्‌र्ज ने कहा था, "आग्रही उदारमतवाद यह लक्षणीय शक्ति है। इस शक्ति के आधार पर ही अमेरिका की अनेक असमंजस में डालने वाली सांस्कृतिक संकल्पना उमड़ आई है।"

("American's ideological unity is just as important as any ideological division. As Louis Hart wrote back in 1950 it is a remarkable force. This is fixed dogmatic liberalism. It is the secret root from which have sprung many of the most puzzling of Americans cultural phenomenon.")

अमेरिकन राष्ट्रीय विचारधारा के विशेषत्व का वर्णन करते हुए मि. टिर्नी अपने लेख के अंत में कहते हैं कि—

"समारोह में भाग लेनेवाले प्रतिष्ठित, नामवंत मजदूर संगठन, राजकीय नेतागण, लोकशाहीवादी, तत्त्वज्ञ, निवासी ऐसे अनेक अमेरिकन लोगों के अलग-अलग दल हैं, परंतु उन सभी का ध्यान एक ही तारकापुंज की ओर रहता है। अमेरिकन संविधान के शिल्पकार अलेक्जांडर हॉमिल्टन (ई.स. 1755-1804) ने कहा है, "परमेश्वर ने स्वर्ग में ही उदारमतवादी तत्त्वों को लिखा है। हमारे राष्ट्रीय जीवन का सफर उस दिव्य स्वर्गिक तारकापुंजों के प्रकाश में ही चलता है। इस बारे में हमारी किसी की भी दो राय नहीं है। फिर भी हम जो जोरदार चर्चा करते हैं, वह तारकापुंजों के कुछ तारों के प्रकाश से निर्मित हुई आकृतियों के बारे में होती है।"

मि. डोमिनिक टिर्नी ने 24 फरवरी, 2014 के एक लेख में लिखा है—

"अमेरिका यह वैयक्तिक हक तथा कम-से-कम प्रशासन पर नितांत विश्वास रखता है। अमेरिकन लोगों का अपने वैचारिक तत्त्वों पर अटल विश्वास है।

अमेरिकन अपनी श्रद्धा और निष्ठा का प्रसार करने के लिए भरपूर चर्चा करते हैं; परंतु मूलभूत मूल्यों तथा तत्त्वों पर बहुत ज्यादा चर्चा नहीं करते।

राजकीय पक्ष—सद्यःस्थिति

अमेरिका सन् 1776 में स्वतंत्र हुआ। 1787 से देश का संविधान लागू हुआ। तब कोई भी राजकीय पक्ष अस्तित्व में नहीं था तथा संविधान में भी राजकीय पक्ष के संबंध में कोई उल्लेख नहीं था। संविधान ने लोकशाही पद्धति को प्रजासत्ताक राज्य मान लिया था। इसके कारण 1790 से जनता का समर्थन प्राप्त करने की पद्धति प्रारंभ हुई। डेमोक्रेटिक पार्टी, तथा रिपब्लिकन पार्टी ऐसे दो राजकीय पक्षों की निर्मिति हुई। तभी से अमेरिकन राजकीय क्षेत्र में इन्हीं दो राजकीय पक्षों का ही प्रभुत्व रहा है। जनता का मत प्राप्त करने के लिए अमेरिकन लोगों ने अनेक युक्तियों को खोजा है। उसमें उन्होंने चुनाव प्रचार की नई-नई पद्धतियों को जन्म दिया है।

संपूर्ण अमेरिका में डेमोक्रेटिक तथा रिपब्लिकन यही दोनों पक्ष होते हुए भी राज्यों में अलग-अलग अनेक पक्ष कार्यरत हैं। 1980 से मात्र लिबर्टेरियन पक्ष करीब-करीब संपूर्ण अमेरिका में कार्यान्वित है तथा अब वह तीसरे बड़े पक्ष के रूप में सामने आ रहा है।

अप्रैल, 2015 में अमेरिका में मत माँगने योग्य ऐसे 39 पक्ष थे तथा 221 पक्ष अलग-अलग राज्यों में काम करनेवाले थे। उनमें से कुछ पक्ष एक से अधिक राज्य में काम करते हैं। वर्तमान समय में हाउस ऑफ रिप्रेजेंटेटिव में रिपब्लिकन पक्ष के 245 तथा डेमोक्रेटिक पक्ष के 188 तो सीनेट में क्रमशः 54 एवं 44 ऐसे प्रतिनिधि हैं। वर्तमान में मि. डोनाल्ड ट्रम्प राष्ट्राध्यक्ष हैं।

□

विभाग-3

भारत की राष्ट्रीय विचारधारा और राज्य घटना

भाग–3 प्रकरण 8
भारत की राज्यघटना (1950), राष्ट्रीय विचारधारा

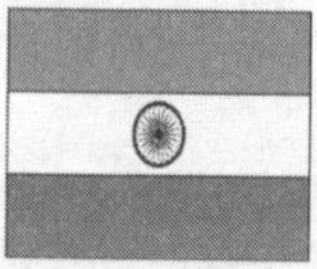

राष्ट्रध्वज

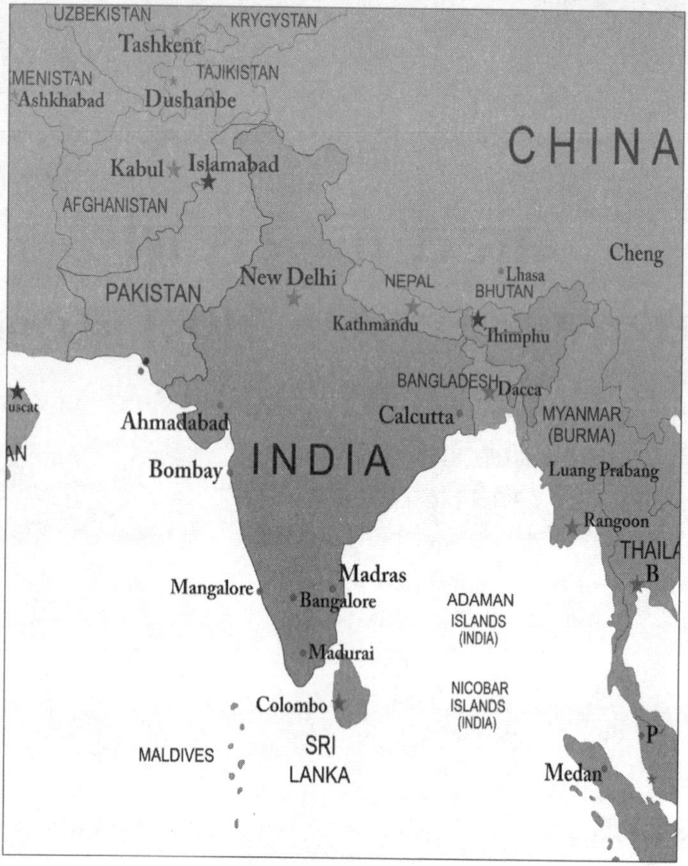

नक्शा

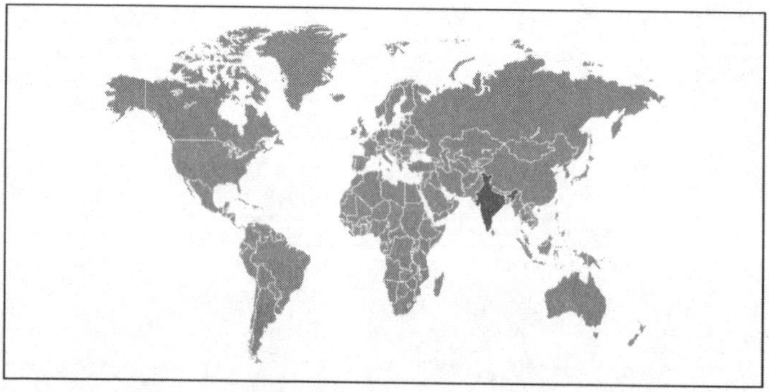

विश्व में स्थान

भारतीय संविधान

भारतीय संविधान

प्रस्तावना (Preamble)

हम भारत के लोग भारत को एक सार्वभौम, समाजवादी, धर्म निरपेक्ष, लोकशाही, गणराज्य बनाने का तथा उसके सभी नागरिकों को सामाजिक, आर्थिक तथा राजकीय न्याय विचार अभिव्यक्ति, विश्वास, श्रद्धा तथा उपासना इनकी स्वतंत्रता, स्तर तथा संधी की समानता निश्चित तोर पर प्राप्त कर देने का और उन सभी में व्यक्ति की प्रतिष्ठा और राष्ट्र की एकता और एकात्मता का आश्वासन देनेवाली बंधुता प्रवंधित करने का गंभीरतापूर्व निर्धार कर हमारे संविधान सभा में आज दिनांक 26 नवंबर, 1947 को संविधान स्वीकार कर और अधिनियमित करके स्वत:प्रति अर्पण कर रहे है।

प्रकरण-8

भारत की राज्य घटना (1950)

राष्ट्रीय विचारधारा

भारत—राष्ट्रध्वज तथा राष्ट्रगीत

National Anthem—India

भारत—राष्ट्रगीत

जन-गण-मन अधिनायक जय हे भारत भाग्यविधाता
पंजाब सिंध गुजरात मराठा द्राविड़ उत्कल बंग
विंध्य हिमाचल यमुना गंगा उच्छल जलधि तरंग
तव शुभ नामे जागे, तव शुभ आशिष मागे, गाहे तव जयगाथा।
जन-गण-मन अधिनायक जय हे भारत भाग्यविधाता
जय हे, जय हे, जय हे, जय जय जय जय हे॥ 1॥
अहरह तव आह्वान प्रचारित सुनि तव उदारवाणी
हिंदू बौद्ध सिख जैन पारसिक मुसलमान ख्रिस्तानी
पूरम पश्चिम आसे, तव सिंहासन पासे, प्रेम हार हय गाथा
जन-गण ऐक्य विधायक जय हे भारत भाग्यविधाता

जय हे, जय हे, जय हे, जय जय जय जय जय हे ॥ 2 ॥
पतन अभ्युदय बंधुर पंथा युग-युग धावित यात्री
तुम चिर सारथि तव रथचक्रे मुखरित पथ दिनरात्री
दारुण विप्लव माजे, तव शंखध्वनि बाजे, संकट दुःखयाता
जनगण पथपरिचायक जय हे भारत भाग्यविधाता
जय हे, जय हे, जय हे, जय जय जय जय हे ॥ 3 ॥

घोर तिमिर घन निबिड निशीथे पीडित मूर्च्छित देशे
जाग्रत् छिल तव अविचल मंगल नत नयने अनिमेषे
दुस्वप्ने आतंके, रक्षा करिले अंके, स्नेहमयी तुमि माता
जन-गण दुःखत्रायक जय हे भारत भाग्यविधाता
जय हे, जय हे, जय हे, जय जय जय जय हे ॥ 4 ॥

रात्र प्रभातिल उदिल रविच्छवि पूर्व उदयगिरि भाले
गाहे विहंगम पुण्य समीरण नवजीवन रस ढाले
तव करुणारुण रागे, निद्रित भारत जागे, तव चरणे नत माथा
जय हे, जय हे, जय जय जय जय हे, भारत भाग्यविधाता
जय हे, जय हे, जय हे, जय जय जय जय हे ॥ 5 ॥

हिंदी-भावानुवाद

हे भारत माँ !
तुम सब लोगों के मन की शासक हो
तुम्हारी जय हो।
तुम ही हमारी भाग्यदात्री हो।
तुम्हारे नाम के उच्चारण से पंजाब, सिंध, गुजरात, महाराष्ट्र, तमिलनाडु, ओड़िशा, बंगाल आदि सब प्रांतों के लोगों के दिल जाग्रत् होते हैं।
तुम्हारे नाम की प्रतिध्वनि विंध्य और हिमाचल पर्वतों से यमुना, गंगा आदि नदियों के प्रवाह—संगीत से और भारतभूमि की सीमा की सागर-लाटाओं से सुनने आता है।

तुम्हारे शुभाशीष हासिल करने के लिए
हम तुम्हारी प्रार्थना करते हैं और गीतों से स्तुति करते हैं।
सब भारतीयों का जीवन तुम पर ही निर्भर है,
तुम ही सब भारतीयों की भाग्यदात्री हो।
तुम्हारी जय हो, जय हो, जय हो॥ 1॥

तुम्हारी प्रेरक वाणी हमें हमेशा पुकारती है,
हम तुम्हारी मधुर एवं आनंददायी वाणी पूरे ध्यान से सुनते हैं।
हम सब हिंदू, बौद्ध, जैन, पारसी, मुसलमान और क्रिश्चियन,
उसी तरह पूरे विश्व में रहनेवाले सब भारतीय,
तुम्हारे सिंहासन के पास आकर तुम्हारे लिए सुंदर प्रेम-पुष्पहार गुंफना चाहते हैं।
तुम्हारी जय हो, सचमुच तुम ही सब भारतीयों की एकता
प्रस्थापित कर सकती हो, तुम्हारी जय हो, जय हो, जय हो॥ 2॥

हे भारत माँ!
जीवन के रास्ते बहुत कठिन और सुख-दुःखों से भरे हुए हैं।
किंतु हम यात्री युगों-युगों से चल रहे हैं।
हमारे जीवन का सारथ्य करनेवाली,
तुम्हारे रथ के चक्र दिन-रात कर्कश ध्वनि कर रहे हैं।
जब देश में क्रांति होगी, उस समय तुम्हारी प्रेरणादायी शंखध्वनि पूरे आसमान में सुनने दे।
तुम ही हमारी भय और विपत्तियों से रक्षा कर।
तुम ही सब लोगों का बहुत दुःखद मार्गों पर कैसे चलना, इसका मार्गदर्शन करती हो।
तुम्हारी जय हो, भारत की भाग्यदात्री, तुम्हारी जय हो, जय हो॥ 3॥

हे भारत माँ!
पूरा देश उदास और अंधकारमय रात में मूर्च्छित था,
उस वक्त तुम्हारे मंगल और प्रेरणादायी आशीष हमें जगाते थे।

तुमने हमें पास लेकर, हमारा भय और दुःस्वप्नों से रक्षण किया।
हे वात्सल्य, सिंधु माँ, ये, प्रेमस्वरूपा माँ!
तुम सब लोगों का दुःख-दर्द दूर कर सकती हो।
तुम्हारी जय हो, तुम ही हमारी भाग्यदात्री हो।
तुम्हारी जय हो, जय हो, जय हो॥ 4॥

हे भारत माँ!
अब नैराश्य की रात समाप्त हुई है,
पूरब के क्षितिजों की पर्वतराशि पर प्रभातकालीन
अरुणोदय की प्रभा जगमगा रही है,
आसमान में पंछी सुस्वर गीत गा रहे हैं,
सबेरे का पवित्र, शीतल, सुगंधित और उल्लसित वायु का झोंका
हमारे जीवन में नया उत्साह भर रहा है,
और तुम्हारा दयार्द्र, वात्सल्यपूर्ण ललकार से
सोया हुआ भारत जाग रहा है।
हे भारत माँ! हम अति प्रेम से तुम्हारे चरणों में नतमस्तक हो रहे हैं।

हे सम्राज्ञी! ये भारत माँ!
तुम्हारी जय हो, जय हो, जय हो, जय हो, जय हो॥ 5॥

❖❖❖

National Anthem—Jan Gan Man

English Translation

Oh! the ruler of the minds of people, Victory be to You,
Dispenser of the destiny of India!
Punjab, Sindhu, Gujarat, Maharashtra,
Dravid (South India),
Orissa, and Bengal,
The Vindhya, the Himalayas,
the Yamuna, the Gangas, And the
oceans with foaming waves all around.

Wake up listiening to your auspicious name, Ask for Your
auspicious name, Ask for Your auspicious blessing,
and sing to
Your glorious victory.
Joyo oh! You who impart well being to the people,
Victory be to
You, dispenser of the destiny India!
Victory, victory, victory to You ॥ 1 ॥
Your Call is announced continuously,
We need Your gracious call
The Hindus, Buddhists, Sikhs, Jains, Parsees,
Muslims, and Christians,
The East and the West come together,
To the side of Your throne
And weave the garland of love.
Oh! You who bring in the unity of the people!
Joyo Victory be to You, dispenser of the destiny of India!
Victory, victory, victory to You ॥ 2 ॥
The way of life is sobber as it moves
through ups and downs,
But we, the pilgrims, have followed it through ages,
Oh! Eternal Charioteer, the wheels of
your chariot Echo day and
night in the path
In the midest of fierce revolution, Your conch shell sounds.
You save us from fear and misery.
Oh! You who guide the people through torturous path,
Joyo Victory be to You, dispenser of the destiny Of India!
Victory, victory, victory to You ॥ 3 ॥
During the bleakest of nights,
When the whole country was sick and in swoon
Wakeful remained Your incessant blessings,
Through Your lowered but winkless eyes
Through nightmares and fears,
You protected us on Your lap,
Oh Loving Mother!

Oh! You who have removed the misery of the people,
Victory be to You, dispenser of the destiny of India!
Victory, victory victory to You ॥ 4 ॥
The night is over and the Sun has risen
Over the hills of the eastern horizon.
The birds are singing, and a gentle auspicious breeze
Is pouring the elixir of new life.
By the halo of Your compassion,
India that was asleep is now waking
On your feet we now lay our heads
Oh! Victory, victory, victory to you, the Supreme King,
Victory be to You, dispenser of the destiny of India!
Victory, victory, victory to You ॥ 5 ॥

भारत के संविधान का संक्षिप्त इतिहास

ई.स. 1945 में द्वितीय महायुद्ध समाप्त हुआ और भारत की स्वतंत्रता के प्रश्न को प्राधान्य प्राप्त हुआ। इस प्रश्न पर विचार-विमर्श करने के लिए ब्रिटिश शासन ने तीन सदस्यीय शिष्टमंडल भारत भेजा। यह शिष्टमंडल सत्ता-हस्तांतरण का निर्विघ्न मार्ग, पद्धति, प्रक्रिया और साधन सुझाने हेतु भारत भेजा गया। इस शिष्टमंडल को 'कैबिनेट मिशन' के नाम से संबोधित किया गया। इस कैबिनेट मिशन ने 16 मार्च, 1946 को सत्ता-हस्तांतरण की योजना को घोषित किया। भारत का भावी प्रशासन चलाने की दृष्टि से संविधान निर्मिति के लिए एक संविधान सभा की स्थापना करनी चाहिए, ऐसा इस योजना में सूचित किया गया।

संविधान सभा

उस प्रस्ताव के अनुसार संविधान सभा की (संविधान समिति की) स्थापना के लिए चुनाव करवाए गए। इस संविधान सभा पर सदस्यों का निर्वाचन प्रांतीय विधिमंडल से चुने गए सदस्यों द्वारा करवाया गया। इस सभा में 389 प्रतिनिधियों का समावेश था। मुसलिम लीग के बहिष्कार के कारण यह संख्या 299 रह गई। संविधान सभा ने 9 दिसंबर, 1946 को स्वतंत्र भारत के संविधान निर्मिति के कार्य को प्रारंभ किया। उद्घाटन के समय केवल 207 सदस्य ही उपस्थित थे।

डॉ. सच्चिदानंद सिन्हाजी से अस्थायी अध्यक्ष के रूप में स्थान ग्रहण करने की विनती की गई। संविधान सभा ने 10 दिसंबर, 1946 को अध्यक्षों के निर्वाचन

संबंधी नियम पारित किए। इस नियम के अनुसार संविधान सभा ने 11 दिसंबर, 1946 को डॉ. राजेंद्र प्रसादजी को संविधान सभा के स्थायी अध्यक्ष के रूप में निर्वाचित किया।

13 दिसंबर, 1946 को मा. पं. जवाहरलाल नेहरूजी ने ध्येय और उद्‌दिष्टों से संबंधित प्रस्ताव रखा। इस प्रस्ताव पर चर्चा करने के लिए डॉ. बाबासाहेब आंबेडकर ने सभी सदस्यों को आमंत्रित किया। उन्होंने कहा, "राष्ट्र का भवितव्य निर्धारित करते समय लोगों की प्रतिष्ठा, नेताओं की प्रतिष्ठा, पक्ष की प्रतिष्ठा इन बातों का कोई मोल नहीं रहता। देश के भवितव्य का विचार सभी प्रकार से होना चाहिए। इस संविधान सभा को देश के भवितव्य का विचार समाविष्ट रूप में करना चाहिए, एकात्म घटक के रूप में कार्य करना चाहिए। यह केवल संविधान सभा के हित में नहीं वरन् देश के और सभी के हित में है।"

संविधान निर्मिति के लिए संविधान सभा ने तेरह समितियों की स्थापना की। इन समितियों द्वारा पेश किए गए अहवाल के आधार पर डॉ. बी.आर. आंबेडकरजी की अध्यक्षता में स्थापित किए गए सदस्यों की समिति ने संविधान का मसौदा तैयार किया।

मसौदा समिति

संविधान तैयार करने के लिए संविधान सभा ने 29 अगस्त, 1947 को मसौदा समिति की स्थापना की। इस समिति में निम्नलिखित सदस्य थे—

डॉ. बी.आर. आंबेडकर—अध्यक्ष

श्री के.एम. मुंशी

श्री अल्लादी कृष्णस्वामी अय्यर

श्री एन. गोपालस्वामी अय्यंगार

श्री बी.एल. मित्तर

श्री मोहम्मद सादुल्लाह

श्री डी.पी. खेतान

भारत का संविधान

संविधान के शिल्पकार डॉ. बाबासाहेब आंबेडकर संविधान की प्रति को अध्यक्ष डॉ. राजेंद्र प्रसाद को सुपुर्द करते हुए—दिनांक : 26 नवंबर, 1949

सर बेनेगर नरसिंग राउजी को संविधान का सलाहकार नियुक्त किया गया। श्री बी.एल. मित्तरजी के इस्तीफा देने के कारण श्री माधव रावजी को नियुक्त किया गया। श्री खेतानजी की मृत्यु होने के कारण श्री टी.टी. कृष्णम्माचारीजी को नियुक्त किया गया।

संविधान का कार्यान्वित होना

जनवरी, 1948 में संविधान का मसौदा जनता की प्रतिक्रियाओं को जानने के हेतु से जनता के सामने रखा गया। साधारणतः जनता को विचार-विनिमय के लिए आठ महीनों का समय दिया गया। 4 नवंबर, 1948 को संविधान का मसौदा संविधान सभा में प्रस्तुत करने के पश्चात् उस पर थोड़ी चर्चा की गई। इस चर्चा को संविधान के प्रथम वाचन के रूप में संबोधित किया गया। संविधान का दूसरा वाचन 15 नवंबर, 1948 को प्रारंभ हुआ। दूसरे वाचन में प्रत्येक अनुच्छेद पर सविस्तार चर्चा की गई। यह चर्चा 17 अक्तूबर, 1949 को समाप्त हुई। तदनंतर तृतीय वाचन के लिए 14 नवंबर, 1949 को संविधान सभा पुनः बुलाई गई। यह सत्र 26 नवंबर, 1949 को समाप्त हुआ। उसके पश्चात् संविधान स्वीकृत हुआ, ऐसी घोषणा की गई और उस पर संविधान सभा के सदस्यों ने हस्ताक्षर किए। संविधान की एक अंग्रेजी तथा एक हिंदी दो प्रतियाँ तैयार की गईं। इस संविधान पर 308 सभासदों ने हस्ताक्षर

किए हैं। संविधान सभा का काम साधारणतः तीन वर्ष तक जारी रहा (2 वर्ष, 11 महीने, 18 दिन) उसमें से प्रत्यक्ष कामकाज 166 दिन चला।

26 जनवरी, 1950 को भारत का संविधान सभी राज्यों तथा केंद्रशासित प्रदेशों के लिए कानून के रूप में अस्तित्व में आया और भारत एक गणतंत्र राष्ट्र बना।

संविधान पर प्रभाव

भारतीय संविधान बिल्कुल नया, मौलिक दस्तावेज नहीं, संविधान तैयार करनेवाले सदस्यों ने अनेक देशों के संविधान का बारीकी से अध्ययन किया है। उन्होंने उन देशों के संविधान के गुण तथा दोष ध्यान में लेकर उसमें से जो अच्छे गुण दिखाई दिए, उनको खुले दिल से स्वीकार कर उसका संविधान में समावेश किया अर्थात् उन विशेषताओं में भारतीय परिस्थिति के अनुसार यथायोग्य बदलाव किए गए। प्रमुख रूप से यूनाइटेड किंगडम, यूनाइटेड स्टेट्स ऑफ अमेरिका, आयरलैंड, कनाडा—इन देशों के संविधान का प्रभाव हमारे देश संविधान निर्मिति पर दिखाई देता है।

ब्रिटिश संविधान से संसदीय शासन पद्धति (The Parliamentary System of Government), कानून का राज्य (Rule of Law), कानून तैयार करने की पद्धति (Law-making Procedure) और एक नागरिकत्व

(Single Citizenship) स्वीकार किया गया।

अमेरिका के संविधान से न्यायव्यवस्था की स्वतंत्रता (Independence of Judiciary), मूलभूत हक (Fundamental Rights) और सुप्रीम कोर्ट तथा उच्च न्यायालय के न्यायाधीशों को पदमुक्त करनेवाले मार्गदर्शक तत्त्वों (Guidelines for the removal of judges of the Supreme Court and High Courts) को लिया है। फ्रेंच संविधान से स्वतंत्रता, समता और बंधुता इन संकल्पनाओं का स्वीकार किया है।

प्रबल केंद्रीय सत्ता के साथ-साथ संघ राज्य पद्धति का गुण कनाडा के संविधान से प्राप्त किया है। पंचवर्षीय योजना यह कल्पना यूनाइटेड स्टेट्स ऑफ सोवियत रशिया से ली गई है। आयरलैंड के संघ राज्य से राज्य के नीति से संबंधित मार्गदर्शक तत्त्वों को स्वीकार किया है। सुप्रीम कोर्ट जिस कानून के आधार पर काम करता है, वह कानून जापान से लिया है। राज्य और केंद्र शासन की संयुक्त सूची की कल्पना ऑस्ट्रेलियन संविधान से ली गई है।

इसके अतिरिक्त 1935 के भारत सरकार के कानून का प्रभाव हमारे संविधान पर बड़ी मात्रा में हुआ है। इस कानून की सहायता से संघ राज्य योजना, राज्यपालों की नियुक्ति और कार्य, संघ राज्य कानून मंडल के अधिकार आदि बातों का समावेश हमारे संविधान में किया गया है।

उसी प्रकार संविधानकर्ताओं ने हमारे भारतीय इतिहास का पूरी तरह से अध्ययन कर, हमारे देश के रामायण काल से लेकर बीसवीं शताब्दी के राजे-महाराजे, उनकी शासन करने की पद्धति,

उनके राज्यों की विशेषताओं का अंतर्भाव भी हमारे संविधान में किया गया है।

हमारे आदर्श श्रीराम, श्रीकृष्ण, गौतम बुद्ध, महावीर, राजा अशोक, विक्रमादित्य, छत्रपति शिवाजी महाराज, गुरु गोविंदसिंह, महात्मा गांधी, नेताजी सुभाषचंद्र बोस ऐसे अनेक महापुरुषों के छायाचित्रों का समावेश हमारे संविधान में किया गया है। ये सभी महापुरुष और उनका जीवन कार्य हमारे लिए प्रेरणादायी है।

ई.स. 1931 में जब महात्मा गांधीजी सेकंड राउंड टेबल कॉन्फ्रेंस के लिए लंदन जा रहे थे, तब एक पत्रकार ने उनसे पूछा, "आपको भारत के लिए किस प्रकार का संविधान चाहिए, ऐसा आपको लगता है?" उस समय महात्मा गांधीजी ने कहा, "मैं ऐसे संविधान के लिए प्रयत्न करूँगा, जो भारत को हमेशा के लिए गुलामी की जंजीरों तथा विदेशों के आश्रय से मुक्त करे...मैं भारतीय संविधान को तैयार करते समय भारत के गरीब-से-गरीब व्यक्ति के मतों का गंभीरता से विचार करूँगा। इस देश में श्रेष्ठ और कनिष्ठ, ऐसा जनता का विभाजन नहीं होगा। यहाँ सर्वधर्म जाति के लोग एकता से तथा मिल-जुलकर जीवन व्यतीत करेंगे।" महात्मा गांधी के इन विचारों का प्रतिबिंब संविधान के प्रत्येक पृष्ठ पर दिखाई देता है।

संक्षेप में हम ऐसा कह सकते हैं कि भारतीय संविधान में दूसरे अनेक देशों के संविधानों की उत्तमोत्तम बातों का अंतर्भाव किया गया है। इसके अतिरिक्त संविधान तैयार करते समय भारत के प्राचीन व अर्वाचीन इतिहास के अनेक महापुरुषों का आदर्श सामने रखा गया है, इसलिए उनके विचारों का प्रतिबिंब प्रत्यक्ष रूप में संविधान में हमें देखने को मिलता है।

डॉ. बाबासाहेब आंबेडकरजी संविधान समिति के प्रमुख शिल्पकार थे। उन्होंने बहुत विचारपूर्वक, परिश्रमपूर्वक उत्कृष्ट संविधान भारत को दिया इसलिए उन्हें 'आधुनिक काल का मनु' नाम से संबोधित किया जाता है।

भारत के संविधान में भारत को किस दिशा में मार्गक्रमण करना चाहिए, कौन से उद्‌देश्य आँखों के सामने रखने चाहिए, कौन सी बातें साध्य करनी चाहिए, इस दृष्टि से स्पष्ट विचार रखे हैं। संविधान के प्रारंभ में जो प्रस्तावना दी गई है, उसमें संपूर्ण संविधान का सारांश दिया गया है। यह भारत का तत्त्वज्ञान है। इस प्रस्तावना को 'संविधान का पहचान-पत्र' अथवा 'उद्‌देश-पत्र' कहा जा सकता है। यह प्रस्तावना (Preamble) भारत की राष्ट्रीय विचारधारा है। यह प्रस्तावना इस प्रकार है—

प्रस्तावना (Preamble)

"हम, भारत के लोग भारत को एक सार्वभौम, समाजवादी, धर्मनिरपेक्ष (सर्वधर्म–समभाव) लोकशाही गणराज्य बनाने का तथा उसके सभी नागरिकों को सामाजिक, आर्थिक तथा राजकीय न्यायविचार, अभिव्यक्ति, विश्वास, श्रद्धा तथा उपासना इनकी स्वतंत्रता, स्तर तथा संघी की समानता निश्चित तौर पर प्राप्त कर देने का और उन सभी में व्यक्ति की प्रतिष्ठा तथा राष्ट्र की एकता और एकात्मता का आश्वासन देनेवाली बंधुता प्रवर्धित करने का गंभीरतापूर्वक निर्धार कर, हमारी संविधान सभा में आज दि. 26 नवंबर, 1949 को संविधान स्वीकार कर और अधिनियमित करके स्वत: प्रति अर्पण कर रहे हैं।"

प्रस्तावना के तत्त्व (Ingredients of the Preamble)

इस प्रस्तावना से चार तत्त्व स्पष्ट होते हैं—

(1) **संविधान के प्राधिकार का स्रोत :** इस प्रस्तावना में स्पष्ट रूप से कहा गया है कि संविधान अपना प्राधिकार भारतीय जनता से प्राप्त करता है।

(2) **भारतीय राज्य का आदर्श :** यह प्रस्तावना भारत के' सार्वभौम समाजवादी, धर्मनिरपेक्ष, लोकशाही तथा गणराज्य होने की घोषणा करती है। यही भारतीय जनता द्वारा स्वयं के लिए स्वीकार किए गए आदर्श हैं।

(3) **संविधान का उद्देश्य :** स्वतंत्रता, समानता, बंधुता तथा न्याय ये संविधान के उद्देश्य हैं। वे भारतीय जनता की आकांक्षा (Aspirations) को स्पष्ट करते हैं।

(4) **संविधान की स्वीकृति :** संविधान की स्वीकृति 26 नवंबर, 1949 को की गई। यह प्रस्तावना में उल्लेखित किया गया है। (संविधान 26 जनवरी, 1950 से कार्यान्वित हुआ।)

प्रस्तावना में दिया तत्त्वज्ञान

सार्वभौम, समाजवादी, धर्मनिरपेक्ष, लोकशाही, गणराज्य, न्याय, स्वतंत्रता, समानता, बंधुता, एकता तथा एकात्मता ये प्रस्तावना के महत्त्वपूर्ण शब्द हैं। ये शब्द ही संविधान का तत्त्वज्ञान प्रदर्शित करते हैं। यही भारत की विचारधारा है। यह समझ लेना आवश्यक है।

(1) सार्वभौमत्व (Sovereignty)

अर्थ : सार्वभौम का अर्थ है— किसी भी बाहरी शक्ति का प्रभाव न होना। भारत सार्वभौम है अर्थात् भारत स्वतंत्र है तथा उस पर किसी भी विदेशी सत्ता का आधिपत्य नहीं है, जिसके कारण भारत अपने अंतर्गत तथा बाह्य कामकाज स्वत: (अपने लोक प्रतिनिधियों के माध्यम से) करने में सक्षम तथा मुक्त है।

सार्वभौम शब्द में परकीय प्रदेश हासिल करना अथवा अपना प्रदेश परकीय शक्ति को बहाल करने का अधिकार भी समाविष्ट है।

संयुक्त राष्ट्र, राष्ट्रकुल जैसी अंतरराष्ट्रीय संघटनाओं का सदस्यत्व स्वीकार करना सार्वभौमत्व का लोप होता है, ऐसा नहीं है।

(2) समाजवाद (Socialism)

'समाजवाद' शब्द प्रस्तावना में 1976 के 42वें संविधान संशोधन में शामिल किया गया। वैसे भी यह शब्द केवल प्रस्तावना (Preamble) में ही दिखाई देता है। संविधान में अन्य किसी भी जगह इस शब्द का प्रयोग नहीं हुआ है। मात्र संविधान में समाजवाद का उल्लेख कुछ मार्गदर्शक तत्त्वों के रूप में पहले से ही है। उसी प्रकार कांग्रेस पक्ष ने भी 1955 के आवडी अधिवेशन में 'समाजवादी समाजरचना' के तत्त्वों को स्वीकार किया है।

संविधान में मात्र समाजवादी शब्द का अर्थ स्पष्ट नहीं किया गया है। वस्तुत: भारत का समाजवाद यह 'लोकशाही समाजवाद' (Democratic Socialism) यह 'साम्यवादी समाजवाद' (Communistic Socialism) नहीं है। साम्यवादी समाजवाद में सार्वजनिक व निजी उत्पादन के सभी घटकों का राष्ट्रीयकरण तथा निजी माल-मत्ता पर पूर्णरूप से बंदी अंतर्भूत है। इसके विपरीत लोकशाही समाजवाद में सार्वजनिक तथा निजी क्षेत्र के सहअस्तित्ववाली मिश्र अर्थव्यवस्था पर विश्वास होता है।

भारत के समाजवाद का अपना एक स्वतंत्र पहलू है। लोकशाही समाजवाद में अहिंसक उत्क्रांति के मार्ग से (क्रांति के नहीं) आर्थिक तथा सांपत्तिक विषमता को दूर करना अपेक्षित है। सर्वोच्च न्यायालय के मतानुसार, लोकशाही समाजवाद का उद्देश्य दारिद्र्य, अज्ञान, अनारोग्य तथा संधि की विषमता को दूर करना है, अर्थात् भारतीय समाजवाद मार्क्सवाद तथा गांधीवाद का मिश्रण होकर उसका ज्यादा झुकाव गांधीवाद की तरफ है।

मात्र 1991 से प्रारंभ हुए उदारीकरण, निजीकरण, जागतिकीकरण की नीतियों के कारण भारतीय समाजवाद काफी विरल हो रहा है।

(3) सर्वधर्म-समभाव (Secularism)

'सेक्युलरिज्म' का अर्थ 'धर्मनिरपेक्षता' बताया जाता है। धर्मनिरपेक्ष पाश्चात्य संकल्पना है। धर्मनिरपेक्षता का स्वरूप परमेश्वर विरुद्ध (anti-God) तथा धर्म के खिलाफ (anti-religion) लगता है परंतु सहिष्णुता तथा अभिव्यक्ति की स्वतंत्रता लोकशाही की संकल्पनाओं के परिणामस्वरूप धर्मनिरपेक्षता की संकल्पना में सुधार करना आवश्यक लगता है, अर्थात् सेक्युलरिज्म का 'सर्वधर्म-समभाव' यह अर्थ स्वीकार करना ज्यादा सांयुक्तिक लगता है।

'सेक्युलर' शब्द मूल संविधान में कही भी नहीं था। वह 1976 में 42वें संविधान संशोधन के समय प्रस्तावना में समाविष्ट किया गया है, अर्थात् मूल संविधान निर्माताओं ने धर्मनिरपेक्ष राज्य निर्माण करने की ही कोशिश की है। संविधान के अनुच्छेद 25 से 28 तक धर्मस्वतंत्रता का मूलभूत हक मान्य किया गया है। उसी से सर्वधर्म-समभाव संकल्पना पूर्णरूप से स्पष्ट होती है।

भारत 'धार्मिक' राष्ट्र नहीं, तो वह 'अधर्मी' राष्ट्र भी नहीं है। वह 'धर्मविरोधी' नहीं, अर्थात् भारत में कोई भी राष्ट्रधर्म (State Religion) नहीं है। भारत किसी भी विशिष्ट धर्म को सार्वजनिक निधि की सहायता से पुरस्कृत नहीं करेगा। इसके दो अर्थ निकलते हैं। (1) प्रत्येक व्यक्ति किसी भी धर्म का आचरण करने के लिए स्वतंत्र रहेगा और (2) राज्य किसी भी व्यक्ति अथवा दल के विरुद्ध धर्म के आधार पर भेदभाव नहीं करेगा। इसलिए 'सर्वधर्म-समभाव' की संकल्पना भारत का संविधान मान्य करता है।

(4) लोकशाही (Democracy)

लोकशाही को अंग्रेजी में 'डेमोक्रेसी' कहते हैं। यह शब्द 'डेमॉस' तथा 'क्रेशिया' (Demost, Cratia) इन दो शब्दों से बना है। 'डेमॉस' अर्थात् 'लोग' और 'क्रेसिया' का अर्थ 'सत्ता' होता है, अर्थात् जिस शासन पद्धति में लोगों की सत्ता हो, वह लोकशाही कहलाती है। प्रस्तावना में प्रदर्शित किए अनुसार लोकशाही जन सार्वभौमत्व के तत्त्वों पर Principle of popular sovereignty आधारित है तथा सर्वोच्च सत्ता लोगों के हाथ में रहती है।

लोकशाही दो प्रकार की होती है— प्रत्यक्ष तथा अप्रत्यक्ष।

(1) प्रत्यक्ष लोकशाही में राज्य प्रशासन में जनता का प्रत्यक्ष सहभाग (Referendum, Initiative, Recall, Plebiscite) इन मार्गों से होता है। उदाहरण—पूर्व के ग्रीक राज्य।

(2) अप्रत्यक्ष लोकशाही में जनता चुने हुए प्रतिनिधि के माध्यम से राज्यप्रशासन में सहभागी होती है, जिसके कारण उसे 'प्रातिनिधिक लोकशाही' (Representative Democracy) ऐसा भी कहा जाता है। अप्रत्यक्ष लोकशाही दो प्रकार की होती है— संसदीय तथा अध्यक्षीय।

भारत में संसदीय लोकशाही को स्वीकार किया गया है। उसमें कार्यकारी मंडल की सभी नीतियों तथा कृतियों के लिए कानून मंडल जिम्मेदार होता है। सार्वत्रिक प्रौढ़ मतदान पद्धति, नियतकालिक चुनाव, कानून राज्य, व्यक्ति स्वतंत्रता, उत्तरदायी शासन, स्वतंत्र न्याय व्यवस्था इत्यादि विषय लोकशाही के द्योतक हैं।

प्रस्तावना में 'लोकशाही' शब्द व्यापक अर्थ में लिया गया है। उसमें राजकीय लोकशाही के साथ सामाजिक तथा आर्थिक लोकशाही का भी समावेश है।

(5) गणराज्य (Republic)

लोकशाही शासन पद्धति दो प्रकार की हो सकती है। राजशाही तथा गणराज्य (Monorchy) में राष्ट्रप्रमुख के रूप में काम करनेवाला राजा अथवा रानी अपना पद वंश परंपरा से धारण करता/करती है। उदाहरण—यूनाइटेड किंगडम। मात्र गणराज्य-पद्धति में राष्ट्र प्रमुख लोगों द्वारा प्रत्यक्ष या अप्रत्यक्ष तरीके से चुना जाता है।

इस रूप में भारत गणराज्य देश है, क्योंकि भारत के राष्ट्र प्रमुख के रूप में काम करनेवाले राष्ट्रपति (President) लोगों द्वारा पाँच वर्ष की कालावधि के लिए अप्रत्यक्ष रूप से चुने जाते हैं।

गणराज्य संज्ञा से और दो अर्थ निकलते हैं—

(1) राजकीय सार्वभौमत्व लोगों के हाथ में रहकर राजा अथवा रानी के समान किसी एक व्यक्ति के हाथ में नहीं होता।

(2) गणराज्य में कोई भी अधिकार संपन्न वर्ग (Privileged Class) नहीं रहता, तथा सभी सार्वजनिक कार्यालय बिना भेदभाव के सभी के लिए खुले रहते हैं।

(6) न्याय (Justice)

संविधान की प्रस्तावना में न्याय के तीन स्पष्ट स्वरूप स्वीकार किए गए हैं—सामाजिक, आर्थिक तथा राजकीय।

(1) सामाजिक न्याय अर्थात् जाति, वर्ण, वंश, धर्म, लिंग जैसे किसी भी सामाजिक भेदभाव बिना सर्व नागरिकों के साथ समान व्यवहार करना।

(2) आर्थिक न्याय में उत्पादन तथा संपत्ति की विषमता नष्ट करने के प्रयत्नों का समावेश होता है। सामाजिक न्याय तथा आर्थिक न्याय को संयुक्त रूप में 'वितरणात्मक न्याय' (Destributive Justice) कहकर संबोधित किया जाता है।

(3) राजकीय न्याय में सभी को समान राजकीय हक, सार्वत्रिक प्रौढ़ मतदान पद्धति, राजकीय अवसर की समानता इत्यादि बातों का समावेश होता है। सामाजिक, आर्थिक तथा राजकीय न्याय का आदर्श रशियन राज्यक्रांति (1917) से स्वीकार किया गया है।

(7) स्वतंत्रता (Liberty)

यहाँ स्वतंत्रता का अर्थ व्यक्तियों की कृतियों पर बंधन न रखकर और उनको व्यक्तित्व के विकास के लिए पूरा अवसर देना, यह होता है। संविधान ने सभी नागरिकों को विचार, अभिव्यक्ति, विश्वास, श्रद्धा तथा उपासना की स्वतंत्रता प्रदान की है। इस स्वतंत्रता को अमल में लाने के लिए संविधान में मूलभूत हकों को स्वीकार किया गया है। मात्र यह स्वतंत्रता अमर्यादित न होकर संविधान ने ही उस पर पर्याप्त बंधन डाले हैं। इसलिए मूलभूत हकों की स्वतंत्रता अमर्यादित न होकर, गुणात्मक है।

(8) समानता (Equality)

समानता अर्थात् किसी भी विशिष्ट दल को विशेषाधिकार उपलब्ध न होना। प्रस्तावना में सभी भारतीय नागरिकों को दर्जा तथा अवसर की समानता प्रदान की गई है। उसमें नागरी, राजकीय तथा आर्थिक तीनों समानताओं का समावेश किया गया है।

(अ) नागरी समानता : मूलभूत हकों में से निम्नलिखित हक नागरी समानता प्रदान करते हैं—

(1) कानून के समक्ष समानता (अनुच्छेद-14)।
(2) धर्म, वंश, जाति, लिंग तथा जन्मस्थान के आधार पर भेदभाव करने पर प्रतिबंध (अनुच्छेद-15)।
(3) सरकारी नौकरियों में अवसर की समानता (अनुच्छेद-16)।
(4) अस्पृश्यता नष्ट करना (अनुच्छेद-17)।
(5) श्रेष्ठता-कनिष्ठता नष्ट करना (अनुच्छेद-18)।

(ब) राजकीय समानता : संविधान के दो अनुच्छेद राजकीय समानता प्रस्थापित करने का प्रयत्न करते हैं—

(1) धर्म, वंश, जाति अथवा लिंग के आधार पर किसी भी व्यक्ति को मतदान सूची में समाविष्ट करने के लिए अपात्र घोषित नहीं किया जाएगा (अनुच्छेद-325)।
(2) लोकसभा तथा राज्य विधानसभा के चुनाव प्रौढ़ मतदान पद्धति से होंगे (अनुच्छेद-326)।

(क) आर्थिक समानता : अनुच्छेद-39 के मार्गदर्शक तत्त्व पुरुष तथा महिलाओं को पर्याप्त उपजीविका के साधनों का समान हक और समान कार्य के लिए समान वेतन की सुरक्षा प्रदान करते हैं।

(9) बंधुता (Fraternity)

बंधुता अर्थात् बंधुभाव की भावना। संविधान में एक नागरिकत्व के माध्यम से यह बंधुता संवर्धित करने का प्रयत्न किया गया है। उसी प्रकार अनुच्छेद-51क के मूलभूत कर्तव्यों में से एक कर्तव्य ऐसा है कि प्रत्येक नागरिक को धार्मिक, भाषिक तथा प्रादेशिक अथवा वर्गीय भेद से ऊपर उठकर भारत की समस्त जनता में सामंजस्य एवं बंधुभाव की वृद्धि करना है, यह कर्तव्य होगा।

प्रस्तावना में बंधुता के साथ-साथ दो विषयों के बारे में आश्वासन दिया गया है—सभी नागरिकों में व्यक्ति की प्रतिष्ठा तथा राष्ट्र की एकता तथा एकात्मता का आश्वासन देनेवाली बंधुता। संविधान के मूलभूत हक मार्गदर्शक तत्त्व तथा मूलभूत कर्तव्यों में से कुछ व्यवस्था व्यक्ति की प्रतिष्ठा की रक्षा से संबंधित है।

(10) एकता तथा एकात्मता (Unity and Integrity)

एकता तथा एकात्मता राष्ट्रीय एकात्मता की क्रमशः भौगोलिक तथा मानसिक

पहल को प्रदर्शित करते हैं। अनुच्छेद-1 में भारत को 'राज्यों का संघ' (Union of States) घोषित किया गया है। इससे स्पष्ट होता है कि घटक राज्यों को संघ से बाहर होने का अधिकार नहीं है, जिससे कि भारत की भू-प्रादेशिक अखंडता अबाधित रहेगी।

एकात्मता में राष्ट्रनिर्मिति की प्रक्रिया अंतर्भूत होकर उसका संबंध जनता के भावनिक एकीकरण से है। उसमें सांप्रदायिकता, प्रादेशिकता, जातिवाद, भाषावाद, फुटिरतावाद जैसी बाधाएँ दूर करने का समावेश है।

प्रस्तावना (Preamble) : संविधान का अविभाज्य भाग है, फिर भी उसमें की गई व्यवस्थाओं पर न्यायालयीन अमल नहीं कर सकते अर्थात् प्रस्तावना हमारे संविधान का सबसे मूल्यवान भाग है। वह संविधान की आत्मा है। वह संविधान का मार्गदर्शक है। संविधान के मूल्यमापन का एक साधन है; एक फुटपट्टी है, इसलिए सभी नागरिकों इस राज्य संविधान का सूक्ष्मता से अध्ययन करना आवश्यक है।

"लोकशाही केवल एक शासन पद्धति नहीं। मुख्यत: वह एक सामंजस्यपूर्ण राष्ट्रजीवन आत्मसात् करने की पद्धति है। यह एक-दूसरे के साथ सुसंवाद, अपने सहकारियों के प्रति आदर और नम्रतापूर्वक वर्तन करने की वृत्ति है।

—डॉ. बाबासाहेब आंबेडकर

□

भाग–3 प्रकरण 9
भारत की राष्ट्रीय विचारधारा

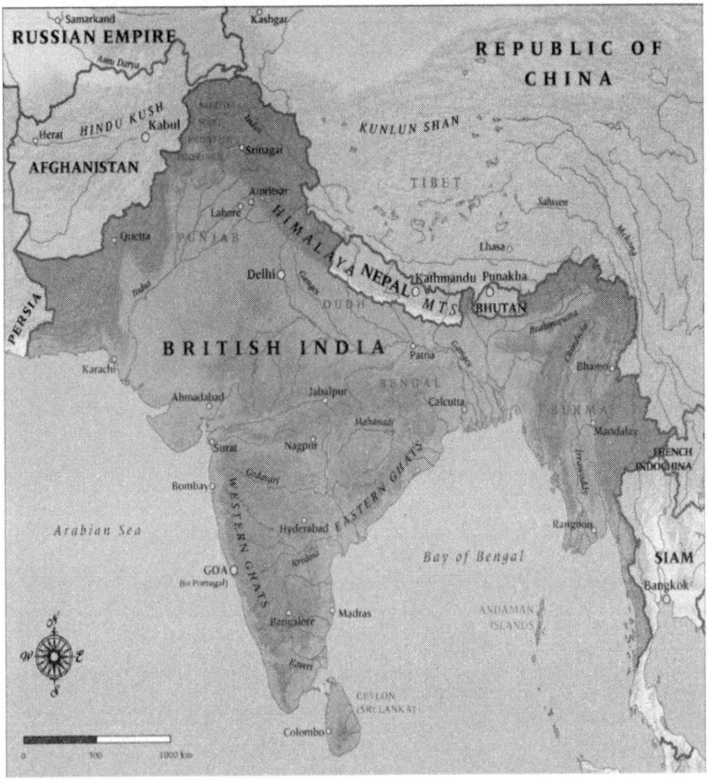

प्रकरण-9

भारत की राष्ट्रीय विचारधारा

राष्ट्र-गान

वंदे मातरम्
सुजलाम् सुफलाम् मलयजशीतलाम्
सस्यश्यामलाम् मातरम्॰॰॰वंदे मातरम्॥ 1॥
शुभ्र ज्योत्स्नां पुलकित यामिनीम्
फुल्ल कुसुमित द्रुमदल शोभिनीम्
सुहासिनीम् सुमधुर भाषिणीम्
सुखदाम् वरदाम् मातरम्॰॰॰वंदे मातरम्॥ 2॥
कोटि-कोटि कंठ कलकल निनाद कराले
कोटि-कोटि भुजैर्धृत खरकरवाले
अबला केनो माँ एतो बले
बहुबल धारिणीम् नमामि तारिणीम्
रिपुदल वारिणीम् मातरम्॰॰॰वंदे मातरम्॥ 3॥
तुमि विद्या तुमि धर्म
तुमि हृदि तुमि मर्म
त्वं हि प्राणा: शरीरे
बाहु ते तुमि माँ शक्ति
हृदये तुमि माँ भक्ति
तोमारइ प्रतिमा गडि मंदिरे-मंदिरे॰॰॰वंदे मातरम्॥ 4॥
त्वं हि दुर्गा दशप्रहरणधारिणी
कमला कमलदलं विहारिणी

वाणी विद्यादायिनी, नमामि त्वाम्,
नमामि कमलाम् अमलाम्, अतुलाम्,
सुजलाम्, सुफलाम्, मातरम्...वंदे मातरम्॥ 5॥
श्यामलाम्, सरलाम्, सुस्मिताम्, भूषिताम्
धरणीम्, भरणीम्, मातरम्...वंदे मातरम्॥ 6॥

English Translation

Mother, I salute you
Rich with your hurring streams,
Bright with orchard gleams,
Cool with your winds of delight,
Green fields waving Mother of might,
Mother, I salute you ॥ 1 ॥
Glory of moonlight dreams,
Over your branches and lordly streams,
Clad in your blossoming trees,
Mother, giver of ease
Laughing low and sweet!
Mother, I kiss your feet
Speaker sweet and low!
Mother, to you I bow ॥ 2 ॥
Who has said you are weak in your hands
When swords flash out in crores crores hands
And crore crore millon voices roar
Your dreadful name from shore to shore?
With many strenghts who are mighty and stored,
To you I call Mother and Lord!
You who saves arise and save!
To her I cry who ever her foe drove
Back from plain and sea
And shook herself free
Mother, I salute you ॥ 3 ॥
You are wisdom, you are law,
You are our heart, our soul, our breath

Thou are love divine, the awe
In our hearts that conquers death.
You are strength that nerves the arm,
You are the beauty, you are the charm.
Every image made divine
In our temples is but you.
Mother, I salute you ॥ 4 ॥
You are Durga, Lady and Queen,
With her hands that strike and her
swords of sheen,
You are Lakshmi lotus-throned,
And the Muse a hundred-toned,
Pure and perfect without peer,
Mother lend your ear,
Rich with thy hurrying streams,
Bright with thy orchard gleems,\
Dark of hue O candid-fair
Mother, I salute you ॥ 5 ॥
In your soul, with jewelled hair
And your glorious smile divine,
Loveliest of all earthly lands,
Showering wealth from well-stored hands!
Mother, mother mine!
Mother sweet, I bow to you
Mother great and free!
Mother, I salute you ॥ 6 ॥

भारत का राष्ट्रगान : वंदे मातरम्

(हिंदी-अनुवाद)

हे भारत माँ! मैं आपको प्रणाम करता हूँ।
मैं आपको प्रणाम करता हूँ।
माँ, आपने भू-भाग से प्रवाहित होनेवाली नदियाँ,
सुमुधर रसयुक्त फलों के बगीचे
मलयपर्वत से आनेवाली शीतल वायु

हरे-भरे और समृद्ध फसलों की खेती
ऐसी मेरी भारत माँ को मैं प्रणाम करता हूँ॥ 1॥

ये माँ, चंद्रप्रकाश में नहाई हुई,
रात के वक्त रोमहर्षक आनंद देने वाली
सुंदर-सुंदर फूल और पेड़, पानी से भरे हुए तालाब,
और नदियाँ इन सबसे आप बहुत सुंदर लगती हो!
प्रसन्न हास्य और समृद्ध संभाषण करनेवाली,
सुख-समृद्धि देनेवाली, इच्छा-आकांक्षा फलद्रुप करनेवाली
हे माँ, मैं आपको प्रणाम करता हूँ॥ 2॥

हे माँ, जब कोटि-कोटि लोगों के कंठों से
सुस्वर गान सुनते हैं
और कोटि-कोटि हाथ अपने हाथों में
तलवार लेकर सज्ज होते हैं
उस वक्त तुम अशक्त हो, ऐसा आपको कौन कहेगा?
तुम्हारी बाहु में बहुत शक्ति है,
तुम हमारी तारणहार हो,
तुम हमारी शत्रुओं से रक्षा करनेवाली देवता हो,
हे भारत माँ, मैं आपको प्रणाम करता हूँ॥ 3॥

ये माँ, तुम्हीं विद्या हो,
तुम ही हमारा धर्म हो,
तुम ही हमारी न्याय-देवता हो,
तुम हमारा हृदय हो,
तुम हमारी आत्मा हो,
तुम हमारी शक्ति हो,
तुम हमारे शरीर में, मन में, हृदय में हो,
तुम्हारा ही हम संकीर्तन करेंगे,
तुम्हारी ही प्रतिमा हमने हमारे

हृदय–मंदिर में प्रस्थापित की है।
हे माँ, मैं आपको प्रणाम करता हूँ॥ 4॥

हे माँ, तुम दस शस्त्रों को धारण करनेवाली दुर्गा हो,
तुम कमलपुष्प के समान सुकुमार,
कमलदल में रहनेवाली लक्ष्मी–देवता हो,
तुम वाणी, विद्या प्रदान करनेवाली सरस्वती हो!
ये सुहास्यमुखी, अतुल पराक्रमी, मृदुभाषिणी देवी,
जल से ओत–प्रोत भरी हुई अखंड प्रवाहित नदियाँ
तुम्हारा ही गुणगान कर रही हैं,
सुमधुर फलों से पेड़ और सुंदर–सुंदर वृक्ष
तुमको सुशोभित कर रहे हैं।
हे माँ, मैं आपको प्रणाम करता हूँ॥ 5॥

हे माँ, तुम्हारा प्रसन्न हास्य और चैतन्य,
तुम्हारा रत्नों से युक्त सुंदर केशसंभार,
इस धरती का सौंदर्य वृद्धिंगत करते हैं।
तुम्हारे पास अमूल्य संपदा है, और
उस संपदा का अविरत वर्षाव तुम हम पर कर रही हो!
हे माँ, मेरी प्रिय माँ, मेरी सर्वश्रेष्ठ भारत माँ,
हे माँ, मैं आपको प्रणाम करता हूँ॥ 6॥
भारतमाता की जय हो, भारतमाता की जय हो॥

भारत की राष्ट्रीय विचारधारा

देश-विदेश के इतिहासकारों, अध्ययनकर्ताओं ने अध्ययन के अंत में मान्य किया है कि भारत का इतिहास कम-से-कम 7000 वर्षों का है। 7000 वर्षों की इस कालावधि में भारत के अलग-अलग भागों में कौन से राज्य थे, उनके राजा कौन थे, उन राजाओं की वंशावली के आधार पर वे राज्य कितने समय तक के लिए थे? इन सभी की सविस्तार जानकारी अलग-अलग ग्रंथों में उपलब्ध है।

सात हजार वर्षों की राज्यपरंपरा

सूर्यवंशी इक्ष्वाकु-कुलोत्पन्न राजा श्रीराम का काल ई.स. पूर्व 5000 वर्ष पूर्व का माना जाता है। योगेश्वर श्रीकृष्णजी का काल ई.स.पू. 3150 होने का अंदाज है। गौतम बुद्ध मूलतः राजपुत्र सिद्धार्थ! उनका समय ई.स. पूर्व 550 वर्ष माना जाता है। उसके पश्चात् ख्रिस्तपूर्व कालावधि में चंद्रगुप्त मौर्य, सम्राट् अशोक, विक्रमादित्य, खारवेल इन सभी की सत्ता भारतवर्ष के कई प्रदेशों पर रही। ख्रिस्तजन्म के उपरांत प्रारंभ हुई कालगणना के पश्चात् शालिवाहन, समुद्रगुप्त, हर्षवर्धन, राजा चोल, पुलकेशी इनका शासनकाल आगे ई.स. 1000 तक का है। तदुपरांत मुगल आक्रमण के बाद भी दाहीर, कृष्णदेवराय, राजा रणजीत सिंह, वाडीयार, काकतिया, कदंब, पांडियन भारत के अलग-अलग भागों में राज्य कर रहे थे। बीते 500-600 वर्षों में हरिहर बुक्क, राणा प्रताप, छत्रपति शिवाजी महाराज, राजा रणजीत सिंह इत्यादि राजाओं से स्वराज्य स्थापना करके अपना राज्य भारत के उनके-उनके प्रदेश में बढ़ाया। मराठी राज्य की स्थापना करने में शिंदे, होलकर, गायकवाड, पवार ऐसे अनेक सरदार सहभागी थे, बाद में उनके भी राज्य उनके उनके भाग में स्थापित हुए। राजर्षि शाहू महाराज का आधिपत्य कोल्हापुर में था।

बीसवीं शताब्दी में महात्मा गांधीजी ने रामराज्य का उद्दिष्ट देश के सामने रखा और 7000 वर्ष पूर्व की विचारधारा का वर्तुल पूर्ण किया। ई.स. 1857 के बाद भारत के अनेक राज्यों का परिवर्तन देशी नरेश के रूप में हुआ तथा ऐसे 500 से अधिक देशी नरेश ब्रिटिश सरकार के आधिपत्य के नीचे आ गए। इन सभी का विलीनीकरण भारत संघ राज्य में ई.स. 1947-48 में हुआ।

राष्ट्रजीवन का समान धागा

ई.स. पूर्व 7000 वर्षों का रामराज्य कालावधि से लेकर राजर्षि शाहू महाराज

के 20वीं शताब्दी के राज्य तक भारत को अनेक राजाओं के शासन काल का अनुभव है, अर्थात् श्रीराम की कालावधि से इस देश में राज्यजीवन अस्तित्व में था। इन सभी राज्यों को जोड़नेवाला राष्ट्रजीवन का समान धागा था। ऐसी समान भारतीय राष्ट्रजीवन की संकल्पना वेद, रामायण, महाभारत, पुराण आदि वाङ्मय में, कथारूप में, रूपक के माध्यम से संपूर्ण राष्ट्र में बच्चों से लेकर बूढ़ों तक उस भाग में बोली जानेवाली भाषा के माध्यम से पहुँच चुकी थी।

शाश्वत संकल्पना

समाज जीवन धारणा तथा राष्ट्रजीवन संबंधी शाश्वत संकल्पना ऋग्वेद, यजुर्वेद, सामवेद तथा अथर्ववेद में स्पष्ट की गई है। वेदों में दी गई शाश्वत संकल्पना को प्रत्यक्ष स्वरूप में लाने के लिए अनेक उपासना पद्धतियों की रचना हुई। कालानुसार जो परिवर्तन समाज में होते गए; उसके अनुषंग से अनेक धर्मसुधारक भी निर्मित हुए। गौतम बुद्ध ने (ख्रिस्तपूर्व 550 वर्ष) बौद्धधर्म के तत्त्व व कार्यपद्धति निश्चित की। वेदप्रणीत शाश्वत तत्त्व सर्वसाधारण समाज समझ सके तथा सहज रूप में वह कार्यान्वित हो सके, इसका विचार बौद्धधर्म ने किया। सम्राट् अशोक ने इस विचार पद्धति को स्वीकारा तथा उसका विस्तार भारत के बाहर पश्चिम की तरफ के देशों तथा उसी प्रकार पूर्व की तरफ जापान, चीन, मलाया, इंडोनेशिया में किया। उसी समय वर्धमान महावीरजी ने (ई.स.पू. 599—ई.स.पू. 520) जैन धर्म की स्थापना की तथा समाज को आचरण के निश्चित पाठ दिए। आद्य शंकराचार्य (ई.स. 788-820) ने पूरे भारत का भ्रमण किया तथा देश के चार कोनों में चार मठ की स्थापना कर देश की एकता की गवाही दी। इन्हीं चार मठों की सहायता से भारतीय समाज जीवन की, सांस्कृतिक जीवन की अर्थात् राष्ट्रजीवन की जानकारी समाज के सभी स्तरों तक पहुँचे, ऐसी व्यवस्था की थी। सत्रहवीं शताब्दी में 1100 मठों की स्थापना करके वही कार्य श्री समर्थ रामदासजी (ई.स. 1608-1682) ने जारी रखा था।

एक हजार वर्षों के संघर्ष का कालखंड

भारत में रामायणकाल से लेकर बीते सात हजार वर्षों में से 1000 वर्षों का इतिहास ये विदेशी आक्रमणों का है। उससे पूर्व छह हजार वर्षों का इतिहास राज्यों में ही होनेवाले सामंजस्यपूर्ण इतिहास का है। रामायण तथा महाभारत दोनों ही महाकाव्य

असुर शक्ति का पराभव करने के लिए सुर शक्ति द्वारा किए गए प्रयत्नों की कथाएँ हैं।

लालसा, असूया, वर्चस्व हासिल करने की ईर्ष्या आदि मानवी प्रवृत्तियों के कारण संघर्ष निर्मित होते हैं। कुछ संघर्षों के परिणामस्वरूप दो गुटों में युद्ध होते हैं। मनुष्य, वित्त, संपत्ति की हानि होती है। भारत के बीते सात हजार वर्षों के इतिहास में ऐसे संघर्षमय अनेक प्रसंग है। पिछले एक हजार वर्षों में भी ऐसे संघर्ष के प्रसंग विदेशी शक्तियों के साथ भी हैं।

संघर्षकाल में भी विचारधारा प्रवाही

संघर्षों के प्रसंग, उससे मिला यश, अपयश, परिणामत: उससे हुई हानि यह इतिहास के अध्ययन का एक पहलू है। उस काल में भी संपूर्ण भारत में राष्ट्रजीवन संबंधी विचारधारा अस्तित्व में थी। उस विचारधारा का अनुभव समाज के सभी स्तरों तक पहुँच चुका था। उसी से सामयिक शक्ति निर्मित हुई थी। इसीलिए विदेशियों के साथ एक हजार वर्षों तक चले संघर्ष के बाद भी भारत एक चिरंतन राष्ट्र के रूप में खड़ा है।

महात्मा गांधीजी के ज्येष्ठ अनुयायी तथा गांधी विचारों के अभ्यासक प्रो. धर्मपाल कहते हैं, "ई.स. 1830 में भारत विश्व का सबसे प्रगत सुसंस्कृत, सुशिक्षित राष्ट्र था" यही विचार प्रो. धर्मपाल ने अंग्रेज सरकार के प्रसिद्ध हुए समाचार से दस ग्रंथों में सविस्तार रूप से प्रस्तुत किया है। इसी काल में 13वीं शताब्दी से 17वीं शताब्दी तक संत नामदेव, संत ज्ञानेश्वर, संत एकनाथ, संत रामदास, संत तुकाराम ने 'यह विश्व ही मेरा घर' (हे विश्वची माझे घर) तथा 'चिंता करता हूँ विश्व की' (चिंता करतो विश्वाची) का उद्घोष दिया। सभी मानव एक हैं, इसलिए मानव को मानव पर प्रेम करना चाहिए, ऐसा संदेश दिया।

परिस्थिति-निरपेक्ष चिरंतन रहनेवाली ऊर्जा प्रदान करनेवाली भारत की विचारधारा कौन सी है, उस विचारधारा का स्वरूप क्या है, वह विचारधारा अखंडित रूप से देश में सर्वत्र प्रवाहित होती है, इसका क्या अर्थ है, वह विचारधारा चिरंतन है, इसका अर्थ क्या है, वह विचारधारा मानवी कल्याण का विश्वास क्यों दिलाती है ? इन सभी की संक्षिप्त में जानकारी प्राप्त करना ही इस प्रकरण का उद्देश्य है।

भारतीय विचारधारा के पाँच आधार स्तंभ

भारतीय राष्ट्रीय विचारधारा के पाँच आधार स्तंभ हैं। वे हैं—राष्ट्र, धर्म, संस्कृति, समाज तथा भारतीय समाज का जीवन हेतु।

(1) राष्ट्र

राष्ट्र अर्थात् एक विशिष्ट भू-भाग में निवास करनेवाला, समान परिस्थिति, समान आदर्श, आदर्शों की पूर्ति के लिए किए जानेवाले समान संस्कार, एक-दूसरे के उत्कर्ष के लिए तथा सुख के लिए सहकार्य से प्रवृत्त होनेवाला लोगों का समुदाय, इसे ही राष्ट्र कहा गया है।

इस दृष्टि से देखा जाए तो भारत का स्वयं का राष्ट्र से संबंधित विचार सदैव जाग्रत् तथा सचेतन ही रहा है। स्वकीयों ने तथा परकीयों ने लिखे हुए भारत के किसी भी इतिहास को देखा तो यहाँ के सुखी, समृद्ध तथा संस्कारी जीवन के स्पष्ट चित्र दिखाई देते हैं।

राष्ट्र संकल्पना—भारतीयों की राष्ट्र संकल्पना निम्नलिखित श्लोक से स्पष्ट होती है—

भद्रं इच्छन्त ऋषयः स्वार्विदः
तपो दीक्षां उपनिषेदुः अग्रे।
ततो राष्ट्रं बलं आजेश्व जातम्।
तदस्मै देवा उपसं नमन्तु॥

(अथर्ववेद 19/41/1)

'आत्मज्ञानी ऋषियों ने विश्व का कल्याण करने की इच्छा से सृष्टि के प्रारंभ में तप, दीक्षा इत्यादि नियमों का पालन किया। उससे राष्ट्र संकल्पना की निर्मिति हुई। उसी प्रकार राष्ट्रीय भावना, बल, सामर्थ्य इत्यादि संकल्पनाएँ भी स्पष्ट हुईं। इसलिए सभी सुज्ञ लोगों को नम्र भाव से राष्ट्र की सेवा करनी चाहिए।' उपरोक्त श्लोक से स्पष्ट होता है कि भारतीयों की राष्ट्र संकल्पना अति प्राचीन थी। विश्व की ज्ञात-अज्ञात ऐसी सभी संस्कृतियों में भारतीय संस्कृति ही प्राचीनतम संस्कृति है। भारतीय संस्कृति के चार वेद—ऋग्वेद, यजुर्वेद, सामवेद तथा अथर्ववेद ये प्रामाण्य ग्रंथ के रूप में माने जाते हैं। उपरोक्त श्लोक अथर्ववेद से लिया है। आधुनिक काल में इस भारतभूमि का वर्णन करते हुए स्वामी विवेकानंदजी ने भी इसे पवित्र मातृभूमि, कर्मभूमि, पुण्यभूमि, संतों की भूमि, ऋषि-मुनियों की दिव्यभूमि, मोक्षभूमि कहकर संबोधित किया है, गौरवान्वित किया है। चारों वेदों के विचार शाश्वत विचार है। अनुकूल परिस्थिति में राष्ट्रजीवन की प्रगति किस प्रकार साध्य करना तथा विपरीत परिस्थिति में से किस प्रकार बाहर निकलना, इससे संबंधित मार्गदर्शक तत्त्वों का इसमें समावेश है।

वेदविचार

अनादिकाल से हिंदुस्तान में सभी धार्मिक समारंभों का प्रारंभ भूमिपूजन से ही होता है। यह प्रथा आज तक जारी है। सुबह उठने से लेकर दिनभर में हम कदम-कदम पर धरती माँ को पदस्पर्श करते हैं, इसलिए सुबह उठने के पश्चात् धरती माँ से क्षमा माँगनी चाहिए, ऐसा ऋषियों का आदेश है। इस विषय से संबंधित श्लोक भारत में प्रत्येक परिवार को ज्ञात हैं—

समुद्रवसने देवि पर्वतस्तनमंडले।
विष्णुपत्नि नमस्तुभ्यं पादस्पर्शं क्षमस्व मे॥

(पर्वतरूपी स्तनमंडल तथा समुद्र के वस्त्र धारण करनेवाली हे देवी विष्णुपत्नी, पृथ्वीमाता, आपको मेरा पादस्पर्श हुआ, इसलिए मुझे क्षमा करें।)

मानवजाति का पोषण धरतीमाता के द्वारा ही होता है, इसलिए यह श्लोक केवल भारतीय लोगों को ही नहीं तो विश्व में सभी को स्वीकार करना चाहिए। चारों वेदों में जो बताया गया है, उन सभी विचारों की यह विशेषता है कि वे विचार विश्व की संपूर्ण मानवजाति पर लागू होते हैं। सभी के लिए वे मार्गदर्शक हैं। अथर्ववेद का निम्नलिखित श्लोक इसका साक्ष्य देता है—

सत्यं बृहद् उग्रं दीक्षा तपो ब्रह्म यज्ञः पृथिवीं धारयन्ति।
सा नो भूतस्य भव्यस्य पत्न्युरूं लोकं पृथिवीं नः कृणोतु॥

(अथर्ववेद 12/1/1)

(सत्यनिष्ठा, विस्तृत यथार्थ-बोध, दक्षता, क्षात्रतेज, तपश्चर्या, ब्रह्मज्ञान, त्याग तथा बलिदान, मातृभूमि की धारणा करते रहते हैं। हमारी मातृभूमि हमारे भूत-भविष्य का आधार है। वह हमारे देश में विस्तृत कार्यक्षेत्र प्रदान करे।)

सनातनकाल से भारतीयों की मानी हुई समाजरचना अखंड मंडलाकार स्वरूप की है। यह रचना व्यक्ति से शुरू होती है। व्यक्ति को समाविष्ट कर लेनेवाला कुटुंब, कुटुंब को समाविष्ट करनेवाला परिवार, परिवार को समाविष्ट कर लेनेवाला समाज, समाज को समाविष्ट करनेवाला राष्ट्र तथा राष्ट्र को समाविष्ट करनेवाला मानवसमुदाय। सर्वसमावेशक समाज रचना का आग्रह भारत के ऋषि-मुनियों ने किया है। उसी प्रकार व्यक्ति को कुटुंब के लिए त्याग करना चाहिए। कुटुंब को समाज के लिए त्याग करना चाहिए। समाज को देश के लिए त्याग करना चाहिए, देश को अखिल मानवजाति के लिए त्याग करना चाहिए। ये संस्कार हमारे ऋषि-मुनियों ने दिए हैं।

सुदृढ समाज-रचना में और दो बातों का समावेश है, अर्थात् हमारे चारों ओर जड़ और चेतन नि:सर्ग तथा निर्गुण ऐसी परमेश्वर शक्ति। इस प्रकार व्यष्टि, समष्टि, सृष्टि तथा परमेष्टि चारों का एकत्रित विचार भारतीय राष्ट्र संकल्पना में किया गया है।

राष्ट्रभावना जागृति के स्रोत

हमारी मातृभूमि पवित्र है, प्रेरणादायी है। यह भावना सतत हमेशा जाग्रत् रहनी चाहिए, इसलिए हमारे पूर्वजों ने उत्तर की ओर कैलाश मानसरोवर, बदरीनाथ, अमरनाथ; दक्षिण की ओर रामेश्वर, कन्याकुमारी; पूर्व की ओर कोणार्क, गया; पश्चिम की ओर द्वारका, सोमनाथ आदि तीर्थस्थान चारों दिशाओं में खड़े किए हैं।

मातृभूमि की ऐसी भाक्ति से एकात्मता की अनुभूति होती है। और फिर देश के सभी पंथ, संप्रदाय, भाषा, रीति-रिवाज, उत्सव अपने लगते हैं। संपूर्ण समाज विराट् देश के परस्परावलंबी, परस्पर सहायक, परस्पर नियंत्रक ऐसे एक देह के अवयव लगते हैं। समाजरूपी एक देह का विचार भी एक ही पद्धति से करना चाहिए। इसलिए तुम्हारे हृदय के स्पंदन एक सुर में होने चाहिए। मस्तिष्क के विचार भी एक होने चाहिए। अथर्ववेद में दिए संघटनसूत्र यही बताते हैं—

(1) **सं गच्छध्वं सं वद्ध्वं सं वो मनांसि जानताम्।**
देवा भागं यथा पूर्वे संजानाना उपासते॥ 1॥

(अथर्ववेद 6/64/1)

We march forward with a common goal.
We are open-minded and work together in hormany.
We share our thoughts for integrated wisdom.
We follow the example of ancestors.
Who achieved higher goals by virtue of being united ॥ 1 ॥

हम एक ही ध्येय का चिंतन करेंगे।
दूसरों के विचारों का स्वागत करेंगे।
एक दिल से काम करेंगे।
सर्वांगीण विकास के लिए हम विचारों का आदान-प्रदान करेंगे।
हम हमारे पूर्वजों का अनुसरण करेंगे, जिन्होंने सद्गुणों की सहायता
से एकत्र रहकर उच्च ध्येय को प्राप्त किया।

(2) **समानः मन्त्रः समितिः समानी, समानं मनः सह चित्तमेषाम्।**
समानेन वो हविषा जुहोमि समानं चेतो अभिसंविशध्वम् ॥ 2 ॥

(अथर्ववेद 6/64/2)

Our prayers are one
We belong to one brotherhood.
Our hearts and minds move toward one supreme goal.
We be inspired by common ideal ॥ 2 ॥
हमारा मन, बुद्धि, चित्त, सिद्धांत, ध्येय एक ही रहे।
हम एक ही माता के पुत्र हैं, हम सभी बंधु हैं।
हमारे हृदय तथा हमारा मन एक ही परम ध्येय से प्रभावित होंगे।
सामयिक विचार आदर्शों से हम प्रेरित हुए हैं।

(3) **समानी वः आकूतिः समानानि हृदयानि वः।**
समानमस्तु वो मनो यथा वः सुसहासति ॥ 3 ॥

(अथर्ववेद 6/64/3)

Our aspirations are harmonious.
Our minds are unison.
We strive to reduce disparity.
United we stand to achieve our goals ॥ 3 ॥
हमारी आशा-आकांक्षा में एकात्मता रहेगी।
हमारे मन एक-दूसरे से जुड़े हुए रहेंगे।
हम लोगों में आपस में कम-से-कम मतभेद होंगे।
हम अपनी असमानता दूर करेंगे।
हम संगठित होकर निश्चित किए हुए कार्य पूरे करेंगे।

राष्ट्रीय विचारधारा के गुणधर्म का वर्णन ही अथर्ववेद के इस सामनस्य सूक्त में दिया गया है। ये श्लोक ऋग्वेद के अंतर्गत मंडल-10, अध्याय-8, सूक्त-191 में दिए गए हैं।

राष्ट्र के प्रत्येक व्यक्ति का वैयक्तिक तथा राष्ट्रांतर्गत संस्था की संस्थात्मक ईर्ष्या अलग-अलग हो सकती है, लेकिन सभी राष्ट्रविषयी कल्पना, ध्येय, आशा-आकांक्षा, अपेक्षा, ये सभी एक ही प्रकार की होनी चाहिए। ये उस राष्ट्र की राष्ट्रीय विचारधारा होती हैं। ये ही राष्ट्र की सामयिक शक्ति होती हैं। यह सार्वत्रिक सत्य ही ऋग्वेद में दी गई ऋचाएँ बताती हैं। इस दृष्टि से राष्ट्रीय विचारधारा के गुणधर्म की

व्याख्या ही भारत के ऋषियों-मुनियों ने की है। इस व्याख्या में मानवी कल्याण का सार्वत्रिक संदेश दिया गया है।

(2) धर्म

स्वामी विवेकानंदजी ने अपने अनेक व्याख्यानों में स्पष्ट किया है कि 'धर्म' हमारे राष्ट्र का वैशिष्ट्य ही बना हुआ है। हजारों वर्षों से वह हमारे पास पीढ़ी-दर-पीढ़ी परंपरा से चलता आया है। आज वह हमारी नस-नस में बहते हुए हमारे जीवन का अविभाज्य भाग बन गया है। वह हमारा स्वभाव ही है। 'हिंदू' तथा 'धर्म' ये शब्द आज समानार्थी बन गए हैं। धर्म ही हमारे राष्ट्र की जीवनशक्ति है। वह शक्ति जब तक सुरक्षित है, तब तक विश्व की कोई भी शक्ति हमारे राष्ट्र को नष्ट नहीं कर सकती।" (संदर्भ : विवेकानंद ग्रंथावली, खंड-3, पृ. क्र. 307)

'धर्म' भारत की जीवनशक्ति है, ऐसा जब हम कहते हैं, तब 'धर्म' का अर्थ 'रिलिजन' नहीं होता। हम जिसे संप्रदाय तथा पंथ कहते हैं, उसे अंग्रेजी में 'रिलिजन' कहा जाता है। भारत के ऋषियों-मुनियों ने 'धर्म' विषय पर अतिशय स्पष्ट विवेचन किया है। यह विवेचन विद्यावाचस्पति शंकर अभ्यंकरजी के संपादित किए पाँचखंडी भक्तिकोश के चौथे क्रमांक के ग्रंथ 'भारतीय उपासना' में दिया है।

व्युत्पत्ति

धर्म शब्द की व्युत्पत्ति तीन प्रकार से होती है—

(1) 'ध्रियते लोक: अनेन इति धर्म:'

जो संकल्पना लोगों की धारणा करती है, उस संकल्पना को धर्म कहा जाता है।

(2) 'धरति धारयति वा लोकम् इति धर्म:'

विश्व को या लोगों को धारण करनेवाला, मार्गदर्शन करनेवाला, वह धर्म है।

(3) 'ध्रियते लोकयात्रा निर्वाहार्थं य: स धर्म:'

मानव की संपूर्ण जीवन-यात्रा निर्वाह करने के लिए सबको धारण करनेवाला वह धर्म है।

राजा हरिशचंद्र

याज्ञवल्क्य ऋषिजी ने 'धर्म' संकल्पना का अर्थ स्पष्ट करते हुए कहा है कि

'पुराणन्यायमीमांसा धर्मशास्त्राङमिश्चिता:।
वेदा: स्थानानि विद्यानां धर्मस्य च चतुर्दश॥'

(याज्ञवल्क्यस्मृति 1.3)

पुराण, न्याय, मीमांसा, धर्मशास्त्र, शिक्षा, कल्प, व्याकरण, निरुक्त, छंद, ज्योतिष ये दस वेदांग तथा ऋग्वेद, यजुर्वेद, सामवेद और अथर्ववेद ये चार वेद मिलाकर चौदह विद्या हैं। सभी विद्याओं का अधिष्ठान 'धर्म' ही है।

कणादान द्वारा बताए गए धर्म के लक्षण

'यतोऽअभ्युदयानि: श्रेयससिद्धी: स धर्म:।

ऐहिक उत्कर्ष अभ्युदय है तो आध्यात्मिक उत्कर्ष नि:श्रेयस है। दोनों उत्कर्षों को साध्य करना ही धर्म है।

धर्मो विश्वस्य जगत: प्रतिष्ठा। लोके धर्मिष्ठं प्रजा उपसर्पन्ति।
तस्मात् धर्मं परमं वदन्ति॥

धर्माचरण से ही विश्व में प्रतिष्ठा होती है। धर्माचरण से ही प्रजा का कल्याण होता है, इसलिए धर्म ही परमेश्वर है।

नीतिधर्म, कार्यदायित्वधर्म, आश्रमधर्म, गुणधर्म, स्वधर्म, निमित्तधर्म, आपद्धर्म सभी परिस्थिति-सापेक्ष धर्म के प्रकार हैं।

धर्म मनुष्य को अपने-अपने क्षेत्र में ईमानदारी से काम करने की प्रेरणा देता

है। मानवजाति के उत्कर्ष के लिए सदैव काम करते रहना, मानव पर प्रेम करना, मानव के सुख-दु:ख में सहभागी होना, यही सच्चा धर्म कहा गया है। पू. सानेगुरुजी कहते हैं, "विश्व को प्रेम देनेवाला ही सच्चा धर्म है।" मानवधर्म ही धर्म का विशाल अर्थ है।

हिंदू धर्म एक जीवन पद्धति

हिंदू धर्म एक जीवन पद्धति है। यह जीवन पद्धति विश्व में कहीं भी आचरण में आ सकती है। इस जीवन पद्धति के तीन भाग हैं—ज्ञान, उपासना तथा कर्म। हिंदू जीवन पद्धति का ज्ञान वेद, उपनिषद् इन ग्रंथों में बताया गया है। उसी प्रकार आदर्श उपासना पद्धति कैसी होनी चाहिए, इसका भी वर्णन इस ग्रंथ में है। परिस्थिति-निरपेक्ष तथा परिस्थिति-सापेक्ष कर्मों के सिद्धांत भी उपनिषद्, महाभारत, भगवद्गीता इत्यादि हिंदू धर्म ग्रंथों में दिखाई देते हैं। हिंदू धर्म को अधिक व्यवस्थित रूप से समझने के लिए इन ग्रंथों का संपूर्ण अध्ययन उपयुक्त रहेगा, इसमें कोई संदेह नहीं।

छत्रपति शिवाजी महाराज

(3) संस्कृति-संस्कार

भारत में धर्म की व्यापक संकल्पना के कारण मनुष्य को उसकी गर्भप्राप्ति से मृत्यु तक की विहित ऐसी सौ वर्ष की कालावधि में व्यक्ति, कुटुंब, समाज, राष्ट्र तथा अंत में संपूर्ण जगत् के संकुल विकास की तथा कल्याण की प्रमेय ज्ञान, उपासना

तथा कर्म इन तीनों मार्गों से एक-दूसरे में गूँथी हुई है। इसलिए स्वामी विवेकानंदजी कहते हैं, "धर्म हमारी प्रकृति से इतना एकरूप हुआ है कि वह हमारे जीवन का सारसर्वस्व बन गया है। वही हमारा राष्ट्रीय हेतु तथा मूल शक्ति का स्रोत है।"

भारतीय संस्कृति तथा संस्कार को चौदह भागों में गूँथा गया है—

(1) अवतार संकल्पना, (2) ईश्वरोपासना, (3) ऋत अर्थात् प्रशस्त वर्तनक्रम, (4) ऋषि, (5) नीतिशास्त्र या कर्माकर्म विवेक, (6) पुनर्जन्म, (7) भक्ति, (8) सूक्ष्म-कालगणना, (9) मूर्तिपूजा, (10) श्रद्धा, (11) सगुणोपासना, (12) सद्गुरुसच्छिष्य-परंपरा, (13) सहिष्णुता तथा सर्वसमावेशकता तथा (14) कुटुंबव्यवस्था तथा षोडश संस्कार भारतीय संस्कृति के अविभाज्य भाग बन गए हैं।

अवतार संकल्पना

(1) दशावतार संकल्पना हिंदू धर्म की पहली विशेषता है।

भारतीय समाज में राष्ट्रभावना का विकास कैसे हुआ तथा उस भावना पर अधिष्ठित यहाँ के लोकसमाज ने अपना संरक्षण तथा प्रगति करने के लिए कैसे प्रयत्न किए, इसका काफी क्रमबद्ध विवरण दशावतार संकल्पना से क्रमशः समझा जा सकता है।

परित्राणाय साधूनाम् विनाशाय च दुष्कृताम्।
धर्मसंस्थापनार्थाय सम्भवामि युगे युगे॥

(श्रीमद्भगवद्गीता 4.8)

किसी क्रीड़ाशिक्षक को कसरत के सात प्रकार करवाकर आठवीं कसरत में इन सभी कसरतों का उद्देश्य क्या है, यह संक्षिप्त में बताना है। श्रीकृष्ण ने अर्थात् श्रीविष्णु के दशावतारों में से आठवें अवतार में स्पष्ट किया है कि 'धर्मसंस्थापनार्थाय सम्भवामि युगे युगे।'

सदाचार, सत्प्रवृत्ति, सत्धर्म की पुनर्स्थापना पुनः-पुनः करनी पड़ती है। उसके लिए परमेश्वर अलग-अलग रूप में प्रकट होता है।

इन दशावतारों का सारांश इस प्रकार है—

मच्छ : अवसर आने पर नेताओं को प्रवाह के विरुद्ध जाकर समाज को नई दिशा देने का काम करना पड़ता है।

कूर्म : मद, मोह, मत्सर, लोभ, काम, क्रोध इन षडरि को संयमित रखे बिना कार्य नहीं होता।

दशावतार

वराह : विविध विचारों के मंथन से समाज को उपयुक्त ऐसा मार्ग खोजकर समाज का पोषण करना पड़ता है।

नरसिंह : असुर शक्ति कितनी भी बलाढ्य क्यों न हो, फिर भी उसके सर्वनाश का सही समय एवं साधन खोजना पड़ता है।

वामन : सुशासन के पहले स्वराज्य मिलना चाहिए।

परशुराम : समाज में अनेक प्रकार के कर्म होते हैं। उनमें से यदि कोई समाज उन्मत्त हुआ तो उसका पुन:-पुन: सर्वनाश करना पड़ता है।

राम : जनहित को सर्वस्व मानकर 'रामराज्य' का निर्माण कर सकते हैं।

कृष्ण : मनुष्य के स्वभावानुसार निर्मित होनेवाले महाभारत अंत में कर्मसिद्धांत के आधार पर ही यशस्वी होते हैं।

बुद्ध : कर्म का भी ज्यादा आडंबर न दिखाकर मोक्षप्राप्ति तथा जीवनसाफल्य का आनंद ले सकते हैं।

कल्की : व्यक्तिकेंद्रित समाज को समष्टिकेंद्रित करने की शक्ति समाज को ही धारण करनी चाहिए।

ये दस समाजधारण के राष्ट्रीय विचार दशावतार की रोचक तथा रूपक कथा द्वारा भागवतकार तथा प्रवचनकार भक्तिरस के माध्यम से समाज पर संस्कार करते आ रहे हैं। इसके कारण अन्याय के विरुद्ध न्याय तथा दुष्ट प्रवृत्ति के विरुद्ध सुष्ट

प्रवृत्ति निर्माण करने की प्रेरणा सर्वसामान्य लोगों में स्वाभाविक ही निर्मित होने की प्रक्रिया भागवतकारों ने भारतवर्ष में हजारों वर्षों से जारी रखी है। पूजनीय मुरारी बापू, सुधांशु महाराज, पू. किशोरजी व्यास, श्री श्री रविशंकर, डॉ. शंकर अभ्यंकर ऐसे अनेक संत-महंतों द्वारा प्रत्यक्ष रूप में भागवत तथा रामकथा पारायण आज भी जारी है। राजकीय पक्षों के सीमित उद्दिष्टों के पार जाकर समाज का एक समान विचारों का पिंड तैयार करनेवाले प्रवचन, भागवत सप्ताह आदि उपक्रम, नित्य कार्यरत रहनेवाली, संतमंडली समाज-संस्कार करनेवाली राष्ट्रीय भाव विद्यापीठ ही हैं।

ईश्वरोपासना

यह हिंदू धर्म की दूसरी विशेषता है। आकाश के तारे, ग्रह इत्यादि की गति नियमित करनेवाला, पृथ्वी पर जीव की उत्पत्ति करनेवाला, उसका संवर्धन तथा नाश करनेवाले संपूर्ण विश्व को सुव्यवस्थित चलानेवाला कोई शक्तिमान होना चाहिए। संपूर्ण विश्व का सृजन, संचलन करनेवाली अमूर्त ऐसी शक्ति होनी चाहिए। हिंदुओं की दृष्टि से उस शक्ति का नाम परमेश्वर है। श्रुति कहती है—

ईशावास्यमिदं सर्वं यत्किंचित् जगत्यां जगत्।

(ईशावास्योपनिषद, 1)

अखिल ब्रह्मांड में जो कुछ जड़ तथा चेतनायुक्त सृष्टि है, वह सब ईश्वरमय है। इसलिए प्रत्येक जीव परमेश्वर का अंश है और इस कारण 'नरसेवा ही नारायणसेवा' ऐसा भाव प्रत्येक मानव का होना चाहिए, ऐसा हिंदू धर्म का आग्रह है।

ऋत : यह हिंदू धर्म की तीसरी विशेषता है। विश्व की व्यवस्था, प्रतिष्ठा तथा नियमन इनको कारणभूत होनेवाला तत्त्व अर्थात् ऋत। आकाश में होनेवाले तारका, सूर्य, दिन-रात, ऋतुचक्र का नियमित परिवर्तन, वनस्पति में होनेवाली नियमबद्ध विकास-प्रक्रिया, प्राणियों के गर्भधारण की निश्चित कालावधि, सृष्टि की सुसंबद्धता, सुसूत्रता इन सभी घटनाओं के पीछे 'ऋत' तत्त्व होता है, ऐसा वैदिक ऋषियों का मत है।

ऋषि संकल्पना अर्थात् त्यागमय जीवन यह चौथी विशेषता है। ऋषि अर्थात् तप करनेवाला, ज्ञाता, द्रष्टा, पुण्यशील व्यक्ति। ज्ञानसंपन्न तथा शीलसंपन्न समाज कल्याण के लिए अथक प्रयास करनेवाले सभी व्यक्ति ऋषि के नाम से ही संबोधित किए जाते हैं। केवल ज्ञानार्जन, ज्ञानाध्यापन करनेवाले ऋषि ही हों, ऐसा नहीं है।

निरहंकारी वृत्ति से, युयुत्सु वृत्ति से राजनीति का अध्ययन करके राजसत्ता पर नियंत्रण रखनेवाले ऋषि इस संज्ञा के पात्र होते हैं।

धर्मस्थापना के नर ईश्वर के अवतार
हो गए हैं होनेवाले हैं, देन ईश्वर की॥

(दासबोध 8.6.20)

ऐसे 'ऋषि' का वर्णन श्रीसमर्थ रामदासजी ने अपने 'दासबोध' ग्रंथ में किया है।

नीतिशास्त्र अथवा कर्माकर्म विवेक यह पाँचवीं विशेषता है। व्यक्ति, कुटुंब, परिवार संस्था, ये राष्ट्र के भिन्न-भिन्न घटक होते हैं। सभी सुखपूर्वक से रह सकें, इसलिए व्यक्तियों, परिवारों, संस्थाओं को कैसा आचरण रखना चाहिए, इसके लिए कुछ नियम बनाए होते हैं। ये नियम नीतिशास्त्र अथवा वर्तनशास्त्र समझे जाते हैं।

पुनर्जन्म छठी विशेषता है। मनुष्य की आत्मा उसके जीवन का विहित उद्‌देश्य पूर्ण करने के लिए कर्मानुसार पुनः-पुनः अलग-अलग जन्म लेती है। ऐसा विश्वास होना हिंदू धर्म की विशेषता है। मनुष्य को हमेशा उच्च ध्येय मन में रखना चाहिए, वह पूर्ण करने के लिए अविरत प्रयत्न करने चाहिए, परंतु कुछ उद्‌देश्यों की प्राप्ति एक जन्म में होना संभव नहीं होता, तब यह आत्मा पुनः जन्म लेकर वह काम पूरा कर सकती है। ऐसा कर्म तथा ध्येयसिद्धि का पुनर्जन्म सिद्धांत है।

विश्वव्यापी भक्ति तथा संत-परंपरा सातवीं विशेषता है। भक्ति वैश्विक है। धर्म, पंथ, जात-पात, भेद के अतीत हैं। प्रत्येक प्राणी में चैतन्य तत्त्व देखना, निर्व्याज प्रेम से, विशुद्ध अंतःकरण से, समत्वयुक्त व्यवहार करना यह भक्ति का गुण है। (जे जे भेटिजे भूत। ते ते मानिजे भगवंत।) (हम जिन-जिन लोगों से मिलेंगे, उनको भगवंत मानना चाहिए।) परमेश्वर सर्वत्र है, सब प्राणियों में है, इसका यह सूत्र है। भक्ति विकृति को संस्कृति की तरफ, प्रेयस को श्रेयस की तरफ, भाव को भजन की तरफ, पिंड को ब्रह्मांड की तरफ, व्यष्टि को समष्टि की तरफ और समष्टि को परमेष्टि तक पहुँचाती है।

सूक्ष्मकालगणना यह हिंदू धर्म की आठवीं विशेषता है।

मूर्तिपूजा यह भारतीय जीवन पद्धति की नौवीं विशेषता है। आद्यशंकराचार्य के समय से पंचायतन पूजा की शुरुआत हुई। शिव, विष्णु, सूर्य, देवी और गणपति, इन पाँच देवताओं का एकत्रित पूजन वैदिक मंत्रों द्वारा किया जाता है। धारणा अथवा ध्यानरूपी उपासना सुलभ होनी चाहिए, इसलिए मूर्ति की

पूजा आवश्यक मानी गई है। मूर्तिपूजा का प्रधान हेतु कर्मनिष्ठा, उससे उपासना का दृढीकरण, उसमें से चित्तशुद्धि, चित्तशुद्धि से आत्मोद्धार तथा आत्मोद्धार से आत्मसाक्षात्कार है। ('सगुण रक्षून निर्गुण बोलत जावे') 'सगुण की रक्षा कर निर्गुण कहते जाना।' समर्थ रामदासजी की इस उक्ति से मूर्ति पूजा का उद्‌देश्य स्पष्ट होता है। इसीलिए हिंदू धर्म में 'तैंतीस करोड़ देव' यह संकल्पना प्रचलित है।

श्रद्धा दसवीं विशेषता है।

शास्त्र और आचार्यों द्वारा उपदेश में बताए गए विषयों के बारे में स्वयं को अनुभव न होते हुए भी 'यह ऐसा ही है' ऐसा जो उस विषय के बारे में विश्वास किया जाता है, उसे ही श्रद्धा कहा जाता है।

श्रद्धा ही जीवननिष्ठा है। प्रत्यक्ष अनुभव लेते समय उस अनुभव को व्यवस्थापन के लिए स्वीकार करना यह मध्यवर्ती सूत्र है। आद्यशंकराचार्य, ज्ञानेश्वर, तुकाराम, रामदासजी ऐसे महापुरुष के वचनों पर पूर्ण विश्वास तथा अत्यादर होना ही श्रद्धा है। किसी एक बाबाजी के शब्द पर विश्वास रखकर तावीज बाँधना अंधश्रद्धा है। श्रद्धावान लभते ज्ञानम्। ऐसा गीता (4.39) में कहा गया है।

सगुणोपासना यह ग्यारहवीं विशेषता है।

सद्‌गरु—सच्छिष्य यह बारहवीं विशेषता है।

वसिष्ठ-विश्वामित्र-श्रीराम, सांदीपनी-भगवान् श्रीकृष्ण, कौटिल्य-चंद्रगुप्त, विद्यारण्यस्वामी-हरिहर, समर्थरामदास-शिवाजी महाराज, निवृत्तिनाथ-ज्ञानेश्वर, रामकृष्ण परमहंस-स्वामी विवेकानंदजी ऐसी प्रसिद्ध सद्‌गुरु-सच्छिष्य जोड़ियाँ हैं, जिनके पास शुद्ध ज्ञान होता है, जिनके पास आत्मनिश्चयजन्य समाधान तथा अखंड स्वरूपकारता होती है, वह सद्‌गुरु होता है। समर्थ रामदास ने सच्छिष्य के अनेक गुणधर्म बताए हैं। आचार-विचार, निर्मलता, निष्ठा, दक्षता, धैर्य, परोपकारिता, प्रज्ञावान, सावधानता, दृढता, सात्त्विकता, सद्भाव, कष्ट तत्परता इत्यादि गुण सद्‌गुरु और सच्छिष्य में होने ही चाहिए।

माता, पिता, शिक्षक तीनों गुरु हैं। मातृदेवो भव, पितृदेवो भव, आचार्यदेवो भव! माता, पिता तथा आचार्य—इन तीनों को भगवान् समान मानना ही भारतीय परंपरा है।

परमतसहिष्णुता तथा सर्वसमावेशकता तेरहवीं विशेषता है। हिंदू धर्म यह किसके नाम से स्थापित हुआ अथवा किसी एक ग्रंथ पर आधारित न होकर वह सत्य, अहिंसा, दया, प्रेम इत्यादि सद्‌गुणों पर आधारित है। परमत का आदर हिंदू धर्म

का विशेष है। अनेक धर्मों के विषय में हिंदू धर्म मानता है 'एकं सत् विप्रा बहुधा वदन्ति' अथवा

'आकाशात् पतितं तोयं यथा गच्छति सागरम्।
सर्वदेवनमस्कारः केशवं प्रतिगच्छति॥'

एक ही सत्य को विद्वान् अलग-अलग दृष्टि से देखते हैं। जिस तरह आकाश से गिरा हुआ पानी अंत में समुद्र में ही जाकर मिलता है, उसी तरह किसी भी मनुष्य ने कौन से भी भगवान् को नमस्कार किया, फिर भी वह अंत में जगन्नियंता परमेश्वर तक पहुँचता है।

कुटुंबव्यवस्था तथा षोडशसंस्कार यह चौदहवीं विशेषता है।

हिंदूधर्म में स्त्री का स्थान मातृदेवी के स्वरूप है।

'यत्र नार्यस्तु पूज्यन्ते रमन्ते तत्र देवताः' यह भारत की गौरवशाली परंपरा है। हिंदू विवाह का पावित्र्य तथा एक पत्नीव्रत विश्व के सामने आदर्श है। कुटुंब व्यवस्था में भी भोग की अपेक्षा त्याग, प्रवृत्ति की अपेक्षा निवृत्ति, भौतिक की अपेक्षा आध्यात्मिक, स्वार्थ की अपेक्षा निस्स्वार्थता, धर्म-मोक्ष की चौखट में अर्थ तथा काम, रज, तम की अपेक्षा सत्त्व ही श्रेष्ठ, परस्पर प्रेम, औदार्य, सौहार्द इत्यादि आदर्श सभी के सामने रखे हैं।

कुटुंब व्यवस्था में 'सोलह संस्कार' स्वाभाविक संस्कार समझे जाते हैं। कुटुंब का सुसंतति निर्माण से लेकर मोक्षदायी अंत्यसंस्कार तक का जीवनप्रवास आनंददायी, सुखकारक, समाधानी होने के लिए 'सोलह संस्कार' प्रस्तावित है—

(1) गर्भाधान, (2) पुंसवन, (3) सीमंतोन्नयन (गर्भ पर किए जानेवाले संस्कार), (4) जातकर्म (मेधाजनन), (5) नामकरण, (6) निष्क्रमण, (7) अन्नप्राशन, (8) चूड़ाकरण, (9) कर्णवेध, (10) उपनयन, (11) केशांत, (12) समावर्तन, (13) विवाह, (14) अग्न्याधान, (15) श्रौताधान, (16) अंत्येष्टि।

इन सोलह संस्कारों में से प्रत्येक संस्कार की विधि में शरीरशास्त्र, मानसशास्त्र, सृष्टिशास्त्र, समाजशास्त्र, व्यक्ति विकास कुटुंब स्वास्थ्य, इन सभी बातों का एकत्रित विचार किया गया है। इन सभी संस्कारों के शास्त्र को समझ लिया जाए तो भारतीय ऋषि-मुनियों ने कुटुंब स्वास्थ्य के लिए, समाज स्वास्थ्य के लिए तथा राष्ट्रहित के लिए कितना गहरा अध्ययन किया है, इसका प्रमाण मिलता है।

(4) भारतीय समाज

स्वामी विवेकानंदजी ने अमेरिका के शिकागो शहर में 11 सितंबर, 1893 को सर्वधर्म परिषद् में व्याख्यान दिया। उसके बाद उन्हें भारतीय समाज, भारतीय संस्कृति, भारतीय धर्म जैसे विषयों पर व्याख्यान के लिए अमेरिका के कई शहरों में आमंत्रित किया गया। स्वामीजी के भारत लौटने के पश्चात् दक्षिण के रामनद में दिए गए मानपत्र का उत्तर देते हुए उन्होंने कहा, "सर्व समाज मिलकर जैसे कोई एक महान् सुरीला संगीत निर्माण करता है और प्रत्येक समाज स्वयं का अलग सुर उसमें मिलाता है। उस सुर में ही उसकी जीवनशक्ति होती है। वही उस समाज का, जीवन का मेरुदंड होता है। हमारी इस पवित्र मातृभूमि का जीवन का केंद्र मानवधर्म है।"

'सर्वेत्र सुखिनः सन्तु। सर्वे सन्तु निरामयाः।
सर्वे भद्राणि पश्यन्तु। मा कश्चिद् दुःखःमाप्नुयात्॥'

सर्व मानव सुखी हों, सर्व मानव निरोगी हों, सभी मानवों का कल्याण हो, किसी को भी कोई भी दुःख न हो। यही हमारे समाज की सार्वत्रिक इच्छा है। भारतीय समाज का वर्णन करते हुए विवेकानंदजी कहते हैं, "अनेक लोगों की दृष्टि में भारतीय विचार, भारतीय प्रथा, भारतीय आचार, व्यवहार, भारतीय तत्त्वज्ञान, भारतीय साहित्य प्रथम दर्शनी चमत्कार लगते हैं, परंतु जो भारतीय ग्रंथों का अनुशीलन करेंगे, भारतीय आचार-व्यवहार के मूल में स्थित महान् तत्त्वों से अच्छी तरह पहचान कर लेंगे तो उसमें से सौ-निन्यानबे लोग भारतीय विचारों के सौंदर्य से, भारतीय भावों से मुग्ध हो जाएँगे। अतिमंद गति से गिरनेवाले, गिरते समय किसी को न दिखनेवाले, नहीं सुनाई देने वाले फिर भी विलक्षण परिणाम करनेवाले प्रातःकालीन ओस की बूँदों के समान शांत, सहिष्णु, सहनशील धर्मनिष्ठ समाज ने विचार जगत् में अपना अधिकार जमाया है। भारतीयों की सर्वोच्च धार्मिक आकांक्षाओं से जन्म लिये उदात्त सिद्धांत विश्व के सामने आने की शुरुआत हो चुकी है।"

(संदर्भ—विवेकानंद ग्रंथावली, खंड 5/27)

भारतीय संस्कृति का विश्वसंचार

भारतीय समाज ने भौतिक 'संपत्ति' अथवा 'सत्ता' हासिल करना, यह कभी भी अपना ध्येय नहीं माना। उसने आध्यात्मिक ज्ञानप्राप्ति, आत्मज्ञान तथा मोक्षप्राप्ति के ध्येय स्वीकार किए हैं अर्थात् भारतीय समाज ने भौतिक संपत्ति इतनी हासिल की थी कि उसके आकर्षण से ही बीते एक हजार वर्षों में मुगलों तथा यूरोपियन लोगों

ने भारत पर आक्रमण किए।

भारतीय समाज ने सत्ता हासिल करने और दूसरों का मुल्क जीतने के लिए कभी भी देश के बाहर पैर नहीं रखा। देश के बाहर पाँव रखा तो वह 'जियो, जीने दो' यह शांति का संदेश विश्व में फैलाने के लिए। कंबोडिया स्थित अंगरवट मंदिर उसका ही प्रमाण है। थाइलैंड, कंबोडिया, चीन, जापान में तो बुद्धमतों के प्रभुत्व पर वहाँ के समाज ने अपना धर्म निश्चित किया है। इतना ही नहीं, तो हिंदू समाज के पूर्वज रशिया, यूरोप, मैक्सिको, दक्षिण अमेरिका में भी पहुँचे। वहाँ पर उन्होंने जो मंदिर स्थापित किए थे, वे आज भी देखने को मिलते हैं।

समाज ही परमेश्वर

भारतीय समाज का विराट् रूप ही परमेश्वर है। पुरुषसूक्त में व्यक्त होनेवाला विराट् पुरुष अर्थात् संपूर्ण ब्रह्मांड ही है। उस विराट् पुरुष के हजारों हाथ हैं, हजारों पाँव हैं; परंतु उस पुरुष का अस्तित्व यह एक नियंत्रक परमेश्वर शक्ति से ही है।

भारतीय राष्ट्रीय विचारधारा का मूल स्रोत्र—श्रीमद्भगवत्गीता

उसी तरह भारतीय समाज एक विराट् पुरुष माना गया है। उसके करोड़ों हाथ हैं, करोड़ों पाँव हैं, परंतु समाज-मन एक ही है, समाज-हृदय एक ही है। ऐसी इस समाज के विषय में भावना है। इस विराट् समर्थ देश की अवनति को दूर करना यही परमेश्वरी कार्य है। इसलिए स्वामी विवेकानंदजी ने 1897 में सभी भारतीयों का आह्वान किया, "आगे के पचास वर्ष वे अन्य सभी देव-देवताओं को भूलकर इस विराट् देश को ही परमेश्वर मानकर उसकी सेवा करे'। इस देश का प्रत्येक व्यक्ति परमेश्वर का अंश है। प्रत्येक व्यक्ति लेंगे—'अमृतपुत्र' है।"

(5) भारतीय समाज का जीवनहेतु

'कृण्वन्तो विश्वमार्यम्' (संपूर्ण विश्व का कल्याण हो), 'वसुधैव कुटुम्बकम्' (यह विश्व ही मेरा घर), 'सर्वेऽत्र सुखिनः सन्तु' (सर्व सुखी हैं) जीवनहेतु स्पष्ट करनेवाले घोषवाक्य हैं। प्रत्येक व्यक्ति में एक प्राणतत्त्व रहता है। उसी प्रकार प्रत्येक राष्ट्र का भी एक प्राणभूत राष्ट्रीय तत्त्व होता है। अंतर्बाह्य दुःख, दरिद्रता, अत्याचार से पीड़ित होकर भी हिंदुस्तान अभी भी जीवित है। इतना ही नहीं, तो भारत चैतन्यपूर्ण है और इसका कारण यह है कि उसके प्राणभूत तत्त्व की विश्व को आज भी आवश्यकता है। यह प्राणभूत तत्त्व क्या है, यह स्वयं समझ लेना, उस तत्त्व का आविष्कार अपने राष्ट्र में करना, जिससे कि उस प्राणतत्त्व का परिणाम क्या होता है, यह विश्व को दिखाना, यह हमारा कर्तव्य है। इस दृष्टि से भारत इस प्राणभूत तत्त्व की प्रयोगशाला है। इस प्राणतत्त्व की अर्थात् राष्ट्रीय विचारधारा की पहचान विश्व को कराना ही भारत का जीवन उद्दिष्ट है।

इस जीवन उद्दिष्ट का अनुसरण करते हुए सनातन धर्म का प्रसार करने के लिए अनेक धर्मप्रसारक ख्रिस्त पूर्वकाल में ही इस देश से अन्य देशों में प्रस्थान कर चुके थे। उन्होंने अनेक देशों में मंदिरों की स्थापना की। उनके कुछ अवशेष आज भी अस्तित्व में हैं। सम्राट् अशोक ने (ई.स.पू. 304-233) बौद्ध धर्म के प्रसार के लिए अनेक देशों में धर्मप्रसारक भेजे। जापान, चीन, मलाया आदि देशों में जो शिंतो अथवा कन्फ्यूशियन धर्म अस्तित्व में है, उस पर बौद्ध मतों का विशेष प्रभाव है। भारत के जीवन हेतु का प्रसार करने का कार्य आक्रमण काल में खंडित हो गया था, उसको पुनः प्रारंभ करना आवश्यक है।

□

26 नवंबर, 1949 को संविधान सभा ने संविधान को अपना लिया। अपने काम को पूरा करने के बाद, बोलते हुए डॉ0 अम्बेडकर ने कहा : "मैं महसूस करता हूं कि संविधान, साध्य (काम करने लायक) है, यह लचीला है पर साथ ही यह इतना मज़बूत भी है कि देश को शांति और युद्ध दोनों के समय जोड़ कर रख सके। वास्तव में, मैं कह सकता हूँ कि अगर कभी कुछ गलत हुआ तो इसका कारण यह नहीं होगा कि हमारा संविधान खराब था बल्कि इसका उपयोग करने वाला मनुष्य अधम था"
http://samaybuddha.wordpress.com/

वसुधैव कुटुंबकम
VASUDHAIVA KUTUMBAKAM

प्रकरण-10

भारतीय राष्ट्रीय विचारधारा–घटनाधिष्ठित

लोकशाही के एहसास की अनुभूति

भारत के संविधान की रचना करनेवाले सदस्यों ने तथा अध्ययनकर्ताओं ने ई.स. 1947 में विश्व में रहे विचारप्रवाह, शासनपद्धति, भारत के इतिहास की राज्यपद्धति इन सभी का एकत्र विचार किया। भारत के पंथ, संप्रदाय, धर्म, जाति, प्रांत, भाषा, वंश सभी की विविधता का विचार कर भारत का संविधान निश्चित किया। उसमें समाज के सर्वांगीण कल्याण के लिए लोकशाही राज्यपद्धति कैसी होनी चाहिए, इसकी भी सविस्तार नियमावली तैयार की। इस संविधान में ई.स. 1950 से लेकर कुछ संशोधन हुए है, फिर भी साधारणतया भारतीय संविधान ने राज्यसंस्था, न्यायसंस्था इनमें सुस्थिरता स्थापित की है। देश में 1952 से लेकर अब तक सोलह सार्वत्रिक चुनाव हुए। सभी शांति से संपन्न हुए, परंतु आश्चर्य की बात यह है कि बहुसंख्य अशिक्षित समझी जानेवाली भारतीय जनता ने देश के विचार प्रवाह, घटना, व्यक्ति, सभी को अच्छे से समझ लिया है तथा उसी के अनुसार मतदान से लोकशाही के एहसास की अनुभूति दी है। सुजान नागरिकत्व का एहसास करा दिया है।

लोकशाही के तत्त्व

संविधान में एक बात आवश्यक मानी गई है। वह यह कि भारत के किसी भी पक्ष को चुनाव आयोग की तरफ से मान्यता प्राप्त करनी हो तो लोकशाही, धर्मनिरपेक्षता, समाजवाद तथा तटस्थता इन तत्त्वों को, इन संकल्पनाओं को मान्य करना ही पड़ता है। अध्ययनकर्ताओं का निरीक्षण ऐसा है कि सभी पक्ष इन चारों

संकल्पनाओं पर विश्वास करते हैं, ऐसा प्रतिपादन करते हैं; कुछ पक्षों के विषय में यह संकल्पना बाईं तरफ तो कुछ की दाईं तरफ झुकी हुई रहती है, ऐसा रूढ़ार्थ से कहा जाता है। बाईं तरफ का अर्थ मार्क्सवाद की तरफ (साम्यवाद की तरफ) तथा दाईं तरफ का अर्थ पूँजीवादी अर्थव्यवस्था की तरफ अथवा हिंदुत्व की तरफ ऐसा भी कहा जाता है, लेकिन हिंदुत्व यानी मार्क्सवाद के पूर्ण विरोध में अथवा पूर्ण दाईं तरफ कहना प्रशस्त नहीं। हिंदुत्व में बाएँ तथा दाएँ विचारों का सुंदर संगम है, सुवर्णमध्य है।

हिंदुत्व-लोकशाहीनिष्ठ

प्राचीनकाल से भारत में सातत्य से रहनेवाले समाज को हिंदू नामाभिधान है। इस हिंदू समाज की जो जीवन पद्धति है, जो जीवन-विचार है, जो भाव विश्व है, उसका नाम हिंदुत्व है। भारत के किसी भी वेद, उपनिषद्, गीता इन ग्रंथों में हिंदू या हिंदूधर्म यह शब्द ही नहीं है। ये ग्रंथ सभी मानवों को संबोधित करके लिखे गए हैं। हिंदुस्तान में कोई स्वयं को वाल्मीकि का वंशज मानता है, कोई यादवों का कुल बताता है, कोई स्वयं को चंद्रसेनीय कहता है, कोई परमेश्वर है, ऐसा मानता है तो कोई नि:सर्ग को ही परमेश्वर मानता है, कोई द्वैत तो कोई अद्वैत रहता है। 'एकं सत् विप्रा बहुधा वदन्ति' एक ही सत्य लेकिन अलग-अलग तरीके से बताया जाता है, ऐसा भाव हिंदुस्तान में सर्वमान्य है। हिंदुओं ने जो यह भावविश्व निर्माण किया है, उसका नाम हिंदुत्व है।

हिंदुओं के पृथक् सांस्कृतिक जीवन से हिंदू समाज का निर्माण हुआ है। हिंदू यह नाम धर्म के कारण नहीं है, क्योंकि मूलत: हिंदू नाम का कोई भी धर्म अस्तित्व में ही नहीं है। विशिष्ट जीवन पद्धति से रहनेवाला समाज प्रारंभ में सिंधु नदी के तट पर रहता था। इसलिए 'सिंधु' का अपभ्रंश रूप बदलकर 'हिंदू' हो गया। हिंदू के नाम पर साहित्य है, छ: शास्त्र है, वैद्यक है, शिल्प है, संगीत है। ये उनकी संस्कृति के घटक हैं। इसके आधार पर हिंदू समाज का निर्माण हुआ है। आगे चलकर इस समाज में शैव, वैष्णव, बौद्ध, जैन, सिख जैसे अनेक पंथ निर्मित हुए। उसी प्रकार चार्वाक जैसे पाखंडी भी पैदा हुए। इससे स्पष्ट होता है कि हिंदू समाज यह लोकशाहीनिष्ठ है।

हिंदुत्व की व्याप्ति

हिंदुत्व एक रसायन है। हिंदू संस्कृति विशुद्ध और निर्मल, ऐसी नहीं है।

शक, हूण, कुशाण यह आक्रामक हिंदू संस्कृति में सम्मिलित होने से उनके कुछ आचार-विचार हिंदू समाज ने ग्रहण किए। इसलाम तथा क्रिश्चियन संस्कृति के अनेक आचार, खाद्यपदार्थ, संगीतपद्धति, हिंदू समाज ने स्वीकार की। वह सभी हिंदू संस्कृति का अंग बन गई है। कुल मिलाकर समाज में अलग-अलग घटक हो सकते हैं। हिंदू समाज परंपरा में अनेक मानव घुल-मिल गए हैं। उनका संपूर्ण वैशिष्ट्य नष्ट न होकर परंपरा के उस प्रवाह में पिघल गया है। वह हिंदू हो गया है। मुसलिम तथा क्रिश्चियन इन समाजों की स्थिति भी ऐसी ही है। भारत में रहनेवाले मुसलिम तथा क्रिश्चियन की पहचान भारत के बाहर हिंदू-मुसलिम, हिंदू-क्रिश्चियन ऐसी ही है। यह मिश्रण जितनी तेज गति से होगा, वैसे ही हिंदू-मुसलिम-क्रिश्चियन का भेदभाव भी हिंदुस्तान में घुल-मिल जाएगा।

इस विषय में श्रीनिवास दीक्षित का कहना है, "अन्य संस्कृति के साथ संपर्क होने पर उसमें का कुछ-न-कुछ भाग प्रत्येक संस्कृति आत्मसात् करती है। हिंदू संस्कृति तो निश्चित करती ही है, परंतु यह करते समय वह 'स्वत्व' को छोड़ती नहीं है। किसी जीवित शरीर के समान सात्मीकरण की प्रक्रिया हिंदुत्व में विशेष रूप से दिखाई देती है। इस देश में सतत चलनेवाली सामाजिक सात्मीकरण की प्रक्रिया ही हिंदुत्व है। अलग-अलग मानव समूहों की सांस्कृतिक विशेषताएँ, जितनी हो सके उतनी साबूत रखकर जगने की कुछ रीतियों का शोध कई युगों से यहाँ पर जारी है, जिसके कारण महसोबा को बकरे की बलि चढ़ानेवाला व्यक्ति और ईश्वर को मिथ्या माननेवाला अद्वैत वेदांती, ये दोनों ही हिंदू कहे जाते हैं।" ('नवभारत त्रैमासिक', अप्रैल 1980)

हिंदुत्व—सर्वसमावेशक

हिंदुओं की परंपरा का संबंध राष्ट्रीय 'स्व' तत्त्व के साथ अर्थात् राष्ट्र की आत्मा के साथ होता है। राष्ट्रीय पृथगात्मता ही राष्ट्रीय एकात्मता की बुनियाद है। इसका कभी-कभी ही ध्यान रखा जाता है। हमारे राष्ट्र का इसलिए अन्य राष्ट्र से कुछ अलग स्वभाव होना चाहिए। इस राष्ट्र का हिंदुत्व औरों से अलग है। इसलिए हिंदुत्व अर्थात् भारतीयत्व की परमत सहिष्णुता, सर्वसमावेशकता, सत्य, अहिंसा, अस्तेय, अपरिग्रह, ये विशेषताएँ हैं। भारतीय राष्ट्रीय विचारधारा की आत्मा तो हिंदुत्व ही है। इसलिए राष्ट्रीय विचारधारा में लोकशाही, साम्यवाद, समाजवाद, धर्मनिरपेक्षता समाविष्ट ही हैं।

उपरोक्त चारों संकल्पनाएँ उत्तम हैं, परंतु मानवी समाज की सर्वांगीण प्रगति के लिए, समाधान के लिए, वैभव-संपन्नता के लिए अधूरी है, यह अनेक विचारकों ने मान लिया है, परंतु हिंदुत्व की संकल्पना इन सभी संकल्पनाओं की पुष्टि करती है तथा उसमें से प्रत्येक की अपूर्णता भी पूर्ण करती है।

मूलतः लोकशाही का अर्थ है दूसरों के मतों का आदर करना। जितना मैं महत्त्वपूर्ण हूँ, उतना ही दूसरा भी महत्त्वपूर्ण है; यह निरंतर एहसास होना लोकशाही में आवश्यक है। 'अहिंसा परमो धर्मः' यह हमारी संस्कृति में बताया गया है। अहिंसा इस तत्त्व के अनुसार विश्व में जो जी रहे हैं, उन्हें उनके ही ढंग से जीने दें। संपूर्ण जीवन ही पवित्र है। उसका आदर कीजिए। द्वेष मत कीजिए। शरीर से तो नहीं, बल्कि वाणी से तथा मन से भी किसी को भी दुःख न दें। लोकशाही नाम के मूल्य की रक्षा हम वैदिक काल से करते आए हैं। 'रामराज्य' संकल्पना में भी लोकशाही-मूल्य अनुस्यूत है। दूसरों ने जो श्रम द्वारा पूँजी जमा की है, उसका लोभ न करना 'अस्तेय' मूल्य है। ईशोपनिषद् का श्लोक 'मा गृधः कस्यस्विद् धनम्' का अर्थ दूसरों के धन का लोभ न करना ही है।

हिंदुत्व में समाजवाद तथा साम्यवाद

केवल श्रम द्वारा ही संपत्ति निर्मित होती है, यह स्वीकार करने के पश्चात् उसमें से ऐसा निष्कर्ष नहीं निकालना चाहिए कि निर्माण की हुई अथवा पूर्वजों की निर्माण की हुई संपत्ति का मुझे संचय करना है, क्योंकि 'अपरिग्रह' यह दूसरा मूल्य हमारी परंपरा में है। अपरिग्रह का अर्थ है—संचय नहीं करना। इसका अर्थ उपभोग ही नहीं करना, ऐसा नहीं है। 'तेन त्यक्तेन भुञ्जीथाः' परमेश्वर के नाम से त्याग करके उसका उपभोग लो। ऐसा ईशावास्य बताते हैं।

अर्थात् अस्तेय तथा अपरिग्रह वृत्ति एकत्रित की गई तो समाजवाद तथा साम्यवाद की उच्चतम संकल्पनाएँ निर्मित होती हैं। समाजवाद में श्रम किए बिना उपभोग का अधिकार नहीं है और साम्यवाद में निजी स्वामित्व का निषेध होता है। हिंदुत्व में संपत्ति न ही निजी स्वामित्व की होती है, न ही सरकारी स्वामित्व की। जो कुछ है, वह परमेश्वर की है, ऐसी हिंदू धारणा है। जो हम लेते हैं, जो हमें मिलता है, वह परमेश्वर का प्रसाद समझकर लेना चाहिए। यह धारणा होनी चाहिए। इसलिए भारत की राष्ट्रीय विचारधारा में समाजवाद भी है और साम्यवाद भी।

हिंदुत्व में सर्वधर्म-समभाव

धर्मसत्ता जहाँ होती है, वहाँ धार्मिक गुरु के आदेशानुसार राज्य-शासन चलता है। ऐसी स्थिति यूरोप में थी। धर्मसत्ता का शासन-संस्था पर अतिरेकी वर्चस्व निर्मित हुआ, इसलिए शासन पर धर्मसत्ता का प्रभाव न हो, परिणामत: शासन धर्मसत्ता-निरपेक्ष होना चाहिए, यह संकल्पना रूढ़ हुई, परंतु भारत में प्रभु रामचंद्र (ई.स. पूर्व 5000) से राजर्षि शाहू महाराज (ई.स. 1874-1922) तक इन 7000 वर्षों के काल में 'हिंदू धर्म' जैसी कभी भी ऐसी किसी धार्मिक संस्था का प्रभाव शासन पर नहीं था, क्योंकि अखिल हिंदुओं को बंधनकारक ऐसी कोई भी श्रद्धा, आचरण की पद्धति, प्रमाण ग्रंथ, प्रमाण देवता नहीं हैं। सभी के आचरण की अपनी-अपनी स्वतंत्र पद्धति है। प्रत्येक व्यक्ति की श्रद्धा, पूज्य देवता, ग्रंथ अलग-अलग होते हैं। इसीलिए भारत की राष्ट्रीय विचारधारा की संकल्पना में शासन हमेशा ही 'धर्मसत्ता-निरपेक्ष' रहा है। राजा को सलाह देनेवाले 'ऋषिमंडल' हों अथवा 'आचार्यकुल' हों, ये वर्तमान के लोकशाही तंत्र में बैठनेवाले 'राज्यसभा' अथवा अलग-अलग क्षेत्रों के जानकार मंडली के 'सलाहकार मंडल' थे। वसिष्ठ, विश्वामित्र, सांदीप, कौटिल्य, विद्यारण्यस्वामी, संत तुकाराम, समर्थ रामदास ये उस समय के राजप्रमुखों के सलाहकार थे। राजा पर वर्चस्व बतानेवाले अथवा अधिकार जतानेवाले अधिकृत व्यक्ति नहीं थे।

पं. नेहरूजी कहते हैं; 'सेक्युलॉरिझम हमारी परंपरा है।' हमारी अर्थात् किसकी? उनके कहने का अर्थ यहाँ के मुसलिम अथवा क्रिश्चियन लोगों की है, ऐसा नहीं है, तो वह हिंदुओं की परंपरा है। साम्यवादी तथा समाजवादियों की दृष्टि से देहदहन के पश्चात् उर्वरित अस्थि यह एक वस्तु है। श्मशान भूमि की स्वच्छता के लिए उसका विसर्जन करना चाहिए, परंतु हिंदू धारणा के अनुसार देहदहन के बाद अस्थि देह का उर्वरित भाग है, इसलिए अस्थियों का विसर्जन पवित्र नदी के पानी में ही करना चाहिए। पं. नेहरूजी कितने भी समाजवाद अथवा साम्यवाद का समर्थन करते थे, फिर भी विदेश में उनकी पत्नी के निधन के पश्चात् उनकी अस्थियों का विसर्जन उन्होंने प्रयाग में स्थित त्रिवेणी संगम में किया।

हिंदुत्व का उद्‌दिष्ट—विश्वकल्याण

संक्षेप में सत्य, अहिंसा, अस्तेय, अपरिग्रह, परमत्सहिष्णुता, सर्वसमावेशकता आदि अनेक शाश्वत मूल्यों के आधार पर भारतीय राष्ट्रीय विचारधारा लोकशाही,

धर्मनिरपेक्षता, समाजवाद, साम्यवाद, तटस्थता आदि संविधान आवश्यक मानते हुए सभी मूल्यों को आधारभूत मानती है, इसके अतिरिक्त उससे भी परे जाकर भारत की जीवनधारा 'सर्वेऽत्र सुखिन: सन्तु'''कृण्वन्तो विश्वं आर्यम्।' 'जे जे भेटे भूत ते ते मानिजे भगवंत।' (जो-जो लोग मिलेंगे, उनको भगवंत मानना चाहिए।)

'हे विश्वचि माझे घर' (यह विश्व ही मेरा घर) ऐसी विश्वकल्याण की संकल्पना का उद्घोष करती है। भारत को अपनी परंपरा से दिए हुए शाश्वत तत्त्वों का आधार लेकर 125 करोड़ की जनता के सहभाग से देश की जड़ एवं चैतन्य शक्ति के आधार पर विश्व के गुरुपद पर आरूढ़ होना चाहिए। उसके पश्चात् उस गुरुत्व के आकर्षण से संपूर्ण विश्व ही भारतीय जीवन पद्धति तथा विचारधारा को स्वीकार करेगा। भारत को राष्ट्र के रूप में इक्कीसवीं सदी का यह उद्दिष्ट स्वीकार करना चाहिए।

7 अक्तूबर, 2015 को एक कार्यक्रम के दौरान मा. पूर्व राष्ट्रपति प्रणव मुखर्जी ने कहा कि "भारतीय संस्कृति के मूल्यों का संरक्षण होना चाहिए तथा उन मूल्यों को सभी को स्वीकार करना चाहिए। देश का सांस्कृतिक तथा वैचारिक वैविध्य, सहिष्णुता तथा अनेकत्व इन मूल्यों की किसी भी परिस्थिति में विस्मृति नहीं होनी चाहिए। हमारे देश पर कितने आक्रमण हुए। विदेशी लोगों ने हम पर राज किया। फिर भी हमारी भारतीय संस्कृति अक्षुण्ण रही है। यदि यह मूल्य हम कायमस्वरूपी स्वीकार करते हैं तो हमारी लोकशाही की यशस्वी यात्रा को कोई भी रोक नहीं सकेगा।

—पूर्व राष्ट्रपति मा. प्रणव मुखर्जी

विभाग-4

भारतीय राष्ट्रीय विचारधाराओं का योगदान

प्रकरण-11

भारतीय राष्ट्रीय कांग्रेस-योगदान

भारतीय राष्ट्रीय विचारधारा का पुनरुज्जीवन तथा पुनर्विकसन करने में ई.स. 1885 में स्थापित हुई भारतीय राष्ट्रीय कांग्रेस पक्ष का बहुत बड़ा योगदान है। इसमें किसी की भी दो राय होने का कोई कारण ही नहीं पैदा होता। कांग्रेस की 130 वर्षों की दीर्घ कालावधि में विशेषत: स्वतंत्रतापूर्व काल में राष्ट्रीय विचारों का प्रसार करने का काम कांग्रेस ने किया, इतिहास इसका साक्षी है।

छह चरण

कांग्रेस के 130 वर्षों के इतिहास में प्रमुख छह चरण हैं। पहला चरण ई.स. 1885 से 1905 रहा। यह 20 वर्षों का काल समन्वयी राजनीति का माना जाता है। दूसरा चरण ई.स. 1905 से 1920 तक पंद्रह वर्षों का काल उग्र राजनीति का था। तीसरा चरण ई.स. 1920 से 1947 यह 27 वर्षों का दीर्घकाल 'संपूर्ण स्वराज्य' प्राप्त करने तथा उसके लिए करनेवाले संघर्ष का था। स्वतंत्रता के बाद का चौथा चरण अर्थात् ई.स. 1969 तक का काल 'स्वतंत्रता के बाद का देश के गठन का काल' था। पाँचवाँ चरण ई.स. 1969 से 1999 यह 30 वर्षों का काल पक्षों के अंतर्गत फूट एवं समाज की तरफ से हुए विरोध का था। ई.स. 1999 से प्रारंभ हुआ छठा चरण कांग्रेस पक्ष के अस्तित्व की लड़ाई का 17 वर्षों का काल मानना पड़ेगा। भारत की राष्ट्रीय विचारधारा तथा कांग्रेस का विचार करना हो तो इन छह चरणों का संदर्भ से विश्लेषण बहुत उपयुक्त होगा।

1885 से 1905—समन्वयी राजनीति

भारतीय जनता के 'असंतोष की एक राह' होनी चाहिए, इसलिए राज्यकर्ता

अंग्रेजों के ही प्रतिनिधि के रूप में मि. ऑलन ह्यूम ने ई.स. 1885 में कांग्रेस की स्थापना की, ऐसा सर्वसाधारण अनुमान मानने की पद्धति प्रचलित है, लेकिन स्वतंत्रता के पश्चात् के इतिहासकारों के मतानुसार ई.स. 1857 में हुए पहले स्वतंत्रता संग्राम के बाद भारतीय जनता में सांस्कृतिक, राजकीय, आर्थिक, सामाजिक क्षेत्रों में जो गतिविधियाँ हो रही थीं, उसके परिणामस्वरूप दिसंबर, 1884 में मद्रास में 'थियोसोफिकल कन्वेंशन' की बैठक हुई। बैठक में हुई चर्चा के बाद मार्च में 'भारतीय राष्ट्रीय संगठन' की पहली बैठक पूना में दिसंबर, 1885 में होगी, ऐसा निमंत्रण भी भेजा गया, लेकिन प्रत्यक्ष में वह बैठक मुंबई में 28 दिसंबर, 1885 को हुई।

उस बैठक में कुल 72 सदस्य उपस्थित थे। मि. ऑलन ह्यूम के अतिरिक्त दादाभाई नौरोजी, न्यायमूर्ति महादेव गोविंद रानाडे, फिरोजशाह मेहता, के.टी. तेलंग, दिनशा वाच्या आदि लोगों का समावेश था, जिसके अध्यक्ष बी.सी. बैनर्जी थे। उन्होंने कांग्रेस का उद्‌देश्य स्पष्ट करते हुए कहा, "देश में फैला हुआ वंशवाद, जातिभेद, देश में अलग-अलग भागों में रहे पूर्वग्रह दूर कर, देश की एकात्मता का विकास करने के लिए, शासन का तथा समाज का देश के बारे में आस्था रखनेवाले सभी लोगों में आपस में सौहार्द तथा संपर्क बढ़ाने का प्रयत्न करना भारतीय कांग्रेस का उद्दिष्ट है।"

लाल-बाल-पाल

पहले बीस वर्षों की कालावधि विचार संक्रमण की थी। इसीलिए थोड़ा अस्पष्ट, संभ्रम में डालनेवाला तथा पश्चिम के उदारमतवादी विचारों का प्रभाव रहे कुछ सुशिक्षित वर्गों तक ही मर्यादित था, लेकिन इसी कालावधि में बंगाल के बिपिनचंद्र पालजी ने ई.स. 1886 में, पंजाब के लाला लाजपत रायजी ने ई.स. 1888 में, महाराष्ट्र के लोकमान्य बाल गंगाधर तिलकजी ने ई.स. 1890 में कांग्रेस में प्रवेश किया और वे तीनों ही वहाँ सक्रिय कार्यकर्ता रहे। लाला लाजपत रायजी पर हिंदू समाज के सुधार के लिए कार्यरत रहे 'आर्य समाज' संस्था का प्रभाव था। लोकमान्य तिलकजी पर भगवद्गीता के तत्त्वज्ञान का संस्कार था, जबकि बिपिनचंद्रजी का सहभाग हिंदू सांस्कृतिक राष्ट्रवाद के प्रसार में था। इन तीनों का ही भारतीय राष्ट्रीय कांग्रेस के काम में प्रमुख भाग था। इसलिए इस कालखंड को 'लाल-बाल-पाल' ऐसा संबोधित किया जाता है।

कांग्रेस के प्राथमिक 'विचार संक्रमण काल' में मूल भारतीय विचारों के ही अभ्यासक तथा भारतीय समाज की त्रुटियाँ दूर करने के लिए कार्यरत रहे भारतीय तत्त्वज्ञ थे। फिर भी ऐसी संस्था निर्मिति करने का काम उस समय की परिस्थिति में कोई भारतीय कर सकेगा, ऐसी स्थिति नहीं थी।

ई.स. 1913 में इस विषय पर बोलते हुए गोपाल कृष्ण गोखलेजी ने कहा था, "'भारतीय राष्ट्रीय कांग्रेस' की स्थापना करना किसी हिंदुस्तानी के लिए असंभव था और यदि वह ऐसा करने की कोशिश भी करता तो ब्रिटिश सरकार के अधिकारियों ने ऐसा होने नहीं दिया होता। शासन का मान्यवर ऐसा अंग्रेज अधिकारी यदि कांग्रेस

भारतीय राष्ट्रीय कांग्रेस, दिसंबर 1885

की स्थापना में नहीं होता तो संपूर्ण देश को एक आंदोलन में एकत्रित करने का कोई भी प्रयत्न किसी कारणवश असफल कर दिया गया होता।"

उसी समय कांग्रेस के विषय में योगी अरविंद घोषजी का मत कुछ अलग था। 28 अगस्त, 1893 को उन्होंने लिखा था, "कांग्रेस के उद्देश्य गलत हैं, उन्हें साध्य करने के लिए आवश्यक सच्चाई तथा झोंक देनेवाली वृत्ति दिखाई नहीं देती। उद्देश्य पूर्ति के लिए जैसे नेता होने चाहिए, वैसे नेता कांग्रेस के पास नहीं हैं।"

1885 से 1905 में विचार बैठक निश्चित करने की कालावधि में परस्पर विरोधी मत रहना स्वाभाविक था, लेकिन 1885 में उस समय देश के लिए आवश्यक रही संस्था की नींव मि. ऑलन ह्यूम (ई.स. 1829-1912) इस अंग्रेज अधिकारी द्वारा डाली गई, यह 'भारतीय राष्ट्रीय विचारधारा' के विकसन का एक महत्त्वपूर्ण चरण था; यह निर्विवाद मान्य करना ही चाहिए।

1905 से 1920—देश भर में स्वतंत्रता का प्रेरणा

यह कालावधि नरम तथा उग्र लोक नेताओं के वैचारिक संघर्ष की थी। भारत को स्वतंत्रता पहले दिलाना या सामाजिक सुधार पहले करना, यह प्राधान्य क्रम निश्चित करनेवालों का संघर्ष काल था। उग्र विचारों का नारा था—'स्वराज्य मेरा जन्मसिद्ध अधिकार है और वह मैं लेकर ही रहूँगा।' यह घोषणा कार्यान्वित करने के लिए आंदोलन करने की एक कालावधि थी। क्रांतिकारियों की तरफ से ब्रिटिश सरकार को पहल देने की कोशिश करनेवाले क्रांतिकारियों की भी यह कालावधि थी। बंगाल का विभाजन, जलियाँवाला बाग हत्याकांड ऐसे अमानुषी प्रसंगों से जनता में निर्माण हुए असंतोष की कालावधि थी।

इसी कालावधि में 'स्वराज्य, स्वदेशी तथा राष्ट्रीय शिक्षण' इस विचार शैली पर मुहर लगाने के प्रश्न पर मतभेद होने पर 27 दिसंबर, 1907 को योगी अरविंद घोषजी ने कांग्रेस छोड़ दी। 1910 से वे पांडिचेरी में स्वतंत्र रूप से आध्यात्मिक साधना द्वारा समाज मत निर्माण करने के प्रयत्न में लग गए।

पं. मदन मोहन मालवीय 1909 तथा 1918 में राष्ट्रीय कांग्रेस के अध्यक्ष थे। उन्हेंने 'सत्यमेव जयते' इस सिद्धांत वाक्य को मान्यता दी। ई.स. 1919 में उन्होंने 'बनारस हिंदू विश्वविद्यालय' की स्थापना की। भारतीय समाज को उसके मूल स्वरूप का एहसास करा देनेवाला महत्त्वपूर्ण काल यानी बीसवीं शताब्दी के पहले दो दशक थे। छत्रपति शिवाजी महाराज के शौर्य के पोवाडे के वीर

सुभाष चंद्र बोस तथा पंडित जवाहरलाल नेहरू

रस से, क्रांतिकारियों के साहसी कृत्य के वीर रस से, सार्वजनिक गणेशोत्सव के उत्साह के आनंद रस से, संगीत-नाटक में श्रीकृष्ण चरित्र के शृंगार रस से, स्वामी समर्थ, गोंदवलेकर महाराज, श्री समर्थ रामदास, वारकरी पंथ के भक्ति रस से, समन्वयवादी, समाजसुधारवादियों के शांतरस से संपूर्ण भारतीय समाज का मन हिल उठा था। पहले महायुद्ध में भले ही यहाँ के क्षत्रिय ब्रिटिश सरकार के लिए अंग्रेजों की तरफ से लड़े; लेकिन उनके अंदर का भी वीर रस जाग्रत् हुआ था। समाज की इन सभी गतिविधियों में उस समय की प्रमुख राजकीय संगठना के रूप में कांग्रेस के नेता प्रत्यक्ष या अप्रत्यक्ष रूप में सहभागी थे। उसी समय ई.स. 1915 में दक्षिण अफ्रीका से लौटे मोहनदास कर्मचंद गांधी इंग्लैंड से लौटे, पं. जवाहरलाल नेहरू पर भी भारतीय स्वतंत्रता की आवश्यकता के संस्कार हुए थे। यह कालावधि भारतीय मन के स्वतंत्रता-प्राप्ति के समुद्रमंथन का ही काल था, यह कहना संयुक्तिक होगा।

1920 से 1947—स्वतंत्रता आंदोलन

लोकमान्य तिलकजी का 1 अगस्त, 1920 को निधन होने के पश्चात् कांग्रेस के सूत्र अपने आप ही महात्मा गांधीजी के पास आ गए। उन्होंने 'सत्य और अहिंसा' इन तत्त्वों के आधार पर जनमानस में स्वतंत्रता का आकर्षण निर्माण किया। उसके लिए असहकारिता का शस्त्र लेकर ब्रिटिश सरकार से सामना करने का निश्चय

किया। इस आंदोलन में समाज के सभी स्तरों से तन-मन-धन से सहभाग दिया गया। "ब्रिटिश सरकार जाकर यहाँ रामराज्य आना चाहिए।" यह ध्येय महात्मा गांधीजी ने देश के अंतिम व्यक्ति को भी समझाया तथा सभी को स्वतंत्रता आंदोलन में समाविष्ट कर लिया। स्वामी विवेकानंदजी का कहना यह था कि इस देश में जो कुछ करना है, वह धर्म और उनके विचारों के आधार पर ही करना चाहिए। महात्मा गांधीजी को यह विचार अच्छा लगा और उन्होंने भारतीय धर्म के आधार पर ही अपने आंदोलन को आकार दिया।

मि. पेरी अंडरसन की 'Indian Ideology' नामक पुस्तक ई.स. 2012 में प्रकाशित हुई। वे ब्रिटेन में मार्क्सिस्ट इतिहास के अभ्यासक माने जाते हैं। पत्रकार श्री प्रफुल्ल बिडवाई के साथ हुए साक्षात्कार में उन्होंने इस पुस्तक की पाँच विशेषताएँ बताईं। उसमें से एक विशेषता यह थी, "महात्मा गांधीजी ने राष्ट्रीय स्वतंत्रता आंदोलन को जो धर्म का आधार दिया, वह अंत में विनाश का कारण हुआ।" देश का 'विभाजन ही विनाश' ऐसा मि. अंडरसन को अभिप्रेत था। हिंदुत्व के व्यापक विचारों में मुसलिमों को समाविष्ट करने का प्रयत्न नहीं हुआ। इसी कारण देश का विभाजन हुआ, यह सत्य है। फिर भी रामराज्य संकल्पना का स्पष्टीकरण देते हुए महात्मा गांधीजी ने भारत के पूर्व गौरवशाली इतिहास को ही अपने ध्येयपद पर रखा था, यह बात भी उतनी ही सत्य है। भारत के जनमानस में 'रामराज्य' जैसा वैभव पुनः लाने की प्रेरणा महात्मा गांधीजी के आंदोलन ने सबको दी।

'रामराज्य' इस अंतिम ध्येय तक जाने के लिए प्रथम चरण के रूप में अर्थात् 26 जनवरी, 1929 को लाहौर के कांग्रेस अधिवेशन में 'संपूर्ण स्वराज्य' का प्रस्ताव पं. जवाहरलाल नेहरूजी ने मंजूर करवा लिया। उसके बाद 1935 से अनेक प्रांतों में कांग्रेस के विधि मंडलों की स्थापना हुई। राजकारोबार चलाने का अनुभव लेनेवाली एक पीढ़ी 1935 से 1947 इन 12 वर्षों में तैयार हुई। इसी कालावधि में पं. जवाहरलाल नेहरू, डॉ. राजेंद्र प्रसाद, वल्लभभाई पटेल, अबुल कलाम आजाद, भूलाभाई देसाई, नरेंद्र देव, गोविंद वल्लभ पंत, सुभाषचंद बोस, जयप्रकाश नारायण, विनोबा भावे आदि नेताओं ने राजकारोबार चलाने का प्रत्यक्ष अनुभव ब्रिटिश शासन के अंतर्गत लिया। इन सभी को भारत के पूर्व इतिहास की पूरी जानकारी थी। इतिहास का पूर्ण एहसास था। 1935 में कांग्रेस को 50 साल पूरे हुए। उस समय पं. नेहरूजी ने कहा था, "हजारों वर्ष का इतिहास रहे भारत की दृष्टि से 50 वर्ष बहुत ही छोटी कालावधि है।"

मार्च, 1940 के कांग्रेस अधिवेशन के लिए मौलाना अबुल कलाम आजाद ने देश के बहुत बड़े इतिहास का आधार लेकर कहा था कि "आज के मुसलिम इस देश के पुत्र बनकर ही रहे हैं।" विनोबा भावेजी ने 'भूदान आंदोलन' चलाया। इस आंदोलन द्वारा की सहायता से उन्होंने समाज के गरीब तथा धनवान दोनों गुटों से संपर्क साधा। इस संपर्क से आचार्य विनोबा भावेजी ने 'भगवद्गीता' के तत्त्वज्ञान के साथ देश की सद्य:स्थिति से बाहर निकलने के लिए देश के पूर्व इतिहास से कौन से सबक लेने चाहिए, इसका प्रशिक्षण समाज के सभी स्तरों को दिया। 'जय जगत्' यह विनोबा भावेजी की घोषणा ('हे विश्वचि माझे घर') 'यह विश्व ही मेरा घर' इस उदात्त हिंदू संस्कृति का ही हिस्सा है।

भारत देश की स्वतंत्रता के लिए इस देश पर आक्रमण हुए, उस दिन से अनेक प्रयत्न चल रहे थे, इसका एहसास कांग्रेस के सभी नेताओं को था। संपूर्ण देश अखंड रहे, ऐसी ही सबकी इच्छा होते हुए भी देश का विभाजन होना स्वतंत्र अध्ययन का विषय है। विविध आंदोलनों के माध्यम से कांग्रेस के नेताओं ने भारतीय मूल विचारधारा को जनमानस तक पहुँचाने का काम किया, यह निश्चित है। मात्र इन विचारों का संगठित स्वरूप तैयार नहीं हुआ था।

इस कालावधि में स्वातंत्र्यवीर सावरकरजी (ई.स.1883–1966) ने खुद स्वतंत्रता के प्रयत्न इंग्लैंड में जारी रखे थे। उन्होंने अनेक क्रांतिकारियों को प्रेरणा दी। इसी कालावधि में उनका अंडमान में कारावास भी जारी था। इसी कालावधि में कांग्रेस के नेता भारतीय विचारों से प्रेरित थे। नेताजी सुभाषचंद्र बोसजी की पहचान एक क्रांतिकारक की थी। लेकिन उनकी प्रेरणा वेदांत और भगवद्गीता के विचार थे। इतिहासकार लिओनार्ड गॉर्डन नेताजी सुभाषचंद्र बोसजी की उस समय की परिस्थिति का वर्णन करते हुए लिखते हैं, "उनके कार्य करने की आयु में उन पर अंत:स्थ धार्मिक भावनाओं का प्रभाव था। उनके भारतीयत्व में आवश्यक ऐसे हिंदू धर्म तत्त्वों का ही अंतर्भाव था। ब्रिटिश सत्ता के विरुद्ध आंदोलनों में उन्होंने हिंदू प्रतीकों तथा उत्सवों का इस्तेमाल किया था। 1925 में वे मंडला की जेल में थे। जब जेल अधिकारियों ने उनके दुर्गापूजा उत्सव को मान्यता नहीं दी, तब उन्होंने अन्नसत्याग्रह किया था।"

'Indian Ideology' इस पुस्तक में मि. पेरी अंडरसनजी ने भारतीय स्वतंत्रता आंदोलन के विषय में महात्मा गांधीजी के निम्नलिखित उद्गार उद्धृत किए है। "भारत पर कोई भी आक्रमण होने के पूर्व से ही निसर्गत: ही अखंड रहा। यह

भूप्रदेश एक राष्ट्र के रूप में सुख से रह रहा था और हमारे पूर्वजों की राष्ट्रीयत्व की संकल्पना इतनी प्रखर थी कि वह उस समय विश्व के किसी भी भाग के लोगों को समझ में नहीं आ सकती थी।"

("India was one undivided land made by nature, in which, we were one nation before they come to India, ancestrally indeed fired with an idea of nationality unknown to other part of the world." M.K Gandhi)

इस पुस्तक में लेखक ने भारत के विषय में जो मत लिखा है, उसमें से भारत के गत वैभव एवं एकात्मता की पूर्ण कल्पना होती है। मि. अंडरसन लिखते हैं—

"आश्चर्य की बात यह कि सत्ता ग्रहण करने से पूर्व के कुछ ही वर्षों पूर्व भारतीय नेताओं के मन पाँच-छह हजार वर्षों की प्राचीन संस्कृति के विचारों से प्रेरित थे।"

भारत की एकात्मता की चर्चा करते हुए लेखक आगे कहते हैं—

"इस उपमहाद्वीप के पुराणत्व की विशेषता ऐसी है कि यहाँ कमाल की एकता दिखाई देती है। यहाँ के सभी रहवासी इस संपूर्ण दीर्घकाल में जानबूझकर भारतीय थे। उनकी मानसिकता में कमाल की एकता थी। उन्हें एक ही परंपरा का एहसास था। कोई भी संस्कृति की सुबह होने से पूर्व सभी भारतीयों में एकात्मता का एहसास समान था।"

("There was something unique about the antiquity of the subcontinent and its tremendous impress of oneness making its inhabitants throughout these ages distinctively Indian, with the same national heritage and same set of moral and mental qualities. Indeed a dream of Unity has occupied the mind of India since the dawn of civilization.")

इसी कालावधि में भगतसिंह, सुखदेव, राजगुरु 23 मार्च, 1931 को स्वाधीनता प्राप्त करने के लिए हाथ में 'भगवद्गीता' लेकर मुसकराते हुए तथा कर्तव्यनिष्ठा परिपूर्ति के आनंद में फाँसी पर चढ़ गए।

कांग्रेस के सभी आंदोलनों से तथा सभी राष्ट्रीय नेताओं के जीवन से एक बात स्पष्ट होती है कि उन सभी ने स्वतंत्रता आंदोलन के निमित्त से संपूर्ण भारतीय जनता को देश के पूर्व शूर-वीरों के राष्ट्रीय विचारों का एहसास करा दिया था। देश के सभी क्षेत्रों के, सभी जाति के, सभी प्रदेश के लोगों को इकट्ठा कर स्वतंत्रता आंदोलन में समाविष्ट कर लिया था।

भारतीय राष्ट्रीय कांग्रेस के संपूर्ण इतिहास का अध्ययन किए हुए इतिहासकार श्री रामचंद्र गुहा स्वतंत्रता पूर्व कांग्रेस का वर्णन करते समय कहते हैं—

"भारतीय राष्ट्रीय कांग्रेस आधुनिक विश्व का एक महान् राजकीय पक्ष है। इस पक्ष की वंशावली तथा पराक्रम की टिप्पणी ब्रिटेन की लेबर पार्टी, जर्मनी की सोशल डेमोक्रेटिक पार्टी अथवा अमेरिका की डेमोक्रेटिक पार्टी की बराबरी में है। ई.स. 1885 में हुई स्थापना से कांग्रेस की महत्त्वाकांक्षाएँ अपार थीं। कांग्रेस के नाम में ही स्पष्ट किए अनुसार यह पक्ष विशिष्ट पंथ का प्रतिनिधि नहीं तो उसने देश के सभी पंथों, जातियों तथा समाज घटकों तक जाने का प्रयत्न किया।"

("The Indian National Congress is one of the great political parties of the modern world. It has a lineage and record of achievement comparable to that of the Labour Party in Great Britain, the Social Democratic Party in Germany and the Democratic Party in the United States. From its beginning in 1885 its ambitions were immence. These contained in it sectarion very little, with the definite word indicating that it would not be sectarion but embrace Indians of all shapes and sizes or, castes and communities."
—**Ramchandra Guha**)

ई.स. 1921 से 1947 तक 27 वर्षों की इस दीर्घ कालावधि में देश के सभी भागों से अलग-अलग संप्रदायों से संस्कारित हुए नेता कांग्रेस के एक छत्र के नीचे आए और उन्होंने उन्हें अभिप्रेत रहे मूल भारतीय विचार स्वतंत्रता आंदोलन के माध्यम से जनता तक पहुँचाए। स्वतंत्रता के लिए उत्सुक रही देश की जनता तथा दूसरे महायुद्ध के पश्चात् विश्व में तथा ब्रिटेन में निर्माण हुई परिस्थिति के परिणामस्वरूप भारत को स्वतंत्रता प्राप्त हुई। इसमें कांग्रेस पक्ष का बड़ा योगदान था, यह निर्विवाद सत्य है।

1947 से 1969—विकास का प्रारंभ

स्वतंत्रता प्राप्त होने के बाद राज्य कार्यभार चलाने की जिम्मेदारी स्वाभाविक रूप से कांग्रेस पक्ष के पास आ गई। डॉ. राजेंद्र प्रसादजी की अध्यक्षता में स्थापित की गई समिति ने देश के लिए संविधान तैयार किया। इस संविधान के गठन में डॉ. भीमराव आंबेडकरजी का योगदान महत्त्वपूर्ण था। अन्य देशों की राज्यपद्धति तथा संविधान के मसौदे का अध्ययन कर संविधान तैयार किया गया था और 26

जनवरी, 1950 को यह कार्यान्वित किया गया।

आठवें दशक से शुरू हुए विदेशियों के आक्रमणों से देश के सभी क्षेत्रों में जो अव्यवस्था हुई थी, वह दूर कर देश का गठन करने को प्रधानता देना, यह प्राथमिकता थी।

सरदार वल्लभभाई पटेल तथा कन्हैयालाल मुंशीजी ने गुजरात के जूनागढ़ संस्थान को देश में अंतर्भूत कर लिया और वहाँ के सोमनाथ मंदिर के जीर्णोद्धार का काम शुरू किया। स्वतंत्रता के बाद पं. जवाहरलाल नेहरूजी के नेतृत्व में पहला मंत्रिमंडल कार्यरत हुआ। उसमें सरदार पटेल गृहमंत्री, कन्हैयालाल मुंशी खाद्य तथा आपूर्ति मंत्री थे। सोमनाथ मंदिर के पुनरुद्धार के लिए महात्मा गांधीजी की मान्यता थी। सोमनाथ मंदिर के उद्घाटन के समय पहले राष्ट्रपति डॉ. राजेंद्र प्रसादजी ने कहा, "पुरातन सोमनाथ मंदिर देश के वैभव का प्रतीक है। वह वैभव पुन: देश में जब निर्मित होगा, तब इस मंदिर के पुनरुद्धार का काम पूर्ण हुआ, ऐसा मैं समझूँगा।" डॉ. राजेंद्र प्रसादजी की भारतीय विचारों पर आधारित सर्वव्यापी पुनरुद्धार के लिए दी हुई आवाज थी। 1950 में कांग्रेस पक्ष के सामने संविधान के आधार पर देश में विकास प्रक्रिया को शुरू करने को प्रधानता दी गई। पक्ष के अध्यक्ष तथा देश के प्रधानमंत्री पं. जवाहरलाल नेहरू के कार्यकाल में (ई.स. 1952 से 1964) देश में विकास की हवा चली। संशोधन संस्थाओं की स्थापना हुई। अनेक देशों की सहायता से मुंबई, कानपुर, दिल्ली, मद्रास, खड़गपुर में इंडियन इंस्टीट्यूट ऑफ टेक्नोलॉजी की स्थापना हुई। पं. नेहरू देश की स्वतंत्रता के बाद हुए विकास के शिल्पकार माने गए। वे विश्व के लोकशाही, समाजवाद, साम्यवाद, अलिप्ततावाद—इन सभी विचारों के एकत्रित ऐसे प्रतिनिधि माने गए, लेकिन वे भी मूल भारतीय विचारों के ही प्रतिनिधि थे। इसीलिए उन्होंने, "मेरी अस्थियाँ देश की सभी नदियों में विसर्जित की जाएँ।" ऐसी अंतिम इच्छा प्रकट की थी।

दूसरे प्रधानमंत्री लाल बहादुर शास्त्रीजी (ई.स. 1964-1966) ने देश के विकास की गाड़ी हिंदुस्तान के मूल विचारों को पकड़कर आगे ले जाने का कार्य किया, लेकिन उनकी असमय ही मृत्यु हो गई। प्रधानमंत्री शास्त्रीजी ने विकास और संरक्षण पर जोर दिया तथा उसके निदर्शक के रूप में 'जय जवान, जय किसान' यह घोषणा दी। मा. शास्त्रीजी के निधन के पश्चात् श्रीमती इंदिरा गांधी देश की प्रधानमंत्री बनीं। उसके बाद 1969 में कांग्रेस में विचारों की भिन्नता के कारण फूट पड़ी। देश में विविध विचारों के प्रतिनिधित्व करनेवाले अलग-अलग पक्ष निर्मित

हुए। भारतीय कांग्रेस का ध्यान केवल बहुमत हासिल करना तथा देश का कारोबार हाथ में लेना, इस पर ही केंद्रित रहा।

1969 से 1999 पक्षांतर्गत चढ़ाव-उतार

1970 साल में 85 वर्ष की कांग्रेस को अहंकार की हवा लगी। भारतीय विचारधारा में विधायक योगदान करने की बजाय नकारात्मक विचारों से भारतीय विचारधारा के विकास में बाधा निर्माण करने का कार्य कांग्रेस की तरफ से शुरू हुआ। विदेशी शासनकाल में समाज का असंतोष परम सीमा तक गया था, फिर भी 'आपातकालीन स्थिति' कार्यान्वित नहीं की गई थी, परंतु शासनकर्ता भारतीय कांग्रेस ने 1975-77 इस कालावधि में 'आपातकालीन स्थिति' लागू कर हजारों की संख्या में राष्ट्रीय नेताओं को जेल में डालने का दुष्कृत्य किया। उसी तरह 'धर्मनिरपेक्षता' के नाम पर भारतीय मूल विचारों से ही शत्रुत्व स्वीकारा।

मूल विचारधारा से अलगाव करने के परिणामस्वरूप स्वतंत्रता के पश्चात् कांग्रेस के 50 नेता पक्ष छोड़कर चले गए। उन्होंने नए पक्ष स्थापित किए। उसमें से कुछ अस्तंगत हो गए; कुछ दूसरे पक्ष में विलीन हो गए। कुछ अपना स्वतंत्र अस्तित्व, मूल कांग्रेस के विरोध में टिकाए हुए हैं।

1969 से कांग्रेस एक कुटुंब की संस्था बनी। इसका वर्णन इतिहासकार रामचंद्र गुहाजी ने बड़े मर्मस्पर्शी शब्दों में किया है। वे अपने 'The past and present of the Congress Party' 'पूर्व की तथा वर्तमान की कांग्रेस' इस लेख में लिखते हैं—

"पं. जवाहरलाल नेहरू को उनके रिश्तेदारों से अलग मानना चाहिए। पं. जवाहरलाल नेहरू यदि मन में ठान लेते तो ख्यातिप्राप्त वकील बन सकते थे। अंतरराष्ट्रीय ख्याति के लेखक बन सकते थे, परंतु उनका राजनीति में आना यह उनकी स्वतंत्रता प्राप्त करने की निष्ठा तथा उसके लिए किए जानेवाले त्याग के द्योतक थे। राजीव, संजय, राहुल गांधी की बात अलग है। विमान उड्डयन, उत्पादन तथा व्यवस्थापन—इन क्षेत्रों में बहुत बड़ी उड़ान न भर सकने के कारण उन्होंने अपनी माँ के कहने पर घराने के उद्योग में ही प्रवेश किया। वहाँ उन्हें अति उच्च पद का स्थान आरक्षित था।"

"There is another and perhaps most consequential reason to separate Jawaharlal Nehru from later generation of the family. It is this where as for him joining politics was a matter of commitment and sacrifice. For others politics has served as a comfortable net. Jawaharlal could have been a top lawyer or an internationally renowned writer; but he chose to fight for the freedom of his country. The cases of Rajiv, Sanjay and Rahul are all too different. After having failed to distinguish themselves in other fields namely, flying, car production and management respectively, they took their mother's advice to enter the family business where there was a place reserved for them at the very top."

—*(Ramchandra Guha)*

राजीव गांधीजी ने अपने प्रधानमंत्रित्व काल (ई.स. 1984-1991) में बाबरी मसजिद के राममंदिर का ताला खोल दिया। उसी प्रकार मा. नरसिंहरावजी ने अपने प्रधानमंत्रित्व काल में (ई.स. 1991-1996) देश की आर्थिक सुधारणाओ के लिए, देश के मनुष्य तथा नैसर्गिक साधनों का उपयोग देश की समृद्धि बढ़ाने के लिए आवश्यक था। इसलिए मर्यादा के बाहर (अलिप्तता राजनीति से बाहर) विचार कर उदारीकरण, निजीकरण तथा जागतिकीकरण कर देश के विश्व के लिए और विश्व के भारत के लिए दरवाजे खुले कर दिए।

1999 से 2015—घरानेशाही का प्रभाव

कांग्रेस के 1999 से 2015 तक के 17 वर्ष लगभग अंतिम अवस्था में हैं। पक्ष का नेतृत्व सँभालनेवाला नेता ही कोई न होने के कारण वारिस को जबरदस्ती बैठाए जाने से सोनिया गांधी कांग्रेस की अध्यक्षा हैं। स्वतंत्रता के बाद के 68 वर्षों में से 34 वर्ष अध्यक्ष पद का भार नेहरू घराने के पास है। उसमें से 17 वर्षों से यह जिम्मेदारी इटालियन संस्कार तथा केवल इंदिरा गांधी के पुत्र राजीव गांधी भारतीय प्रधानमंत्री की पत्नी होने के नाते से यह जिम्मेदारी सोनिया के पास है। इसी कारण सोनिया गांधी तथा उन्हीं के संस्कार लिये हुए राहुल गांधी को भारतीय ऐसी मूल विचारधारा पर प्रबल श्रद्धा हो, यह अपेक्षा करना ही गलत है। वारिस वाले हक से राहुल गांधी को कांग्रेस का उपाध्यक्ष पद बिना प्रयास प्राप्त हुआ है। इस संदर्भ में इतिहासकार श्री रामचंद्र गुहाजी ने दूरदर्शन पर चर्चा करते समय राहुल गांधी को सूचित किया था, "राहुल गांधी को अब दूसरा व्यवसाय ढूँढ़ना चाहिए।" लेकिन उन्हीं के सामने प्रश्न खड़ा हुआ, "राजनीति में आया यह गृहस्थ अब कांग्रेस के

उपाध्यक्ष पद के सिवा दूसरा कौन सा काम करेगा?"

ई.स. 1885 से कांग्रेस के अध्यक्ष पद का नेतृत्व सँभालनेवाले दिग्गज व्यक्तियों की सूची देखी जाए तो आधुनिक कांग्रेस के नेतृत्व का केवल दया करने के सिवा कोई विकल्प नहीं है।

बहुत बड़े फैले हुए तथा अनेक विचारों के उलझन में फँसे समाज ने इन 17 वर्षों में भी कांग्रेस को सहकारियों की सहायता से दस वर्षों तक देश का शासन चलाने का अवसर दिया था, लेकिन यह लोकशाही प्रधान शासन-व्यवस्था के स्थिति स्थापकत्व का परिणाम था। शासन के घोटालों के विस्तृत परिणाम के साथ ही कांग्रेस पक्ष अब भारतीय विचारधारा से बहुत दूर चला गया है और इसी कारण वह पक्ष 2014 के चुनाव में अपने न्यूनतम संसद सदस्य संख्या में आ गया है। जिस प्रकार छोटा बच्चा घर में शोरगुल करके ऊधम मचाता है, उसी प्रकार कांग्रेस ने 2015 का मानसून अधिवेशन मशहूर कर दिया। 130 साल में उनका यह न्यूनतम स्तर का कार्य कर्तृत्व था। इसलिए इसके आगे चौखट के बाहर जाकर कुछ क्रांतिकारी विचार करने के अलावा कांग्रेस का भारतीय मूल विचार के प्रवाह में आना अभी संभव नहीं दिखता।

भारतीय राष्ट्रीय कांग्रेस ने ई.स. 1885 से ई.स. 1947 तक के 62 वर्षों में भारत की मूल विचारधारा पुन: जीवित की तथा उन विचारों के सहारे समाज स्वतंत्रता आंदोलन को प्रभावित किया। मात्र उसके बाद के 68 वर्षों में भारतीय विचारधारा के संदर्भ में गलत कल्पना अपनाई, उस विषय में जाँच नहीं की। बार-बार वही गलतियाँ गंभीर स्वरूप धारण कर रही थीं, फिर भी उस विषय में परीक्षण नहीं किया। स्वतंत्रता पूर्व के 62 वर्षों में किए कामकाज की पूँजी पर उन्होंने छह बार पूर्ण बहुमत से तथा चार बार अन्य पक्षों की मदद से दस बार केंद्र में सरकार बनाई तथा देश पर 55 वर्षों तक राज किया। इन 55 वर्षों में शासन पक्ष के रूप में सुधार किए, कारखाने बनाए, बाँध बनवाए, परिवहन के साधनों में सुधार हुआ, खेती का उत्पादन बढ़ाया, शिक्षा का प्रसार आदि अनेक काम अवश्य किए, लेकिन भारतीय विचारधारा जहाँ वर्धिष्णु होनेवाली थी, विकसित होनेवाली थी, ऐसे सब प्रकल्पों का विरोध किया। कांग्रेस ने अब अपना आगे का सफर कैसे करना है, इस संदर्भ में भूतपूर्व न्यायमंत्री सलमान खुर्शीदजी का विधान (12 जुलाई, 2012, बिजनेस स्टैंडर्ड) मार्गदर्शक है। वे कहते हैं—

"नई पीढ़ी के नेता के रूप में श्री राहुल गांधीजी को अब नई विचारधारा

देनी चाहिए।" मा. खुर्शीदजी के विधान पर कई लोगों ने विचार व्यक्त किए, "कांग्रेस की स्थिति पतवाररहित हो गई है," लेकिन ऐसा कहना उचित ही है, ऐसा कहनेवाला बड़ा वर्ग कांग्रेस में ही बढ़ रहा है, ऐसा पत्रकारों का निरीक्षण है।

देश के कल्याण के लिए जो पक्ष देश भर में फैला हुआ था, जिस पक्ष ने स्वतंत्रता पूर्व के काल में प्रेरणादायी नेतृत्व दिया, वह भारतीय विचारधारा कौन सी है? उस विचारधारा से हम कितने दूर हैं या कितने पास हैं, इस पर गंभीरता से विचार करना चाहिए और यदि कांग्रेस पक्ष मूल राष्ट्रीय विचारधारा से बहुत दूर गया होगा तो उसे राष्ट्रीय विचार के प्रवाह में लाना, यही देश के हित में होगा।

□

प्रकरण-12

राष्ट्रीय स्वयंसेवक संघ

योगदान

संघ संस्थापक प.पू. डॉ. के.ब. हेडगेवार व प.पू. गोळवलकर गुरुजी अपने सहकारियों के साथ

ई.स. 1925 के पूर्व 1200 वर्ष इस देश में आत्मविस्मृति की लहर निर्मित हुई थी। इस लहर को रोकना तथा समाज में आत्मजागृति निर्माण करना आवश्यक था। इसीलिए डॉ. केशव बलिराम हेडगेवारजी ने 'राष्ट्रीय स्वयंसेवक संघ' की स्थापना 1925 में की।

तेरह सौ वर्ष पूर्व अर्थात् आठवें शतक के पूर्व भारत में सभी प्रकार की वैभव-संपन्नता थी। इसलिए ई.स. 715 में मोहम्मद बिन कासिम को, ई.स. 1498 में वास्को-डि-गामा को समुद्र मार्ग से और अनेक लोगों को इस देश में आने की इच्छा हुई। आक्रमणकारी आए वैसे ह्युएनत्संग जैसे प्रवासी भी इस देश में आए। उन्होंने यहाँ की वैभव-संपन्न संस्कृति का वर्णन लिखकर भी रखा है।

इतिहास का शोध

ई.स. 715 से 1674, इन 950 वर्षों की कालावधि में मुसलिम तथा यूरोपियन आक्रमणकारियों ने देश के कुछ भाग कब्जाए। विदेशी आक्रामकों को यहाँ की संपत्ति प्राप्त करनी थी। युद्ध जीतकर राज्य करना था। व्यापार करके यहाँ की मूल्यवान वस्तुएँ यूरोप ले जानी थीं। सत्रहवीं शताब्दी में छत्रपति शिवाजी महाराज तथा उनके मावळ सरदारों ने मुसलिम तथा अंग्रेजों के आक्रमण का विरोध किया। ई.स. 1674 के शिवाजी के साम्राज्याभिषेक से स्वराज्य की स्थापना की गई। ई.स. 1818 तक इस राज्य का विस्तार उत्तर में अटक तक और दक्षिण में रामेश्वरम तक रहा। इसका अर्थ है कि छत्रपति शिवाजी महाराज की राज्यव्यवस्था डेढ़ सौ वर्ष तक रही।

ई.स. 1818 से 1918 इन सौ वर्षों की कालावधि में देश में स्वतंत्रता की उर्मी जाग्रत् थी। ई.स. 1857 का पहला स्वतंत्रता युद्ध इसी उर्मि का प्रकटीकरण था। ई.स. 1893 में स्वामी विवेकानंदजी ने अमेरिका के शिकागो में सर्वधर्म परिषद् में भारतीय विचार, भारतीय संस्कृति, हिंदू धर्म के शाश्वत विचारों की पताका लहराई, लेकिन इसी कालावधि में ब्रिटिश सत्ता ने पूरे देश में अपनी पकड़ मजबूत कर ली थी। ब्रिटिश सत्ता के विरोध में क्रांतिकारक वासुदेव बळवंत फडके (ई.स. 1845-1883) ने जंग घोषित की। स्वातंत्र्यवीर सावरकरजी (ई.स. 1883-1966) की प्रेरणा से खुद इंग्लैंड में ही भारतीय स्वतंत्रता की घोषणाएँ हुईं। देश में फैले असंतोष को राह मिलनी चाहिए, इसलिए 1885 में 'राष्ट्रीय कांग्रेस' की स्थापना हुई। लाला लाजपत राय, बिपिनचंद्र पाल, बाल गंगाधर तिलक इन लाल-बाल-पाल—तीनों

द्वारा आंदोलन किए जा रहे थे। गोखले-रानडे के नेतृत्व में सामाजिक सुधारण के प्रयत्न भी हो रहे थे। ई.स. 1914 में महात्मा गांधी दक्षिण अफ्रीका से भारत लौटे और उन्होंने समाज जागृति तथा स्वतंत्रता प्राप्ति के प्रयत्न शुरू किए।

डॉ. हेडगेवारजी के मन में निर्मित प्रश्न

1918 में हेडगेवारजी 29 वर्ष के थे। कलकत्ता में उन्होंने अपनी वैद्यकीय शिक्षा पूरी की, परंतु उनका मन चिंताग्रस्त था। 1200 वर्ष का इतिहास उन्हें स्वस्थता नहीं दे रहा था।

"अपना देश वैभव-संपन्न था, इसलिए मध्यपूर्व से लोग आए, समुद्र मार्ग से यूरोपीय लोग आए; लेकिन उन सभी ने इस देश में अपना बस्तान क्यों बसाया?

मुगल शासन यहाँ कुछ शताब्दियों तक क्यों रहा?

शिवाजी महाराज के प्रयत्नों से निर्माण हुआ राज्य यहाँ केवल 150 वर्ष ही क्यों टिका रहा?

5,000 मील दूर होकर भी अंग्रेज यहाँ 1818 से कैसे राज कर रहे हैं?

1857 के स्वतंत्रता युद्ध से निर्णायक जय क्यों नहीं प्राप्त हुई? स्वतंत्रता प्राप्ति के लिए क्रांतिकारी प्रयत्न कर रहे हैं। राष्ट्रीय कांग्रेस भी इसी प्रयत्न में है, इन सभी के प्रयत्नों के परिणामस्वरूप अंग्रेज इस देश से चले भी जाएँगे, लेकिन उनकी जगह कोई दूसरा आएगा क्या?

विश्व के अन्य राष्ट्र के लोग यहाँ आएँगे और हमारा राज्य कब्जे में लेंगे क्या?

डॉ. हेडगेवारजी को चिंता थी कि चिरस्थायी स्वतंत्रता कैसे प्राप्त होगी, यहाँ चिरंतन सुराज्य कैसे निर्मित होगा?

उत्तर के लिए शोध

इन सभी प्रश्नों के उत्तर ढूँढ़ने के लिए डॉक्टर क्रांतिकारी संघटना में गए। कांग्रेस में शामिल हुए। उन्होंने अनेक आंदोलनों में सक्रिय सहभाग लिया। ई.स. 1916 में उन्होंने गांधीजी से मुलाकात की। ई.स. 1920 में वे पूना में लोकमान्य तिलकजी से मिले। उनसे चर्चा करने के लिए वे दो दिन पूना में ठहरे।

योगी अरविंदजी से मुलाकात

लोकमान्य तिलकजी के निधन के पश्चात् कांग्रेस का नेतृत्व श्री अरविंद घोषजी करें, इसलिए डॉ. हेडगेवार, डॉ. मुंजेजी के साथ योगी अरविंदजी से मिलने पांडिचेरी गए। वहाँ उन्होंने पाँच दिन वास्तव्य किया। योगी अरविंदजी ने पुन: सक्रिय राजनीति में आने से इनकार किया, लेकिन अरविंदजी को भारत की स्वतंत्रता तथा देश के भविष्य की चिंता थी। उस पर उनका चिंतन चल रहा था। उस चिंतन के संदर्भ में उनकी डॉ. हेडगेवार तथा डॉ. मुंजेजी से पांडिचेरी में चर्चा हुई। पांडिचेरी से लौटने के पश्चात् डॉ. हेडगेवार महात्मा गांधी के असहकारिता आंदोलन में शामिल हुए। उसी समय अंग्रेजों ने उन पर भड़काऊ भाषण देने के आरोप में मुकदमा कर दिया। इस कारण उन्हें जेल भी जाना पड़ा।

इस संपूर्ण सफर में डॉ. हेडगेवार देश के लिए चिरस्थायी उपाय योजना का विचार कर रहे थे। योगी अरविंदजी से उन्हें आगे की योजना की रूप-रेखा मिली थी, ऐसा प्रतीत हुआ। मिसेज पाट्रीझिआ निरेली-बॉशलेट, जो अरविंदजी के आश्रम की वरिष्ठ अधिकारी थी, उन्होंने ई.स. 2000 में राष्ट्रीय स्वयंसेवक संघ की 75वीं वर्षगाँठ पर हैदराबाद से प्रसारित होनेवाले नियतकालिक में 'नियति का दायित्व' (Burden of Destiny) इस शीर्षक का लेख लिखा था। उसमें उन्होंने 1920 में योगी अरविंदजी ने अपने बंधु बारीन को लिखे पत्र का जिक्र किया था। इस पत्र में योगी अरविंदजी ने उनके मन में बसी योजना को स्पष्ट किया था। अरविंदजी ने सहज ही वह योजना डॉ. हेडगेवार और डॉ. मुंजेजी को बताई होगी।

योगी अरविंदजी की दस धारावाली योजना

'नियति का दायित्व' (Burden of Destiny) इस लेख के आधार पर ऐसा कह सकते हैं कि योगी अरविंदजी के मतानुसार—

(1) वर्तमान की कांग्रेस विदेशों से आयात की हुई विचारधारा होने के कारण वह इस देश के मूलभूत प्रश्न हल नहीं कर सकती तथा उन पर चिरस्थायी उपाय भी नहीं ढूँढ़ सकती।

(2) विश्व में भारतीय संस्कृति यह एकमेव संस्कृति ऐसी है, जो कि विदेशों द्वारा किए गए आघातों के बावजूद जीवित है। इसी कारण उसकी स्वतंत्रता के लिए जी-जान से कोशिश चल रही है।

(3) नियति ने भारत को जो दायित्व दिया है, वह पूर्ण होने तक यह कोशिश जारी रहेगी।

(4) वह दायित्व पूर्ण करने के लिए संपूर्ण देश में एक ही ध्येय से प्रेरित हुए व्यक्तियों की संघटना खड़ी रहनी चाहिए।

(5) जनमानस हमेशा जाग्रत् तथा सतेज रहे, ऐसी व्यवस्था निर्मित करनी चाहिए।

(6) प्रत्येक समस्या का हल भारतीय चिंतन में ही खोजना पड़ेगा। विदेशी चिंतन के आधार पर निकाला हुआ हल फलदायी नहीं होगा।

(7) आज की राजनीति यह यूरोप की राजनीति की भ्रष्ट नकल है। उससे भी समस्या का समाधान नहीं होगा।

(8) देश के सभी क्षेत्रों में उद्योग, सामाजिक संस्था, सांस्कृतिक कार्य, कला, विज्ञान, वाङ्मय, क्रीड़ा इत्यादि में भारतीय चिंतन से प्राप्त हुए मार्ग के विचारों की अहमियत रखनेवाले नागरिक ही होने चाहिए। स्वाभाविक रूप से ही उस समय उन सर्व व्यक्ति तथा संस्था से इनकी आत्मा पूर्ण भारतीय होगी।

(9) धर्म भारतीयों का प्राण है। इस कारण प्रत्येक क्षेत्र में आध्यात्मिकता तथा भौतिकता में संतुलन का निर्माण होना चाहिए।

(10) यह सब करना है तो सभी प्रकार की शक्तियों की उपासना करनी चाहिए तथा सभी प्रकार के कौशल्य आत्मसात् करने चाहिए।

'राष्ट्रीय स्वयंसेवक संघ' की स्थापना

ई.स. 1920 से 1925, इन पाँच वर्षों में डॉ. हेडगेवारजी ने इन सभी योजनाओं तथा उनके लिए आवश्यक कार्यपद्धति का गहराई से अध्ययन किया। इस संदर्भ में उन्होंने विविध क्षेत्रों के नेताओं से चर्चा की। 1925 के आरंभ में डॉक्टर स्वातंत्र्य वीर सावरकरजी से रत्नागिरि में मिले। इसके अलावा कांग्रेस के पं. मोतीलाल नेहरू, राजगोपालाचारी आदि नेताओं के भी संपर्क में थे।

भारतीय चिंतन के साथ ही जिन विदेशियों ने इस देश पर आक्रमण किया और सैकड़ों वर्ष यहाँ के शासक बने रहे, उन सभी में अनेक गुणों का समुच्चय रहा होगा। उनकी अनुशासनप्रियता, आज्ञापालन, देशभक्ति आदि गुणों का अवलंब अपने समाज में होना आवश्यक है। ऐसी कार्यपद्धति विकसित करनी चाहिए, ऐसा विचार डॉ. हेडगेवारजी ने किया। उपरोक्त सभी बातों का विचार कर डॉ. हेडगेवारजी ने 17 सितंबर, 1925 को विजयादशमी के सुमुहूर्त पर 'राष्ट्रीय स्वयंसेवक संघ' की

स्थापना की। अपने कुछ साथियों के साथ नागपुर के मोहिते मकान में पहली शाखा शुरू की। इसी तरह बहुत वर्षों से निर्मित हुई अस्थिरता को दूर कर, देश में एक चिरस्थायी रचना निर्माण करने का संकल्प डॉ. हेडगेवारजी ने किया और नया भारत निर्माण करने का कार्य प्रारंभ किया।

'यावश्चंद्र दिवाकरौ' राष्ट्रीय स्वयंसेवक संघ अस्तित्व में रखने की संघ की कल्पना नहीं। प.पू. डॉ. हेडगेवार कहते थे, "संघ को कोई भी जुबिली मनाने की ख्वाहिश नहीं। अपने समाज में 'स्वाभाविक सामर्थ्य' जाग्रत् रखना ही संघ का अंतिम ध्येय है।"

—मा. बाळासाहेब देवरस

(रा.स्व. संघ, तृतीय सरसंघ चालक)

□

प्रकरण-13

संघ विचारधारा–योगदान

'राष्ट्रीय स्वयंसेवक संघ' की स्थापना होने के पूर्व की स्थिति क्या थी, संविधान और विचार इनका अन्योन्य संबंध क्या था? इसकी हमने चर्चा की, लेकिन संघ की विचारधारा का स्वरूप समझ लेना आवश्यक है।

संघ विचारों के अभ्यासक प्राचार्य प्रमोदराव डोरलेजी द्वारा लिखी हुई— 'राष्ट्रीय स्वयंसेवक संघ—एक परिचय' इस भारतीय विचार साधना, पुणे द्वारा प्रकाशित पुस्तक के सोलहवें प्रकरण में संघकार्य के सूत्र स्पष्ट किए गए हैं। उस आधार पर संघ की विचारपद्धति समझ लेनी चाहिए।

मातृभूमि के प्रति श्रद्धा

मातृभूमि के प्रति श्रद्धा संघकार्य का अधिष्ठान है। भारतमाता से प्रेम करनेवाला, मातृभूमि पर श्रद्धा रखनेवाला और तन-मन-धन से उसकी सेवा करनेवाला पुत्ररूप समाज संस्कारित और संघटित करना यह संघ का कार्य है। मातृभूमि के प्रति भक्ति के आधार पर संपूर्ण हिंदू समाज को एक सूत्र में बाँध सकते हैं, यह संघ की धारणा है। भारत देश को मातृरूप माननेवाला समाज किस पंथ का, जाति का, धर्म का, उम्र का, प्रांत का, भाषा का हो इसका कोई भी निकष संघ में मान्य नहीं है।

संघ का उद्दिष्ट

'हिंदुत्व यही राष्ट्रीयत्व' यह संघ विचारों का आधारभूत सूत्र है। प्राचीनकाल से इस भूमि में पुत्ररूप से रहनेवाला समाज हिंदू समाज ही है। भारत एक प्राचीन राष्ट्र है। अनादि काल से उसका एक राष्ट्रीय जीवन है। वेदकाल से मातृभूमि की उत्कट भक्ति के रूप में राष्ट्रीय भावना इस भूमि में विद्यमान है। इसी कारण प्राचीन

काल से चला आ रहा यह हिंदू राष्ट्र है। इसलिए 'हिंदुत्व' ही यहाँ का 'राष्ट्रीयत्व' है। डॉ. हेडगेवारजी ने 1935 में दिए हुए बौद्धिक वर्ग में कहा है, "यह हमारी परम पवित्र मातृभूमि है। जिस तरह से इंग्लैंड अंग्रेजों का, फ्रांस फ्रेंच लोगों का जर्मनी, जर्मन लोगों की—इसी तरह से हिंदुस्तान यह हिंदुओं का।" आज भी हिंदुस्तान का कोई भी नागरिक यह परकीयों की दृष्टि से प्रथमतः हिंदू है, बाद में वह उसके धर्म का, प्रांत का, जाति का, भाषा का होता है। ऐसे हिंदू समाज का संघटन कर देश को समृद्ध करना, प्रगति पथ पर लाना, परम वैभव तक ले जाना संघ का उद्दिष्ट है।

हिंदुत्व की धारणा : वैश्विक

हिंदुत्व की धारणा सर्वसमावेशक है। हिंदुत्व की संकल्पना यह एक 'जीवनप्रणाली' है, हमारे उच्चतम न्यायालय ने भी कहा है। भारत का स्वतंत्रता आंदोलन मुख्यतः राष्ट्रीयता, सामाजिक न्याय, धर्मनिरपेक्षता तथा लोकशाही—इन तत्त्वों पर आधारित था। यही तत्त्व भारतीय संविधान के आधारभूत तत्त्व हैं। हिंदुत्व की भावधारा सागर जैसी विशाल है। आकाश की तरह अनंत है अर्थात् समाज धारणा को जो-जो उपयुक्त हैं, वह सब हिंदुत्व की संकल्पना में स्वाभाविक है। स्वामी विवेकानंदजी के अनुसार यह भावधारा वैश्विक है। 'वसुधैव कुटुम्बकम्' माननेवाली है। हिंदुत्व की यही धारणा रखकर संघ काम कर रहा है।

संपूर्ण हिंदू समाज का समन्वय एवं संघटन

संपूर्ण हिंदू समाज का संघटन यह संघ का उद्दिष्ट है। समाज का प्रत्येक घटक संस्कारित, चारित्र्य संपन्न होना चाहिए, वैसे ही वह संघटित भी होना चाहिए। संघटित व्यक्तियों का अथवा समाज के कलागुणों का, कौशल्य का एकत्रित आविष्कार ही देश के वैभव की निर्मिति तथा उस वैभव का संवर्धन एवं संरक्षण करने के लिए कटिबद्ध होता है। बीते हजार वर्ष के परकीय आक्रमणों के यशस्वी होने का रहस्य उनकी पराक्रमशक्ति का नहीं, बल्कि हमारा संघटित न रहना यही है। इसलिए संघ को समाज का संघटन आवश्यक लगता है।

संघकार्य पक्ष-निरपेक्ष

भारत में लोकशाही शासन प्रणाली है। यहाँ विविध राजकीय पक्षों का अस्तित्व में रहना यह स्वाभाविक बात है, परंतु ऐसे राजकीय पक्षों से संघ का कार्य

जुड़ा हुआ नहीं है। यह 'मनुष्य निर्माण' तथा 'व्यक्ति-व्यक्ति संघटन' का कार्य है। मातृभूमि के प्रति जाज्वल्य निष्ठा उस निष्ठा के आधार पर चारित्र्य, चारित्र्य संवर्धन तथा उस संवर्धन के आधार पर मातृभूमि को परम वैभव तक ले जाने का उद्दिष्ट यह संघ के कामकाज का क्रम है। ऐसा व्यक्ति लोकशाही राजकीय रचना में किसी भी राजकीय पक्ष के कार्य में शामिल हो सकता है। संघ की उसके लिए कोई भी रुकावट नहीं होती। राजकीय पक्ष किसी व्यक्ति को लेना, न लेना यह निश्चित करता है। स्वीकार या बहिष्कार यह उस राजकीय पक्ष की नीति का हिस्सा हो सकता है; किंतु व्यक्ति परिवर्तन से समाज परिवर्तन तथा ऐसे परिवर्तित समाज का सबल, सशक्त संघटन यह संघ का उद्देश्य होने के कारण संघ संघटन राजकीय पक्ष निरपेक्ष ही है।

संघकार्य व्यक्ति-निरपेक्ष

संघकार्य व्यक्ति-निरपेक्ष कार्य है। भारत भूमि नित्य, शाश्वत शक्ति है। यहाँ का समाज भी हजारों वर्षों से चला आ रहा है। यह समाज प्रभावी, प्रेरणादायी शक्तिप्रवाह है। व्यक्ति की आयु की मर्यादा है। वैसे ही कोई व्यक्ति आज संघटना का काम कर रहा है, कल नहीं रहेगा, लेकिन काम विशिष्ट पद्धति से जारी रहना चाहिए। निरंतर आगे बढ़ना चाहिए। इसलिए संघकार्य 'व्यक्तिनिष्ठ' न होकर 'ध्येयनिष्ठ' है। संघ की कार्यपद्धति में त्याग, वैराग्य का प्रतीक और इतिहास का साक्षी भगवा ध्वज ही गुरु माना जाता है। कोई भी व्यक्ति यहाँ 'गुरुस्थान' पर नहीं होता। इसी कारण से स्वयंसेवक उद्दिष्ट पूर्ति के लिए काम करनेवाला कार्यकर्ता होता है इसलिए संघ व्यक्ति-निरपेक्ष है।

राष्ट्रीय चारित्र्य की निर्मिति

राष्ट्रीय चारित्र्य की निर्मिति एक आवश्यक बात संघ विचार में मानी गई है। व्यक्तिगत जीवन में सत्प्रवृत्त, नीतिमान, धर्मनिष्ठ रहनेवाला व्यक्ति यदि राष्ट्र के हित का विचार नहीं कर सकता, तब वह समाज तथा राष्ट्र दोनों के लिए घातक सिद्ध हो सकता है। संघ को यदि अपना स्वयंसेवक वैयक्तिक जीवन में चारित्र्यवान होना चाहिए, ऐसा लगता है, वैसे ही वह राष्ट्रीय, सामाजिक तथा व्यावसायिक कार्य में भी चारित्र्यवान होना चाहिए।

संघकार्य : धर्मकार्य

संघकार्य समाज की धारणा करनेवाला कार्य है। 'संघकार्य ईश्वरी कार्य' है, ऐसी संघ की धारणा है। प्राचीनतम ऐसी हिंदू संस्कृति का, हिंदू धर्म का संरक्षण तथा संवर्धन करने के लिए इस कार्य का आरंभ हुआ है। संपूर्ण समाज संघमय होने पर संघ उस समाज में अपने आप ही विलीन हो जाएगा। संघ विचार ही समाज का स्वाभाविक विचार होना चाहिए।

संघ विचार : राष्ट्रीय विचारधारा

संघ विचारधारा का गहन अध्ययन तथा उस विचारधारा का समाज पर बीते 92 वर्षों में हुआ परिणाम इन दोनों का विचार किया जाए तो संघ द्वारा प्रस्तुत की गई विचारधारा यही इस देश की राष्ट्रीय विचारधारा है, ऐसा समझने में कोई संदेह नहीं है। यह विचारधारा परिस्थिति-निरपेक्ष है। वैसे ही संघ ने अपनी कार्यपद्धति में परिस्थिति के अनुसार बदलाव भी किए हैं। इसी कारण संघ की कार्यपद्धति परिस्थिति-सापेक्ष है।

संघ विचारधारा 'कृण्वन्तो विश्वमार्यम्' अथवा 'वसुधैव कुटुम्बकम्' दोनों सर्वमान्य विधारधाराओं से साम्यता रखनेवाली है। उसी तरह संघ विचारधारा ने 'सत्यमेव जयते' स्वयं के 92 वर्षों के सफर से सिद्ध किया है। संघ पर जब आघात हुए, तब संघ ने अपने गुणों को बढ़ावा दिया। जब परिस्थिति अनुकूल हुई, तब संघ की संख्या बढ़ती गई। प्रतिकूलता हो या अनुकूलता, संघ अपने ध्येयमार्ग पर गुणात्मक और संख्यात्मक वृद्धि के द्वारा आगे ही बढ़ रहा है। संघ ने हमेशा 'समाज के व्यक्तियों, नेताओं को चुनौती दी है कि संघ विचारों को समझ लें, उसका अनुभव लें। अनुभव के पश्चात् सभी को प्रतीत होगा कि यही राष्ट्र की विचारधारा है।

सभी लोग संघ के ही

ई.स. 1925 से 2015 इन 90 वर्षों के सफर में राष्ट्रीय स्वयंसेवक संघ को अनेक कठिनाइयों का, आघातों का सामना करना पड़ा है; लेकिन देश के सभी लोग संघ के स्वयंसेवक हैं। 'कुछ आज हैं, किसी को कल स्वयंसेवक बनाना है' यही मूल धारणा है। महात्मा गांधीजी की मृत्यु के पश्चात् संघ पर पाबंदी लगाई गई। इस कालावधि में हजारों स्वयंसेवकों तथा उनके परिवारों को बहुत यातनाओं का सामना

करना पड़ा। उन सभी लोगों के मन में शासन के प्रति नफरत न हो, इसलिए संघ पर लगी पाबंदी उठने के बाद द्वितीय सरसंघ चालक प.पू. श्रीगुरुजी ने "अपने ही दाँत अपने ही ओठ, दाँतों से ओठ चबाया गया तो हम दाँत उखाड़ नहीं देते।" यह नसीहत दी; ताकि समाज में प्रेमभाव बना रहे। 1975 में आपातकाल के समय में तत्कालीन शासन ने संघ पर पाबंदी लगाई। संघबंदी और आपातकाल उठने के बाद तृतीय सरसंघ चालक मा. बालासाहेब देवरसजी ने सभी स्वयंसेवकों को 'forget and forgive' 'भूलो और क्षमा करो' यह राय दी।

इन बानवे वर्षों में संघ पर अनेक आघात हुए, फिर भी संघ विचार और कार्य व्यवस्थित ढंग से अनेक व्यक्तियों और संस्थाओं तक पहुँचे हैं। संघ स्वयंसेवकों ने लाखों कार्य पूरे किए हैं। अनेक क्षेत्र संघ विचारों से परिपूर्ण हैं। राष्ट्रीय स्वयंसेवक संघ के कार्य तथा विचार अर्थात् राष्ट्रीय विचारधारा तथा राष्ट्रीय कार्य हैं। संघकार्य जब सभी व्यक्तियों तक पहुँचेगा, तब संघ पर नियति का दिया हुआ दायित्व पूर्ण होगा।

संघकार्य की व्याप्ति

जीवन के प्रत्येक क्षेत्र में संघ के चारित्र्यसंपन्न, कर्तृत्ववान और अनुशासनप्रिय कार्यकर्ता पहुँचे हैं और उन्होंने उन क्षेत्रों में देशव्यापी संस्थाएँ, संघटनाएँ स्थापित की हैं। इन देशव्यापी संघटनाओं की संख्या 55 है। इसके अतिरिक्त राज्य और स्थानिक स्तर पर काम करनेवाली संस्थाओं की संख्या कुछ हजारों में है। देश भर में डेढ़ लाख से भी अधिक सेवाकार्य इस संस्था संघटना की सहायता से चलाए जाते हैं। इस कार्य की विशेषता यह है कि समाज में से ही कार्यकर्ता तथा आर्थिक बल प्राप्त कर यह संस्था, संघटना बड़ी हुई है तथा स्वयंपूर्णता से कार्यमग्न हुई है। सभी भौगोलिक क्षेत्रों को तथा समाज के सभी स्तरों को व्याप्त करनेवाला यह बड़ा वैचारिक परिवार है। देश के सांस्कृतिक, धार्मिक, सामाजिक, आर्थिक, राजकीय, शैक्षणिक जीवन पर आज स्वयं के विचारों का प्रभाव निर्माण करनेवाला यह संघटन है। इन सभी कामों की बेमतलब प्रसिद्धि या वाह-वाह की नहीं जाती। संघनिर्माता युगप्रवर्तक डॉ. केशव बलिराम हेडगेवारजी की अपेक्षानुसार संघ नागरी बस्ती में लोकसंख्या का सैकड़ा 3 प्रतिशत तथा ग्रामीण बस्ती में लोकसंख्या का सैकड़ा 1 प्रतिशत इस संख्या में पहुँचना चाहिए। यह उद्दिष्ट अभी बहुत दूर है। संघ का काम यह उद्दिष्ट प्राप्त करने की तरफ होगा।

अकोला में 28 मार्च, 1937 को युगप्रवर्तक डॉ. हेडगेवारजी ने राष्ट्रीय स्वयंसेवक संघ की भूमिका बताते हुए कहा था—

"राष्ट्रीय स्वयंसेवक संघ को राष्ट्र के निर्माण का काम करना है। यह संघटना राष्ट्र को समर्थ बनाने के लिए है। संघ समस्या के मूल तक पहुँचकर कार्य कर रहा है। इस कार्य को करने से बाकी सभी प्रश्न सहजता से सुलझ जाएँगे, परंतु हमें कार्य को समझ लेना चाहिए।"

संघ की सद्य:स्थिति (मार्च, 2017)

संघ की स्थानिक परिस्थिति के अनुसार दैनंदिन, साप्ताहिक, मासिक, प्रभात, सायं आदि शाखाएँ चलती हैं। इन शाखाओं का कामकाज विशिष्ट पद्धति से तथा अनुशासन पद्धति से चलाया जाता है, इसके लिए तीन वर्षों के अधिकारी प्रशिक्षण वर्ग (संघ शिक्षा वर्ग) लिये जाते हैं। प्रथम वर्ष के वर्ग प्रांतश: होते हैं। द्वितीय वर्ष के वर्ग क्षेत्रश: होते हैं। तृतीय वर्ष का एक ही वर्ग नागपुर में होता है।

कोयंबटूर में दिनांक 13-15 मार्च, 2017 को हुए राष्ट्रीय स्वयंसेवक संघ के अखिल भारतीय सभा के अहवालानुसार, 'अभी देश में कुल 55,078 जगह मिलाकर 57,233 दैनंदिन शाखा, 14,896 साप्ताहिक शाखा और 8,226 मासिक शाखा चलाई जाती है। उसी प्रकार 2016 में देश भर में प्रथम वर्ष के 59 वर्ग हुए। 9,609 गाँवों के 17,500 शिक्षार्थी उसमें उपस्थित थे। द्वितीय वर्ष के 16 वर्ग हुए, उसमें 2,902 गाँवों के 4,310 शिक्षार्थी उपस्थित थे। तृतीय वर्ष के 657 गाँवों से आए 973 शिक्षार्थी थे। इसके अलावा प्राथमिक शिक्षा वर्ग में 23,812 शाखा से 1,00,000 युवक उपस्थित थे।

संघ का विदेशों में कार्य

भारत के बाहर संघ का काम 'हिंदू स्वयंसेवक संघ' के नाम से चलाया जाता है। भारत के बाहर 39 देशों में 712 शाखाएँ हैं। विदेश विभाग में पूरे समय काम करनेवाले प्रचारकों की संख्या 16 है। प्रथम तथा द्वितीय वर्ष के संघ शिक्षा वर्ग अब उन्हीं देशों में चलाए जाते हैं। कैरेबियन देश में 32, अमेरिका में 145, यूनाइटेड किंगडम में 82, श्रीलंका में 36, जबकि ऑस्ट्रेलिया में 12 शाखाएँ हैं।

राष्ट्रीय स्वयंसेवक संघ आज विश्व का सबसे बड़ा स्वयंसेवी संघटन है। यह संगठन भारत की सभी तहसीलों तक पहुँच गया है।

□

प्रकरण-14

भारतीय संप्रदाय–योगदान

संप्रदाय की निर्मिति

भारत देश के ज्ञात इतिहास में अनेक संप्रदाय तथा पंथ निर्मित हुए हैं। बहुसंख्य संप्रदाय चार वेद, श्रुति, स्मृति, पुराण, उपनिषद्, रामायण, महाभारत का अधिष्ठान लेकर तैयार हुए हैं। इन संप्रदाय के संस्थापकों के नाम से भी अनेक पंथ निर्मित हुए। आठवीं शताब्दी में देश पर हुए आक्रमणों के बाद भी इन संप्रदाय तथा पंथों का कार्य चालू रहा। इन संप्रदायों की विहित उपासना पद्धति के द्वारा समाजमन भारतीय विचारों से प्रभावित होता रहा है।

भारतीय संप्रदाय

विद्यावाचस्पति शंकर वासुदेव अभ्यंकरजी ने आदित्य प्रतिष्ठान द्वारा 'भारतीय संप्रदाय' यह स्वतंत्र खंड प्रकाशित किया है। उस खंड में लगभग 200 भारतीय संप्रदायों के कार्य की अध्ययनपूर्ण समग्र जानकारी है। उदाहरणार्थ—आर्यसमाज, रामकृष्ण मठ, स्वाध्याय परिवार, जीवनमिशन इत्यादि।

उसमें से अनेक आधुनिक संप्रदाय पिछले 130 वर्षों में निर्मित हुए हैं। इन संप्रदायों ने भारतीय विचारधारा के पुनरुज्जीवन के, संरक्षण के तथा संवर्धन के प्रयत्न किए हैं।

संप्रदाय—एक चमत्कार

'भारतीय संप्रदाय' यह हिंदू-धर्म-संस्कृति का चमत्कार है। निर्गुण की बजाय सगुणोपासना सुलभ होने के कारण उपासना करनेवाले अनुयायी बढ़े। श्रीविष्णु के अवतारों को हिंदू-धर्म संस्कृति में विशेष स्थान है। भक्ति के विकास का उत्कर्षबिंदु

अर्थात् भगवान् श्रीकृष्ण है। उनके चरित्र की मोहिनी आचार्य-संत-भक्त सभी पर रही। समस्त हिंदू-धर्म के तत्त्वज्ञान का सार भगवान् श्रीकृष्ण ने 'गीता' में दिया है। जीवन की प्रत्येक समस्या का उसमें समाधान है।

सभी संप्रदायों का 'भक्ति' समान सूत्र है। भक्ति के इस रस से ही संप्रदाय, पंथ निर्मित हुए। ई.स. 5-6 शताब्दी में दक्षिण भारत में अलवार और नायन्मार संतों के रूपों से भक्ति की लहर फैल गई। शैव-वैष्णव-नाथ-दत्त-राम-निर्गुणी आदि संप्रदाय तथा पंथों के योगदान से भारत को नवसंजीवन प्राप्त हुआ। संप्रदाय या पंथों को प्रवर्तित करनेवाले संत सच्चे अर्थ में लोक प्रतिनिधि थे।

सभी संप्रदायों की जड़ हिंदू धर्म के तात्त्विक अधिष्ठान से जुड़ी हुई है। अभ्युदय तथा निःश्रेयस, ये दोनों धर्म के प्रमुख अंग हैं। अभ्युदय अर्थात् भौतिक समृद्धता और निःश्रेयस अर्थात् पारमार्थिक अनुभूति या आत्मसाक्षात्कार। इन दोनों का उत्तम समन्वय मनुष्य के जीवन में उतरना चाहिए। यही उद्देश्य रखकर सब संप्रदाय काम कर रहे हैं।

संप्रदाय के अधिष्ठान—चार पुरुषार्थ

हिंदू संप्रदाय के चार प्रमुख तात्त्विक अधिष्ठान हैं—

(1) कर्मसिद्धांत, (2) चतुर्विध पुरुषार्थ, (3) चार आश्रम धर्म और (4) निष्काम कर्मयोग।

धर्म, अर्थ, काम तथा मोक्ष—ये चार पुरुषार्थ हैं। अर्थ तथा काम यह प्रवृत्ति पर अर्थात् अभ्युदय के पुरुषार्थ हैं, जबकि धर्म और मोक्ष निवृत्ति पर अर्थात् निःश्रेयस के पुरुषार्थ हैं। अर्थ तथा काम सदाचार की चौखट में ही सेवन करने के लिए सभी संप्रदायों का आग्रह है। धर्म पर आधारित अर्थ व काम का उपभोग लेना पुण्य है तथा धर्म की सदाचार की चौखट तोड़कर अर्थ व काम का उपभोग लेना पाप है। ऐसा विचार सब संप्रदायों का है।

चार आश्रम

साधारणतः मानवी जीवन सौ वर्षों का मानकर उसे चार आश्रमों में बाँटा गया है। वे चार आश्रम हैं—ब्रह्मचर्याश्रम, गृहस्थाश्रम, वानप्रस्थाश्रम तथा संन्यासाश्रम। ब्रह्मचर्याश्रम में विद्या संपादन कर सदाचार से ऋषि का ऋण चुकाया जाता है। गृहस्थाश्रम में वंशबेल को जारी रख शास्त्रविहित कर्म के द्वारा पितृऋण से मुक्त

होना पड़ता है। सहनशीलता, त्यागवृत्ति और वैराग्य द्वारा ब्रह्मज्ञान के लिए जो आवश्यक बैठक है, वह तैयार करते समय लोकशिक्षण का काम भी वानप्रस्थाश्रम में करना होता है। अहंकार को नष्ट कर, मुमुक्षुत्व को स्वीकार कर अंत में संन्यास आश्रम में मोक्ष प्राप्ति कर लेना, ऐसी आदर्श कार्य रचना चार आश्रमों में की गई है, अर्थात् यह सामाजिक और वैयक्तिक नैतिक जीवन का आदर्श है। व्यक्तिगत स्तर पर अपनाया हुआ धर्म अर्थात् 'नीति' है। उसका सामूहिक, सुसंघटित, सुसूत्र रूप मतलब 'राष्ट्रधर्म' है। सभी संप्रदायों में ऐसा ही नीतिधर्म और राष्ट्रधर्म सदाचार से आचरण में लाया गया है।

सातत्यपूर्ण कार्य

ई.स. आठवीं शताब्दी से भारत पर अनेक आक्रमण हुए। आक्रमणकारियों ने हिंदूधर्म और संस्कृति को जड़ से नष्ट करने की निरंतर कोशिश की। फिर भी भारत की हिंदू-धर्म संस्कृति की परंपरा अक्षुण्ण बनी रही। इसका बहुत बड़ा श्रेय भारत के संप्रदाय और उस संप्रदायों के आचार्य-संतों को जाता है। भारतीय संप्रदायों ने ज्ञान-भक्ति का संस्कार कर सांस्कृतिक संघटन को मजबूत किया। भजन-अभंग-प्रवचन-कीर्तन की सहायता से जन-मानस को भक्ति-मार्ग दिखाया। प्रादेशिक भाषा का स्वत्व रखा। भारतीय विविधता की एकात्मता सामान्य जनता तक पहुँचाई। आक्रमणों द्वारा उद्ध्वस्त हुए हिंदुओं के सांस्कृतिक तथा भाव जीवन को अर्थ प्रदान किया। मानवी जीवन को भक्ति का अधिष्ठान दिया। नीति का, सदाचार का, शुद्धाचार का मार्ग लोगों के सामने विस्तारित किया। सगुण-निर्गुण, हरि-हर इनका संगम किया। एकांत-लोकांत का समन्वय किया। परमार्थ तथा मानवकल्याण का मंत्र दिया। प्रभु रामचंद्र तथा भगवान् कृष्ण के सगुण अवतारों को शिरोधार्य रखा। अलग-अलग मतों के संभ्रम से सार ढूँढ़ निकाला। मानव के प्रति अगाध प्रेम, परस्पर विश्वास आचरण, तत्त्वज्ञान, उपासना, स्थान, विभूति, वाङ्मय, आचार्य, संत आदि के संस्कार संप्रदायों ने पीढ़ी-दर-पीढ़ी जारी रखे हैं।

संप्रदाय—विकास केंद्र

भारत के अनेक संप्रदाय अर्थात् भारतीय सहिष्णुता और एकता के प्रतीक हैं। हिंदूधर्म का धार्मिक समन्वयवाद प्रमुख रूप से लोकशाहीनिष्ठ है। यहाँ सभी आचार्यों के और संप्रदायों के मतों को आधारभूत ऐसा एक विशिष्ट धर्ममत है।

श्रुति प्रमाणग्रंथ है। गीता श्रीकृष्ण भगवान् द्वारा किया हुआ जीवन उपदेश है। भौतिक सूत्रों तथा ब्रह्मसूत्रों का यह एक सुसंबद्ध विवरण है। समाज के सभी घटकों के लिए भारत के विभिन्न संप्रदाय विकास केंद्र ही हैं। भक्ति संप्रदाय का उद्गम दक्षिण भारत में तमिल प्रांत में सातवीं शताब्दी में हुआ और वह धीरे-धीरे कर्नाटक तथा महाराष्ट्र में फैलते हुए 15वीं शताब्दी के उपरांत उत्तर भारत और बंगाल तक फैला। अध्यात्म के क्षेत्र में प्रतिभावान संत कवि, आम जनता के नेता और प्रतिनिधि बने। सातवीं शताब्दी से भारत के सभी क्षेत्र में निर्मित हुए संप्रदायों की सूची बहुत लंबी है।

गाणपत्य संप्रदाय का 15वीं शताब्दी में उद्गम हुआ। दत्त संप्रदाय का ई.स. 11-12वीं शताब्दी में उद्गम हुआ। नाथपंथ, उत्तर की तरफ विस्तारित हुआ। निर्गुणी पंथ, 'राम' को ही जिन्होंने उपास्य दैवत माना, ऐसे अनेक पंथ तथा संप्रदाय, वैष्णव संप्रदाय, शाक्त पंथ, सिख पंथ, शैव संप्रदाय आदि अनेक पंथ-संप्रदाय निर्मित हुए। उन सभी पंथों के, संप्रदायों के काम आज भी जारी हैं।

आधुनिक संप्रदाय

आधुनिक काल में देश के अलग-अलग हिस्सों में अनेक आधुनिक संप्रदाय निर्मित हुए हैं। आधुनिक संप्रदाय अर्थात् ई.स. 19-20 शताब्दी में निर्मित हुए संप्रदाय। इन संप्रदायों की कार्यपद्धति और उपासना पद्धति भिन्न होते हुए भी अंतिम अनुभूति एक ही है। जिस प्रकार पानी के अनेक प्रवाह अंत में सागर में ही मिलते हैं, उसी प्रकार भिन्न-भिन्न रुचि के व्यक्तियों, संस्थाओं द्वारा की गई उपासना एक ही चैतन्य तत्त्व को पहुँचती है।

कुछ आधुनिक संप्रदायों के नाम इस प्रकार हैं—

(1) अरविंद दर्शन, (2) आर्य समाज, (3) इस्कॉन, (4) कृष्णमूर्ति प्रतिष्ठान, (5) गाडगे महाराज मिशन, (6) चिन्मय मिशन, (7) जीवनविद्या मिशन, (8) निंबरगी संप्रदाय, (9) परमहंस सभा, (10) प्रजापिता ब्रह्माकुमारी ईश्वरीय विश्वविद्यालय, (11) प्रशांति निलायम आश्रम, (12) प्रार्थना समाज, (13) प्रियतम धर्मसभा, (14) रामकृष्ण संघ—रामकृष्ण मठ, (15) विश्वभारती संस्था, (16) साईंबाबा शिरडी संस्थान, (17) साधु वास्वानी मिशन, (18) स्वाध्यायी परिवार, (19) स्वामी नारायण संप्रदाय।

इन सभी संप्रदायों की स्थापना, उनके विचारों के अधिष्ठान, सामाजिक कार्य

की विस्तृत जानकारी विद्यावाचस्पति शंकर वासुदेव अभ्यंकर द्वारा संपादित किए 'भक्तिकोश' के तीसरे खंड 'भारतीय संप्रदाय' में दी गई है।

सभी संप्रदाय उनके कायक्षेत्र में कार्य कर रहे हैं। उनके द्वारा किए गए कार्य से देश के असंख्य नागरिक जुड़े हुए हैं।

विदेशों में कार्य

सभी संप्रदाय भारतीय विचारों के प्रसार केंद्र हैं। ये संप्रदाय भारतीय सांस्कृतिक विचारधारा का प्रसार देश के सभी भागों में अनेक मंदिर, विद्यालय, अस्पताल के माध्यम से कर रहे हैं। अनेक संप्रदायों का काम विदेशों में फैला हुआ है। इसी कारण उस देश के भारतीय वंश के लोग इन संप्रदायों के कार्य में लगे हुए हैं। इसके अतिरिक्त उस संप्रदाय के आचार्य, व्याख्याता स्वीकारी हुई भारतीय विचारधारा का प्रसार उन देश की जनता तक कर रहे हैं। भारतीय विचारधारा मानव कल्याण विचारधारा होने के कारण विश्व कल्याण के विचार विश्व में सभी जगह प्रसृत हो रहे हैं।

ऊपर दिए गए आधुनिक संप्रदायों के अलावा अन्य अनेक संस्थाएँ विदेशों में काम कर रही हैं। इसी कारण मूल भारतीय विचारधारा का देश-विदेश में पुनरुज्जीवन किया जा रहा है। इस कार्य के आधार से मूल भारतीय विचारधारा को नई शक्ति प्राप्त हो रही है।

□

प्रकरण-15

भारतीय तीर्थक्षेत्र तथा मंदिर–योगदान

भारत के तीर्थक्षेत्र तथा मंदिर भारतीयों के जीवन से एकरूप हो गए हैं। सभी भारतीयों की ऐसी मनोकामना रहती है कि वे जीवन में एक बार काशी जाकर गंगास्नान करें तथा काशी विश्वेश्वर के दर्शन करें। काशी के अलावा गया, प्रयाग, द्वारका, रामेश्वर, मथुरा, पंढरपुर, कन्याकुमारी, कैलास मानसरोवर, हरिद्वार, तिरुपति बालाजी जैसे अनेक तीर्थक्षेत्र देश के लगभग सभी भागों में हैं। भारतीय मन तैयार करने में उनका बहुत बड़ा योगदान है।

विद्यावाचस्पति शंकर अभ्यंकर अपने पाँच खंडी भक्तिकोष के पाँचवें खंड 'भारतीय तीर्थ क्षेत्र तथा मंदिर' के प्रारंभ में ही 'इये भारताचिये नगरी' प्रकरण में पृष्ठ-3 पर लिखते हैं, "हिंदू धर्म में मानव जीवन को एक पवित्र तीर्थयात्रा माना गया है। इस यात्रा का अंतिम चरण मोक्ष है। यह यात्रा सफल-संपूर्ण होनी चाहिए, इसलिए मार्ग में अनेक तीर्थ-क्षेत्र तथा मंदिर हैं।"

हिंदू धर्म में तीर्थ क्षेत्रों तथा मंदिरों को भगवानका निवास स्थान माना गया है।

मंदिर-संस्कार केंद्र

भारत में मंदिरों को संस्कारों का प्रभावी केंद्र माना गया है। इसलिए आक्रमणकर्ताओं ने अपना पहला हमला इन मंदिरों पर किया। इसका प्रारंभ आठवें शतक में सोमनाथ मंदिर पर हुए आक्रमण से हुआ। अभी नजदीक के काल में जम्मू के रघुनाथ मंदिर, गुजरात के अक्षरधाम मंदिर तथा वाराणसी के संकटमोचन मंदिर पर हमले हुए हैं।

भारत पर कई शताब्दियों से चले आ रहे आक्रमणों के बाद भी आज जो कुछ बचा है, वह भी किसी 'चमत्कार' से कम नहीं है। नास्तिकता का निर्दय प्रचार

अशोक चक्र

करनेवाले समाजवादी, धर्म के मूल पर प्रहार करनेवाले साम्यवादी, आगामी पीढ़ी को भोगवाद की बुरी आदत सिखानेवाले उत्पादक, इन सभी पर मंदिरों में किए गए संस्कार का प्रभाव है। यह है हिंदू-धर्म तथा हिंदू धर्म की संस्कृति। प्रतिदिन, प्रतिक्षण तीर्थक्षेत्र तथा मंदिरों में निरंतर बढ़नेवाली भक्तों की भीड़ को देखा जाए तो भारत की पुण्याई का सामर्थ्य ध्यान में आता है।

भारतीय आचार्यों ने भक्ति की नींव रखी। भारतीय संतों ने उस पर भक्तिज्ञान की इमारत खड़ी की। भारतीय संप्रदायों ने उस पर कला-कौशल के शिल्प ढाले। भारतीय उपासना ने उनके पावित्र्य को वर्धिष्णु किया। भारतीय तीर्थक्षेत्र तथा मंदिरों ने उस पर सर्वार्थ से कलश चढ़ाया।

यह विचारधारा भारतीय ज्ञान की विधायक है। यहाँ का शास्त्र तथा यहाँ की कला मानव की पूर्ण अभिव्यक्ति के लिए माध्यम बनी। भारतीयों ने परमात्मा को संपूर्ण विश्व में देखा। चैतन्य का सगुण, मूर्तरूप उन्होंने मंदिर की मूर्ति में देखा। विश्वव्यापी परमेश्वर के अद्भुत विस्तार को उन्होंने मंदिर के संक्षिप्त रूप में स्थापित किया। इन तीर्थक्षेत्रों तथा मंदिरों ने ही। धर्मकारण, राष्ट्रकारण, समाजकारण, अर्थकारण, वाङ्मय, विज्ञान, कला तथा शिक्षण—इन सभी संस्कृति

के अष्टांगों को संपन्न किया तो वे सृष्टि के, समाज के उद्धार का सर्वसुंदर रूप अर्थात् भारत के तीर्थक्षेत्र तथा मंदिर ही हैं।

तीर्थयात्रा के कारण भारतीयों को अलग-अलग स्थानों के सौंदर्य का अनुभव होता है, इतिहास के रोमहर्षक प्रसंगों की जानकारी प्राप्त होती है, विदेशियों ने जो मंदिरों का विध्वंस किया, उसकी कल्पना कर सकते हैं, मनुष्य बहुश्रुत होता है, विचारों को प्रेरणा मिलती है, मन विशाल होता है।

मंदिरों का उद्‌गम तथा विकास

भारतीय मंदिर अर्थात् पत्थर की खड़ी की गई इमारत नहीं है। वह तो ईश्वर का, परमेष्टी का, दिव्यत्व का साक्षात् प्रतीक है। समाज का अधिष्ठान, विश्वास-निष्ठा, श्रद्धा का प्रतीक है—मंदिर। धर्म का मूर्त स्वरूप है मंदिर। जनजागरण, समाजप्रबोधन, शिक्षण, संस्कार, शक्ति, भक्ति, नीति इन सभी का समन्वय है मंदिर।

इस वर्णन का अनुभव आज भी भारत के प्रत्येक गाँव में होता है। गाँव में

मीनाक्षी मंदिर

जनजागरण की सभाएँ, मंदिर में होती हैं। सायंकाल, रात्रि कथा, कीर्तन, भजन इनसे भक्ति का बगीचा फूलता है। गाँवों की महिलाओं, वृद्धों का मंदिर यह श्रद्धास्थान है। वैसे ही विश्राम का भी स्थान है।

दक्षिण भारत में असंख्य मंदिर हैं। उनमें से अनेक मंदिर सुस्थिति में हैं। धर्म-संस्कृति-तत्त्वज्ञान, नित्यकर्मनिष्ठा, वैदिक परंपरा, गायन-नृत्य-नाट्य-शिक्षण इत्यादि के केंद्रबिंदु के रूप में दक्षिण भारत के मंदिरों का योगदान अभूतपूर्व तथा अलौकिक है। राजाश्रय तथा लोकाश्रय इन दोनों का अपूर्व समन्वय मंदिर परंपरा में देखने को मिलता है।

मंदिर की रचना, निर्माण करना यह अत्यंत पुण्यदायी कर्म है, इस कारण हिंदू धर्म ने बौद्ध, जैन धर्मों को में भी गौरवान्वित किया है। आधुनिक काल में भी पिछले 100-150 वर्षों में अनेक छोटे-बड़े मंदिरों का निर्माण पूरे भारत में हुआ। बिरला उद्योग समूह ने देश के अनेक शहरों में मंदिरों का निर्माण किया, जो बिरला मंदिर के नाम से प्रसिद्ध हैं। स्वामी नारायण संप्रदाय ने भी कई स्थानों पर मंदिर बनवाए। इस्कॉन संप्रदाय ने भी अनेक गोपाल कृष्ण मंदिरों का निर्माण किया है।

कन्याकुमारी में स्वामी विवेकानंद शिला स्मारक स्थित है। ये सभी मंदिर समाज पर संस्कार करनेवाले केंद्र ही हैं।

भारत के प्रमुख मंदिर

(1) बदरीनाथ मंदिर, बदरीनाथ उत्तराखंड
(2) कोणार्क सूर्य मंदिर, ओडिशा
(3) बृहदीश्वर मंदिर, तंजावर, तमिलनाडु
(4) सोमनाथ मंदिर, गुजरात
(5) केदारनाथ मंदिर, उत्तराखंड
(6) साँची स्तूप, मध्य प्रदेश
(7) रामेश्वर मंदिर, तमिलनाडु
(8) वैष्णोदेवी मंदिर, जम्मू-कश्मीर
(9) सिद्धि विनायक मंदिर, महाराष्ट्र
(10) गंगोतरी मंदिर, उत्तराखंड
(11) स्वर्ण मंदिर, अमृतसर, पंजाब
(12) काशी विश्वनाथ मंदिर, वाराणसी, उत्तर प्रदेश
(13) जगन्नाथ मंदिर, पुरी, ओडिशा
(14) यमनोत्तरी मंदिर, उत्तर काशी, उत्तराखंड
(15) मीनाक्षी मंदिर, मदुराई, तमिलनाडु
(16) अमरनाथ मंदिर, जम्मू-कश्मीर
(17) लिंगराज मंदिर, ओडिशा
(18) तिरुपति बालाजी मंदिर, तिरुमला, आंध्र प्रदेश
(19) कांचीपुरम् मंदिर, कांचीपुरम्, तमिलनाडु
(20) खजुराओ मंदिर, खजुराहो, मध्य प्रदेश
(21) विरुपाक्ष मंदिर, हंपी, कर्नाटक
(22) अक्षरधाम मंदिर, दिल्ली
(23) दिगंबर जैन लाल मंदिर, पुरानी दिल्ली
(24) गोमतेश्वर मंदिर, श्रावणबेळगोळ, कर्नाटक
(25) रणकपुर मंदिर, रणकपुर, राजस्थान
(26) पद्मनाभ मंदिर, तिरुअनंतपुरम्, केरल
(27) द्वारकाधीश मंदिर, द्वारका, गुजरात
(28) लक्ष्मीनारायण मंदिर, दिल्ली
(29) इस्कॉन मंदिर, उत्तर प्रदेश, वृंदावन, मथुरा
(30) दिलवाडा जैन मंदिर माउंट अबू

ये सभी मंदिर समाजमन का गठन करनेवाले विश्वविद्यालय हैं। यहाँ आनेवाले किसी भी व्यक्ति को शैक्षणिक पात्रता का निकष् नहीं। उम्र का बंधन नहीं। जाति का निकष नहीं। ये मंदिर हिंदू धर्म को चैतन्य की शिक्षा देने के लिए बाँधी गई शैक्षणिक संस्थाएँ हैं। यहाँ लौकिक अर्थ की पदवी नहीं दी जाती; परंतु यहाँ आनेवाला स्नातक मन ही मन चैतन्य की पदवी अपने साथ ले जाता है।

कुंभ मेला—संतों का अधिवेशन

बहुधा सभी तीर्थक्षेत्र किसी-न-किसी नदी के तट पर स्थित हैं। उन सभी तीर्थक्षेत्रों में से प्रयाग, हरिद्वार, उज्जैन तथा नासिक इन स्थानों पर हर तीन वर्ष के पश्चात् क्रमशः कुंभ मेला लगता है, अर्थात् प्रत्येक स्थान पर कुंभ मेला 12 वर्षों के बाद निश्चित विहित समय पर होता है। कुंभ मेले में पवित्र स्नान विधिवत् लगता होगा, लेकिन तीन वर्षों के बाद तथा भक्तजनों का इन चार स्थानों पर होनेवाला यह जनता जनार्दन का त्रैवार्षिक अधिवेशन होता है।

समाजनेताओं, तत्त्व, धर्मसंरक्षक, प्रवचनकार, कीर्तनकार, संत, आचार्य इनका यह विचार-विनिमय के लिए होनेवाला त्रैवार्षिक सम्मेलन होता है। देश के चार अलग-अलग भागों में वह होता है। उस शहर के आस-पास रहनेवाले लोगों के लिए यह बारह वर्षों बाद आनेवाला सुनहरा अवसर है। आक्रमण काल के दौरान कुंभ मेले का स्वरूप केवल एकत्रित होना तथा स्नान करना, यहाँ तक ही मर्यादित रहा; परंतु उस काल में भी समाज का एकत्रित स्वरूप, संगठित रूप दिखाने का वह अवसर ही था। अब धीरे-धीरे उस कुंभ मेले का स्वरूप संत-आचार्य लोगों के विचार-विनिमय के लिए होनेवाला त्रैवार्षिक अधिवेशन होने लगा है। इसमें विश्व हिंदू परिषद् समन्वय

निर्माण करने का प्रयत्न करती रहती है।

यदि प्रत्येक मत के आचार्यों तथा संतों ने जो क्षेत्र अपनी दृष्टि से देखे और अपने संप्रदाय को उपदेश देने के लिए चुने, फिर भी ऐसे व्यापक अनुभव के कारण भारत के तीर्थस्थान एक विशिष्ट संप्रदाय तक मर्यादित नहीं रहे, जिसके परिणामस्वरूप अनेक धर्मों तथा संप्रदायों के लोग क्षेत्र में आने लगे। उनका परस्पर परिचय होने लगा, जिसके कारण सांप्रदायिक पूर्वग्रह कम होने में मदद हुई। विविध संप्रदायों को जो तीर्थस्थल मान्य थे, वे महातीर्थ बन गए। जो-जो स्थान धर्म, विद्या, व्यापार और राजनीति, इन चारों की दृष्टि से महत्त्वपूर्ण थे, वे महापुरी के रूप में मान्य हुए।

तीर्थक्षेत्रों तथा मंदिरों की महानता भारत में ही है। तीर्थक्षेत्र वहाँ के आचार्यों के तप के कारण गौरवशाली रहे।

आधुनिक तीर्थक्षेत्र

भारत के तीर्थक्षेत्रों का उद्‌गम हजारों वर्षों से होता आ रहा है। पं. नेहरूजी ने भाखड़ा-नांगल बाँध का उद्‌घाटन करते समय कहा था कि भारत में नए बाँध और कारखानों का निर्माण हो रहा है। सब नवभारत के नए तीर्थक्षेत्र हैं। पिछले कुछ वर्षों में शांतिनिकेतन, कोलकत्ता का बेलूर मठ, कन्याकुमारी का विवेकानंद शिलास्मारक, पांडिचेरी का अरविंद आश्रम, हेमलकसा, जलियाँवाला बाग स्मारक, अंडमान की सेल्यूलर जेल आदि अनेक तीर्थक्षेत्र बन गए हैं। ये सभी स्थान देश के लोगों का देश के प्रति प्रेम जाग्रत् करनेवाले प्रेरणास्थान बन गए हैं।

आठवें शतक से आक्रमणकर्ताओं ने मंदिरों के शिल्पों को खंडित किया। फिर भी मंदिरों का जन-जागृति का काम अव्याहत जारी है। हजार-बारह सौ वर्ष बीत जाने के बाद भी मंदिरों की बाह्य रचना जैसी-की-तैसी रही है। कुछ मंदिरों का रूपांतर शायद कुछ स्थानों पर मसजिद अथवा चर्च के रूप में होने के बावजूद मंदिरों की संख्या इतनी है कि मंदिरों की जन-जागृति के काम में कहीं भी न्यूनता नहीं आई।

तीर्थक्षेत्रों तथा मंदिरों द्वारा चल रहे कार्य की जानकारी प्राप्त करनी चाहिए तथा आक्रमण के समय में उन्हें जहाँ-जहाँ न्यूनता आई हो, वह दूर करनी चाहिए। उनका सामर्थ्य नए स्वरूप में, नई पद्धति में रूपांतरित करना चाहिए, जिससे तीर्थक्षेत्र तथा मंदिर इसके आगे ज्यादा प्रमाण में भारतीय विचारधारा का पुनर्विकसन करने का कार्य दृढता के साथ जारी रख सकेंगे।

□

विभाग-5

राजकीय पक्ष : विचारधाराएँ, कार्य और चुनौतियाँ

प्रकरण-16

राजकीय पक्ष तथा उनकी विचारधाराएँ

राजकीय पक्ष—व्याख्या

"राजकीय पक्ष अर्थात् राजकीय दल की सहायता से शासन पर नियंत्रण रखनेवाला, समविचारी राजकीय तत्त्वज्ञान प्रदर्शित करनेवाला संघटित नागरिकों का समूह होता है।" सामान्य रूप से ऐसी राजकीय पक्ष की व्याख्या की जाती है।

राजकीय पक्षों की विशेषताएँ

- राजकीय पक्ष अनेक व्यक्तियों का समूह होता है।
- राजकीय पक्ष के जो सभासद होते हैं, उनके राजकीय विचार समान होते हैं। उन्हें अपनी राजकीय पक्ष की विचारधारा पर पूर्ण श्रद्धा होती है।
- राजकीय पक्ष हमेशा सत्ता हासिल करने का प्रयत्न करता है। देश का कारोबार चलाने की उसमें जबरदस्त इच्छाशक्ति होती है।
- राजकीय पक्ष की शांततापूर्ण मार्गों पर, पद्धतियों पर पूर्ण श्रद्धा होती है। अपने उद्दिष्ट साध्य करने के लिए राजकीय पक्ष शांततापूर्ण साधनों का आश्रय लेता है। (उदाहरण—चुनाव)
- राजकीय पक्ष अपने उम्मीदवारों को चुनता है, चुनाव प्रचार सभा आयोजित करता है और चुनावों में ज्यादा-से-ज्यादा सीटों को जीतने का प्रयत्न करता है।
- राजकीय पक्ष राजकीय दृष्टि से क्रियाशील होता है। वह या तो सरकारी पक्ष के रूप में काम करता है अथवा विरोधी पक्ष के रूप में काम करता है।
- जो राजकीय पक्ष सरकार चलाती है, उस पक्ष को शासकीय पक्ष (रूलिंग

पार्टी) कहा जाता है। जब एक पक्ष से अधिक पक्षों की सरकार होती है तो उस पद्धति को बहुपक्ष पद्धति (Multi-Party System) कहा जाता है।

- लोकशाही शासन-व्यवस्था में राजकीय पक्ष मुक्त रूप से राजकीय प्रक्रिया में सहभागी होते हैं। लोगों को उनका राजकीय पक्ष स्थापित करने तथा संगठित करने का पूरा हक होता है। पूर्ण स्वतंत्रता होती है।
- राजकीय पक्ष हमेशा लोगों के कल्याण का, प्रगति का तथा उत्कर्ष का विचार करता है।
- राजकीय पक्ष संविधान में संशोधन के अनुसार तथा निश्चित किए हुए कानूनों के अनुसार काम करता है।

राजकीय पक्षों का कर्तव्य

- राजकीय पक्ष जनता को सभा तथा मीटिंगों द्वारा समय-समय पर देश के सम्मुख निर्मित हुई समस्याओं से अवगत कराते हैं। वे जनता को सचेत करते हैं। जनता का दृष्टिकोण तैयार करने में मदद करते हैं।
- वे चुनाव लड़ते हैं तथा ज्यादा-से-ज्यादा उनके उम्मीदवार चुने जाएँ, इसलिए प्रयत्न करते हैं।
- जिस पक्ष के विधानसभा/लोकसभा में ज्यादा-से-ज्यादा उम्मीदवार (50 प्रतिशत से अधिक) होते हैं, वह पक्ष सरकार बनाता है तथा राज्य का कारोबार चलाता है।
- दूसरे पक्ष विरोधी पक्ष के रूप में काम करते हैं। वे सरकार की दोषपूर्ण नीतियों पर टीका-टिप्पणी करते हैं और सरकार एकाधिकारशाह न बन सके, इसलिए सरकार पर नजर रखते हैं।
- विरोधी पक्ष भी सामाजिक जनकल्याण के कार्यक्रम आयोजित करते हैं और प्राकृतिक आपदा के समय जनता की मदद करते हैं। उदाहरण—भूकंप, बाढ़, सूखा, सुनामी आदि।

राजकीय पक्षों का वर्गीकरण तथा उनका पंजीकरण

चुनाव आयोग प्रत्येक पक्ष को राष्ट्रीय पक्ष, प्रादेशिक पक्ष, स्थानिक पक्ष अथवा पंजीकृत तथा मान्यताप्राप्त पक्ष के रूप में मान्यता देता है। चुनाव आयोग किसी पक्ष को चुनाव में कितनी सफलता हुई, उसके आधार पर समय-समय पर

राष्ट्रीय, प्रादेशिक, स्थानिक आदि की मान्यता देता है।

किसी पक्ष को राष्ट्रीय पक्ष के रूप में मान्यता प्राप्त करने के लिए विशिष्ट नियमों का सहारा लेना पड़ता है। राजकीय पक्ष पिछले सार्वजनिक चुनाव में कुल योग्य (valid) मतदान में से कम-से-कम चार प्रतिशत मत, कम-से-कम चार राज्यों में हासिल करने में यशस्वी हुआ तो उस पक्ष को राष्ट्रीय पक्ष के रूप में मान्यता दी जाती है।

प्रादेशिक पक्ष एक या दो राज्यों में क्रियाशील होता है।

भारत के संविधान ने जनता को राजकीय पक्ष संगठित करने तथा स्थापित करने की स्वतंत्रता दी है तथा उस संबंध में मूलभूत अधिकार प्रदान किए हैं।

महत्त्वपूर्ण राष्ट्रीय राजकीय पक्ष और अध्यक्ष (सन 2017)

चुनाव चिह्न	राष्ट्रीय पक्ष	अध्यक्ष
कमल	भारतीय जनता पार्टी (BJP)	श्री अमित शाह
हाथी	बहुजन समाज पार्टी (BSP)	श्रीमती मायावती
हँसिया और हथौड़ा	कम्युनिस्ट पार्टी ऑफ इंडिया (CPI)	श्री सुखम् सुधाकर रेड्डी
हँसिया और हथौड़ा	कम्युनिस्ट पार्टी ऑफ इंडिया (CPM)	श्री सीताराम येचुरी
हाथ का पंजा	इंडियन नेशनल कांग्रेस	श्रीमती सोनिया गांधी
घड़ी	नेशनेलिस्ट कांग्रेस पार्टी	श्री शरद पवार

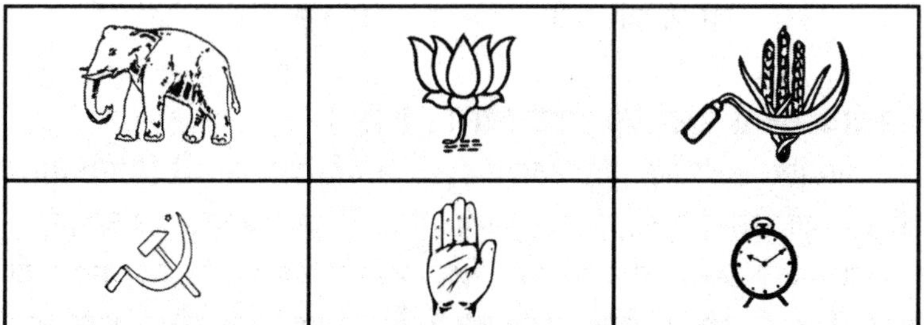

राजकीय पक्षों के चिह्न

संसद भवन

भारत के प्रादेशिक पक्ष

प्रादेशिक पक्ष		चुनाव चिह्न आरक्षित
(1)	आसाम गण परिषद्	हाथी
(2)	तेलुगु देशम् पार्टी	साइकिल
(3)	डी.एम.के.	उगता सूरज
(4)	अण्णा डी.एम.के.	दो पत्ते
(5)	शिवसेना	धनुषबाण
(6)	नेशनल कॉन्फ्रेंस	हल
(7)	शिरोमणि अकाली दल	तराजू
(8)	राष्ट्रीय जनता दल	लालटेन
(9)	समाजवादी पार्टी	साइकिल

भारतीय जनता पार्टी की विचारधारा (BJP)

भारतीय जनता पार्टी की स्थापना 1980 में हुई। इस पक्ष की विचारधारा में 'हिंदुत्व' की संकल्पना को महत्त्वपूर्ण स्थान प्राप्त है। यह पक्ष भारत को आधुनिक, प्रगतिशील तथा ज्ञानी राष्ट्र बनाने को इच्छुक है। इस विषय में यह पक्ष भारत की प्राचीन हिंदू संस्कृति से प्रेरणा ग्रहण करता है। भाजपा भारत को बलवान तथा संपन्न राष्ट्र बनाने की प्रतिज्ञा लेती है। वह आधुनिक, प्रगत, ज्ञानी तथा सुविद्य राष्ट्र

का निर्माण करते समय प्राचीन भारतीय संस्कृति से प्रेरणा लेती है तथा भारत को संपूर्ण विश्व में एक शक्तिशाली राष्ट्र के रूप में स्थापित करना चाहती है। विश्व के सभी राष्ट्रों में परिणामकारक कार्य करके, जागतिक शांति, राष्ट्रों में सुसंवाद, सुव्यवस्था, सहकार्य प्रस्थापित करना चाहती है। अपने राष्ट्र को विश्वगुरुपद पर पहुँचाना चाहती है।

भाजपा देश में लोकशाही शासन–प्रणाली दृढमूल करना चाहती है। लोकशाही शासन पद्धति सभी नागरिकों को जात, पंथ, लिंग का विचार न करते हुए, सामाजिक और आर्थिक न्याय, अवसर की समानता और उपासना तथा अभिव्यक्ति की स्वतंत्रता का विश्वास दिलाती है।

बहुजन समाज पार्टी की विचारधारा (BSP)

बी.एस.पी. ने 1996 में राष्ट्रीय पक्ष का दर्जा प्राप्त किया। बहुजन समाज पार्टी की विचारधारा इस प्रकार की है, "बहुजन समाज का सामाजिक परिवर्तन तथा आर्थिक गुलामी से मुक्ति।" बहुजन समाज के अंतर्गत शेड्यूल्ड कॉस्ट (SCS), पिछड़ी जाति, पिछड़ी जमाति, शेड्यूल्ड ट्राइब्स (STS), अदर बैकवर्ड क्लासेस (OBCS) (अन्य पिछड़ी जातियाँ) और धार्मिक अल्पसंख्यंक उदाहरण—सिख, मुसलिम, क्रिश्चियन, पारसी, जैन और बुद्धिस्ट—इन सभी जाति–जनजातियों का समावेश किया जाता है।

प्राचीन काल में वरिष्ठ श्रेणी के कुछ विशिष्ट लोगों द्वारा बहुसंख्यक लोगों पर जुल्म किया जाता था, अन्याय किया जाता था। दमन किया जाता था। अब यह जुल्म, अन्याय, दमन, अत्याचार किसी भी व्यक्ति पर न हो और जाति को स्वयं उन्नति के अवसर मिलें, इस दृष्टि से यह तत्त्वज्ञान है।

प्राचीन काल में शेड्यूल्ड कॉस्ट्स, शेड्यूल्ड ट्राइब्स, अदर बैकवर्ड क्लासेज तथा अल्पसंख्यक नागरिकों पर बहुत अधिक अन्याय और जुल्म हुआ है। इन लोगों का वरिष्ठ वर्ग द्वारा बहुत शोषण किया गया है। भारत में ये लोग बहुसंख्यक होने के कारण इस समाज को 'बहुजन समाज' कहा जाता है। यह पक्ष इन लोगों को संगठित करने का काम करता है।

यह पक्ष पददलित नागरिकों के लिए काम करता है।

(अ) उनका पिछड़ापन दूर करता है।

(आ) उनपर हो रहे अन्याय तथा शोषण के विरुद्ध लड़ना।

(क) नागरी जीवन तथा समाज में उनके स्थान में सुधार करना तथा उनका स्थान ऊँचा करना।

(ड) दैनंदिन जीवन में उनकी जीवन पद्धति में सुधार करना।

भारत की समाज-रचना जातिव्यवस्था के आधार पर असमानता पर आधारित थी। प्रमुख रूप से यह पक्ष सामाजिक पद्धति बदलने की दिशा में काम कर रहा है। पक्ष मानवी मूल्यों तथा समानता के आधार पर समाजरचना करना चाहता है, नवसमाज की निर्मिति करना चाहता है।

कम्युनिस्ट पार्टी की विचारधारा

कम्युनिस्ट पार्टी के दो पक्ष हैं—(1) कम्युनिस्ट पार्टी ऑफ इंडिया (CPI) तथा (2) कम्युनिस्ट पार्टी ऑफ इंडिया (मार्क्सिस्ट) (CPIM)।

कम्युनिस्ट पार्टी भारत की सबसे पुरानी पार्टी है। कम्युनिस्ट आंदोलन 1920 के आस-पास प्रारंभ हुआ और 1925 में कम्युनिस्ट पार्टी की स्थापना हुई।

कम्युनिस्ट ऐसा प्रतिपादन करते हैं कि "सभी नागरिक आर्थिक तथा सामाजिक दृष्टि से समान होने चाहिए। समाज में दो वर्ग अमीर और गरीब नहीं होने चाहिए। मजदूर, किसान और श्रमिक वर्ग, ये समाज के लिए बहुत अधिक उत्पादक कार्य करते हैं। इसीलिए उनको समाज में योग्य प्रतिष्ठा तथा अधिकार देने चाहिए।"

इंडियन नेशनल कांग्रेस की विचारधारा

इंडियन नेशनल कांग्रेस (INC) या जिसे सामान्यतः 'कांग्रेस' के नाम से संबोधित किया जाता है, वह भारत के राजकीय जीवन में महत्त्वपूर्ण कार्य करती है। कांग्रेस की स्थापना ई.स. 1885 को बंबई में हुई। डब्ल्यू.सी. बनर्जी इंडियन नेशनल कांग्रेस के पहले अध्यक्ष थे।

कांग्रेस पक्ष विचार-प्रणाली की दृष्टि से समाजवाद, धर्मनिरपेक्षता तथा लोकशाही तत्त्वों से बँधा हुआ है।

पक्ष मुख्य रूप से 'देश का नियोजित आर्थिक विकास' करने पर जोर देता है तथा उसके लिए सरकार सुयोग्य मार्ग का आश्रय लेनेवाली है। इस काम में समाज का सहभाग महत्त्वपूर्ण है।

कांग्रेस को सर्वसामान्य लोगों से समर्थन मिलता रहा है। पक्ष ने स्वतंत्रता-संग्राम में महत्त्वपूर्ण भूमिका निभाई। इस प्रकार से कांग्रेस पक्ष सामान्य जनता की

सहायता करता आया है। संपूर्ण देश का विकास सभी दृष्टियों से होना चाहिए, ऐसी पक्ष की अपेक्षा है। देश में राष्ट्रीय एकता स्थापित होनी चाहिए, इस दृष्टि से वह प्रयत्नशील है। इसके अतिरिक्त वंश श्रेष्ठत्व की भावना, पंथ और प्रांतिक गलतफहमी को नष्ट करने की दिशा में भी वह कार्य कर रहा है।

सभी भारतीयों को उनके कार्य में सहयोग करना चाहिए, ऐसी अपेक्षा है।

'गरीबी हटाओ' कांग्रेस पार्टी की घोषणा लंबे समय से बनी हुई है। देश के सामाजिक प्रश्नों का सुयोग्य, समाधानकारक मार्ग खोजने का उनका प्रयत्न है।

नेशनलिस्ट कांग्रेस पार्टी की विचारधारा

नेशनलिस्ट कांग्रेस पार्टी को राजकीय पक्ष के रूप में ई.स. 1999 में चुनाव आयोग ने मान्यता प्रदान की।

'विविधता में एकता' संकल्पना के अनुसार भारत में एकता तथा एकात्मता प्रस्थापित करना और महात्मा गांधी की संकल्पना के मुताबिक सत्ता का ग्राम स्तर तक विकेंद्रीकरण करना तथा संघ राज्य मजबूत करना, पार्टी का प्रमुख उद्देश्य है।

सामाजिक न्याय तथा समानता के आधार पर स्पर्धा, स्वावलंबन, वैयक्तिक नेतृत्व और उद्योग के द्वारा आर्थिक प्रगति तथा समृद्धि करने के लिए प्रोत्साहित करना।

कायदा तथा संविधान के आदेश को लोकसभा से संलग्न तथा सहभागयुक्त लोकशाही के आधार पर मजबूत समर्थन देना।

समाज के दुर्बल घटकों को (व्यक्तियों को) सबल बनाने के लिए अधिक-से-अधिक प्रयत्न करना। उदा. शेड्यूल्ड कास्ट्स, शेड्यूल्ड ट्राइब्स, अदर बैकवर्ड क्लासेस, महिला तथा अपंग।

विज्ञान तथा तंत्रज्ञान को प्रोत्साहन देना। आधुनिक भारत की जरूरतों, आवश्यकताओं को पहचानकर परंपरागत रूप से चले आ रहे व्यवसायों का कायापलट करना।

विज्ञान का उपयोग लोगों के कल्याण के लिए करना, उसी प्रकार लोगों में विज्ञाननिष्ठा को बढ़ावा देना तथा उनमें जिज्ञासु बुद्धि विकसित करने के लिए प्रयत्न करना।

देश तथा विश्व में शांति प्रस्थापित करनेवाले स्रोतों को बलशाली करना। जागतिक भेदभाव विरहित शस्त्र कटौती करने के संबंध में प्रयत्न करना, विश्व में

भारत की पहचान और स्तर स्वतंत्र रहने के संबंध में प्रयत्न करना तथा अंतरराष्ट्रीय संघर्ष यूनो की तरफ से सुलझाने में विश्वास।

सभी स्तरों पर पक्ष के कार्यकर्ताओं तथा सभासदों में खुले दिल से विचारों का आदान-प्रदान करना, सभासदों में जो अत्युत्तम गुण हैं, उनका उपयोग लोगों के जीवन के सभी क्षेत्रों में करना, तथा संस्थानिहाय तथा लोकशाहीयुक्त पार्टी का काम चलाने को विश्वास दिलाना।

भारतीय पक्षों के सामने चुनौतियाँ

(1) अनेक पक्ष पद्धति (Multi Party System)

(2) एक पक्ष का वर्चस्व पद्धति (One Dominant Party System)

(3) परिणामकारक विरोधी पक्ष की निर्मिति (Rise of Effective Opposition Party)

(4) स्वतंत्र सभासद (Independent Members)

(5) सामान्य जनता के साथ सतत संपर्क का अभाव (Lack of continuous contact with the masses)

(6) परिपूर्ण विचारधारा का अभाव (Absense of clear-cut Ideology)

(7) राजनीति का गुनहगारीकरण (Criminalisation of Politics)

(8) अनेक जातीय तथा प्रादेशिक पक्षों का अस्तित्व (Existence of Many Communal and Regional Parties)

□

प्रकरण-17

स्वातंत्र्योत्तर राजकीय पक्षों का सफर

संविधान के मूल्य सभी पक्षों को मान्य

भारत के राष्ट्रीय आंदोलन ने विशेषतः 1920 के पश्चात्, राजकीय पक्षों के लिए विविध विचारधाराओं की विशाल चौखट प्रदान की। स्वतंत्रता संग्राम के दौरान कांग्रेस ने राष्ट्रीयत्व, समाजवाद, धर्मनिरपेक्षता और लोकशाही—इन चार तत्त्वों को स्वीकार किया था, जो उन्होंने आज भी कायम रखा है।

स्वतंत्रता प्राप्ति के पश्चात् भारतीय जनसंघ और विविध राजकीय पक्षों ने समाजवाद, धर्मनिरपेक्षता और लोकशाही, इन तत्त्वों पर पूर्ण विश्वास रखते हुए सांस्कृतिक तथा सुधारवादी तत्त्वों पर विशेष बल दिया। कम्युनिस्ट पक्ष की श्रद्धा धर्मनिरपेक्षता, समाजवाद और लोकशाही, इन तत्त्वों पर तो थी ही, लेकिन मार्क्स और लेनिन के तत्त्वज्ञानानुसार किसान और मजदूर वर्ग का राज्यशासन प्रस्थापित कर सामाजिक क्रांति निर्माण करना उनका उद्देश्य था। इस प्रकार से स्वतंत्रता प्राप्ति के पश्चात् प्रारंभ की कालावधि में सभी राजकीय पक्षों का तत्त्वज्ञान समाजवाद, धर्मनिरपेक्षता, राष्ट्रीयत्व, हिंदुत्व और मार्क्सिज्म पर आधारित था अर्थात् कुछ पक्षों का तात्त्विक आधार धर्म था, उदाहरणार्थ—मुसलिम लीग और शिरोमणि अकाली दल (एस.ए.डी.)। इन पक्षों को धार्मिक समाज स्वतंत्र राजकीय गुणधर्म दिखाई दे रहा था।

स्वतंत्रता पूर्व 67 वर्षों तक राजनीति में प्रभावी रूप से कार्य करनेवाले लोकमान्य तिलक तथा महात्मा गांधीजी के नेतृत्व में कांग्रेस पक्ष ने समाज के विविध स्तरों को एकत्रित कर एक सर्वव्यापी स्वतंत्रता आंदोलन चलाया। ई.स. 1947 के बाद इस आंदोलन का रूपांतर एक राजकीय पक्ष के रूप में हुआ।

कांग्रेस पक्ष का विभाजन

कांग्रेस पक्ष का लोगों के विविध दृष्टिकोण के अनुसार विभाजन बाएँ (Leftists), केंद्रीय (Centrists) और दाएँ (Rightists) में हुआ। उससे पूर्व कांग्रेस पक्ष का पहला दल, जिसने कांग्रेस के ध्येय-दिशा का विरोध किया, उन्होंने 1948 में कांग्रेस पक्ष का त्याग किया तथा स्वतंत्र समाजवादी पक्ष (Socialist Party) की स्थापना की। 1951 में आचार्य कृपलानीजी ने किसान मजदूर प्रजा पक्ष (Kisan Mazdoor Praja Party—KMPP) की निर्मिति की, परंतु 1952 के सार्वत्रिक चुनाव के समय किसान मजदूर प्रजा पक्ष और समाजवादी पक्ष दोनों ही प्रजा सोशियलिस्ट पार्टी में (Praja Socialist Party—PSP) विलीन हो गए। इस प्रकार कांग्रेस विरोधी गैर-कम्युनिस्ट दल का निर्माण हुआ। 1955 में श्री राममनोहर लोहिया प्रजा समाजवादी पक्ष से अलग हो गए और पुराना समाजवादी पक्ष पुनर्जीवित किया। 1964 में पुनः समाजवादी पक्ष प्रजा, समाजवादी पक्ष में विलीन होने के कारण संयुक्त समाजवादी पक्ष (Samyukta Socialist Party – SSP) की स्थापना हुई।

'स्वतंत्र पक्ष' निर्मिति एवं विलय

1959 में श्री राजगोपालाचारीजी के नेतृत्व में कांग्रेस के दूसरे दल ने स्वतंत्र पक्ष (Swatantra Party) की स्थापना की। इस दल की कांग्रेस ने राज्यों को राष्ट्रीय अर्थव्यवस्था को गतिमान करने के लिए नियंत्रण, मार्गदर्शन तथा परिवर्तन लाने के लिए, जो अतिरिक्त अधिकार दिए थे, उसका विरोध किया। इसलिए उन्होंने कांग्रेस से बाहर निकलकर स्वतंत्र पार्टी का निर्माण किया। स्वतंत्र पार्टी मुक्त (Liberal Ideology) विचारधारा का समर्थन करनेवाली थी, परंतु इस पार्टी का जल्द ही विलयन हो गया, अर्थात् 1967 के सार्वत्रिक चुनावों में लोकसभा में यह पक्ष दूसरे क्रमांक का बड़ा पक्ष था।

कांग्रेस का फिर से विभाजन

1969 में कांग्रेस पक्ष का विभाजन हुआ। एक दल श्रीमती इंदिरा गांधीजी के नेतृत्व में अलग हुआ। उसे पुरोगामी दल (Radicals) के नाम से संबोधित किया गया। दूसरा दल, जो पुराने मूल्यों का रक्षण होना चाहिए, इस विचार-प्रणाली का था, उसे प्रतिक्रियावादी दल (Syndicate) कहा गया, परंतु विभक्त होने के बाद

दोनों ही विचारधाराओं का महत्त्वपूर्ण हेतु कहीं दिखाई नहीं दिया। श्रीमती इंदिरा गांधीजी के नेतृत्व-वाले पक्ष ने कांग्रेस की विचारधारा में परिवर्तन करने बजाय कार्यशैली पर अधिक जोर दिया। उसके बाद ऐसा प्रतीत हुआ कि श्रीमती इंदिरा गांधी के विचारधारा से संबंधित अभिनिवेश, तीव्र भावना और पुरोगामी से संबंधित घोषणाएँ केवल उनको स्वयं के पक्ष का एकमेव नेता प्रस्थापित करने के लिए थीं।

समाजवादी और कांग्रेस, दोनों के संबंध संदिग्ध थे। समाजवादी पक्ष में कांग्रेस पक्ष को सहकार्य करने के संबंध में मतभेद थे। उन मतभेदों के कारण ही समाजवादी पक्ष का विभाजन हुआ। कांग्रेस ने लोकशाही समाजवाद का स्वीकार किया; जिसके कारण समाजवादी पक्ष एवं कांग्रेस की विचारधारा में कुछ बहुत अधिक अंतर नहीं था। इसलिए समाजवादी पक्ष कांग्रेस के नजदीक का पक्ष लगने लगा तथा प्रामाणिक रूप से विचार करने पर समाजवादी पक्ष कांग्रेस से बहुत अलग है, ऐसा प्रतीत नहीं हुआ। कम्युनिस्ट पक्ष ने तत्त्वज्ञान तथा व्यवहार के इस दृष्टि से कांग्रेस का विरोध किया, फिर भी कांग्रेस समाजवादी समाज-रचना का उद्दिष्ट स्वीकार करने के कारण कम्युनिस्ट अथवा कांग्रेस पक्ष में बहुत अधिक अंतर नहीं रहा। श्री नरेंद्र देव और श्री राममनोहर लोहिया, दोनों ही कांग्रेस से साँठ-गाँठ करने के विरोध में थे। 1953 में श्री जयप्रकाश नारायण तथा श्री पं. जवाहरलाल नेहरू के बीच सहकार्य संबंधी बातचीत टूट गई। 1962 में प्रजा समाजवादी पार्टी से श्री अशोक मेहता को निलंबित किया गया। उसके बाद उन्होंने कांग्रेस पक्ष में प्रवेश किया तथा वे केंद्र में कैबिनेट मिनिस्टर के रूप में काम करने लगे।

कम्युनिस्ट पक्ष

कांग्रेस का सबसे अधिक जबरदस्त विरोध कम्युनिस्ट पक्ष द्वारा किया गया। स्वतंत्रता मिलने के पश्चात् जल्द ही कम्युनिस्ट लोगों ने देश के कुछ भागों में भारत सरकार को पलटने के लिए कमर कसी, लेकिन जल्द ही कम्युनिस्ट पक्ष ने सशस्त्र संघर्ष का मार्ग छोड़कर लोकशाही विचारधारा स्वीकार की। भारतीय राज्य सरकारों का स्वरूप, भारत में क्रांति के मार्ग का अवलंब, क्रांतिमार्ग की उपाय योजना तथा युक्तियाँ—इस संदर्भ में हुई चर्चा के कारण कम्युनिस्ट पार्टी के कई टुकड़े हो गए, अर्थात् उनका सार्वत्रिक चुनाव में सहभाग तथा राज्य स्तर पर शासन-व्यवस्था प्रस्थापित करने के कारण कम्युनिस्ट पक्ष ने निश्चित रूप से लोकतंत्र की शासन-प्रणाली को स्वीकार किया, ऐसा प्रतीत होने लगा। जिनको ऐसा लग रहा था कि सशस्त्र संघर्ष करना चाहिए, उस कम्युनिस्ट विचार-प्रणाली के दल के

और अलग-अलग दल निर्मित हुए और तदंतर वह सभी गुट कम्युनिस्ट पार्टी ऑफ इंडिया (Communist Party of India (CPI)) में विलीन हो गए और अब वे प्रस्थापित शासन के विरुद्ध संघर्ष करने में उलझे हुए हैं।

मजेदार बात यह है कि भारतीय राज्य और क्रांति इस पर पक्ष में वाद-विवाद करनेवाले, अविभाजित कम्युनिस्ट पार्टी ऑफ इंडिया के कम्युनिस्ट, इस निष्कर्ष पर पहुँचे कि इसके आगे कांग्रेस को मदद करनी चाहिए तथा कांग्रेस सह-यूनाइटेड फ्रंट निर्माण करना चाहिए। कम्युनिस्ट लोगों का दूसरा दल, जो उपरोक्त विचारधारा के विरुद्ध था, उन्होंने कम्युनिस्ट पार्टी माओवादी (CPM) की स्थापना 1964 में की। 1967 में कम्युनिस्ट पार्टी का कुछ और दलों में विभाजन हो गया। मुख्य रूप से उनमें कार्यपद्धति, उपाय योजना तथा युक्ति-प्रयुक्ति के संदर्भ में मतभेद थे, अर्थात् इन सभी कम्युनिस्ट दलों के झगड़ों का अध्ययन किया, तो उनके नेतृत्व संबंधी स्पर्धा, आपस के झगड़े, संघटनात्मक विषयों में तथा कार्यक्रमों के आयोजन के बारे में मतभेद दिखाई देते हैं।

भारतीय जनता पार्टी

1979 में जनता पार्टी का विभाजन होने के पश्चात् उसमें के घटक पक्ष भारतीय जनसंघ ने 1980 में भारतीय जनता पार्टी (BJP) की स्थापना की। भाजपा ने जनसंघ की विचारधारा को स्वीकार करने की बजाय गांधीज्म, समाजवाद तथा सांस्कृतिक राष्ट्रवाद (Cultural Nationalism) को अपनाया। 1990 के आस-पास बीजेपी का विशेष रूप से उदय हुआ, क्योंकि बीजेपी भारतीय राष्ट्रवाद का (Indian Nationalism) समर्थन कर कांग्रेस करती आ रही मुसलिम अनुनय का तीखा विरोध किया। कांग्रेस भारतीय संस्कृति को नष्ट करने का प्रयत्न कर रही है, कांग्रेस के कारण भारतीय संस्कृति को धोखा निर्माण हुआ है, ऐसा प्रचार कर लोगों में हिंदुत्व के मूल्यों-संबंधी जागृति निर्माण की, विशेषतः भाजपा ने मध्यमवर्गीय लोगों में जबरदस्त प्रचार किया। राष्ट्रवाद की परिभाषा पुनः स्पष्ट की। लोगों की सांस्कृतिक और भौतिक आकांक्षाओं का पुनरुच्चार किया। इसी तरह भाजपा ने अपनी विचार-प्रणाली निश्चित की। भाजपा की स्वतः की मर्यादा को पहचानने की पात्रता, सामाजिक बुनियाद को विस्तृत करने के लिए उस पर दिया गया जोर और प्रादेशिक पक्षों के साथ हुए समझौते के कारण भाजपा का भारत के राजकीय पटल पर महत्त्वपूर्ण उदय हुआ।

मुसलिम लीग

राजकीय पक्षों के सफर में जात, धर्म, भाषा और प्रदेश इनका भी उनकी विचारधारा पर विशेष परिणाम होता है। भारत-पाक निर्मिति से पूर्व मुसलिम लीग ऐसा दावा कर रही थी कि भारतीय मुसलमान राजकीय समूह के स्वतंत्र घटक हैं। इसलाम और उर्दू उनकी खास विशेषताएँ हैं। बँटवारे के पश्चात् 1948 में मुसलिम लीग ने अपनी विचार-प्रणाली में सुधारणा की। फिर भी बाद में मुसलिम लीग का विभाजन हो गया। आंध्र प्रदेश में निजाम के समय की मजलिस (Majlis) ए.आई. एम.आई.एम. (AIMIM) के रूप में आगे अस्तित्व में आई। ए.आई.एम.आई. एम. मुख्य रूप से हैदराबाद शहर तक ही मर्यादित थी, यह पार्टी संपूर्ण राज्य के मुसलिमों का बड़े पैमाने पर आह्वान कर रही थी, अर्थात् धर्म के आधार पर इस पक्ष की विचारधारा निश्चित हो रही थी।

शिरोमणि अकाली दल

उसी प्रकार मुसलिम लीग की ही तरह पंजाब के शिरोमणि अकाली दल (SAD) की जड़ें धर्म में ही जमी हुई थीं। उस पक्ष में केवल सिखों को ही प्रतिनिधित्व मिलता था। शिरोमणि अकाली दल के नेता ऐसा समझते हैं कि सिख राजकीय समूह का एक स्वतंत्र घटक है, एक स्वतंत्र पंथ है। 'अकाल तख्त' धार्मिक तथा राजकीय कार्यक्रमों का सर्वोच्च पीठ है। शिरोमणि अकाली दल ने सिखों के लिए स्वतंत्र 'पंजाबी सूबा' की माँग की थी। उसमें हिंदी भाषिक प्रदेश व्यतिरिक्त, जहाँ सिखों की संख्या अधिक है, उस प्रदेश 'पंजाबी सूबा' में समाविष्ट करना, यह उनका विचार था। 1970 और 1980 के बीच इस दल ने 'खालिस्थान' के लिए बड़े पैमाने पर संघर्ष किया।

उस प्रकार देश में क्रिश्चियनों के भी पक्ष हैं। उदाहरणार्थ, केरल में क्रिश्चियन पक्ष। अर्थात् धर्म पर आधारित राजकीय पक्षों का गठन हुआ दिखाई देता है, जिसके कारण उस पक्ष की विचारधारा उनके धर्म के अनुसार बनी हुई दिखाई देती है।

प्रादेशिक पक्ष

भाषा और प्रदेश का भी विचारधारा पर बड़ी मात्रा में परिणाम हुआ दिखाई देता है। जब भाषा और प्रदेश एकत्रित रूप में वर्धिष्णु होते हैं, उस समय प्रादेशिकता भाषिक राष्ट्रीयत्व में परिवर्तित होती है और जब उसमें धर्म, संस्कृति अथवा

मानववंश का एकरूप समाविष्ट होता है, तब वह समूह अतिशय बलसंपन्न शक्ति के रूप में तैयार होता है। इस प्रकार के स्वतंत्र दल तथा प्रादेशिक पक्ष दक्षिण, पश्चिम तथा पूर्व भाग में निर्मित हुए दिखाई देते हैं। प्रादेशिकता तथा विशिष्ट भूप्रदेश विशिष्ट विचारधारा निर्मिति में महत्त्वपूर्ण घटक है। उदाहरण—तेलुगु देशम् पार्टी का एकत्रीकरण (TDP), शिवसेना का उदय, आसाम गण परिषद् (AGP), बीजू जनता दल (BJD) (इस दल का बाद में उत्कल कांग्रेस में रूपांतर हुआ), जम्मू-कश्मीर में नेशनल कॉन्फ्रेंस और जम्मू-कश्मीर पीपल्स डेमोक्रेटिक पार्टी (JK PDP or PDP) झारखंड मुक्ति मोर्चा (JMM) और तृणमूल कांग्रेस इत्यादि इसके उदाहरण हैं।

प्रादेशिक पक्षों की निर्मिति की इस प्रक्रिया के कारण केंद्र तथा राज्य सरकार के बीच संबंध तनावपूर्ण होते हैं। प्रादेशिक पक्षों के नेता संघ राज्य की चौखट पर राज्य के लिए अधिक अधिकारों की माँग करते हैं। प्रादेशिक पक्षों की निर्मिति के कारण राष्ट्रीय पक्षों को उन राज्यों में एकत्रीकरण (दृढीकरण) के लिए बड़ी मात्रा में दिक्कतें निर्मित होती हैं। प्रादेशिक पहचान और लाभ राजकारण में महत्त्वपूर्ण समझा जाता है। इसलिए हमेशा राज्य और केंद्र सरकार के बीच संघर्ष होता है।

प्रादेशिक स्तर के नेता केवल राज्य स्तर पर नेतृत्व करने में समाधानी न रहते हुए, केंद्र की सत्ता पर कब्जा करने के लिए केंद्रीय नेताओं के साथ स्पर्धा करने लगते हैं, जिसके कारण वे केंद्र की सरकार के विरुद्ध संघर्ष की भूमिका अपनाते हैं। भारतीय जनता पक्ष ने यह बात पहचानी और प्रादेशिक पक्षों के साथ मित्रता बढ़ाने का प्रयत्न किया। उसमें से ही राष्ट्रीय लोकशाही संगठन (NDA) का जन्म हुआ। बाद में कांग्रेस का भी ध्यान इसकी ओर गया और वे भी प्रादेशिक पक्षों के साथ संबंध बढ़ाने का प्रयत्न करने लगे और तब संयुक्त प्रगतिशील संगठन (UPA) का जन्म हुआ।

सभी पक्ष घटनाधिष्ठित कैसे ?

विविध पक्षों की विविध विचारधारा होकर भी सभी पक्षों को चुनाव अधिकारी (Election Commissioner) के सामने उनका पक्ष रजिस्टर करने के लिए 'यह पक्ष धर्मनिरपेक्ष, समाजवादी और लोकशाहीनिष्ठ है', यह घोषित करना अनिवार्य है, अर्थात् जो पक्ष अपनी विचारधारा, धर्मनिरपेक्ष, समाजवादी (Socialist) तथा लोकशाहीनिष्ठ (Democratic) है, यह चुनाव आयोग के

गले में किस तरह उतारता है, यह उसका प्रश्न है। कुछ पक्ष जात और धर्म की पहचान बताते समय अपने आपको धर्मनिरपेक्ष समझते हैं। उदाहरणार्थ, शिरोमणि अकाली दल, मुसलिम लीग, नेशनल कॉन्फ्रेंस, केरल कांग्रेस और शिवसेना हैं। ये पक्ष भी स्वयं को धर्मनिरपेक्ष समझते हैं। वे ऐसे प्रतिपादन करते हैं कि वे धर्मनिरपेक्ष की तरफ से हैं, ढोंगी-धर्मनिरपेक्षता का हम विरोध करते हैं। बहुजन समाज पार्टी (BSP) 'दलितों को गुलामी से मुक्त कर तथा उनके हाथ में राज्य का कारोबार सौंपना चाहिए,' इस विचार-प्रणाली की है। इस तरह भारत में राजकीय पक्षों की स्थिति निर्मित हुई है और वे धर्मनिरपेक्षता तथा समाजवाद, इन मूल्यों को किस प्रकार से भारतीयों की मानसिकता में परिवर्तित करते हैं, यह अध्ययन का विषय है।

सत्ता के लिए विचारधारा से समझौता

स्वतंत्रता प्राप्ति के बाद प्रारंभिक काल में राजकीय पक्षों का एकत्रीकरण करने के लिए किसी भी विचारधारा की रुकावट नहीं थी। कम्युनिस्ट और मुसलिम-लीग एकत्रित रूप से केरल में चुनाव लड़े। कांग्रेस और कम्युनिस्ट पार्टी ऑफ इंडिया दोनों पक्ष एकत्रित रूप से केरल में चुनाव लड़ने के लिए तैयार हुए। जनता पक्ष का जब उदय हुआ, तब समाजवादी और कांग्रेस के प्रतिक्रियावादी नेता जनसंघ के साथ एकत्र हुए। उनको संगठित होने के लिए किसी भी विचार-प्रणाली की रुकावट नहीं आई। मजेदार बात यह है कि सी.पी.आई. और जनसंघ दोनों ही पक्ष विचार-प्रणाली की दृष्टि से दो ध्रुवों के समान हैं। दोनों ही पक्ष 1967 में बिहार में संयुक्त विधायक दल में शामिल हुए और संयुक्त विधायक दल की सरकार का नेतृत्व करने की जिम्मेदारी समाजवादी पक्ष के श्री कर्पूरी ठाकुर ने स्वीकार की।

इससे स्पष्ट होता है कि एक पक्ष का दूसरे पक्ष से संबंध विचार-प्रणाली पर निर्भर नहीं रहता, तो ये पक्ष चुनाव की अनिवार्यता तथा राजकीय मतलब के लिए किसी भी प्रकार का समझौता करने के लिए तैयार रहते हैं। समय-समय पर निर्मित हुई परिस्थितिजन्य आवश्यकता किसी भी प्रकार का समझौता करने तथा कोई भी व्यवस्था कैसी भी बदलने के लिए तत्पर होते हैं।

1998 में समाजवादी पक्ष के कुछ नेताओं ने भाजपा में प्रवेश किया तथा वे तभी से उन्हीं के साथ काम कर रहे हैं। डी.एम.के. और ए.आई.डी.एम.के. ने एन.डी.ए. और यू.पी.ए. के शासन के समय अपने दल बदले। उत्तर प्रदेश में बहुजन समाज पार्टी ने बीजेपी के सहकार्य से सरकार स्थापित की। शिरोमणि

अकाली दल और नेशनल कॉन्फ्रेंस एन.डी.ए. सरकार में सहभागी हुए थे।

तात्त्विक दृष्टि से कोई भी पक्ष बीजेपी को छोड़कर, यू.पी.ए. (UPA) में शामिल हो सकता है। तीसरा पक्ष आते ही तुरंत अपनी विचारधारा की विस्मृति हो गई, परंतु अब फिर से पक्ष आकार देने के लिए संघर्ष चल रहा है। अब तीसरे पक्ष में बीजेपी और कांग्रेस के अलावा कोई भी पक्ष शामिल हो सकता है। उसी तरह एन.डी.ए. (NDA) में कांग्रेस और कम्युनिस्ट के अलावा किसी भी पक्ष को प्रवेश मिलेगा। किसी पक्ष से बाहर निकलना तथा किसी पक्ष में शामिल होना, यह विचारधारा की बजाय पक्षों की आपस में होनेवाली स्पर्धा तथा चुनावों के विषयों पर ज्यादा निर्भर होता है।

व्यवहारवादी राजनीति

प्रत्यक्ष काम करनेवाले लोगों की, नेताओं की और अनुयायियों की बदली हुई आकलन शक्ति के कारण विचारधाराओं के मूल्यों का अध:पतन हुआ है। सर्वसामान्य लोग विचारधाराओं के संघर्ष का बहुत अधिक विचार नहीं करते। व्यवहारवादी राजनीति सामान्य लोगों और अनुयायियों का आदर्श होता है। प्रमुख रूप से वे पक्ष को व्यक्तिगत लाभ का साधन मानते हैं। कुछ ही नेतागण अपनी विचार-प्रणाली से एकनिष्ठ होते हैं। कुछ राजकीय नेता अपनी सुविधानुसार पक्ष बदलते हैं। कुछ पक्ष 'सबके लिए खुला है,' इस नीति का अवलंब करते हैं तथा अन्य पक्ष के नेताओं को भी अपने पक्ष में निमंत्रित करते हैं, शामिल कर लेते हैं।

इस प्रकार से हमारे देश का 1950 की तत्त्वनिष्ठ राजनीति से शुरू हुआ सफर आज की सत्ता-केंद्रित राजनीति तक पहुँचा है। वैचारिक मूल्यों का यह लचीलापन हमारे देश की लोकशाही के भविष्य के लिए उपयुक्त है या नहीं, यह समय ही तय करेगा।

"पक्षों की आपस में दुश्मनी के परिणामस्वरूप जनता की भावना को उद्दिपित करनेवाले राजकीय नेताओं ने अनैतिकता और अनुशासनहीनता को अधिक महत्त्व दिया है। जहाँ पक्षों की एकता अपेक्षित है, वहाँ उनमें झगड़ा ही होता है। जहाँ साधारण मतभेदों को नजरअंदाज करना चाहिए, वहाँ उन्हें उग्ररूप दिया जाता है। देश के हित की अपेक्षा पक्ष के हित की ओर ज्यादा ध्यान दिया जाता है। सत्ता का केंद्रीकरण किया जाता है। लोकशाही के भ्रामक छत्र के नीचे कुछ चुने हुए राजकीय नेताओं के हाथ में सत्ता के सूत्र चले जाते हैं। सामान्य जनता को मात्र राजकीय व्यवस्था से दूर ही फेंक दिया जाता है।"

(लेख—'भारतीय राजकीय स्थिति की पुनर्रचना')

—लोकनायक जयप्रकाश नारायण

□

प्रकरण-18

राजकीय पक्षों की चुनौतियाँ

राष्ट्रीयता भारतीयों के लहू में

भारत विश्व का सबसे बड़ा लोकशाही राष्ट्र है। किसी भी देश की लोकशाही शासन-प्रणाली को यशस्वी होना हो तो उसके लिए छह बातों की आवश्यकता होती है। ये सभी छह बातें भारत ने पिछले 65 वर्षों के कार्यकाल में स्वतंत्र राष्ट्र के रूप में साध्य कर ली हैं—

(1) सुजान, सुशिक्षित तथा जागरूक नागरिक।

(2) राष्ट्रोन्नति की सोच रखनेवाले अखबार तथा टी.वी. चैनल।

(3) नि:पक्ष तथा प्रभावी न्याय यंत्रणा।

(4) निश्चित उद्देश्य का शासन पक्ष।

(5) कार्यक्षम अधिकारी वर्ग

(6) प्रबल, अध्ययनशील, जागरूक विरोधी पक्ष।

26 जनवरी, 1950 से संविधान के अनुसार भारत में प्रौढ़ मतदान पद्धति लागू हुई। लोकशाही के विषय में अपना प्रगल्भ एहसास भारतीय जनता ने 65 वर्षों के सर्वसार्वत्रिक चुनावों में दिखाई दिया है। पारंपरिक व्याख्या की दृष्टि से अशिक्षित, लेकिन लोकशाही जिसके रक्त में ही बह रही है, ऐसी सुजान तथा जागरूक जनता ने आपातकालीन स्थिति लानेवाले पक्ष को पराभव का घाव दिया। उसी प्रकार एकत्व की नस मिलने पर भी सातत्य से आगे न टिकाकर रखनेवाले तथा आपस में ही लड़नेवाले जनता पक्ष को पराभव की शिक्षा सुनाई। बाद में 'आपातकालीन स्थिति' लाने वाले कांग्रेस पक्ष को 543 में से 404 संसद् सदस्यों का भारी समर्थन देकर पुन: प्रभावी शासन देने का अवसर दिया, परंतु उस पक्ष ने उस अवसर का उपयोग नहीं किया। 1989 से 25 वर्षों में विविध विचारप्रवाह रखनेवाले तथा

आकार में छोटे रहे पक्षों को भी आघाडी सरकार में शासन का अवसर दिया। 2014 में 'रामराज्य' का स्वप्न दिखाकर 'अच्छे दिन' लाने का आश्वासन देने वाली भारतीय जनता पार्टी ने बहुमत प्राप्त किया। लोकसभा में भारतीय जनता पार्टी को 282 सीटें मिलीं तथा मित्रपक्ष के साथ राष्ट्रीय लोकशाही आघाडी को 543 में से 334 सीटें देकर भारी बहुमत भी दिया।

दूसरे महायुद्ध में ब्रिटेन के प्रधानमंत्री सर विंस्टन चर्चिल ने भारत के विषय में तुच्छता के साथ कहा था, "यह राष्ट्र नहीं तो केवल लोकसंख्या है।" (It is not a nation but a population) ऐसा तुच्छ बोलनेवाले सर विंस्टन चर्चिलजी को भारत नाम के राष्ट्र के सुजान एवं जागरूक नागरिकों ने उचित उत्तर दिया कि हम 'राष्ट्र' है; केवल 'लोकसंख्या' नहीं।

केंद्र सरकार का पहला वर्ष (2014-2015)

राष्ट्रीय लोकशाही आघाडी की केंद्र सरकार ने एक वर्ष का चरण मई, 2015 में पूरा किया। केंद्र सरकार के अनेक मंत्रियों ने अपने-अपने विभागों का विवरण अनेक टी.वी. चैनलों पर दिया। नई योजना तथा उपक्रम की जानकारी दी। काम के ध्येय, दिशा, मार्ग निश्चित किए है इन सभी का परिणाम अगले चार वर्षों में दिखाई देगा, ऐसा भी आश्वासन दिया है।

विरोधी पक्षों की प्रतिक्रिया निश्चित है। 'अच्छे दिन' कहाँ हैं? 'एन.डी.ए.' को पूर्व की 'यू.पी.ए.' सरकार की योजनाओं की पूर्ति का श्रेय मिल रहा है। यह सूट-बूट की सरकार है! यह सरकार उद्योग घरानों के अनुकूल है। यह सरकार किसान-मजदूर के विरोध में है। 'योग-दिवस' अर्थात् एक तमाशा था। पैसों की फिजूलखर्ची थी। ऐसे अनेक विशेषणों के साथ विरोधी पक्षों ने केंद्र सरकार के पहले वर्ष के कामकाज पर टीका-टिप्पणी भी की है। ऐसे विशेषणों तथा प्रश्नोत्तरों के दौर चलते ही रहेंगे। चलने भी चाहिए।

प्रबल विरोधी पक्ष की आवश्यकता

राजकीय परिस्थिति में विरोधी पक्षों को गंभीरता से विचार करना आवश्यक है। भारत की लोकशाही के संरक्षण तथा संवर्धन के लिए विरोधी पक्षों की स्थिति इतनी क्षीण कभी न रही है। लोकसभा के 543 संसद् सदस्यों की संख्या में विरोधी सदस्यों की कुल संख्या 209 है; परंतु यह शक्ति एक संघ नहीं। एक विचारी नहीं

इसलिए अधिक प्रभावी भी नहीं। विरोधी पक्षों की एकत्रित शक्ति प्रभावी करनी हो तो हमेशा से चली आ रही परिपाटी से, परंपरा से विचार करने से उत्तर मिलना असंभव है। परंपरा के बाहर जाकर विचार किया तो उत्तर मिलने की संभावना है।

2019 तक के साल सभी विरोधी पक्षों की दृष्टि से महत्त्वपूर्ण हैं। मई, 2014 से अस्तित्व में आई सोलहवीं लोकसभा में विरोधी पक्षों की स्थिति को ध्यान में रखकर कांग्रेस विचारधारा पर आधारित 50 संसद्-सदस्य, समाजवादी विचारधारा पर आधारित 15 संसद्-सदस्य, कांग्रेस नाम है; लेकिन भारतीय कांग्रेस के विरोध में 43 संसद्-सदस्य, कम्युनिस्ट विचारधारा पर आधारित 10 संसद्-सदस्य, प्रादेशिक अस्मिता पर आधारित 57 संसद्-सदस्य, ऐसे कुल मिलाकर 209 संसद्-सदस्य, अन्य 15 पक्षों को मिलाकर 34 संसद्-सदस्य विरोधी पक्ष के हैं।

लोकशाही में विरोधी पक्ष प्रबल होना आवश्यक है। उसके लिए एक विशिष्ट विचारधारा के एक संघ जैसे कम-से-कम 250 संसद्-सदस्य होने चाहिए। विरोधी पक्षों के नेताओं को सदैव जाग्रत् रहना चाहिए। उनकी सरकार के कामकाज पर सूक्ष्म नजर होनी चाहिए। सरकार जनहित के काम कर रही हो तो उनको सक्रिय समर्थन भी देना चाहिए। केवल विरोध के लिए विरोध करना, यह देश की प्रगति के लिए हानिकारक है। सरकार यदि कहीं गलत हो तो उसे योग्य मार्ग पर लाना भी विरोधी पक्ष का काम है। परंतु इसलिए विरोधी पक्ष प्रबल होना चाहिए। मजबूत होना चाहिए। जैसी संख्या 250 चाहिए, उसी प्रकार विरोधी पक्ष के नेताओं की विचारशक्ति भी प्रगल्भ होनी चाहिए। लोकसभा में तथा बाहर भी जनता में किन्हीं भी प्रश्नों की, नीतियों की प्रस्तुति सप्रमाण तथा अभ्यासपूर्ण होनी चाहिए।

2014 के चुनाव का बोध

2014 के लोकसभा के नतीजों ने तीन बातें स्पष्ट की हैं। पहली, इसके आगे किसी भी विदेशी, सामाजिक तथा राजकीय संकल्पनाओं के आधार पर जनसमर्थन नहीं मिलेगा। दूसरी, 'धर्मनिरपेक्षता' के आधार पर कौन सा भी पक्ष यशस्वी नहीं होगा। तीसरी, घरानेशाही के आधार पर चलनेवाले पक्षों का अस्तित्व धीरे-धीरे कम होगा।

स्वतंत्रता के बाद 1975 की आपातकालीन स्थिति के पश्चात् ढाई वर्ष छोड़ दिए तो 40 वर्षों तक शुद्ध बहुमत के आधार पर कांग्रेस ने देश पर शासन किया। अब मात्र वह पक्ष अपनी शक्ति खो चुका है। पिछले 15 वर्षों तक एक समय का

बलाढ्य पक्ष पूरी तरह से घरानेशाही की पकड़ में जकड़ा हुआ है। वह पकड़ और मजबूत कैसे होगी, इसकी ही चिंता कुछ कांग्रेस के नेताओं को लगी हुई है। 1984 में 404 संसद्-सदस्य संख्यावाला पक्ष 30 सालों में केवल 44 संख्या पर क्यों आया, इसका वस्तुनिष्ठ परीक्षण अब उस पक्ष को करना चाहिए।

राजकीय विचारक, अध्ययनकर्ताओं ने कांग्रेस के ह्रास के निम्नलिखित कारण बताए हैं—

(1) सधन किसानों की संख्या बढ़ी तथा उन्होंने कांग्रेस के अतिरिक्त अन्य पक्षों को आश्रय दिया।

(2) औद्योगिक तथा कृषि के क्षेत्र के बड़ी मंडलियों में तनाव निर्माण हुआ।

(3) औद्योगिक घरानों में वृद्धि हुई। उनका देश में ही तंत्रज्ञान विकास पर होनेवाला आग्रह कम हुआ। विदेशी सहभाग पर केवल जोर दिया, ऐसा नहीं तो विदेशी पूँजी के कारण उन्होंने गौणत्व भी स्वीकारा।

(4) आघाडी के राजकारण में पुराने विचारकों का प्रभाव बढ़ा तथा उन्हें कुछ नौकरशाहों का भी समर्थन मिलता गया।

(5) काले धन से समृद्ध हुए उद्योगपति तथा कर चुकानेवालों में वृद्धि हुई।

(6) शहर के मध्यम वर्ग ने अपना प्रगतिशील दृष्टिकोण स्वीकार किया तथा उस वर्ग की आकांक्षाएँ बड़े पैमाने पर स्वकेंद्रित तथा उपभोगवादी बनीं।

(7) राजकीय क्षेत्र में प्रतिष्ठित लोगों की वृद्धि हुई।

(8) कांग्रेस पक्ष में पीढ़ी बदल हुआ।

(9) अल्पसंख्यकों की अपेक्षा बढ़ी, वह पूरी नहीं हुई, जिसके कारण अल्पसंख्यकों की मत विभाजन की संभावनाएँ बढ़ती गईं।

(10) राज्य-केंद्र संबंधों में तनाव निर्माण हुआ तथा उसमें से अनेक प्रकार के पक्षों की निर्मिति तथा वृद्धि हुई।

(11) भौगोलिक दृष्टि तथा समाज के अलग-अलग घटकों में असमान विकास हुआ, जिसके कारण देश की कुल मिलाकर अर्थव्यवस्था पर भी अनिश्चितता निर्मित हुई।

(12) गरीबी रेखा के नीचे की जनसंख्या में वृद्धि हुई। भारतीय अर्थ-व्यवस्था गरीबों की न्यूनतम जरूरतें पूरी न कर सकी।

(13) कांग्रेस अपनी विचारधारा से दूर हो गई। बाहर से जैसी हवा आई, उसी तरह कांग्रेस ने खुद को बदल लिया। धर्मनिरपेक्षता तथा अर्थविषयक

संकल्पना के विषय में कांग्रेस की यात्रा दाईं ओर मुड़ गई। स्वाभाविक रूप से भारतीय राजनीति का केंद्र बिंदु अधिक दाईं ओर मुड़ गया है।

(14) जिस राष्ट्रीय विचारधारा का प्रसार कांग्रेस ने स्वतंत्रता से पूर्व किया था, उसी विचारधारा को कांग्रेस पक्ष न केवल भूल गया, बल्कि उस विचारधारा के विरोध में ही कांग्रेस कार्य कर रही, इसका जनता को एहसास होने लगा है।

अपने ह्रास का कारण ऐसे कारण न बनें, इसकी सीख बहुमतवाले पक्ष को लेना आवश्यक है।

समाजवादी पक्ष—समाजवाद

कांग्रेस में से बाहर निकलकर निर्मित हुए समाजवादी विचारों के आधार पर निर्मित हुए पक्ष के अब अनेक पक्ष हो गए हैं। समाजवाद संकल्पना उत्तम है, लेकिन वह अपूर्ण है। इसका जनता को अनुभव हो गया है। स्वाभाविक रूप से इन विचारों का प्रभाव संपूर्ण देश से नष्ट होकर अब केवल उत्तर प्रदेश तथा बिहार इन दो राज्यों में ही है।

साम्यवादी पक्ष—साम्यवाद

साम्यवाद भी उपयुक्त, लेकिन अपूर्ण विचार है। इसलिए रशिया में भी साम्यवाद कमजोर पड़ गया है। 'साम्यवादी संकल्पनाओं' का उपयोग लोकशाही प्रधान राष्ट्रों ने अलग-अलग रूप में किया, परंतु पूर्ण साम्यवाद शासन-प्रणाली का विचार हो ही नहीं सकता, यह स्पष्ट हो गया है। भारत में इस संकल्पना का प्रभाव खत्म होने के मार्ग पर है।

भारतीय जनता पार्टी—सांस्कृतिक राष्ट्रवाद

स्वतंत्रता के आंदोलन में प्रारंभ पर ही सांस्कृतिक राष्ट्रवाद अथवा हिंदू राष्ट्रीयता का प्रभाव था। उसी काल में राष्ट्रीय स्वयंसेवक संघ की धीमी गति से, परंतु निश्चित वृद्धि हो रही थी। स्वतंत्रता प्राप्ति के बाद 1951 में स्थापित हुई भारतीय जनसंघ पक्ष की यशस्विता बढ़ रही थी। पिछले 15-20 वर्षों में हिंदुत्व विचारधारा का राजकीय क्षेत्र पर प्रभाव अधिक प्रमाण में हुआ दिखाई देता है।

इन सभी बातों पर विचार करते समय देशांतर्गत तथा देश के बाहर की

परिस्थितियों का विचार करना चाहिए। पिछले 15–20 वर्षों में देश के बाहर की स्थिति में भी काफी बदलाव आया है। विश्व में सर्वत्र राजकीय बातों का विचार करते समय देश की सांस्कृतिकता का भी विचार होने लगा है। पूँजीवाद तथा समाजवाद पर आधारित रचना अपेक्षित लक्ष्य पूर्ण करने में अयशस्वी हो रही है। परिणामत: राजकीय आंदोलनों को सांस्कृतिक विचारों का आधार देना आवश्यक है, ऐसा विचारकों का कहना है। इसके कारण स्वाभाविक ही अंत में विचार संकल्पना में संभ्रमावस्था दिखाई दे रही है। भारतीय समाज में अपेक्षित संपन्नता न आने के कारण विकास के साधन अपयशी रहे हैं। राजकीय क्षेत्र में निर्मित हुई अस्थिरता भी इसका एक कारण है।

इन सभी परिस्थितियों के परिणामस्वरूप देश में भाजपा तथा हिंदुत्व विचार संकल्पनाओं में बढ़ोतरी हुई है। इस बढ़ोतरी में भाजपा तथा हिंदुत्व की कुछ अंगभूत शक्तियों का भी अंतर्भाव है। उसी प्रकार विचारों के एक संघ ऐसे राष्ट्रीय स्वयंसेवक संघ के अनुशासित कार्यकर्ताओं का समूह भी कारणभूत है। संघ स्वयंसेवकों ने समाज के अनेक क्षेत्रों में अपने कामों को भी वर्धिष्णु रखा है। स्वतंत्रता आंदोलन के समय जिन विचार मूल्यों का वर्धन तथा प्रसारण हुआ, उन विचारों के आधार पर ही स्वयंसेवक काम कर रहे हैं। ऐसा भाजपा तथा संघ का कहना है।

परिणामत: भाजपा एक संघ तथा निश्चित विचार संकल्पनाओं के आधार पर कांग्रेस का पर्याय हो सकता है।

अन्य पक्ष : प्रादेशिक—वांशिक-भाषिक

किसी भी विचारधारा का आधार नहीं, लेकिन फिर भी प्रादेशिकता की अस्मिता के आधार पर ओडिशा में बीजू जनता दल तथा तमिलनाडु में अदल-बदलकर द्रमुक तथा अद्रमुक सत्ता में रहती है। अन्य 15 पक्ष एक-दो संसद्-सदस्यों की संख्या से अपने अपने अस्तित्व जमाए हुए हैं।

इन सभी विरोधी पक्षों ने अपने एकांगी विचार, संकल्पना, घरानाशाही को तिलांजलि देकर कुछ शाश्वत राष्ट्रीय विचारों का स्वीकार करना चाहिए। ऐसा करने से ही उनका भविष्य रहेगा। नहीं तो उन पक्षों का अस्तित्व दस-पंद्रह वर्षों से अधिक नहीं रहेगा। ऐसा भविष्यकथन करने के लिए किसी भी राजकीय तत्त्वज्ञ अथवा ज्योतिषी की जरूरत नहीं है।

विरोधी पक्षों के सम्मुख चुनौतियाँ

पाशवी बहुमत के आधार पर कोई भी शासन एकतंत्री बन सकता है। इसका अनुभव भारतीय जनता ने 1975-77 कालावधि में प्राप्त किया है। भारतीय जनसंघ (भारतीय जनता पार्टी की मातृसंस्था) तथा अन्य विरोधी पक्षों ने अपने अस्तित्व को विसर्जित कर 'जनता पक्ष' का निर्माण किया। 'आपातकालीन' स्थिति को दूर करने के लिए अपार कष्ट झेले। 2014 में भारतीय जनता पार्टी तथा मित्र पक्षों को मिलाकर 334 संसद्-सदस्यों का शासन होने पर भी यह संख्या 400 तक भी पहुँच सकती है। इस पाशवी बहुमत के आधार पर 'आपातकालीन' स्थिति लादे जाने की संभावना को नकारा नहीं जा सकता। 1975-77 में आपातकालीन स्थिति में एक ही प्रबल विरोधी पक्ष बना था, उसी प्रकार एक ही प्रबल विरोधी पक्ष बनना चाहिए, ऐसा संदेश ही सद्यःपरिस्थिति दे रही है।

3 अगस्त, 2014 को 'हिंदुस्तान टाइम्स' के अंक में छपे लेख में कहा गया है—

"2014 के सार्वजनिक चुनावों ने भारत की राजनीति का चौथा चरण प्रारंभ किया है। भाजपा और मित्र पक्षों ने बहुमत हासिल किया है। अब कांग्रेस के एक ही पक्ष के एकतंत्री कामकाज के समान भाजपा के एक ही पक्ष द्वारा पूरे देश में एकतंत्री कारोबार आ सकता है।"

सर्वसाधारण जनमत, ज्येष्ठ लोगों का कथन तथा समाचार-पत्रों की सलाह के अनुसार, एक विचारी, एक संघ, एक पक्ष निर्माण करवा दे, यह अगले चार वर्षों में विरोधी पक्ष के सम्मुख चुनौती है।

यह चुनौती विरोधी पक्ष के किसी नेता को स्वीकार करनी चाहिए। देखा जाए तो यह दायित्व सबसे बड़ा विरोधी पक्ष तथा देश भर संगठनों का जाल बिछानेवाले कांग्रेस पर आता है। इसी पक्ष की जड़ें देश भर में फैली हुई हैं। पक्ष का गठन सभी राज्यों में है। अनेक विरोधी पक्ष के नेताओं को मिलकर एक ही विरोधी पक्ष का निर्माण करना चाहिए और उसके लिए 'सामयिक राष्ट्रीय विचारधारा' अपनानी चाहिए।

सामयिक राष्ट्रीय विचारधारा

जापान, अमेरिका, ब्रिटेन, जर्मनी—इन राष्ट्रों में सामयिक राष्ट्रीय विचारधारा विकसित हुई है, उस सामयिक विचारधारा का उन राष्ट्रों द्वारा अच्छा उपयोग हुआ

है। भारत में भी ऐसी सामयिक राष्ट्रीय विचारधारा अस्तित्व में है, उसे सभी पक्षों को स्वीकार करनी चाहिए।

सामयिक विचारधारा में ही संविधान ने जो संकल्पनाएँ अत्यावश्यक मानी हैं, उदा. समाजवाद, लोकशाही, धर्मनिरपेक्षता, राष्ट्रीयता आदि उनका अंतर्भाव है। विशेष बात यह है कि 'पूरा विश्व एक है।' विज्ञान तथा प्रौद्योगिकी से निर्मित हुए जागतिकीकरण, मानवकल्याण इन संकल्पनाओं को भारतीय राष्ट्रीय विचारधारा ने 'वसुधैव कुटुम्बकम्' के स्वरूप में उद्घोषित किया है। इसलिए सभी राजकीय पक्षों को सामयिक ऐसी 'राष्ट्रीय विचारधारा' को स्वीकार करना चाहिए। आनेवाले पच्चीस वर्षों में अर्थात् 2040 तक भारत में किसी भी पक्ष का शासन रहे, भारत केवल क्रमांक एक का वैभव-संपन्न राष्ट्र बने। उसी तरह अपने चैतन्य तथा आध्यात्मिक शक्ति के बल पर विश्व के गुरुपद पर आरूढ़ होना चाहिए। स्वामी विवेकानंदजी का 1897 में देखा हुआ स्वप्न 2040 में यथार्थ में आना चाहिए। इस स्वप्नपूर्ति के लिए एक संघ रूप में 125 करोड़ जनता को योगदान करना चाहिए।

भारतीय राष्ट्रीय विचारधारा के आधार पर, भारत में राजकीय पक्षों का निर्माण, विकास होना चाहिए। अनेक देशों की राजकीय पक्षों की काररवाई राष्ट्रीय विचारधारा यह सामूहिक मतैक्य का भाग होता है। राष्ट्र का बाह्य संकटों से संरक्षण तथा राष्ट्रनिर्माण दोनों ही बातों के लिए राष्ट्रीय विचारधारा राष्ट्र की शक्ति होती है।

स्वतंत्रता के बाद अर्थात् 1947 से राष्ट्रीय विचारधारा की प्रत्यक्ष काररवाई के दो अवसर उपलब्ध हुए थे; परंतु भारतीय नेताओं तथा जनता ने वे अवसर गँवा दिए।

हिंदुस्तान पर बाह्य आक्रमण प्रारंभ होने के बाद भारत की मूल राष्ट्रीय विचारधारा का संरक्षण तथा संवर्धन अनेक आचार्य, संत-महंत, विविध संस्था, संघटना कर रही थी। उन सभी के परिणामस्वरूप स्वतंत्रता आंदोलन छेड़ा गया। 1947 में राष्ट्रीय विचारधारा से संपूर्ण देश प्रभावित हो गया था।

1947 में स्वाभाविकत: संपूर्ण राज्य कारोबार की जिम्मेदारी कांग्रेस के पास आ गई। उस समय शायद कांग्रेस की नीतियों का विरोध करनेवाले नेता अथवा संस्थाएँ थीं; परंतु कांग्रेस की सभी को स्वतंत्रता के बाद देश को अच्छे तरीके से चलाने के लिए तैयार करना था। उसके लिए समाज का मन प्रभावित था। जापान तथा जर्मनी ने 1947 में ही उनके देश का प्रभावित समाजमन ध्यान में रखा। आमतौर पर परस्पर विरोध करनेवाले नेता एक साथ आए। जापान तथा जर्मनी ने

राष्ट्रीय विचारधारा के आधार पर आगे के 30 वर्षों में देश को प्रगतिशील राष्ट्रों की पंक्ति में खड़ा किया।

1947 में कांग्रेस पक्ष तथा उसके नेतृत्व को उसी प्रकार का अवसर प्राप्त हुआ था। विरोधी पक्षों को तथा संपूर्ण समाज को साथ लेकर चलने के बजाय विरोधी पक्ष तथा विरोध करनेवाले व्यक्ति तथा संस्थाओं को ही नेस्तनाबूद करने का षड्यंत्र रचा गया। परिणामत: देश 25 वर्ष पीछे चला गया।

स्वतंत्रता आंदोलन के बाद बना हुआ राजकीय कांग्रेस पक्ष अहंकार तथा एकाधिकारशाही की परमसीमा पर पहुँच गया। इससे पहले किसी भी आक्रमक शासक ने ऐसा कदम नहीं उठाया था, जैसा 'आपातकालीन' स्थिति लागू करने का तथा सभी राष्ट्रभक्तों को जेल में डालने का दु:साहस कांग्रेस ने किया। देश पुन: 25 वर्ष पीछे चला गया, परंतु राष्ट्रीय विचारधारा का प्रभाव जाग्रत् था। सभी राजकीय पक्षों ने 'जनता पार्टी' की स्थापना की और 'आपातकालीन' स्थिति को दूर किया।

जिस राष्ट्रीय विचारधारा की अंतस्थ शक्ति के कारण विविध विचारों के नेता एकत्रित हुए थे, उन्होंने उस विचारधारा को तिलांजलि दे दी। 'जनता पार्टी' एक संघ, एक संघटित रही होती तो आगे का इतिहास अलग तरीके से रचा गया होता।

2014 के बाद सभी विरोधी पक्ष इतने क्षीण हो गए कि शासक पक्ष का विरोध नाममात्र को ही रह गया है। एक संघ प्रबल, ऐसा विरोधी पक्ष निर्मित होना समय की माँग है।

राष्ट्रीय विचारधारा से हिंदुस्तान की जनता सदैव जाग्रत् रही है, परंतु दुर्भाग्यवश जनता के नेताओं ने राष्ट्रीय विचारधारा को नजरअंदाज कर दिया है।

जिस जनता ने अपने में से ही कुछ कर्तृत्ववान लोगों को अपना नेता चुना है, उन सभी नेताओं शांति से बैठकर हमारी राष्ट्रीय विचारधारा कौन सी है, इसका विचार कर, उसे ही सामयिक विचारधारा समझकर एकत्रित होना चाहिए। इस विचारधारा का संवर्धन कर रही अनेक संस्थाओं से हर एक पक्ष को कार्यकर्ता मिलेंगे तथा वह पक्ष प्रभावी पक्ष बनेगा।

2015-19 इन चार वर्षों में ही यह अवसर उपलब्ध है। हिंदुस्तान के हित के लिए जनता तथा नेताओं ने यह अवसर क्या है, उस अवसर का उपयोग देशकल्याण के लिए किस प्रकार करना चाहिए, इसका विचार करना आवश्यक है। 'सामयिक राष्ट्रीय विचारधारा' का स्वीकार इस पर रामबाण उपाय है।

□

विभाग-6

उपसंहार

प्रकरण-19 — अस्मिता शोध 'विचारों' का व्यापक परामर्श

प्रकरण-19

अस्मिता शोध 'विचारों' का व्यापक परामर्श

सन् 2016 में 'देश-विदेशों की राष्ट्रीय विचारधाराएँ', हमारी नई किताब मराठी में कॉन्टिनेंटल प्रकाशन द्वारा प्रकाशित हुई। इसी वर्ष सन् 1991 में शुरू हुए त्रिविध आर्थिक सुधार को पच्चीस साल पूरे हुए। पिछले पच्चीस सालों में जो विविध घटनाओं का लेखा-जोखा लिया जाए तो वर्तमान स्थिति में अलग-अलग राष्ट्रों में चल रहा अस्मिता शोध कितना सामयिक तथा आवश्यक है, यह स्पष्ट होगा। हर राष्ट्र की अपनी एक विशिष्ट विचारधारा होती है और उस विचारधारा से संबंधित वैयक्तिक, सामाजिक, राजकीय आचरण उस राष्ट्र के नागरिकों से अपेक्षित होता है। यही मूलतः प्रस्तुत पुस्तक का मुख्य सूत्र है।

भारत की राष्ट्रीय विचारधारा कौन सी है, यह समझ लेना इस पुस्तक का प्रधान हेतु है, लेकिन उसी के साथ जापान, जर्मनी, यूनाइटेड किंगडम, अमेरिका, रशिया, पूर्व यूरोपीय और मध्य एशियन राष्ट्रों की राष्ट्रीय विचारधाराएँ कौन सी हैं, उन विचारधाराओं का गठन कैसे हुआ और उन विचारधाराओं का प्रभाव इतिहास में कब और कैसे हुआ, इसकी भी चर्चा हमने इस पुस्तक में की है। राष्ट्रीय विचारधारा की सामूहिक शक्ति विश्व की अनेक समस्याओं का निवारण कर सकेगी, यह विविध उदाहरणों से स्पष्ट करने का प्रयास किया है।

स्वतंत्रता प्राप्ति से सन् 1991 तक

भारतवर्ष में वैदिक काल में राष्ट्र के प्रकृति-स्वभाव की विवेचना हुई थी। भारत का राष्ट्रप्रवाह तब से आज तक अखंडित मार्ग पर चल रहा है।

15 अगस्त, 1947 को भारत के स्वतंत्र होने के पश्चात् संविधान तैयार किया गया। संविधान तैयार करते समय मसौदा समिति के अध्यक्ष डॉ. बाबासाहेब आंबेडकरजी ने भारत के राष्ट्रप्रवाह का गहरा अध्ययन किया था और यह संविधान 26 जनवरी, 1950 से कार्यान्वित हुआ। उसके पश्चात् 1991 तक हमारे शासक लोकशाही समाजवाद विचारों के आधार पर सार्वजनिक क्षेत्र में बड़े भारी उद्योग निर्माण करते रहे, जिसके कारण नौकरशाही अव्यवस्थित तरीके से फैली। Routine, Rigidity and Inertia अर्थात् लोकरीति के अनुसार ही व्यवहार करना, उद्दंडता करते रहना और रोजमर्रा की जिंदगी बिताना, ऐसे वातावरण में विकास करने योग्य कार्यसंस्कृति का अभाव, अनुदानों की भरमार और ऋणग्रस्त सरकार, इन अवगुणों से हमारी अर्थव्यवस्था अल्पकाल तक जारी रही। ख्यातिप्राप्त अर्थशास्त्रज्ञ और गोवा राज्य योजना मंडल के पूर्व सदस्य डॉ. अनिल पडोशीजी ने एक लेख में ऐसे अवगुणों की सूची जाहिर करने के पश्चात् अपना अभिप्राय इस प्रकार दिया, "समाजवाद के अविवेकी विचारों की अधिकता से ही यह स्थिति हमारे यहाँ निर्मित हुई है, ऐसा मेरा नम्र मत है।"[1]

सन् 1991 में भारत की अर्थव्यवस्था पूरी तरह से डगमगा गई, बाहरी सहायता लेकर उस अर्थव्यवस्था को सँभालना अनिवार्य हो गया। तब लाइसेंस-परमिट राज खत्म करने के लिए भारत को निजीकरण, उदारीकरण और जागतिकीकरण, ये त्रिविध नीतियाँ स्वीकार करनी पड़ी। इन नीतियों के कारण सन् 1991 से पूर्व के कालखंड में तथा सन् 1991 के पश्चात् के कालखंड में लक्षणीय अंतर दिखाई दिया। उदाहरणार्थ, पहले विदेशों के साथ व्यापार के उस माध्यम से भारतीय अर्थव्यवस्था सुदृढ होगी, इस पर भरोसा नहीं था; परंतु सन् 1991 के पश्चात् आर्थिक प्रगति के लिए विदेशों के साथ व्यापार करना हितप्रद माना गया। पूर्वकाल में कारखानों से तथा कुल उत्पादन प्रक्रिया से मुनाफा प्राप्त करना वर्जित था। निजीकरण, उदारीकरण और जागतिकीकरण के दौरान मुनाफा कमाने के लिए उत्पादकों को प्रोत्साहन दिया गया। पूर्वकालों में केंद्रीय नियोजन की सहायता से अर्थव्यवस्था में संतुलन निर्माण करना संभव है, यह एक आस्था का विषय था, गत पच्चीस सालों में बाजारपेठ का 'अदृश्य हाथ' ऐसा संतुलन निर्माण कर सकता है, यह आस्था बढ़ती जा रही है।

वाशिंगटन के American Enterprises Institute में कार्यरत सदानंद धुमे पाठकों को जानकारी देते हैं कि सन् 1966 में राष्ट्रीयकरण के नाम पर शासनप्रणीत प्रक्रिया में तेजी आई। नियोजन के मार्ग से उन्नति हो सकती है, ऐसा गृहीत मानकर केंद्रीकरण का लोभ बढ़ने लगा। आगे वे कहते हैं कि ऐसे लालच के पश्चात् पच्चीस

वर्षों में हमारी दुर्गति ही हुई।

श्री सदानंद धुमे इसी लेख में न्यूयॉर्क विद्यापीठ के प्राध्यापक विल्यम ईस्टर्ली की किताब का उल्लेख करते हुए अपनी राय देते हैं कि सन् 1991 से पूर्व राज्यशासन पर भरोसा रखकर आर्थिक अवनति का ह्रास बर्दाश्त करनेवाला भारत ही एकमात्र देश नहीं था, बल्कि एशिया, अफ्रीका और लैटिन अमेरिका इन तीनों महाद्वीपों के अनेक देश इस काल में अवनति की ओर बढ़ने लगे थे।[2]

अंतरराष्ट्रीय मुद्राकोष की व्यवस्थापकीय संचालिका श्रीमती क्रिस्तिन लॉगार्ड ने पच्चीस सालों में भारतीय अर्थव्यवस्था की प्रगति की भारत में आकर जी भरकर प्रशंसा की है। मार्च, 2016 में भारत सरकार के अर्थमंत्री ने 'Advancing Asia—Investing for Future' शीर्षक से तीन दिवसीय परिषद् आयोजित की थी। इस परिषद् की मुख्य अतिथि क्रिस्तिन लॉगार्ड के शब्दों में, "पिछले पच्चीस सालों में भारत का किया हुआ विकास विश्व में फैले हुए अंधकार की पृष्ठभूमि पर चमकता हुआ उज्ज्वल तारा है," इन शब्दों में भारतीय अर्थव्यवस्था की प्रशंसा की है।[3]

भारत पिछले पच्चीस वर्षों में उन्नति कर सका, क्योंकि भारतीय उत्पादक लाइसेंस-कोटा-परमिट राज के बंधन से मुक्त हुए, इन उत्पादकों का समय और पैसा शासकीय अनुमति प्राप्त करने में खर्च होने के बजाय लाभदायक कामों में खर्च हुआ...पहले जो उद्योजक सत्ता के राजकीय पक्ष के प्रायोजक की भूमिका निभा रहा था, वह बदली हुई परिस्थिति में सच्चा उद्योजक बना।

समाजवाद तथा पूँजीवाद : पूरी स्पष्टता नहीं

इसी कालखंड में प्रथमत: समाजवाद तथा उसके पश्चात् पूँजीवाद, ये दोनों विचारधाराएँ प्रभावहीन रहीं। इसमें से भी समाजवादी विचारधारा की त्रासदी अधिक विदारक रही। सोवियत यूनियन नामक कृत्रिम राष्ट्र ने इस विचारधारा पर ही भरोसा रखा, संपूर्ण समाज जीवन राज्य की शरण में गया, इतना ही नहीं, बल्कि राज्य शासन ही निरंकुश होकर समाज को अपने कब्जे में रखने में यशस्वी हुआ, परंतु इसी कारण अर्थव्यवस्था में गतिशून्यता आ गई और इसलिए मिखाइल गोर्बाचेव ने 'पुनर्रचना व स्वतंत्रता' इस नवमंत्र के प्रकाश में राज्य शासन का समाज के ऊपर से बोझ हटा दिया।

सोवियत यूनियन ने समाजवाद का Thesis-Anti Thesis-Synthesis अर्थात् वाद-प्रतिवाद-संवाद सूत्र को अपनाया। अमेरिका नामक Thesis का विरोध

करने के लिए ही 'हमारे रूप में Anti-Thesis का जन्म हुआ है और इसलिए अमेरिका से संघर्ष किया, तभी हमारा उत्कर्ष होगा', ऐसी प्रतिक्रियात्मक भूमिका सोवियत यूनियन ने अपने सिर पर रखी। सात दशक से भी अधिक समय तक यह द्वेषयुक्त संघर्ष सुलगता रखने में इस नवजात कृत्रिम राष्ट्र ने कृतार्थता मानी। एकपक्षीय हुकुमशाही अति आवश्यक मानकर अमेरिका आदि पूँजीवादी देशों की न्यूनता बढ़ा-चढ़ाकर बताने में और अपनी न्यूनता मात्र छिपाकर रखने में सोवियत नेताओं ने अपना काफी समय खर्च कर दिया, जिसकी वजह से सोवियत का आम नागरिक भय, आडंबर और लाचारी इन त्रिदोषों के कारण अपना स्वत्व खो बैठा।

सोवियत संघ ध्वस्त होने के पश्चात् प्रत्येक राष्ट्र की शासन संस्थाओं के शिकंजे से बाजारपेठ मुक्त हुए। वास्तव में बाजारपेठ विश्वव्यापी हो गए। उन्होंने राष्ट्र-राष्ट्र की दीवारों को लाँघकर समूचे विश्व को लपेट लिया। एक राष्ट्र से दूसरे राष्ट्र में पूँजी का मुक्त स्थानांतरण शुरू हो गया। सधन राष्ट्र निर्धन राष्ट्र की अर्थव्यवस्था में पूँजी निवेश करने लगे। विशेषज्ञ और तंत्रज्ञ व्यक्ति भी एक राष्ट्र से दूसरे राष्ट्र में मुक्त संचार करने लगे। वस्तुओं और सेवाओं का अंतरराष्ट्रीय व्यापार स्थायी हो गया। इस वैश्विक व्यापार में झगड़े-फसाद खड़े हुए और उन्हें मिटाने के लिए विश्व व्यापार संघटना आवश्यक है, ऐसा ज्ञात हुआ और उसी में से World Trade Organisation (WTO) अर्थात् विश्व व्यापार संघटन का उदय हुआ।

सारांशतः बाजारपेठ यह संस्था राज्य संस्था को दूर रखकर झगड़े-फसाद की भूमिका निभाने लगी। "अर्थात् मूल पूँजीवादी देशों में ऐसी भूमिका निभानेवाले बाजारपेठ को पूँजीवादी बाजारपेठ नाम दिया गया, यूरोप के बाजारपेठ को कल्याणकारी बाजारपेठ नाम प्राप्त हुआ और सन् 1991 के पूर्व जो राष्ट्र समाजवाद को अपनाते थे, उन राष्ट्रों के बाजारपेठ को समाजवादी बाजारपेठ माना गया, अर्थात् सन् 1991 के पश्चात् बाजारपेठ संस्था निर्णायक रही।"[4]

इस परिस्थिति में पूँजीवाद के समर्थक, "अब पूँजीवादी विचारधारा ही समूचे विश्व में निरंकुश मार्ग पर चलेगी," ऐसा प्रचार करने लगे, लेकिन 11 सितंबर, 2001 को न्यूयॉर्क के विश्व व्यापार संघटना की जुड़वाँ मीनारों पर इसलामी आतंकवादियों द्वारा भीषण आत्मघाती हमला हुआ तथा उसी से पूँजीवाद को भी जानलेवा चुनौती का सामना करना पड़ा। आर्थिकेतर घटक अर्थात् Non Economic Factors आर्थिक विकास की प्रक्रिया को व्याकुल कर सकते हैं, यह इसी से विश्व को ज्ञात हुआ, लेकिन व्यक्तिगत स्वार्थ को बढ़ावा दिया गया तो प्रत्येक राष्ट्र की विकास

प्रक्रिया को गति मिलती है, पूँजीवाद के इस प्रधान उद्‌देश्य का प्रारंभ में ही अवरोध हुआ, वह सन् 2008 के तथाकथित Lehman Crisis के निमित्त से। एक बार व्यक्तिगत स्वार्थी प्रवृत्ति को बढ़ावा देने का रवैया अपनाया तो मनुष्य अधिकाधिक उपभोग लेने के लिए, स्वच्छंद बनने के लिए प्रवृत्त होते हैं। बैंक ऐसे मनुष्यों को विविध प्रकार के कर्ज देने के लिए तत्पर रहते हैं। कर्ज लेनेवाला मनुष्य भी खुशी से कर्ज लेता है, एक कर्ज को चुकाने के लिए दूसरा कर्ज लेना, योग्यता न होते हुए भी ऐसी बड़ी उथल-पुथल करते रहना, ऐसी शैली अमेरिका में प्रचलित हुई। इस शैली के कारण बैंकों और कंपनियों का नाश होता गया। सन् 1930 में निर्मित हुई मंदी पर शिकस्त करने के लिए केंस नामक अर्थशास्त्रज्ञ ने यह सुझाव दिया कि उद्योगों तथा वित्त संस्थाओं को प्रचुर मात्रा में कर्जपूर्ति की जाए। सन् 1991 के पश्चात् पूँजीवाद के मार्ग पर चलनेवाले देशों ने केंस के द्वारा दी गई सिफारिश पर अमल किया। परिणामतः आर्थिक विषमता की खाई और चौड़ी होती गई। लेखक निकोलस डी. क्रिस्टॉफ के मतानुसार, सन् 2001 से 2010 के दशक में अत्यधिक 400 अमीर अमेरिकी नागरिकों की संपत्ति 15 करोड़ अमेरिकी नागरिकों की कुल संपत्ति से भी अधिक थी। वित्तीय संस्थाओं द्वारा दिया गया अर्थसहाय्य निश्चित रूप से इन्हीं लक्ष्मीपुत्रों के हाथ में था, उनके द्वारा शुरू की गई कॉर्पोरेशंस और कंपनियाँ इसी अर्थसहाय्य अर्थात् कर्जपूर्ति के कारण उबर गईं, लेकिन सर्वसामान्य मनुष्य पूरी तरह से गर्त में चला गया, उसका कोई भी संरक्षक नहीं बचा। Occupy Wall Street आंदोलनकर्ताओं ने इसलिए प्रसिद्ध घोषणा की, "Corporations have been bailed out, but we, the ordinary masses have been sold out." पूँजीवादी संरचना में आरंभ से अंत तक सभी समाज घटक बहुत अधिक उपभोग की लालसा रखते हैं और इसलिए डेविड ब्रूक्स जैसे विचारक Lehman Crisis के बाद कहने लगे कि Occupy Wall Street आंदोलन की बजाय Occupy Main Street आंदोलन शुरू करना चाहिए।[5]

अमेरिका की इस मंदी के कारण वहीं के फेडरल रिजर्व सिस्टम के भूतपूर्व अध्यक्ष ऑलॉन ग्रीनस्पॉन ने कठोर शब्दों में स्वयं का मत दिया, "'स्वार्थपूर्ति' के लिए किया गया व्यवहार अर्थव्यवस्था को तारता है, इस सोच पर आधारित संपूर्ण विचारधारा ही असल में दोषपूर्ण है।"[6]

भारतीय विचारधारा स्वयं प्रकाशित

उपरोक्त विवेचन से स्पष्ट होता है कि निजीकरण, उदारीकरण और

जागतिकीकरण में अर्थात् सन् 1991 के बाद 25 वर्षों में समाजवाद और पूँजीवाद, ये दोनों ही विचारधाराएँ व्यवहार में निष्फल साबित हुईं। भारत जैसा देश इसी काल में आर्थिक उन्नति कर सका, क्योंकि समाजवाद तथा पूँजीवाद इन विचारधाराओं के प्रकाश में भारत ने स्वयं ही विवेक और योग्यता से राष्ट्रीय विचारधारा की प्रतिभा में ही अपना रास्ता बनाया।

विख्यात अर्थशास्त्रज्ञ एवं विचारक एस. गुरुमूर्तिजी की इस संदर्भ में की हुई विवेचना यहाँ मार्गदर्शक है।— "भारत में कुटुंब संस्था है, ग्राम पंचायत संस्था भी है, इन संस्थाओं व कुछ मौलिक संस्कारों ने भारतीय अर्थव्यवस्था को जागतिक मंदी से उबारा है।" यह गुरुमूर्तिजी का दावा है। भारत में रिश्ते-नातों के संबंधों का विशेष महत्त्व है। इन संबंधों के कारण समाज की रचना की गई है। यूरोप तथा अमेरिका में करार, समझौतों द्वारा समाज का गठन हुआ है। भारत को राजकीय स्वतंत्रता प्राप्त होने के बाद जो संविधान बनाया गया, जो कायदा-कानून, विधि-नियम मंजूर किए गए, वे भी यूरो-अमेरिकन प्रतिमान के प्रकाश में, करार समझौतों के आधार पर ही किए गए हैं। आश्चर्य की बात यह है कि भारतीय समाज ने केवल अपनी जाति, पंचायत आदि समूह और उनके संस्कार, रीति-रिवाज सिर-आँखों पर रखे। इतना ही नहीं, राज्यशासन के विधि नियमों के साथ अनोखे सहजीवन को विकसित किया।[7]

गुरुमूर्ति ही पाठकों को जानकारी देते हैं कि भारतीय समाज की कुल धारणा एमिल डर्खेइम (Emile Durkheim) विचारक द्वारा Divisions of Labour in Society नामक पुस्तक में शब्दबद्ध किए हुए चिंतन से मिलती-जुलती है। "एमिल डर्खेइम ने कार्ल मार्क्स, एडम स्मिथ, हर्बर्ट स्पेंसर इन विचारकों की भूमिका को नकारा है। व्यक्तिवाद पर आधारित सामाजिक-आर्थिक अनुबंध की रचना नामंजूर की है और कई वर्षों तक प्रथा परंपरा की परवरिश करनेवाले व्यावसायिक समूहों को विकास प्रक्रिया में मुख्य भूमिका दी जाए, इस आशय की सिफारिश की है, क्योंकि यही समूह रिश्ते-नातों की रचना मजबूत करते हैं।" ऐसा डर्खेइम का दावा है।[8]

पश्चिम की ओर केवल व्यक्ति को महत्त्व दिया जाता है, तो भारतवर्ष में ऐच्छिक सामूहिकता को प्रधानता दी जाती है, अर्थात् व्यक्ति के स्वत्वों पर समूह द्वारा प्रहार न किया जाए और व्यक्ति ने स्वच्छंद, निरंकुश होकर समाजहित का त्याग न हो पाए, इसका खयाल अवश्य रखना चाहिए। श्रीमान् शशि थरूर की भी विवेचना यहाँ उल्लेखनीय है। वे कहते हैं, "भारत में व्यक्ति की बजाय कुटुंब संस्था को ही महत्त्व दिया जाता है। पूँजीवाद ने व्यक्तिवाद का डंका बजाया तो साम्यवाद

ने सामूहिक एकता की सराहना की। भारत में मात्र कुटुंब संस्था, संयुक्त कुटुंब संस्था का सम्मान बरसों से हो रहा है। इस कुटुंब संस्था के दायरे में एक बार किसी को अपने में समा लिया तो उसके विकास में सारे परिवार के लोग मदद करते हैं, यही भारत की विशेषता है।"[9]

भारत की राष्ट्रीय विचारधारा में कुटुंब, जाति, पंचायत आदि शब्दों का आज भी प्रचलन है और इन्हीं अनोखी विशेषताओं के कारण जहाँ पिछले 25 वर्षों में अमेरिका जैसे शक्तिशाली देश मंदी की लहर से बेचैन हुए, समाजवाद और पूँजीवाद ये विचारधाराएँ प्रभावशून्य हुईं, तब भारतीय अर्थव्यवस्था मंदी को शिकस्त देकर उससे उबर आई। इतना ही नहीं वह तो एक कामयाब तैराक की तरह किनारे तक पहुँची। भारत में प्राचीनकाल से अलग-अलग प्रांतों में अलग-अलग जाति समूह भिन्न-भिन्न व्यवसाय कर रहे हैं, उन्होंने अपने अनुभवों के आधार पर निपुणता प्राप्त की है। सन् 1991 में भारत सरकार ने निजीकरण, उदारीकरण और जागतिकीकरण को 'हरी झंडी' दिखाई। उससे उत्पन्न हुए अच्छे वातावरण का पूरा-पूरा लाभ लेने के लिए देश भर से अलग-अलग जाति, समूह ने कदम बढ़ाए। उदाहरणार्थ, तमिलनाडु तथा आंध्र प्रदेश में नाड़र, नायडू समूह, तो गुजरात में पटेल और पंजाब में रामगदिया तथा उत्तर प्रदेश में जाटव जैसे समूह भिन्न-भिन्न व्यवसाय करने के लिए अग्रेसर हुए। उन्होंने स्वयं का विकास करते-करते अपने आस-पास के परिसर का भी विकास किया।

गत पच्चीस वर्षों में भारतीय अर्थव्यवस्था स्थिर हो सकी, उन्नति भी कर सकी, क्योंकि यहाँ की राष्ट्रीय विचारधारा के प्रकाश में अपने समाजपुरुष ने रिश्ते-नातों, वैयक्तिक संबंधों के आधार पर अनुकूल सामाजिक स्थान बनाया। Relation based social environment इस कालखंड का एक महत्त्वपूर्ण पहलू है।

सभी समस्याओं पर पूरा समाधान

परंतु इसी कालखंड के दुष्परिणामों को जानना भी आवश्यक है। उदाहरणार्थ, अमेरिका जैसे पूँजीवाद की राजधानी में बढ़ती हुई भीषण विषमता का विवेचन उपरोक्त पंक्तियों में किया गया है। भारत में भी पिछले पच्चीस वर्षों में विषमता बढ़ी है। निर्णायक प्रतियोगिता के जड़ पकड़ लेने के कारण Use and Throw, Profit or Perish, Perform or Quit, Hire and Fire आदि मुहावरों का प्रयोग यहाँ भी होने लगा है। इसी से 'जिसकी लाठी, उसकी भैंस' डार्विन-प्रणीत इस सिद्धांत का अनुभव हो रहा है। पूर्वकाल में शासन संस्था सामाजिक सुरक्षा अपना विषय

समझती थी। धीरे-धीरे वर्तमान समय में इस विषय पर शासक अपना पल्ला झाड़ लेते हैं। ऐसा प्रतीत होता है। एक दृष्टि से विश्व समीप आया है, लेकिन मनुष्य एक-दूसरे से दूर होता जा रहा है। आपस में परस्पर सद्भाव और सहयोग बढ़ने की अपेक्षा दुश्मनी और तनाव बढ़ रहा है। बाजारू संस्कृति विस्तीर्ण हो रही है। उपभोगप्रियता, स्वच्छंदता और संस्कृतिहीनता जैसे त्रिदोषों का जैसे उभार आ गया है। अत्याधुनिक तंत्र के उपयोग से अनेक वस्तुएँ और सेवाएँ बहुत अधिक मात्रा में निर्माण करना संभव हो गया है। फिर इन वस्तुओं एवं सेवाओं को ग्राहक तक पहुँचाने के लिए विज्ञापन की भरमार हुई तो इसमें आश्चर्य क्या है? प्रसार माध्यमों में लोगों की उपभोगप्रियता को प्रोत्साहन देनेवाले विज्ञापन हमेशा दिखाई देते हैं।

राष्ट्रीय विचारधारा के आधार पर यदि भारतवर्ष वैश्विक मंदी की चपेट से स्वयं का बचाव कर सका, तो इसी विचारधारा पर आश्रित होकर वह निजीकरण, उदारीकरण तथा जागतिकीकरण की नई चुनौतियों पर भी विजय प्राप्त कर सकेगा, इसमें कोई शंका नहीं। उदाहरणार्थ, बीते पच्चीस वर्षों में जो जागतिकीकरण अनुभव किया गया है, वह विकसित देशों की आवश्यकताओं का नतीजा है। इन देशों की वस्तुओं और सेवाओं को बाजारपेठ की जरूरत है। इन देशों को अल्प वेतन में काम करनेवाले कर्मचारी चाहिए, इन्हीं देशों को अतिरिक्त पूँजी निवेश करने का अवसर भी चाहिए।[10]

भारत की राष्ट्रीय विचारधारा से सुसंगत ऐसा जागतिकीकरण वास्तव में अपना मतलब निकालने के लिए नहीं, तो वह मन की विशालता से साकार हुआ है। उपनिषद् में इस विशालता को व्यक्त करनेवाला एक श्लोक है—

‘अयं निजः परो वा इति गणना लघुचेतसाम्।
उदारचरितानां तु वसुधैव कुटुम्बकम्॥’

सद्यः परिस्थिति में उपनिषद् का यह श्लोक विश्व के सम्मुख प्रस्तुत करना चाहिए। बढ़ती उपभोगप्रियता, स्वच्छंदता और संस्कृतिहीनता, इन त्रिदोषों पर विजय प्राप्त करने के लिए हमारी संस्कृति को मनुष्य के सम्मुख रखे हुए मानवी जीवन के उद्दिष्ट ‘शिवो भूत्वा शिवं जयेत्’ को बार-बार अधोरेखित करना चाहिए।

राज्य में कोई भी भूखा न रहे, प्रत्येक व्यक्ति अपना गुजारा कर सके, ऐसा वातावरण निर्माण करना यह शासन का उत्तरदायित्व है।

‘प्रजानां विनया धानात रक्षणात भरणादपि।
स पिता पितरस्तासां केवल जन्महेतवः॥’

रघुवंश का यह श्लोक राजा दिलीप का वर्णन करता है।

लोगों की शिक्षा, रक्षा और पालन-पोषण करनेवाला दिलीप राजा ही लोगों की दृष्टि में पिता था, घर में जो पूज्य व्यक्ति थे, वे केवल जन्मदाता थे, इस आशय से भारत की राष्ट्रीय विचारधारा ही प्रकट होती है। सन् 1991 में भारत में जिन आर्थिक सुधारों का कार्य शुरू हुआ, उनसे लाभ हुआ, परंतु इन प्रयोगों से कुछ समस्याओं कुछ चुनौतियों का भी उद्‌भव हुआ। लाभ अधिक मात्रा में होना चाहिए तो समस्याओं का निवारण भी होना चाहिए। इसके लिए हमारी राष्ट्रीय विचारधारा ही उपयुक्त मार्गदर्शन कर सकती है, इसमें कोई आशंका नहीं है।

आतंकवाद से समस्या निर्मिति

पिछले ढाई दशक में इसलामी आतंकवाद समूचे विश्व को भयभीत करने लगा है, यह भी वास्तविकता है। अफगानिस्तान में तत्कालीन सोवियत यूनियन ने हमला बोल दिया, वहाँ पर अपना अनुकूल शासन जमाने के लिए ही मॉस्को के दल ने यह काररवाई की थी। तत्पश्चात् अमेरिका ने गुस्सैल प्रवृत्ति के मुसलिम संगठनों को सोवियत यूनियन के विरोध में लड़ने के लिए प्रवृत्त किया, तब से इसलामी आतंकवाद विश्व में फैलने लगा। 11 सितंबर, 2001 को आतंकवाद का बूमरंग अमेरिका पर ही पलट गया और उसके बाद इसलामी आतंकवाद अधिकाधिक दाहक होता गया। शशि थरूर के शब्दों में, "Present century is born in blood and baptized in fire." ऐसा कहना उचित होगा। अमेरिका ने इराक, लीबिया, सर्बिया आदि देशों में लश्कर के तौर पर हस्तक्षेप किया और इसलामी आतंकवाद की वृद्धि होती गई। सन् 2011 में अरब देशों में भिन्न-भिन्न देशों से लोकशाही के बसंत की बहार होगी, ऐसी आशा पूरे विश्व में निर्मित हुई थी। गत पाँच सालों में वहाँ भी इसलामी आतंकवाद का हेमंत प्रकट हुआ, ऐसा कहना अनुचित नहीं होगा। अबू बक्र अल बगदादी नामक गुस्सावर नेता ने तो इन पाँच वर्षों में ISIS अर्थात् Islamic State of Iraq and Syria नामक संगठन खड़ा कर इराक और सीरिया में खिलाफत साम्राज्य का निर्माण किया है। "जो हमारे साथ नहीं, वह हमारा जानी दुश्मन है और इसलिए यातनाएँ, कष्ट देकर वह नरक में भेजने योग्य।"

इस समीकरण पर पूरा विश्वास रखकर यह संगठन विश्व में उत्पात, आतंक मचाने के लिए तैयार हुआ है। ऐसे संगठन की भयावह दहशत से इराक, सीरिया और अन्य देशों के असंख्य नागरिक यूरोप में शरण लेने के लिए तैयार हैं। यूरोप

के सभी देशों की स्थिति आर्थिक मंदी के कारण दयनीय हो गई है और बाहर से निर्वासित होकर आए आश्रित लोगों के सैलाब के कारण 'कंगाली में आटा गीला' इस कहावत की भयंकर प्रतीति यूरोप ले रहा है। पिछले कुछ दशक से यूरो अमेरिकंस—Multiculturalism, Pluralism, Secularism आदि शब्दों द्वारा अपनी सर्वसमावेशकता की गवाही दे रहा है, लेकिन निर्वासितों के आने के कारण अपनी समाज व्यवस्थाओं का गठन बिगड़ेगा, यह भय इन यूरो-अमेरिकंस को बेचैन कर रहा है। वॉशिंग्टन, लंदन, पेरिस, ब्रुसेल्स, ऐसी कई राजधानियों में जो बम विस्फोट हुए, उससे तो यह भय दुगुना होता जा रहा है।

यूरोप में, उसी प्रकार अमेरिका में राज्यशासक "हमारी सरहद में अलग-अलग पंथ के, संप्रदाय के अनुयायी मिल-जुलकर रहते हैं, क्योंकि अनेक संस्कृति, अनेक सभ्यता यहाँ पर विकसित हुई हैं। इन सभी को हम आश्रय देते हैं।"···आदि दावे करते रहते हैं। लेकिन मंदी की लहर आई, कारखाने बंद पड़ने लगे, इसी के साथ इसलामी आतंकवाद के कारण इराक, सीरिया आदि देशों से जो समाजघटक निराश्रित हुए, वे फ्रांस, जर्मनी, बेनेल्क्स अर्थात् बेल्जियम, नीदरलैंड, लक्जमबर्ग ऐसे देशों की तरफ दौड़ पड़े। इन देशों से 'सामाजिक सुरक्षा के नाम पर शासकों द्वारा दिए जानेवाले अर्थसहाय्य पर भारी बोझ पड़ेगा, यह स्पष्ट हुआ। ऐसी परिस्थिति में बहुसांस्कृतिकता, बहुविधता, पंथनिरपेक्षता आदि उदात्त संकल्पनाओं के सामने चुनौती निर्मित हुई है। परिणामत: 'Nativism' अर्थात् स्वदेशीवाद जड़ पकड़ने लगा है। जागतिकीकरण, उदारीकरण के रजत जयंती समारोह के वर्ष में ही 'खुले' व्यापार को तथा 'बहुसांस्कृतिकता' को पूर्ण विराम देकर अपनी विशिष्ट संस्कृति और विशिष्ट अर्थव्यवस्था को सुरक्षित रखना, इस भूमिका को अनेक देश आत्मसात् करने लगे है।[11]

अमेरिका में सॉम्युएल हंटिंग्टन विचारक ने "इसके आगे अमेरिकन नागरिकों ने 'White Anglo–Saxon Protestantism'—यही हमारी मुख्य संस्कृति है—ऐसा कहना हितप्रद है।" ऐसी सिफारिश की है। इस विचारक को 'Who are we ?' इस शीर्षक से पुस्तक लिखकर जैसे 'एक राष्ट्र : एक संस्कृति' इस मंत्र का जागरण करना अनिवार्य लगा, क्योंकि इसलाम स्वयं को पवित्र पंथ मानता है, ऐसे puritanical religion की पवित्रता की रक्षा के लिए आत्मघाती हमला करने के लिए गुस्सैल मुसलिम आगे आते हैं, तब बहुसांस्कृतिकता धोखे में आती है। इसलिए अमेरिका को चारों ओर WASP Culture के कवच तैयार करने चाहिए, ऐसा

हंटिंग्टन महोदय का आग्रह है। तात्पर्य आत्मघाती बम विस्फोट करनेवाले इसलामी आतंकवादियों से स्वयं का बचाव करने के लिए अमेरिका के साथ एक-एक राष्ट्र अपनी-अपनी संस्कृति का जयघोष करने लगा है, यह एक वास्तविकता है।

अस्मिता शोध

सन् 1991 में सोवियत संघ नामक कृत्रिम राष्ट्र ध्वस्त हो गया। परिणामतः सन् 1917 की बोल्शेविक क्रांति के बाद अमेरिका से शीतयुद्ध करनेवाले राष्ट्र ही विश्व के नक्शे से मिट गए। अर्थात् बर्लिन की दीवार तो उसके पहले ही नष्ट की जा चुकी थी और दो हिस्सों में बँटा जर्मनी अखंड हो गया था। शीतयुद्ध के बाद के कालखंड का प्रारंभ इस पृष्ठभूमि पर हुआ। सन् 2016 में इस कालखंड को पच्चीस वर्ष हुए हैं। इन पच्चीस वर्षों में विश्व के अलग-अलग देशों तथा राष्ट्रों में अस्मिता-शोध शुरू हुआ है।

दूसरे महायुद्ध की समाप्ति के बाद विश्व के कई राष्ट्र स्वतंत्र हुए। उनकी विकासयात्रा स्वाभाविक रूप से उनकी संस्कृति एवं सभ्यता के अनुरूप हुई। तब यूरो अमेरिकन प्रतिमान संपूर्ण विश्व के लिए प्रमाण मानना गैर वाजिब है, यह सभी मानने लगे। अपितु विकास-प्रक्रिया के सांस्कृतिक पक्ष का विचार करना ही चाहिए, इस पर विश्व में मतैक्य हुआ। इसलिए यूनेस्को ने सन् 1988 से सन् 1997 इस दशक को World Decade for Cultural Development ऐसा नाम देकर देश-देश की सांस्कृतिक अस्मिता अधिक समृद्ध करनी चाहिए, ऐसा प्रस्ताव पारित किया। दिल्ली की Indira Gandhi National Centre for the Arts (I.G.N.C.A.) इस संस्था ने यूनेस्को के इस प्रस्ताव पर अमल करने के हेतु सन् 1993 में विश्व के तत्त्वज्ञों की एक कार्यशाला दिल्ली में आयोजित की। सन् 1988 से लेकर सन् 1993 तक, इन पाँच वर्षों में ही शीतयुद्ध के बाद का कालखंड शुरू हुआ। इस कालखंड में पूँजीवाद निरंकुश हो जाएगा तथा Anthropo Centric Approach अर्थात् मनुष्य-केंद्री दृष्टिकोण विश्व पर लादा जाएगा, यह भय उत्पन्न हुआ। वस्तुतः एशिया, अफ्रीका और लैटिन अमेरिका इन तीनों महाद्वीपों में वर्षों से सर्वभूत-केंद्री दृष्टिकोण अर्थात् Cosmo Centric Approach महत्त्वपूर्ण माना जाता है। मनुष्य मात्र का समष्टि, सृष्टि और परमेष्टि ऐसे व्यापक होनेवाले वृत्ताकार से नाता है। सभी प्राणियों के कल्याण की आस्था हर मनुष्य को करनी चाहिए, यह उदात्त भूमिका इन तीन महाद्वीपों में वैध मानी जाती है। तब प्रत्येक राष्ट्र की संस्कृति

एवं सभ्यता ध्यान में लेकर ही विकास की व्यूह रचना तैयार करनी चाहिए, इस पर एकमत हुआ।

अस्मिता शोध द्वारा राष्ट्र निर्मिति

सोवियत संघ ध्वस्त होने के पश्चात् वहाँ रशिया सहित पंद्रह राष्ट्र स्वतंत्र हुए। पूर्व यूरोप के भीतरी सभी राष्ट्र सोवियत वर्चस्व से मुक्त हुए। इन नवस्वतंत्र राष्ट्रों को भी अस्मिता शोध अपरिहार्य ठहरा, अर्थात् पूँजीवादी राष्ट्र इसलामी आतंकवाद और मंदी की चपेट, इन संकटों से बचना चाहिए, इस उद्देश्य से अपनी निश्चित 'राष्ट्रीय पहचान' कौन सी है, इसका संशोधन करने लगे, तो रशिया सहित यूरेशियन और पूर्व यूरोपीय राष्ट्र इसी संशोधन में इस कालखंड में मग्न हो गए। रशियन विचारधारा—'Russian Ideology' यह विषय इस पृष्ठभूमि पर महत्त्वपूर्ण साबित होता है।

सन् 1991 में नए सिरे से स्थापित हुए रशिया ने सन् 1888 में ब्लादिमिर सलव्येव द्वारा शब्दांकित की हुई रशियन विचारधारा को पुनरुज्जीवित किया। सन् 1995 तक रशिया के नेतागण अमेरिका को पसंद करने लगे थे, परंतु इन पाँच वर्षों में अमेरिका ने रशिया को पुनरुत्थान के लिए मदद तो की नहीं, बल्कि उसके दुर्बल होने का लाभ उठाने के लिए अमेरिका प्रयत्न करता रहा। तब सन् 1995 के बाद के वर्षों में रशिया ने यूरेशिया को स्वयं का प्रभाव क्षेत्र मानकर अलग शब्दों में Nativism को स्वीकार किया। सन् 2000 से ब्लादिमिर पुतिन की अध्यक्षता में शासनकाल शुरू हुआ। इनके शासनकाल में रशिया के आर्थिक और राजकीय सामर्थ्य को बढ़ाने के लिए, ठोस कदम उठाए गए, लेकिन चेचन्या विद्रोहियों द्वारा रशियन एकात्मता को दी गई चुनौती भयंकर है, वैसे ही शाश्वत विकास शीघ्रातिशीघ्र साध्य करना यह भी अपरिहार्य काम है, ऐसा पुतिन और उनके समूह को ज्ञात हुआ। उस समय रशियन विचारधारा के आधार पर सर्वसामान्य रशियन नागरिक को कार्य प्रवृत्त करने के लिए व्यूह रचना बनाई गई। उसमें से बिजंटाइन ऑर्थोडॉक्स पंथ के सहकार्य से और मजबूत राज्यशासन के भरोसे रशिया का सर्वांगीण विकास करना, यही रशियन विचारधारा का उद्देश्य है, ऐसा रशिया के नेतृत्व ने विश्व को बताया। इस उद्देश्य को प्राप्त करने के लिए पूर्वकाल से चली आई रशियन संस्कृति अनमोल भूमिका निभाएगी, ऐसा इस नेतृत्व ने अधोरेखित किया। विदुषी अनुराधा चिनॉय द्वारा इस संदर्भ में किया हुआ भाष्य यहाँ उद्धृत करने योग्य है, "रशिया में नागरी समाज दुर्बल था, इसके अलावा लोकशाही मूल्यों का और 'कानून का राज्य' इन तत्त्वों

का भी अभाव था। ऐसे वातावरण में पुराने सांस्कृतिक रीति-रिवाजों पर निर्भर रहकर चलते रहना अनिवार्य था। परिणामत: नागरी राष्ट्रवाद के बजाय सांस्कृतिक राष्ट्रवाद बढ़ता गया।"[12]

अनुराधा चिनॉय की यह राय ही पूर्व यूरोपीय राष्ट्र में भी कम-अधिक मात्रा में लागू होती है। चेकोस्लावाकिया में 'वेल्वेट रिवोल्यूशन', 'प्राग स्प्रिंग' शीर्षक की घटनाओं ने खलबली मचा दी। रूमानिया में चॉसेस्कू की उद्दंडता, जुल्मी हुकुमशाही के विरोध में उत्तेजित हुए और उसमें चॉसेस्कू के शासन का पूर्णतया अंत हो गया। पोलैंड में गदांस्क बंदरगाह में एकपक्षीय हुकुमशाही को पलटने के लिए 'सॉलिडॉरिटी' आंदोलन खड़ा हुआ और लेच वॉलेस ने 'पोलिश समाज पार्टी—स्टेट को ध्वस्त करेगी' ऐसी घोषणा की। वास्तव में, पार्टी स्टेट खत्म होने के बाद ही यह जन आंदोलन खत्म हुआ। युगोस्लाविया जैसे कृत्रिम राष्ट्र के भी टुकड़े हो गए। एक बात सच है कि राष्ट्रीय विचारधारा भू-गर्भ में बहती रहती है और मौका मिलने पर आवेग के साथ भूमि पर उछलकर ऊपर आनेवाले झरने का विश्व को साक्षात्कार देती है, क्योंकि राष्ट्र के अनुभूति के अधिष्ठान पर प्राचीन काल से कार्यरत बुनियादी गृहीतों का संग्रह ही राष्ट्रीय विचारधारा में प्रतिबिंबित होता रहता है।

मध्य एशिया में वास्तविक विचारधारा का शोध

हमारी पुस्तक में मध्य एशिया के पाँच मुसलिम राष्ट्रों की घटनाओं का भी विवेचन किया गया है। शीतयुद्ध के बाद के कालखंड में कजाकिस्तान, किर्गिस्तान, तजाकिस्तान, तुर्कमेनिस्तान और उज्बेकिस्तान; इन पाँच राष्ट्रों में से केवल सोवियत पूर्व शतकों का नहीं, बल्कि इसलाम पूर्व शतकों का भी वेध करने का प्रयास किया गया है। सन् 2001 में न्यूयॉर्क की जुड़वाँ मीनारों को नष्ट करनेवाले आतंकवादियों ने अफगान भूमि पर और फरगाना के तराईवाले भाग में आश्रय लिया। ये दोनों स्थान मध्य एशिया से संलग्न हैं, स्वाभाविक रूप से आतंकवाद की भयानकता हमें भी ध्वस्त कर देगी, इस भय के कारण पाँचों मुसलिम राष्ट्र विलक्षण रूप से अस्वस्थ हो गए। इन राष्ट्रों में इसलाम-पूर्व इतिहास का अध्ययन और अपनी अस्मिता का शोध इस वातावरण में उत्स्फूर्त और स्वाभाविक था। एडवर्ड ऑलवर्थ इस लेखक द्वारा लिखी गई पुस्तक 'The Modern Uzbeks : A Cultural History from the Fourteenth Century to the Present' में अब्दु रज्जाक अब्दुवाशिदोव नामक किसी उजबेक कवि का गीत पढ़ने में आता है। इस गीत का शीर्षक है—The

Dear Soul (प्रिय आत्मा)। गीत की पंक्तियाँ कितनी मार्मिक हैं—

"Every Nation has its own desire
Its own song, its own epic
It has its own place - its own garden
So far preserved for thousands of years."

विदुषी अनिता सेनगुप्ता ने इस गीत को अपने लेख में उद्धृत करके उसमें मौलिक तलटिप्पणी दी है, वह है—

"This tradition preserved for thousands of years has now become the focus of writings in The Central Asia region."[13]

मध्य एशिया के दो राष्ट्रों (किर्गिस्तान और तजाकिस्तान) के विषय में प्रस्तुत पुस्तक में किया हुआ विवेचन ऊपर दिए गए उल्लेखित गीत से सुसंगत है। Central Asia Caucasus Institute and The Silk Road Studies Programme इस संशोधन केंद्र ने सन् 2008 में किर्गिस्तान और तजाकिस्तान, इन दो राष्ट्रों में राष्ट्रीय विचारधाराओं की और राज्य संस्थाओं की रचना कैसे हुई, बताने करने के लिए एक पुस्तक प्रकाशित की। एरिका मारट की लिखी इस पुस्तक में निम्नलिखित लेख राष्ट्रीय विचारधारा के उद्‌गम पर तेज रोशनी डालने वाला है—

"मध्य एशिया के राष्ट्रों ने सोवियत राष्ट्र के ध्वस्त होने के पश्चात् उत्तराधिकार द्वारा राज्य संस्थाओं पर अपना दावा किया; परंतु इन राष्ट्रों के सुसंस्कृत लोगों को अल्प काल में ही ज्ञात हो गया कि इन राज्य संस्थाओं के लंबे समय तक टिके रहने के लिए वहाँ के समाजघटकों को एक-दूसरे से जोड़ने के लिए राष्ट्रीय विचारधारा विकसित करनी चाहिए। यह एहसास होने पर इन सुसंस्कृत लोगों ने अपने राष्ट्रों के इतिहास का पुनर्लेखन किया। इस प्रक्रिया से प्रत्येक राष्ट्र की विचारधारा विकसित हुई और उसकी परवरिश उस राष्ट्र के अध्यक्ष महोदय के द्वारा की गई। आज ऐसा ज्ञात होता है कि इन पाँच राष्ट्रों में से चार राष्ट्रों की विचारधाराओं पर इसलाम-पूर्व इतिहास में व्यक्ति का, संस्कृति का और घटनाओं का प्रभाव दृष्टिगोचर होता है।

मध्य एशिया के इन पाँचों मुसलिम राष्ट्रों में सूफी पंथ का बीज बोने के लिए प्रयास किए गए हैं और उन राष्ट्रों की प्रभावी विचारधारा इन प्रयासों का प्रेरणास्रोत है, इसमें कोई शंका नहीं है। मध्य एशिया राष्ट्रों के नागरिकों ने ज्ञात होते हुए भी उग्र, हिंसक, वहाबी पंथ को गैर मानकर सूफी पंथ को अपनाया है।"[14]

ऐसा विचार ये नागरिक कर सके, क्योंकि उनकी चित्त-प्रकृति, उनका स्वभाव जन्म से ही सौम्य है।

सऊदी अरब में भारत के राजदूत रह चुके श्री तलमीज अहमद का 'रियाद की बाधा दूर करने के प्रयास' (Removing the Riyadh Block) नामक शीर्षक लेख 6 अप्रैल, 2016 को 'टाइम्स ऑफ इंडिया' में प्रकाशित हुआ। उस लेख में अहमदजी ने पश्चिम एशिया के ईरान, इराक आदि सभी मुसलिम राष्ट्रों परिस्थिति की समीक्षा की। लेख के अंत में वे सूचित करते हैं, "दक्षिण तथा पश्चिम एशियन राष्ट्रों के संबंध आपस में उलझे हुए हैं। आपस में दूर हुए इन मुसलिम राष्ट्रों के संबंधों में समन्वय साधना आवश्यक है।"[15]

'एकात्म मानव दर्शन' से राष्ट्रीय विचारधारा

पंडित दीनदयाल उपाध्याय अधोरेखित की हुई 'चिति' संकल्पना का सहजता से यहाँ स्मरण होता है। दीनदयालजी कहते हैं, "राष्ट्र की भी एक आत्मा होती है। उसका एक शास्त्रीय नाम है। इसे 'चिति' कहा गया है, मॅक्डुगल के अनुसार, किसी भी समूह की एक मूल प्रकृति होती है। वैसे ही 'चिति' किसी समाज की वह प्रकृति है, जो जन्मजात है, तथा जो केवल ऐतिहासिक कारणों से नहीं बनी।"[(16)]

दीनदयालजी के मतानुसार प्रत्येक राष्ट्र की स्वयं की ऐसी जन्मतः चिति-प्रकृति रहती है। इस चिति द्वारा ही किसी राष्ट्र की संस्कृति का ढाँचा तैयार होता है और ऐसी संस्कृति के समान धागों से राष्ट्र की बुनियाद तैयार होती है। परिणामतः राष्ट्रीय विचारधारा राष्ट्रजीवन में महत्त्वपूर्ण भूमिका निभाती है।

भारत की 'चिति' सर्वसमावेशक है, विविधता का सम्मान करनेवाली है। इस चिती की रक्षा राज्यशासन से नहीं, बल्कि समाज द्वारा की गई है। इसलिए कई शतकों तक भारतवर्ष पराधीन था, भारत का स्वयं का राज्य नहीं था, फिर भी यहाँ का राष्ट्र प्रवाह अक्षुण्ण और चेतनामय रहा। वर्तमान में जब हर देश का 'Nativism' अर्थात् स्वदेशीवाद जड़ पकड़ रहा है, तब विशिष्ट संस्कृति ही अन्य संस्कृतियों का नाश करेगी, यह भय व्यक्त किया जा रहा है। ऐसे वातावरण में भारत की राष्ट्रीय विचारधारा विश्व को आनंद प्रदान करनेवाली है। पिछले कुछ वर्षों में Dialogue of Civilization इस शीर्षक के वार्षिक सम्मेलन से विश्व के जानकार विद्वान् इकट्ठे होते हैं और जागतिक घटनाओं पर मुक्त विचार-विमर्श करते हैं। सन् 2008 में ह्रोड्स नामक ग्रीक द्वीप पर हुए ऐसे ही एक वार्षिक सम्मेलन में रस्तिस्लाव रिबाकोव नामक एक रशियन विचारक ने जो अभिप्राय श्रोताओं को सुनाया, वह यहाँ उल्लेखनीय है, "वर्तमान में प्रत्येक धर्म मेरा ही परमेश्वर अन्य परमेश्वर से श्रेष्ठ है,

ऐसी उद्घोषणा कर रहा है; इस कारण संभाषण ही असंभव हो गया है। इस पृष्ठभूमि पर विविधता में एकता ढूँढ़नेवाली, विविधता की रक्षा करनेवाली भारतीय संकल्पना की महत्ता मन को भा जाती है।"[17]

इस वर्ष मार्च महीने में World Sufi Forum (वर्ल्ड सूफी फोरम) के निमित्त से सीरिया के ग्रांड मुफ्ती अहमद बद्रेद्दीन हुसैन दिल्ली आए थे। सीरिया में इसलामिक स्टेट ने जो भीषण हिंसाचार चलाए हैं। उसके कारण पिछले पाँच सालों में करीब ढाई लाख लोगों ने अपनी जान गँवाई हैं। इस परिस्थिति के कारण निराश हुए ग्रांड मुफ्तीजी को "भारत में जो विविधता की पूजा होती है, वह हमें प्रेरणादायी लगती है।" इन शब्दों में अपना जाहिर वक्तव्य देना उन्हें आवश्यक लगा, इसका हमें दखल लेना चाहिए।[18]

भारत की राष्ट्रीय विचारधारा आज भी Evergreen अर्थात् सदाबहार है और विश्व के दहकते हुए रेगिस्तान में हरियाली बिखर रही है, यह निर्विवाद घटना है। हमने इस विचारधारा के विषय में इस पुस्तक में विवेचन किया हुआ है। उसे अब मुसलिम एवं क्रिश्चियन देशों से भी मान्यता मिल रही है। इसका प्रमाण ऊपर की पंक्तियों में दिया गया है। सूफी पंथ तथा भारत में रूढ़ अद्वैत मत में विलक्षण साधर्म्य दिखता है, यह आलीम वकील नामक विचारक ने स्पष्ट शब्दों में बताया है। वे कहते हैं—

"मनुष्य के लिए अगाध प्रेम और ईश्वर के प्रति उत्कट श्रद्धा, ये सूफी पंथ के प्रमुख लक्षण हैं। भारत में सूफी द्वारा आया इसलाम चिरस्थायी हुआ, क्योंकि भारत में आए सूफी भारतीय हो गए। बहुत से इसी मिट्टी में जनमे और इसी मिट्टी में मिल गए। यहाँ के लोगों की अस्मिता में स्वयं की अस्मिता पिघल तो नहीं जा रही, इसका उन्हें न भय था न परवाह!'''चिश्ती संप्रदाय ने 'वहदत्तुल वुजूद' का सिद्धांत अपनाया। एक दृष्टि से वह सिद्धांत अद्वैत से बहुत साम्य रखता है। उपनिषदों का अनुवाद पर्शियन भाषा में होने पर उनका संदेश विश्व भर में फैला, ऐसा माना जाता है।"[19]

यशस्विता का सुयोग्य मार्ग : सामयिक विचारशक्ति

सन् 1947 में हम 'आजाद' हुए; परंतु 'स्वतंत्र' नहीं, ऐसा विषाद कांचीपुरम् के तत्कालीन शंकराचार्य श्री चंद्रशेखरेंद्र सरस्वतीजी ने व्यक्त किया।[20] 15 अगस्त, 1947 को हम ब्रिटिशों की जंजीरों से आजाद हुए, यह सत्य है, परंतु स्वयं की पद्धति से अपना सफर शुरू करने के बजाय हमने पश्चिमी यूरोपीय पद्धति से ही अपनी यात्रा शुरू की। तत्कालीन नेतृत्व को यूरोपीय पद्धति के प्रकाश में ही सबकुछ नया निर्माण करने की

इच्छा थी। एक तरफ से 'Modern India' का लोभ तो दूसरी तरफ से 'प्राचीन भारत से संबंधित भक्ति, इन दोनों के बीच का शीतयुद्ध तभी प्रारंभ हुआ। भारत के प्रवक्ता प्राचीन भारत को नकार रहे थे।'हिंदू' शब्द मुसलमान और क्रिश्चियन इन शब्दों जैसा ही पंथवाचक है, ऐसा समझते थे। यूरोपीय पद्धति के प्रभाव से मुसलमान और क्रिश्चियन भी बदलेंगे, ऐसा वे समझते थे। 'इंडिया' समर्थकों के विचारानुसार बहुसंख्यक हिंदू अल्पसंख्यांक गैरहिंदुओं पर अन्याय करने के लिए तत्पर हैं, ऐसी समझ दृढ थी। तात्पर्य, अल्पसंख्यकों की सभी जिद पूरी की जाए, तो बहुसंख्यक रहे हिंदू मात्र की भावभावना केवल पदार्थ (त्याज्य), उपेक्षणीय समझनी चाहिए, इस शैली ने 15 अगस्त, 1947 के पश्चात् भारत में जड़ पकड़ी। इस शैली का विरोध करने के लिए फिर सर्वसामान्य हिंदुओं ने ही पहल की। 15 अगस्त के पश्चात् केवल तीन वर्ष के भीतर ही इस पहल के कारण सोरटी सोमनाथ मंदिर का जीर्णोद्धार हुआ, अयोध्या में श्रीराम की मूर्ति की स्थापना हुई, लेकिन पं. जवाहरलाल नेहरूजी के नेतृत्व में सारे 'सेक्युलेरिस्ट' इकट्ठे हुए। अज्ञेयवादी, निरीश्वरवादी, नास्तिक, वामपंथीय, सुधारवादी ऐसे सभी इकट्ठा हुए। उन्होंने तथाकथित सेक्युलेरिज्म को समाज पर लादने की व्यर्थ ही कोशिश की। शाहबानो मुकदमे का ऐतिहासिक फैसला भी दूर रखकर और कट्टर मुसलमानों को संतुष्ट रखना, यह रवैया शासनमान्य हुआ और फिर अयोध्याकांड के माध्यम से सर्वसाधारण व्यक्ति ने विश्वरूपदर्शन का निर्माण किया। प्राचीन भारत ने मॉडर्न इंडिया के विरोध में अयोध्या आंदोलन के पश्चात् मुहिम शुरू की। सन् 2014 के संसदीय चुनाव में इस मुहिम का कलशाध्याय विश्व को सुनाया गया। उसके बाद के दो सालों में 'हिंदू' शब्द पंथवाचक नहीं, बल्कि संस्कृतिवाचक है, सभ्यतासूचक है। इस शब्द के माध्यम से विविधता का तथा सर्वसमावेशकता का पूजन होता है, जनसामान्य के विषय में आस्था व्यक्त होती है, लोककल्याण की नीतियाँ अमल में लाई जाती हैं, यह ज्ञात हुआ है। विश्व के मुसलिम देशों ने भी इन नीतियों की प्रशंसा की है।

कुछ ही दिन पहले SAARC Literature Festival दिल्ली में संपन्न हुआ। इस समारोह में पाकिस्तान के प्रो. मुहम्मद जमील कलंदर भी उपस्थित हुए। उन्होंने मोना मेहता को जो साक्षात्कार दिया, वह ऐतिहासिक महत्त्व रखता है। प्रो. कलंदरजी ने ऋग्वेद का अरबी भाषा में भाषांतर किया है। उन्हें कुरान तथा उपनिषद् में कई समानताएँ नजर आई हैं। उनका कहना है, "संपूर्ण दक्षिण एशिया में एक ही संस्कृति है, एक ही सभ्यता है।"

भारत की राष्ट्रीय विचारधारा इससे अलग आशय नहीं रखती, अपितु प्राचीनकाल से ही यह विचारधारा ऐसे ही समन्वय के सामंजस्य का आग्रह कर रही है। केवल भारत ही नहीं, बल्कि संपूर्ण दक्षिण एशिया के सभी समाज घटकों को इस समन्वय की एवं सामंजस्य की भूमिका व्यक्त करनी चाहिए और विश्व में शांति, सुख, प्रेम, सद्भाव और मांगल्य बढ़ाना, यही तो हमारे भारतवर्ष की इच्छा है।

समाजवाद, साम्यवाद, पूँजीवाद इन विचारों का प्रयोग विश्व के अनेक राष्ट्रों में हुआ है। इन संकल्पनाओं के फायदे और नुकसान भी विश्व ने अनुभव किए हैं। पर्यावरण में बढ़ते तापमान, आतंकवाद जैसी समस्याएँ विश्व में जटिल रूप धारण कर रही हैं। इन सभी समस्याओं का समुचित उत्तर देने की ताकत भारतीय राष्ट्रीय विचारधारा में है, इसलिए विश्व का ध्यान भारत की ओर लगा है।

भारत के विचारों का केंद्र पूरब की तरफ

गत कई वर्षों से अंतरराष्ट्रीय राजनीति का केंद्र यूरो-अटलांटिक क्षेत्र से एशिया पैसिफिक की ओर झुक रहा है। दुनिया अब चाहती है कि भारत अभी दक्षिण एशिया में महत्त्वपूर्ण भूमिका निभाए। हाल ही में अफगानिस्तान और मध्य एशिया के पाँच ही देश भारत से संबंध बढ़ाने को उत्सुक हैं। वैसे ही पर्शियन सऊदी अरेबिया, संयुक्त अरब अमीरात, ओमान आदि देश ही भारत से अपनी मित्रता बढ़ाना चाहते हैं।

संयुक्त अरब अमीरात के युवराज शेख मोहम्मद बिन जायद अठ नहयान भारत के 2017 के प्रजासत्ताक दिन के प्रमुख अतिथि रहे। उन्होंने भारत के शांति निर्माणों के प्रयासों की बड़ी सराहना की है। वैसे ही युवराज शेख मोहम्मद के पिताश्री और अरब अमीरात के संस्थापक अध्यक्ष रहे शेख जायद बिन सुलतान अल तहयात 1975 में भारत आए थे और उन्होंने मई, 1974 में भारत के किए अणु-विस्फोट प्रयत्नों की प्रशंसा की थी।

भारत की सांस्कृतिक राष्ट्रनीति पर विश्वास रखनेवाले भारतीय जनता पार्टी के नेता मा. श्री नरेंद्रजी मोदी ने 26 मई, 2014 को भारत के केंद्र शासन की कमान सँभाल ली। बाद में भारत में जिधर विधिमंडल और स्थानिक स्वराज्य संस्था में चुनाव हुए, भारतीय जनता ने भाजपा की नीतियों का अपना समर्थन दिया है। केंद्र शासन की विदेश-नीति से अन्य बहुत देश प्रभावित हुए हैं। उन्हीं कारण से जाने-माने पत्रकार एम.जी. अकबर का आकलन है कि भारत के मुसलिम राष्ट्रों से भी मित्रतापूर्ण संबंध दृढतर हो रहे हैं।

('टाइम्स ऑफ इंडिया', 12 मार्च, 2017, पृष्ठ 24)

भारत की राष्ट्रीय विचारधारा सर्वसमावेशक है। बहुविविधता को बहुमान देती है। समन्वय पर उसका अटूट विश्वास है। परिणामतः दुनिया के बहुत सारे देश भारत के विचारों का स्वागत कर रहे हैं।

पिछले पच्चीस वर्षों की कालावधि में भारत ने मंदी से संघर्ष कर अपनी विकास दर बढ़ाई है। आगे के पच्चीस वर्षों में मानवजाति को डराने-धमकानेवाली सर्व समस्याओं पर भारत के पास ही उपाय है। वह है—'सामयिक राष्ट्रीय विचारधारा' स्वीकार करना।

कार्नेजी इंडिया के संचालक श्री सी. राजामोहनजी ने 6 अप्रैल, 2016 के 'हिंदुस्तान टाइम्स' में 'इसके आगे भारत दूर नहीं रह सकता' इस शीर्षक से लेख लिखा है। उस लेख में श्री मोहन कहते हैं, "विश्व में शीतयुद्ध की समाप्ति, उसी समय भारत द्वारा स्वीकार की हुई आर्थिक नीतियाँ, साम्यवाद का भ्रम निवारण, पूँजीवाद के निर्माण किए हुए अनेक प्रश्न, यूरोप की असमंजस की स्थिति तथा पश्चिम एशिया का क्षोभ, आतंकवाद पर पाबंदी तथा पर्यावरण रक्षण इस पृष्ठभूमि पर भारत को विश्व की राजनीति में सक्रिय भूमिका निभाना आवश्यक है। भारत का मानवहितकारी विकास, भारत का अंतरराष्ट्रीय स्तर पर बढ़ा हुआ स्थान, एशिया महाद्वीप में प्रादेशिक समन्वय तथा समतोल रखनेवाला भारत, विश्व में तीव्र गति से विकसित होनेवाली अर्थव्यवस्था तथा विश्व में नई रचना प्रत्यक्ष रूप में लाने में उपयुक्त सहयोगी, ऐसी भारत की प्रतिमा निर्मित हो रही है।"[20]

भारत को अब विश्व के सभी क्षेत्रों में नेतृत्व करने का लक्ष्य सामने रखना चाहिए ऐसा प्रतिपादन करते वक्त श्री मोहन अपने लेख के अंत में कहते हैं, "विश्व स्तर पर नेतृत्व करने के लिए प्रथमतः भारत को अपना आर्थिक विकास मजबूत करना चाहिए। वैसे ही भारत को अपनी नेतृत्व क्षमता दिखाने के लिए अंतर्गत राजकीय और आर्थिक व्यवस्था संतोषजनक करनी चाहिए।"[21]

आमतौर पर राष्ट्रीय विचारों में सभी का एकमत होना आवश्यक है। भाजपा, समाजवादी पक्ष और कांग्रेस पक्ष की राजकीय विचारधारा अलग-अलग है, परंतु सभी राजकीय पक्षों की राष्ट्रीय विचारधारा सामयिक होनी चाहिए। राजकीय विचारधाराएँ अलग-अलग हैं इसलिए राष्ट्रीय विचारधाराएँ अलग हैं ऐसा, कृत्रिम वाद निर्मित किया जा रहा है और इस वाद में एकत्रित सामयिक ऐसी राष्ट्रीय शक्ति व्यक्त नहीं होती। पं. जवाहरलाल नेहरू सत्रह वर्षों तक भारत के प्रधानमंत्री रहे। आजाद देश के विकास के वे पहले शिल्पकार थे, इसमें कोई संदेह नहीं। उन्होंने 24 जनवरी, 1948

को अलीगढ़ विश्वविद्यालय में बहुसंख्यक मुसलिम प्राध्यापक और विद्यार्थियों के समक्ष भाषण दिया। वहाँ पं. नेहरूजी ने कहा, "भारत की पुरातन वैभवशाली परंपरा का मुझे अभिमान है। भारत की स्वयंप्रकाशित संस्कृति कालानुसार विकसित होती गई है। बाह्य जगत् के अच्छे विचार आत्मसात् करने की भारत की संस्कृति की क्षमता अद्वितीय है। भारतीय संस्कृति कभी भी बाह्य विचारों से प्रभावित नहीं हुई। अनावश्यक विचारों से स्वयं को अलिप्त रखने की उसकी क्षमता है। इसलिए भारत के विचारों का इतिहास अनेक विचारों का मंथन है। भारत में कई बार राजकीय उथल-पुथल हुई, फिर भी उसका प्रभाव विविधताओं से सजी एकात्म संस्कृति पर नहीं हुआ। जो हमारे पूर्वजों ने हमें ज्ञान और संस्कृति विरासत में दी है, उसका मुझे अभिमान है।"[22]

अपने भाषण के अंत में पं. नेहरूजी ने श्रोताओं को सूचित किया, "आप मुसलिम हैं, मैं हिंदू हूँ। हमारी उपासना पद्धति अलग होते हुए भी हम एक ही संस्कृति के उत्तराधिकारी हैं। हमारा भूतकाल एक है, वैसे ही भविष्य भी एक ही विचार के आधार पर होना चाहिए।" संक्षेप में पं. नेहरूजी ने अपने भाषण में राष्ट्रीय विचारधारा का मर्म ही बताया है।

राजकीय विचारधारा तथा राष्ट्रीय विचारधारा इन दोनों का भेद समझ लिया तो अनावश्यक विचार संघर्ष टल सकता है तथा राष्ट्रीय विचारधारा की शक्ति को सामयिक बल प्राप्त हुआ तो भारत विश्व का नेतृत्व करके अनेक समस्याओं पर संपर्क उपाय ढूँढ़ सकता है तथा संपूर्ण मानवी जीवन सुखद, आनंदी, समाधानी करने का महान् कार्य भी यशस्वी ढंग से कर सकता है।

"हमें हमेशा अपनी राष्ट्रीय अस्मिता के बारे में सोचना आवश्यक है। राष्ट्रीय अस्मिता के बिना स्वाधीनता का कुछ भी अर्थ नहीं है।"

—पं. दीनदयाल उपाध्याय

अस्मिता शोध : संदर्भ-सूची

(1) डॉ. अनिल पडोशी, 'भांडवलवादाची त्सुनामी का आली ?'; महाराष्ट्र टाइम्स, 5 नवंबर, 2014, पान 8

(2) पाहा : सदानंद धुमे, 'Nehru-Gandhi And Poverty' in Times of India, 28 March, 2016, P.14

(3) पाहा : Indian Express, 12 मार्च, 2016, पान 17

(4) श्रीकांत परांजपे, "Emerging Issues in the Post Soviet Era : Undertstanding India's Strategic Options' in Uttara Sahasrabuddhe (ed.) Emerging Issues in Indian External Relations (New Delhi, 2016), P. 25

(5) Occupy Wall Street—आंदोलनाची पृष्ठभूमि व एकूण परिणती हे सर्व विवेचन कै. डॉ. बापू केंदूरकर यांच्या लेखातून घेतले आहे. पाहा : 'Occupy Wall Street आंदोलन', विकल्पवेध : 16 ते 30 नवंबर, 2011, पाने 6 ते 10

(6) पहा : Frydman & Goldberg, 'Did Capitalism Fail ?' in Times of India, 16 September, 2013 P. 12

(7) S. Gurumurthy, The world beyond Marx and Market (Chennia, 2008), P. 62.

(8) तत्रैव, पान 68

(9) Shashi Tharoor, India : From midnight to the Millenium and beyond (New Delhi, 2007), P. 269

(10) भानू काळे 'जागतिकीकरण आणि समरसतेपुढील आव्हाने', अंतर्नाद मासिक (पुणे), जुलाई, 2009, पान 38

(11) पाहा : (अ) Ashok Malik, 'Implosion of the west' in Times of India, 5 मार्च, 2016, पान 20

(आ) मार्च, 2016, पान 20

(आ) Nayan Chandra, 'Storm Clouds Brewing' in Times of India, 12 मार्च, 2016, पान 18

(12) Anuradha Chenoy; 'Variations of Russion Nationalism' in Shashikant Jha and Bhaswati Sarkar (eds.) Amidst Turbulence and Hope (New Delhi, 2002), P. 65

(13) Anita Sengupta, 'The performative State: Nation Building and Nationalist Discourse in Uzbekistan' in P.L. Dash (ed.), India and Central Asia : Two Decades of Transition (New Delhi, 2012), P.P. 175-176

(14) पाहा : Maria Elisabeth Louw, Everyday Islam in Post-Soviet Central Asia (London, 2007), P. 172

(15) 'Removing the Riyadh Block' Article by Mr. Talmiz Ahmed, former ambassador to Saudi Arabia, published in daily Times of India of 6th April 2016.

(16) पं. दीनदयाल उपाध्याय, 'व्यष्टिसमष्टि में समरसता', एकात्म मानवदर्शन (नई दिल्ली, 2012), पान 36

(17) पाहा : S. Nihal Singh, 'Speed-dating Civilization: Courtesy the New Russia', in Asian Age, 16.10.2008

(18) पाहा : 'Indian Pluralism : an inspiration' in The Hindu, 14 March, 2016, P.13

(19) आलीम वकील, 'मानवता जागवणारा सूफियाना अंदाज', महाराष्ट्र टाइम्स, 3 अप्रैल, 2016, संवाद पुरवणी, पान 2

(20) पाहा : S. Gurumurthy, Eternal India and The Constitution (New Delhi, 2005), P. 46

(21) 'India just cannot stay aloof any longer', C Rai Mohan, हिंदुस्तान टाइम्स, 6-04-16

(22) Speech at the Annual Convocation of the Muslim University at Aligarh (UP) on 24 January, 1948. A collection of speeches (1946-49), Ayer Publishing (1971), ISBN 0836920031 □

संदर्भ

मराठी ग्रंथ

मराठी लेख

इंग्रजी ग्रंथ

इंग्रजी लेख

इंग्रजी इंटरनेट वरून इंग्रजी लेख

मराठी

- वैद्य मा.गो.—'राष्ट्र, राज्य आणि शासन', भारतीय विचार साधना (भा. वि.सा.), पुणे-30, 1994
- हिंदू राष्ट्र का ? लेखसंग्रह—भा.वि.सा., पुणे-30, 1992
- सहस्त्रबुद्धे प्र.ग.—जीवनमूल्ये भाग-1 व 2 - भा.वि.सा. नागपुर, 1990
- गोळवलकर मा.स.—राष्ट्र—भा.वि.सा. पुणे-30, 1992
- हरदास बाळशास्त्री, वेदांतीत राष्ट्रदर्शन भाग-1 (पूर्वार्ध), प्रकाशक—शंकर रामचंद्र दाते, पुणे-30, 1966
- अभ्यंकर शंकर वासुदेव, भक्तिकोश (1) भारतीय आचार्य, (2) भारतीय संत, (3) भारतीय संप्रदाय, (4) भारतीय उपासना, (5) भारतीय तीर्थक्षेत्रे, मंदिरे, आदित्य प्रतिष्ठान, कर्वेनगर, पुणे-411051, जुलाई, 2003
- धर्मपाल, समग्र साहित्य, भारतीय चित्त, मानस व काल, भारतीय शिक्षण मंडल, नागपुर, 2013
- हेबाळकर शरद, भारतीय संस्कृतीचा विश्वसंचार, भारतीय विचार साधना प्रकाशन, पुणे-30, सितंबर, 2015
- रानडे एकनाथजी, हिंदुतेजा, जाग रे! स्वामी विवेकानंदांची विचार—मौत्किके, स्वामी विवेकानंद सार्ध शती समारोह समिति, नई दिल्ली, 12 जानवरी, 2013
- आपटे उमाकांत केशव उपाख्य बाबासाहेब, आमच्या राष्ट्रजीवनाची परंपरा, भारतीय विचार साधना, पुणे प्रकाशन, पुणे-30, 2003
- तळघट्टी शंकर रामचंद्र, भारताचा सर्वांगीण विकास, साध्य आणि साधन, स्वामी विवेकानंद स्मृति समिति, कोथरूड, पुणे, 2014

- नानकर प्रभाकर व गुणे नारायण, जापानी फिनिक्स, समर्थ भारत व्यासपीठ, पुणे-411002, 6 अगस्त, 2008
- नानकर प्रभाकर, गुणे नारायण, भारताचा जीवन उद्‌देश्य, स्वामी विवेकानंद, उत्कर्ष मित्रमंडल, कोथरूड, पुणे, जुलाई, 2014
- दास्ताने संतोष, महाराष्ट्र 2010, दास्ताने रामचंद्र आणि कं, पुणे-30, जनवरी, 2010
- डोरले प्र. श्री, हे भारतीय युवका, ऊठ, जागा हो! स्वामी विवेकानंद स्मृति समिति, कोथरूड, पुणे, मई 2013
- डोरले प्र. श्री, 'राष्ट्रीय स्वयंसेवक संघ—एक परिचय', भारतीय विचार साधना, पुणे, दिसंबर, 2015
- देवरस बाळासाहेब, राष्ट्रीय स्वयंसेवक संघ, लक्ष्य व कार्य, भारतीय विचार साधना, पुणे प्रकाशन, पुणे, दिसंबर, 2014
- डोरले प्रमोद, नव दधीची, पं. दीनदयाल उपाध्याय, भारतीय विचार साधना, पुणे प्रकाशन, पुणे, सितंबर, 2015

मराठी लेख

- दीक्षित श्रीनिवास—'हिंदूराष्ट्र-वाद' प्रकाशन, नवभारत, अप्रैल, 1980, पृष्ठे 25 ते 38
- 'प्रास्ताविका' भारताची राज्यघटना व प्रशासन, 'भगीरथ' स्पर्धा परीक्षा केंद्र, पुणे, पृष्ठे 17 ते 20

□

संदर्भ ग्रंथ-सूची

अंग्रेजी

- Ashley Maurice, The People of England, A Social and Economic History, Published by : George Weidenfeld & Nicolson Ltd., 1982.
- Black Jermy, History of England
- Cain P.J. & Hopkins A.G., British Imperialism 'Innovation & Expansion',1688-1914, Longman Group of U.K. Ltd. 1993.
- Canny Nicholas, The Origins of Empire, The Oxford History of the British Empire, Oxford University Press, 1998.
- Colley Linda, Britains : Forging the Nation 1707-1837, Yale University Press, 1992.
- Henshall Kenneth, A History of Japan, From Stone Age to Superpower, Palgrave Macmillan - 2012.
- Heywood Andrew, Political Ideologies, An Introduction, Palgrave Macmillan, 2014.
- Jean - Pierre Lehman, The Roots of Modern Japan, Macmillan Asian Histories Series, 1993.
- Marat Erica, National Ideology and State Building in Kyrgyzstan and Tajikistan. Published by : The Central Asia Cancasus Institute and Silk Road Studies Program.
- Peter R. deSouza, E. Sridharan - India's Political Parties, Saga Publications, New Delhi-44, Third Printing, 2012.
- Pylee M.V, An Introduction to 'The Constitution of India', Vikas Publishing House Pvt-Ltd, New Delhi, Fifth Edition, 2007.
- S. Gurwanurthy-Eternal India and the constitution India First Foundation, New Delhi 110001, 2005.

- Singh Purnima - Indian Cultural Nationalism India First Foundation, New Delhi-1, Edition 2004.
- Tsygankov A.P. and Tsygankov P.A, National Ideology and IR Theory : Three Incarnations of the 'Russian Idea'
- Verdery Katherine, National Ideology Under Socialism, Identity and Cultural Politics in Ceasescu's Romania, World Society and Culture in East-Central Europe, Sept. 1995.
- Vogel, Ezra, Japan as Number One Harvard University Press, Cambridge, Massachusetts, 1979
- Weight Richard, 'Patriots', Identity of Britain 1640-2000, Macmillan, Ed. 2002.

Articles

- Anna Marsia Sehown, The Construction of Turkish National Identity, May, 2013
- Bachelet Patrizia Norelli, 'The Burden of a Destiny', The article published in Hyderabad (on 75th Anniversary of the RSS in 2001.)
- Botkuri - Guvene, 'Quest for Cultureal Identity in Turkey.
- Dr. Modok Ashok - India's Relation with Central Asia : Present Relevence leetwre at Chandigarh, 2015
- Istavan Pogany, Prof. School of Law, University of Warwick Accomodating an Emergent National Identity: The Roma of Central Eastern Europe.
- Kulish Nicholas, 'German Identity, Long Dormant, Reasserts itself', 10 September, 2010
- Singh RNP-Senior fellow, 'Ideology and Political Parties,' Published on 19th June, 2012 by Vivekananda International Foundation, New Delhi.

Articles from Internet

- Analysis of the Essence of National Ideology, NI, menu page U2002 Services
- Americans : Republicans in General, Democrasts in Particular by Dominic Tierney, Feb, 2014
- 'Back to the Land of the Setting Sun', Corey J. Wallace, University of Auckland,
- Central Asia

- Dietators in Europe
- East European Countries and Russia His - 319 : Eastern Europe -1918-1989 : Revolutions in Historical Perspectives, Prof. Sir Richard Evans FBA.
- Indian National Congress (edit) 'Lal-Bal-Pal' (edit)
- Interface of Cultural Identity Development Foreward — By Dr. Kapila Vatsyayan
- Modern Age and the Hindu Renaissance in the 19th Century (edit), Congress.
- Ideology and India, Khurshid, speaking on ideology & politics, Business Standard, New Delhi. 22 July, 2012.
- National Ideologies America
- National Ideology Germany, Outline of Germany's History.
- National Ideologies, India, Congress
- National Ideologies India, Congress Revolutionary Writings, 1893 to 1910, Ch.I
- National Ideology Japan Post—War Politics Developments in Japan
- National Ideology Russia
- National Ideology Tajikistan and Kyrgyzstan, List Political Parties
- National Ideologies UK
- National Ideologies : United States of America
- Post Independence movements (edit), Somnath Temple movement (edit)
- The House of Representatives as part of the Imperial Diet, 1890-1947
- The Main Political Parties in Germany
- The Past and Future of the Congress Party by Ramchandra Guha
- The Reconciliation of East-West Caltural values in Swami Vivekananda by Prabhu Shankara
- Transcript of 'Ideology of different political parties', Published in News & Politics, June 2014 - India.
- Turkey
- U.S. Americanization—American National Identity and Ideologies of Americanization

- U.S.A. History in Brief, Learner English Series
- Why are Americans so Ideologically United ? by Dominic Tierney - Aug, 2011.
- Wikipedia - The Indian Ideology by Perry Anderson, Three essays collective.
- Will the Kremlin Reviwe the Russian Idea ? Vadim Volkov Marie Curie, Fellow of the European Commission, Berlin Dec, 2005

□

प्रो. (डॉ.) अशोक मोडक

शिक्षा : एम.ए. (अर्थशास्त्र), एम.ए. (राज्यशास्त्र), पी-एच.डी., (डी.लिट. अवध विद्यापीठ, फैजापूर, उत्तर प्रदेश)

- नेशनल रिसर्च प्रोफेसर के पद पर नियुक्ति, मानव संसाधन विकास मंत्रालय, भारत सरकार, जनवरी, 2015 से।
- इंडियन कॉउंसिल फॉर कल्चरल रिलेशंस, नई दिल्ली (आई.सी.सी.आर.) संस्था के कार्यकारी मंडल के सदस्य के रूप में नियुक्ति। मार्च, 2016 से।
- मुंबई विश्वविद्यालय के सेंटर फॉर सेंट्रल यूरेशियन स्टडीज विभाग में संलग्न प्राध्यापक।
- बचपन से राष्ट्रीय स्वयंसेवक संघ के स्वयंसेवक।
- सन् 1985 से 1989 तक विद्यार्थी परिषद् के अखिल भारतीय अध्यक्ष
- सन् 1994 से 2006 तक विधायक (कोंकण पदवीधर मतदार संघ के प्रतिनिधि)
- सन् 1996 में हुए स्वातंत्र्यवीर सावरकर साहित्य सम्मेलन के अध्यक्ष।
- सह्याद्रि आदिवासी बहुविध सेवा संघ के अध्यक्ष।
- तिलक नगर शिक्षण प्रसारक मंडल, डोंबिवली तथा अभिनव ज्ञान मंदिर, कर्जत इन संस्थाओं के अध्यक्ष।
- बाईस पुस्तकों तथा संशोधन पर निबंधों के लेखक
- रशिया, अमेरिका, इंग्लैंड, नीदरलैंड इत्यादि देशों में संशोधन कार्य के लिए प्रवास।
- उत्कृष्ट विधायक पुरस्कार
- पु.भा. भावे उत्कृष्ट वक्तृत्व पुरस्कार
- एकता मासिक पत्रिका, पूना का वैचारिक लेखन पुरस्कार

संपर्क : फ्लैट नं. 101, किंग्स्टन बी हाई स्ट्रीट, डी मार्ट के पास, हीरानंदानी गार्डन, पवई, मुंबई-400076

दूरभाष : 981911556

प्रो. प्रभाकर लक्ष्मण नानकर

शिक्षा : एम.ए.,एम.एड.

अध्यापन : रयत शिक्षण संस्था, सातारा संस्था के महाविद्यालय में 37 वर्ष अध्यापन। आजाद कॉलेज ऑफ एज्यूकेशन, सातारा से प्राचार्य पद से निवृत्त।

ग्रंथलेखन

- सुबोध शैक्षणिक मानसशास्त्र (बी.एड. के विद्यार्थियों के लिए),
- शैक्षणिक मानसशास्त्र (डी.एड. के विद्यार्थियों के लिए),
- सुबोध शैक्षणिक तथा प्रायोगिक मानसशास्त्र (बी.एड. के विद्यार्थियों के लिए), (प्रो. डॉ. संगीता शिरोडे के साथ),
- नित्यप्रेरणा—संकलक (मराठी, हिंदी, अंग्रेजी) पू.पू. श्री गोलवलकर गुरुजी के विचारों का संकलन,
- जापानी फिनिक्स (सहलेखक—प्रो. नारायण गुणे),
- आधुनिक महाराष्ट्राचे शिल्पकार कर्मवीर भाऊराव पाटील,
- Every Day Swami Vivekanand Editor - The Compilation of Vivekanand's Thoughts.
- कार्यकर्ता—कै. दत्तोपंत ठेंगडी की हिंदी पुस्तक का अनुवाद (सह-अनुवादक प्रो. नारायण गुणे),
- फोकस—जुर्गन वुल्फ की पुस्तक का अनुवाद (सह-अनुवादक डॉ. श्री ग.बापट),
- वर्तमान शिक्षण के विचार प्रवाह (डॉ. संगीता शिरोडे के साथ),
- अध्यक्ष—शैक्षणिक मानसशास्त्र अभ्यास मंडल, पुणे विश्वविद्यालय, पुणे

संपर्क : 5, साईरत्न अपार्टमेंट, समर्थ पार्क के सामने, सिंहगढ़ रोड, आनंद नगर, पुणे-411051

दूरभाष : 9403185704

प्रो. नारायण कृष्णाजी गुणे

शिक्षा : बी.ई., डी.बी.एम.

निर्यात विभाग—किर्लोस्कर ऑइल इंजिंस लि., पुणे. 1964 से 1972

अप्लाइड रिसर्च ऐंड इंजीनियरिंग प्रा.लि., सांगली (1972 से 2003)

आमंत्रित प्राध्यापक

- व्यवस्थापन और मार्केटिंग 2004 से 2008
- सिम्बॉयसिस सेंटर फॉर डिस्टेंस लर्निंग, पुणे
- सूर्यदत्ता इंस्टीट्यूट ऑफ मैनेजमेंट, पुणे
- आई.सी.एफ.ए. विश्वविद्यालय, पुणे
- एम.आई.टी. स्कूल ऑफ मैनेजमेंट, पुणे
- भारतीय विश्वविद्यालय (विद्यापीठ) ग्रंथलेखन-संकलन-संपादन
- Financial and Industrial Management
- प.पू. श्रीगुरुजी के 366 विचार
- नित्यप्रेरणा (हिंदी) 2010, नित्यप्रेरणा (अंग्रेजी) 2011
- भारतीय विचार साधना पुणे प्रकाशन, पुणे
- जापानी फिनिक्स, (प्राचार्य प्रभाकर नानकरजी के साथ)
- Everyday Swami Vivekanand,
- भारत का जीवन उद्देश्य (प्राचार्य प्रभाकर नानकरजी के साथ)
- संपादन—उत्कर्ष मित्र मंडल, पुणे
- कार्यकर्ता—कै. दत्तोपंत ठेंगडी की हिंदी पुस्तक का अनुवाद (प्राचार्य प्रभाकर नानकरजी के साथ)

संपर्क : 6, साईंरत्न अपार्टमेंट, समर्थ पार्क के सामने, सिंहगढ़ रोड, आनंद नगर, पुणे-411051

दूरभाष : 9850537069

□□□